JN160650

ユリシーズを燃やせ

ケヴィン・バーミンガム 著
Kevin Birmingham

小林玲子 訳

THE MOST DANGEROUS BOOK
The Battle for James Joyce's Ulysses

柏書房

THE MOST DANGEROUS BOOK : The Battle for James Joyce's Ulysses
by Kevin Birmingham
Copyright©2014 by Kevin Birmingham
Japanese translation rights arranged with Kevin Birmingham
c/o William Morris Endeavor Entertainment, LLC, New York
through Tuttle-Mori Agency, Inc., Tokyo

ジェイムズ・ジョイス、1904年ダブリンにて。

1904年、ノーラ・バーナクル。結婚はしないというジョイスと共に、この年アイルランドを去る。『ユリシーズ』は初めてふたりが一緒に過ごした1904年6月16日が舞台だ。

1919年、ジェイムズ・ジョイス。チューリヒの女性たちには「ヘル・サタン」（悪魔氏）と呼ばれた。

エズラ・パウンド。無名のジョイスを見出し、『リトル・レビュー』誌上で『ユリシーズ』を連載する段取りを整えた。法的な問題が雑誌に迫ってきても、連載を続けることを主張した──「たとえ逮捕され、抑圧の炎の中で息絶えようとも」。

『リトル・レビュー』の創始者にして編集者マーガレット・アンダーソン。『ユリシーズ』の大部分は1918年から1921年にかけてこの雑誌で連載された。

1935年、ニューヨークにてジョン・サムナー（帽子と眼鏡の男性）、猥褻な本を焚書にする。サムナーとニューヨーク悪徳防止協会は1921年、『リトル・レビュー』を猥褻のかどで処分した。

ニューヨーク悪徳防止協会の創始者アンソニー・コムストック。左頬の傷はポルノ作家にナイフで切りつけられた痕。

ニューヨーク悪徳防止協会の紋章。

ジェイムズ・ジョイスとシルヴィア・ビーチ。シェイクスピア・アンド・カンパニー書店にて。

シェイクスピア・アンド・カンパニー書店創業者にして『ユリシーズ』を最初に出版したシルヴィア・ビーチ。パリに書店を開いた1919年、ビーチは店の奥の簡易寝台で眠った。

シルヴィア・ビーチとジェイムズ・ジョイス（目の問題は悪化していた）。1922年、シェイクスピア・アンド・カンパニー書店にて。

1923年、フォード・マドックス・フォード、ジェイムズ・ジョイス、エズラ・パウンド、ジョン・クイン。パウンドは作家とパトロンを引き合わせた。

ジョイスのパトロンにして最初の英国版『ユリシーズ』を出版したハリエット・ショー・ウィーヴァー。最初の版は一部分が、二版目はすべて焼却された。ジョイスと関わったことは敬虔なウィーヴァー家にとってスキャンダルだった。

米国自由人権協会の共同創始者にして、ランダムハウスの法律顧問モリス・アーンスト。『ユリシーズ』を「現代の古典」と呼んで擁護した。

ジョン・ウルジー判事。1931年ごろニューヨークにて。1933年の有名な判決によって、米国での『ユリシーズ』出版は合法とされた。

ランダムハウスの共同創始者ベネット・サーフ。彼とアーンストはパリから『ユリシーズ』を1部持ち込んだ。彼らの狙いどおり1933年に連邦裁判所で裁判が起きる。サーフは『ユリシーズ』がランダムハウスにとって「最初の真に重要な出版物」だと語った。

『ユリシーズ』の合法化によって
ジョイスは大きな注目を集めた。

1930年、目の手術後のジョイスに付き添うノーラ・バーナクル。ジョイスは失明を免れるため少なくとも11度の手術に臨んだ。

1922年ごろのジェイムズ・ジョイス。

自由な表現について教えてくれた父に

ユリシーズを燃やせ〈目次〉

《第三部》

THE MOST DANGEROU
The Battle for James Joyce's Uly

《おもな登場人物》

ジェイムズ・ジョイス……………（一八八二－一九四一）アイルランド生まれの作家。代表作に『ユリシーズ』『若き日の芸術家の肖像』『ダブリン市民』『フィネガンズ・ウェイク』などがある。

ノーラ・バーナクル ……………ジョイスの妻。
ハリエット・ウィーヴァー ………英国『エゴイスト』誌編集者。
マーガレット・アンダーソン………米国『リトル・レビュー』誌編集者。
シルヴィア・ビーチ ……………パリのシェイクスピア・アンド・カンパニー書店店主。

エズラ・パウンド………………モダニズムの詩人。『ユリシーズ』出版のために奔走する。
ヴァージニア・ウルフ …………モダニズムの作家。自身の出版社では『ユリシーズ』出版を拒否。
アーネスト・ヘミングウェイ………ジャーナリスト、作家。『ユリシーズ』を密輸入する手助けをする。

ジョン・クイン …………………弁護士、美術収集家。『リトル・レビュー』を支援。
モリス・アーンスト ……………弁護士。米国自由人権協会の法律顧問。
ジョン・ウルジー………………ニューヨーク南部地区連邦地方裁判所の判事。

アンソニー・コムストック…………ニューヨーク悪徳防止協会代表。

ジョン・サムナー…………………コムストックの後、ニューヨーク悪徳防止協会代表。

ベネット・サーフ…………………ランダムハウス社の共同創始者。

サミュエル・ロス…………………『ユリシーズ』をはじめとする、海賊版の出版者。

《小説『ユリシーズ』のおもな登場人物》

レオポルド・ブルーム……………ダブリンに住む、新聞の広告取り。モリーの夫。

モリー・ブルーム…………………レオポルドの妻。ブレイゼズ・ボイランと浮気している。

スティーヴン・デダラス…………教師。『若き日の芸術家の肖像』の主人公でもある。

《口絵写真クレジット》

iii: E. O. Hoppe/Getty Images　iv,vi,viii,xi: Bettmann/Getty Images
vii: Hulton Archive/Getty Images　ix上: Time Life Pictures/Getty Images
x上: J. R. Eyerman/Getty Images　x下: Courtesy of John Woolsey, III

ユリシーズを燃やせ

装丁◎宮川和夫
装画◎水無月カノン

序

一冊の本を開いたとき、読者は既に長い旅の終わりにいる。出発点は作家で、最初に直面する困難はまだ出版されていない本のページをめくる読者を想像することだ。観衆の期待に添い、本に引き込むためには声と視点、一貫したスタイルが求められる。物語は理解しやすいものでなければならないし、人物が登場するなら――単純でも複雑でも、共感できる人柄でも嫌悪感を催すような性格でも――真実味のある造形をしなければならない。作家は登場人物の内部に留まり、一貫した口調で語り続けるのだ。台詞は引用符で括る。人物の思考と物語内の出来事はわかりやすく書く。作家が執筆を始めると物語の要素は研ぎ澄まされる。旅路にははっきりとした目印が置かれる。

出版社は作家と契約を結ぶ。市場を調査し、利益の可能性と需要に対するリスクとコストを計算する。出版社は業界の事情に通じている。それまでに本を出したことがあるからだ。本には編集者がついて削除や校正を行い、時にはノーと言う。本は恐らくさまざまな媒体で宣伝されるだろう。出版の数カ月前に初版分を印刷し、製本し、郵便局あるいは民間の配達業者に託す。書店で目につくよう陳列される。

内容が粗雑だろうと深遠だろうと、すぐに捨てられようと読者のもとに留まろうと、売り上げはいずれ落ちていくものだ。出版社は印刷をやめ、残った本は格安で売られるか、古本屋で朽ちるに任される。その本が小説の書き方を変えることはないし、読者自身や世界を見る目を変えることもない。それは文化の波にさらわれ、押し流されていき、いずれ忘れ去られるのは間違いないだろう。もし忘れられなければ――事実、その本が世界を見る目を変えたならば――書評家や批評家は自由に引用するだろうし、ラジオ番組のゲストは放送中に書名を口にするだろう。学生は図書館から借り、教授は指定図書にし、邪魔される心配なしに講義を行う。本を買った人間も、それを携えて何の気兼ねもなく旅行する。誰もそれを印刷したことで逮捕されたりしない。世の中に出したせいで当局に監視されることもない。販売したことで投獄されるはずもない。どこで出版されようと、政府は海賊版が出回るのを禁止するはずだ。政府が本に対して「逮捕状」を出すこともない。押収も、焚書もしない。

ジェイムズ・ジョイスの『ユリシーズ』を開いたら、ここまで述べたことのすべてが当てはまらないことがわかるだろう。

＊

ジョイスの叙事詩のどこが特別かという話は散々書かれてきたが、おかげで『ユリシーズ』そのものに起きたことは見失われてしまった。この小説の緻密《ちみつ》な言及のネットワーク、多様な文体、人間の内面に対する洞察については詳細に研究されてきたが、おかげでなぜ『ユリシーズ』がスキャンダラスだったのかわからなくなってしまった。今では『ユリシーズ』に関して口にできないことは一切ない。だが英語で書かれた小説として世界最高とまで言われる本は――もしかしたら英語以外でもそうかもしれないが――十年以上に渡り、公式にせよ非公式にせよ、英語圏の大半の国々で猥褻《わいせつ》だとして発禁処分にされていたのだ。禁止されたという事実こそがジョイスの小説をこれほど特別にした理由のひとつだった。『ユリシーズ』は続く世紀の文学の流れを変えただけではなく、法律における文学の定義そのものを変えたのだ。

本書は『ユリシーズ』の伝記である。『ユリシーズ』の発展を一九〇六年に最初のひらめきが降りた、まだ短編の構想にすぎなかった段階から追い——ホメロス風の名前はしたたかに酔ったダブリンでのある夜出会った人物のものだった——第一次大戦前後の驚くべき進化を描いている。ジョイスはトリエステやチューリヒ、パリの十カ所を超えるアパートで、七百三十二ページもの原稿をノートとルーズリーフ、余った紙に書きつけた。だがジョイスが執筆に費やした年月は物語のほんの一部だ。『ユリシーズ』はニューヨークの雑誌で連載され、郵送されるところを監視され、最も積極的な支持者にしてモダニズムの旗手エズラ・パウンドにまで検閲された。

世間の大半にまず伝わったのは『ユリシーズ』の違法性だった。パリではまだ下書きの原稿だった時点で一部が焼却され、ニューヨークでは一冊の本として出版もされないうちに猥褻だと有罪判決を受けた。ジョイスの苦悩はパリで小さな書店を経営していた米国人シルヴィア・ビーチを触発し、彼女はヴァージニア・ウルフを含む誰もが拒絶するなかで出版を決意した。一九二二年に世に出ると、何十人という批評家がその待ち望まれた小説をはっきりとした言葉で賞賛あるいは断罪した。太西洋の両側の政府はそれを押収し、千部以上を焼却した（正確な数字が明らかになることはないだろう）。ジョイスの分厚い青色の本は英国と米国でただちに発禁処分にされていたのだ。他の国々もまもなくそれに続いた。十年に渡り、『ユリシーズ』は地下で評判を保ち続けた。それは禁制品で、海賊版として出版されたものを手に入れるか、税関の目をごまかして持ち込むほかに読む術はなかった。大半の本はシルヴィア・ビーチのパリの書店、シェイクスピア・アンド・カンパニー書店で売られていた。ある作家はこう回想する。「店頭に積まれた『ユリシーズ』は、革命派の地下室のダイナマイトのようだった」。『ユリシーズ』はモダニストの革命の原型だった――実のところ、モダニズムが革命だと考えられるようになった最大の理由だ。

モダニズムの不調和、つむじまがり、時に暴力的な側面は、それ自体がまったく新しかったわけではない。新しかったのは文化的な不協和音が長期的な運動になったことで、モダニズムの雑多な側面を傑作に昇華させたのがジョイスだった。『ユリシーズ』以降、モダニストの実験はもはや周縁的なものではなくなった。それは本質になったのだ。混乱はカオスの種ではなく美を構成するものとなり、秩序に対するより幅広い考え方から生まれた独特の美学は新時代の案内役を務めるかのようだった。モダニズムはかたくなな経験主義に反旗を翻していたのだ。科学技術の永続的な進歩、国家権力と商業の無限の拡大、整理整頓されて清潔、常に世間の審査に耐えうる秩序への過剰なまでの信頼に対する反旗だった。

経験主義の敵は不合理ではない。それは秘密主義だ。経験主義的な文化が利用できないもの、利用したくないもの、認めたくないものは社会の目から隠され、危険というカテゴリーに分類された。隠されるべきもの、意味もなく主観的なもの、語られることもないもの、語ってはいけないものとして。そして、秘密主義の極致が猥褻だった。猥褻はどこまでも無意味なほど個人の領域だ――その種の思考や言葉、イメージはあまりに個人的なので、公の場に持ち出すことは違法とされた。猥褻が少しでも経験性を主張するには、社会がよほど突飛な基準を持たなければならなかっただろう。文明を構築したはずの自信を揺るがすのだから。『ユリシーズ』が危険とされたのはそれが経験主義と猥褻、外面と内面の生活の間に序列を認めなかったせいだ。一冊の本が秘密の威力を奪うことを明らかにしてしまう点でも危険だった。秘密とは既に破綻した制度の道具で、ジョイスの書いたようにそれそのものが「地位を奪われることを望む独裁者」なのだ。『ユリシーズ』はあらゆる秘密を王座から引きずりおろした。

モダニズムの作家にとって文学は旧態依然とした文明との闘いで、傑作が焚書に処されることほどその闘いに賭けたものを明白にするものはなかった。検閲とは正しい文化的基準という名の独裁だった。英米の検閲制度は十九世紀半ばの道徳をめぐる法律に後押しされた、果てしなく広がる法の網だった。猥褻といった悪徳に対する法律は都市の人間を管理するために作られ、主に準官製の監視団体が推進し、都市が政府の管理の及ばない早さで発展したために開花した。ロンドンやニューヨークのような都市は物乞い、売春婦、浮浪者、阿片、子どもや動物の虐待といったさまざまな悪徳を「抑圧」する団体を通じてかりそめの秩序を維持した。

最も成功した団体のひとつがロンドン悪徳防止協会で、猥褻法の制定に関わり、それを実施した。だがボランティアを基盤にした検閲制度の問題は、その力が風向きの変化によって強まったり弱まったりすることだ。協会の会員数と資金は増減し、自分たちが決して望んでいるほど効果的ではないことを明らかにした——ポルノ作家は単純にビジネスの浮き沈みのサイクルに身を委ねていた。英国の防止協会は貴族たちが運営しており、彼らが金を出し、法的な手続きやキャンペーンを行っていた。それを担っていたのは出入りの激しいボランティアで、不法なビジネスを止めるのに必要な見苦しい作業を嫌った。彼らは路上でポルノ作家を摘発しなかったし、容疑者を罠にかけなかった。拳銃を携帯せず、誰かを脅したり、追跡したり、痛い目に合わせることもなかった。

米国では状況が異なり、猥褻をめぐる闘いは時に暴力的だった。一八七二年から死去する一九一五年まで、何が猥褻で何がそうではないかを決める唯一にして最も重要な権力者はアンソニー・コムストックという男だった。彼は四十年に渡って芸術の基準を一方的に規定したことで歴史に名を刻んだ――人類の救済と文明化を共に脅かす「人間の本能」を排除する、文化的秩序の体現者だった。そして欲望とは、コムストック曰く、最も破壊的な本能だった。

肉欲は体を貶《おとし》め、想像力を奪い、思考を腐敗させ、意思を殺し、記憶を破壊し、良心を火であぶり、心をかたくなにさせ、魂を堕落させる。それは武器をとる気力を奪い、柔軟な対応をできなくさせる。男らしい美徳を魂から奪い、一生に渡って男女に呪いを与える青臭い空想を植え付ける。

コムストックは人間の性質を衰えゆくもの、堕落した世界で腐敗させられる無垢なるものだと考えた。彼によればその欲情の波を押し返す機関が米国郵政省だった。そして郵便システムを通じて送られてくる手紙や新聞、雑誌に対する権力は、自身の名を冠した法律から生まれていた。

一八七三年制定のコムストック法は「猥褻、みだら、または性的な本、冊子、写真、新聞記事、あるいはその他の不道徳的な出版物」を米国郵便システムを通じて配布および宣伝することを禁じ、違反すると最長十年の懲役および一万ドルの罰金が待っていた。全米の州法は――「小コムストック法」だ――発禁の対象を猥褻な文書の出版および販売にまで拡大した。法の力に守られ、郵政省の特別執行官に任命され、ニューヨーク悪徳防止協会の代表の座に就いたコムストックは数トン単位で本を処分し、何千人ものポルノ作家を投獄した。一九一〇年代までに彼の頬ひげはふたつの役割を果たしていた――ひとつは古い時代の価値観の象徴であり、もうひとつはポルノ作家のナイフによってつけられた傷痕を隠すためだ。「こうした連中はネズミのように狩らなければならん」と、彼は言った。「一切の手加減なしに」

コムストックは神と国家の手足であり、傷つきやすい市民を外部の影響から守る守護者だった。また本能に対する厳格な信念、行動に対する意志の力を擁護していた。言うなれば彼と協会は、モダニズムが反発する大半のものを象徴していたのだ。コムストックの後継者ジョン・サムナーが一九一五年に防止協会を引き継ぐころには、出版社は大小を問わず進んで協会から原稿の許可を得ようとしていた。その権力は第一次大戦前までにしっかりと確立されており、サムナーはごく例外的なケースのみ有罪判決を下すようになっていた。『ユリシーズ』はその例外のひとつだった。

ジョイスと文学上の仲間たちは監視団体、道徳主義者、文学的海賊、子どもを守ろうとする父親、憤激した夫、法を執行する役人たち――郵便局の検査官、税関職員、検事、探偵、警官、告訴人――と戦わなければならなかった。猥褻罪に対する闘いは（それは今でも違法だ）性的に露骨な文書を出版する権利を求めるだけではなかった。それは国家が危険な言論を取り締まることに反発する人間が増えていた二十世紀初頭、国家権力と個人の自由の軋轢《あつれき》という先鋭化しつつある問題の一側面だったのだ。国家および道徳による管理は互いを補完していた。コムストック時代の道徳による監視は連邦政府の台頭に繋がり（郵政省はその要だった）、第一次大戦中とその後の反国家的な言論を一掃しようという政府の試みは、防止協会が一九二〇年代に反猥褻のキャンペーンを広める手助けとなった。好むと好まざるとにかかわらず、ジョイスには無政府主義者、知識人、アイルランド人と接点があったが――三者とも一九一七年以降は疑惑の対象とされていた。

当時積極的に発言していた作家たちにとって、闘いは芸術の片隅で行われていたわけではなかった。それは中心にあったのだ。ジョイスが度を越した率直さのせいで自身初の長編『若き日の芸術家の肖像』を出版あるいは印刷する人間を見つけられずにいると、エズラ・パウンドは『エゴイスト』誌上で怒りをあらわにした。「戯曲や小説、詩、その他文学的なものを科学者の自由と特権を持って書けないのなら、あるいは少なくとも科学者のように真理を説く機会が与えられないのなら、我々はどうしたらいいのか。そしていったい何が意味を持つというのか」

パウンドは一九二〇年代後半になってもまだコムストック法に反発していて、連邦最高裁主席判事タフトに手紙を書き、法を撤回するよう求めた。彼は主張した。「それらを作ったのは愚かで間抜けな奴らだ」。コムストック法がそれほど厄介だった理由の一端は、パウンドのような背教者にして偶像破壊者ですら生きていくためには郵便に頼らなければならない現実があるということだった。モダニズムは第一次大戦をめぐる混乱――帝国が崩れ、何百万人が国境を越えて新たな考え方や先鋭的なスタイルについて意見を交わす――から生まれたが、その因習破壊的な性質のために、巨大かつ最も凡庸な官僚制度の世話にならざるを得なかったのだ。

モダニストは大衆文化の資源と市場戦略を使う一方で、議論と実験の邪魔になる多くの観衆を避けていた。百万の読者のために書く代わりにたったひとりが百万回読む小説を書く、とジョイスは語った。モダニズムは国や時間を超えて散らばった少数の熱心で独自の読者を大切にした。そのような熱心なコミュニティを育む方法のひとつが、にぎやかな雑誌を創刊し、あちらこちらに散った読者と作家の間に現在進行形の創造的なやり取りをうながすことだった。だがモダニスト雑誌の読者数は大半の書店や売店があてにするには少なく、ジョイスのような作家はもっと大規模な、政府が援助している流通システムを使い、購読者をまとめる必要があった。前衛的な作品が安く流通し、読者のいるところならどこでも届くのは郵政省のおかげだった。そして彼らは郵便物を検査し、押収し、焚書にする機関だった。

＊

ジョイスの著作の驚くべき内容について論争が始まるのは『ユリシーズ』が出版される何年も前だ。『ユリシーズ』は巨大な本としてとらえられがちだが、その発表の歴史はニューヨークのモダニズムの雑誌『リトル・レビュー』上の連載という形で始まった。『リトル・レビュー』はウォール街の富とグリニッジ・ヴィレッジのボヘミアンな空気から生まれた予想外の成果だった。裕福なシカゴの女性マーガレット・アンダーソンが考えつき、パートナーのジェーン・ヒープとふたりでグリニッジ・ヴィレッジに引っ越して、芸術と過激主義、エクスタシーと反抗に照準を合わせた雑誌を作り上げたのだった。だが軋轢と注目を求める姿勢は主要なパトロン、すなわちエズラ・パウンドの友人ジョン・クインを憤慨させた。クインはウォール街の短気な弁護士で、断固として独身を貫くつもりの、恐らく一九一〇年代から二〇年代初頭にかけては米国で最も著名なモダンアートの収集家だった。彼は『リトル・レビュー』に資金を出し、雑誌の「女編集者たち」に不満を抱きながらも法的な面倒をすべて見てやっていた。クインは最初アンダーソンとヒープを「頑固な女ども」とみなしていたが、やがてそれどころではない、典型的なワシントン・スクエア族だと悟り（「馬鹿げた偽物と格好つけばかりだ」）、その評価は落ちるばかりだった。

金と強情さの絡む不安定な協力関係をどうにか保ちながら、『リトル・レビュー』は一九一八年春から一九二〇年末にかけて『ユリシーズ』の約半分を連載することに成功した。各回の連載は（時には十ページにも満たなかった）シャーウッド・アンダーソンの小説や、他の雑誌との対立についての記事、技量もさまざまな素描や版画、ダダイストの詩、チョコレートやタイプライターの宣伝などと並んで掲載された。連載によってジョイスは雑誌読者たちの遠慮ない反応にさらされた。ある読者は彼が「英語の作家として疑いようもなく最も繊細なスタイルを持っている」と誉め、別の読者は彼が「だらだらと続く一貫性を欠いた物語に不潔の塊を投じることで」『リトル・レビュー』を「異常な雑誌」に変えようとしていると非難した。一部の読者は不潔さに力強さを覚えた。ジョイスが読者に「『猥褻』を投げつけた」ことによって、あるダダイストからは熱烈な賛辞が届いたが（「卑俗だ！」）、雑誌のその号が法廷に持ち込まれた時には役に立たなかった。『ユリシーズ』に対する最も脅迫的で影響が大きい意見は米国連邦政府と各州政府から届いた。郵政省はジョイス流の不潔を理由に何度も『リトル・レビュー』の配布を禁じ、一九二〇年にはニューヨーク地区検事長が――ジョン・サムナーと防止協会が糸を引いていた――マーガレット・アンダーソンとジェーン・ヒープを猥褻のかどで告発した。

「ニューヨークでは『ナウシカア』をめぐって地獄のような騒ぎが起きている」と、問題の挿話に対する裁判について聞いたジョイスは友人に書き送った。だがそのニューヨークでのトラブルのあとでも、彼はその挿話をさらに猥褻にしようと決めた――そして続くふたつの挿話はいっそう不潔だった。『ユリシーズ』の長い進化の過程によって、一般読者の目にジョイスは妥協のない芸術家、あるいは自身の作品を難解かつ不快にすることで世間の怒りに火をつける頑固な挑発者のように見えただろう。「毎月、前回よりさらに悪くなる」と、ある『リトル・レビュー』の読者は文句を言ったが、ジェーン・ヒープは切り返した。「ジョイスは聴衆の要求を気に留めません」

　自分自身を除く誰の要求からもジョイスが自由であったことが、この作品に多くの人間が惹きつけられた理由だった。シモーヌ・ド・ボーヴォワールはこの小説を読んだときの「心からの驚き」を覚えていたが、それだけではなく、実際のジェイムズ・ジョイスを目にしたときの幸運な瞬間も忘れなかった。「最も縁遠く手の届かない作家が、実体を持って私の目の前に出現した」。それはパリの書店でのことだった。一九一八年、『ユリシーズ』が出回り始めたころ、ジョイスは新世紀の個人主義の象徴だった。みずから選び取った亡命状態のもと、国籍もなくアイルランドから離れて暮らしていたのだ。十年以上、ジョイスは無名のまま半ば貧困状態で書いていた。高圧的な政府や市場の要求を呑むことを拒み、文学の流通を制限する法を拒み、そもそも文学を職業にしてしまった読者に従うことを拒んだ。

　しかしジョイスが何にも増して個人主義の象徴だったのは、明らかに「血と肉を備えた」人間だったからだ。肉体がジョイスの小説の中心だったのは、彼自身がそのエロティックな悦びと激しい痛みにとらわれていたためだ。早くて一九〇七年から一九三〇年代まで、ジョイスは虹彩炎（虹彩に腫れを引き起こす病気）の発作を何度も起こし、やがて急激な緑内障とその他の症状に繰り返し悩まされるようになり、ほぼ失明するほど視力が弱った。「目の発作」がやまなかった年月、彼は都市の路上で倒れ、痛みで床を転げ回った。病気の苦しみと同様に、失明を免れるため受けた手術もトラウマとなった――すべて麻酔なしに行われたのだ。目を「切り開かれる」覚悟を決めていないとき、彼は注射、麻酔、消毒液、歯の治療（病気の原因かもしれないので十七本抜かれた）、また強壮剤や電気治療、ヒルを使った治療に耐えていた。一九一七年以降、ジョイスは次の発作あるいは次の手術が作家生命を絶つのではないかと考えざるを得なかった。

深刻な健康状態と弱った視力のせいでジョイスは英雄的かつ哀れ、手が届かない一方でとことん人間的という存在になっていった。眼帯と手術後の包帯をつけている写真や、分厚い眼鏡と虫眼鏡を使って読書をしている写真を見ると、二十世紀のホメロスあるいはミルトンという風情だ。病気は目に見える世界を奪いつつあったが、彼にある種の経験をもたらし、それは他人が理解するにはあまりに強烈だった。アーネスト・ヘミングウェイはあるとき息子の爪で軽く目をひっかかれたことについて手紙を書き送った。「恐ろしく痛んだ。十日というもの、私はあなたにとってそれがどのようなことなのか垣間見ることができた」

ジョイスの人生はアンソニー・コムストックが期待したであろう通りにすべて滅茶苦茶になったが、それでもその抵抗の精神は彼の小説に馴染みのない人間さえ勇気づけた。現代の個人主義とは、歯止めの利かない権力のもとで形を保ち続ける一種の廃墟のようなものだ。『ユリシーズ』は抵抗を芸術に変えた。それは分厚い眼鏡の奥の神秘的な洞察を反映していて、苦悩と退屈を交えながら進んでいく欲望と記憶の物語なのだ。それは情熱と労苦の込められた作品で、繊細でありながら強靭だった。それは病室のベッドでも――両目に包帯を巻かれていても――枕の下からノートを取り出し、見えないまま鉛筆でフレーズを書きつけ、目が治ったら原稿に追加しようと試みる男の本だった。ジョイスの小説が内面世界を探索したのは何の不思議もない。家族以外で、それだけが彼の持っているものだった。

時が経つにつれて、自身の作品へのたゆまぬ努力は、ジョイスが単なる挑発者ではなくモダニズムの究極の芸術家だという評判を呼び込んだ。ただ挑発するためだけにこれほどの苦しみを押して書くはずがない。だが、それは紛れもなく挑発だった。ジェイムズ・ジョイスと『ユリシーズ』に関する何かが、理不尽な敵意を引き出したのだ。『ユリシーズ』が出版される直前、ジョイスがパリの路上を歩いていると、すれ違った男が（わざわざラテン語で）呟いた――「お前は軽蔑に値する作家だ」。怒りはおさまらなかった。一九三一年、フランスの駐米大使にして詩人のポール・クローデルは『ユリシーズ』の海賊版阻止への協力を拒み、こう述べた。「ジョイスの小説は最も醜悪な冒瀆《ぼうとく》に満ちており、異端者の憎しみが――そして真実極度の才能の欠落がびりびりと感じられる」。レベッカ・ウェストは「糞便や性に関するくだりの過剰さは美学と何の関係もない」と非難し、作品の至らなさを示す最も確かな印はその本を読みながら「ほとばしるような満足を覚える」点だと述べた。それでもジョイスの小説は真剣に読もうとする読者にひどく混乱をもたらした。ウェストは「ミスター・ジョイスの途方もない無能ぶりには怒りを禁じえない」と評したが、「圧倒的な才能を持った作家」であることは確信していた。

『ユリシーズ』が引き起こした怒りは、ジョイスの威厳の一端でもあった。彼が検閲と闘ったことで小説の社会的な位置づけは決まり、似たような志を持つ人間（とりわけみずからを迫害された個人主義者ととらえている場合）の情熱をいっそう掻き立てたが、その点に留まらなかった。『ユリシーズ』をめぐる法廷闘争――一九二一年、ニューヨーク市警察裁判所、一九三三年、連邦地方裁判所、一九三四年、巡回控訴裁判所――は前衛芸術運動の主たる担い手をいわば芸術全体の代表に変え、抑圧を試みる権力と戦う創造性のシンボルとしたのだ。『ユリシーズ』は芸術の障壁をすべて取り払った。それは芸術の表現形式、スタイル、内容における限りない自由を求めた。文学的な自由は合衆国憲法修正第一条で保護された言論と同様に政治的だ。結局のところ、自分たちについての物語を語るやいなや葬り去られるようでは、自由の本当の意味などないではないか。『ユリシーズ』を出版して読むことができないのなら、他のどんなことに価値があるだろう？

絶対的な自由を求めるジョイスは芸術家のコミュニティの中で特別な地位を占めた――彼の作品に関して態度を決めかねていた人々の間でさえもだ。シルヴィア・ビーチが一九二七年に『ユリシーズ』の海賊版をめぐって正式な抗議活動を始めると、世界中の百六十七人の著者が賛同した。W・B・イェイツは戦争中にジョイスが助成金を得る手助けをした。T・S・エリオットはジョイスがロンドンの文芸サークルの中で高い地位を与えられるようにした。アーネスト・ヘミングウェイはシルヴィア・ビーチが米国に『ユリシーズ』を密輸入するのを手伝った。サミュエル・ベケットは目を患ったジョイスの口述筆記をし、F・スコット・フィッツジェラルドは彼のためなら窓から飛び降りてもかまわないと言った（幸いにもその申し出は却下された）。

ロックフェラーを含む数人の支援者は、困難な時代にジョイスを助けた。ジョン・クインはジョイスの原稿を買い、ジョイスがワシントン・スクエア族の編集者たちと縁を切ると決めてから長い時間が経ったあとでも、『リトル・レビュー』とその失敗に終わる法的な冒険に付き合ったのだった。中でも最も重要なパトロンはロンドンの上品な独身女性ハリエット・ショー・ウィーヴァーで、ジョイスに対する熱意はロンドン市民のみならず敬虔な家族をも困惑させた。ミス・ウィーヴァーとして知られていた彼女は、ジョイスが『ユリシーズ』を書くあいだ資金を提供し、彼が亡くなるまで支え続けた。そして、ジョイスが遅ればせながら認めたように、シルヴィア・ビーチはみずからの人生の最良の年月をジョイスと彼の小説に捧げた。『ユリシーズ』の皮肉のひとつが、女性読者のデリケートな感受性を守るためという理由で発禁にされながら、その存在を支えていたのは数人の女性たちだということだった。それはひとりの女性に触発され、別の女性に資金面で支えられ、ふたりの女性の手で連載され、もうひとりによって出版されたのだ。

一九二〇年代にシルヴィア・ビーチが出版した計十一版の『ユリシーズ』によって、シェイクスピア・アンド・カンパニー書店は、故郷を離れた「失われた世代」の拠りどころとなった。そして本の色褪せない魅力が、より大きな米国の出版社に法廷闘争の意思を抱かせるのは時間の問題だった。一九三一年、野心に満ちたニューヨークの編集者ベネット・サーフは、みずからの若い出版社ランダムハウスが勢いよくスタートを切るきっかけとなるような、危険を伴い、大胆で、知名度の高い本を手掛けることを望んでいた。サーフは理想主義的な弁護士にして米国自由人権協会の創始者、モリス・アーンストと協力し、ラーンド・ハンドのような旧時代の裕福な連邦判事の前で『ユリシーズ』を弁護した。ハンドは現代の法律を作り直した人間で、もうひとり、ジョン・ウルジーは猥褻をめぐる法の形を修正することになる。

芸術家、読者、パトロン、出版業界、法律のすべてが変革されたことで、ようやくモダニズムは主流となった。ランダムハウスのような出版社はモダニズムを誰の手にも、どのような教育的背景の人間にも届く宝のコレクションとして売り出した。そのような本は文化的適応の民主主義的な形のはずだった。だが『ユリシーズ』の市場戦略は連邦裁判所での裁判だった。入手しやすさは合法性の二の次になり、その印象はモダニズムにつきまとうようになった――ジョイスの小説は完成した上位文化の記念碑ではなく、自由を求める現在進行形の闘いなのだ。『ユリシーズ』は一九三三年の秋にウルジー判事の前に登場したが、ナチスの焚書はそのわずか四カ月前で、だからこそ、読むか否かにかかわらず『ユリシーズ』を持っているということは生半可な行動ではなかったのだ。

一九三〇年代の不穏な空気の中、ウルジーの判決は本を合法化する以上のことを成しとげた。それは文化的な反乱を起こすことを、自由で開かれた社会の市民の美徳に変えたのだ。『ユリシーズ』が文学的な爆弾から「現代の古典」に作り替えられたのは、モダニズムがアメリカ化される過程の縮図でもあった。

＊

『ユリシーズ』出版の歴史は、ジョイスの作品を難解にしているものこそ、小説を解放に導く手段なのだということを思い起こさせる。『ユリシーズ』はみずからを、文体をめぐる常識や政府の検閲に優る存在だと宣言した——形式《フォーム》の自由は内容《コンテンツ》の自由と対になっている。人々が実際に話し、思考し、ある一日に行ったことが芸術の素材になったのだ。たいしたこともないように聞こえるが、人生すべての記録を紙に印刷して世に送り出すことが非合法とされていたことを考えると、その意味もわかるだろう。ジョイス以前の小説家は、礼節というヴェールがフィクションと現実の世界を隔てていると信じて疑わなかった。書くことは人間のあらゆる経験を口にしていいわけではないと認めることだった。ジョイスはなにひとつ口を閉ざすことなく、『ユリシーズ』が一九三四年に米国で合法化され出版されたころには、芸術には制限がないかのような状況になっていた。シェイクスピア・アンド・カンパニー書店に積み上げられていた爆弾が爆発し、口にできないものそれ自体を吹き飛ばしたかのようだった。

『ユリシーズ』出版にまつわる格闘の全体像を語った本はこれまでないが、数人の研究者が（ジャクソン・ブライアー、レイチェル・ポッター、デイヴィッド・ウィアー、カーメロ・カサド、マリサ・アン・パグナッタロ）がいくつかの悪名高い瞬間を検証していて、私は彼らの重要な仕事から大きな恩恵を受けた。たとえばジョセフ・ケリーの『我々のジョイス』には『ユリシーズ』裁判についての洞察に富んだ章が含まれている。ポール・ヴァンダーハムの『ジェイムズ・ジョイスと検閲』はこのトピックを唯一全体的に扱った本だが、中身は歴史というより議論だ。ジョイスが後年になってテキストを修正したこととその批評的な戦術におけるヴァンダーハムの自説の次に、『ユリシーズ』を取り巻く出来事と、それらの出来事に関与した人々について書かれている。いくつかの学術論文や本の数章がジョイスの経歴、猥褻の歴史、モダニズムの発展における『ユリシーズ』検閲事件の意味を語っているが、本そのものについての驚くべき物語はこれまで横目でちらりと見られる程度でしかなかった。

四冊の重要な伝記が、それぞれ異なる視点からジョイスの検閲騒動の一部を取り上げている。ジェーン・リダーデールとメアリー・ニコルソンはハリエット・ウィーヴァーの伝記の決定版『親愛なるミス・ウィーヴァー』で、ロンドンでの検閲問題にミス・ウィーヴァーがどのように関わったか綴っている。ノエル・ライリー・フィッチの『シルヴィア・ビーチと失われた世代』には『ユリシーズ』出版におけるビーチの労苦と、完璧を求める著者と渡り合おうとする努力が描かれている。B・L・リードによるジョン・クインの評伝『ニューヨークから来た男』はジョイスのニューヨークでの法的トラブルと、小説の出版社を見つけようとするクインの苦闘を綴っている。これらの評伝は緻密に書かれているが、ジョイスの本の物語についてはやはり限られた洞察しか発見できない。たとえばクインとビーチは二度目の裁判とはほぼ（あるいはまったく）関係がなく、ミス・ウィーヴァーは最初の裁判とは縁がなかった。膨大な出版の歴史はリチャード・エルマンの著名な評伝

『ジェイムズ・ジョイス伝』の中でさえ埋もれており、裁判についてはわずかに触れられている程度だ。ニューヨークでの裁判には二ページ、連邦裁判所での裁判には一ページしか割かれていない。『ユリシーズ』をめぐる論争は出版文化と近代政府の台頭と呼応していた。両者は検閲法の歴史、過激主義者たちへの歪んだ恐怖、密輸業者、悪徳防止協会、芸術家、特筆すべき近代的な都市――ダブリン、トリエステ、ロンドン、パリ、チューリヒ、ニューヨーク――に関わりがある。文化の変遷を目の当たりにしたければ、それに関わった人間が最も骨を折った作品がどのように手掛けられ、かつ受け入れられ、作品を通して彼らがどのように自分たちを見つめ直したか検証しなければいけない。『ユリシーズ』の伝記はあらゆる本の一生、現代文化のルーツ、モダニズムとその最も話題となった作家への洞察を与えてくれるだろう。

語り口の硬軟はさまざまだが、ジョイスの伝記は少なくとも八冊存在する。一冊目は一九二四年、ジョイスが存命中の四十二歳のときに出版され、最も新しいものは二〇一二年刊行だ。ジョイスの天才の証のひとつが、みずからの苦労を精妙な絵柄にまとめ上げてしまうことだが、九十年におよぶ伝記の歴史も、どれほどの困難が（そして迫害が）ジョイスを駆り立てたか掌握できていない――『ダブリン市民』の出版を拒絶するグラント・リチャーズの手紙が届いた直後に『ユリシーズ』の構想が浮かんだのは、恐らく偶然ではないだろう。ジョイスは戦争、経済的な不安、検閲の脅威、深刻にして繰り返す病の中で『ユリシーズ』を書き上げた。痛みと共に過ごした人生が本人の言うところの「人体の叙事詩」を作り上げたが、その痛みの性質は充分に検討されてこなかったのだ。

本書は何百冊もの書籍、雑誌記事、新聞記事を使って長年かけて調査した結果だ。ロンドンからニューヨーク、ミルウォーキーまで、十七の異なる機関に保存された二十五のアーカイブの未公開資料が織り込まれている。記録文書には原稿、法的な資料、未刊の自叙伝、公的な記録および多数の手紙が含まれる。ウルジー家のいくつかの資料や写真、ホームビデオはこれまで明かされたことのないウルジー判事の姿を語るだろう。マサチューセッツ州ピータースハムの書斎は一九三三年以降ほとんど手を加えられていない。

『ユリシーズ』の伝記は、ただの反骨心に満ちた天才の物語に留まらない。ジョイスの忍耐と犠牲、優れた才能と緻密に練り上げられた作品は周りの人間を惹きつけた。彼にはその敬慕の念がぜひとも必要だった――最も個人主義的な冒険でさえ、コミュニティを必要とするのだ。『ユリシーズ』誕生を可能にしたすべての人間の中で最も重要なのはノーラ・バーナクルだ。芸術家になろうと決心したジョイスと共にアイルランドを去り、その手紙でジョイスの最も美しく猥褻な文章を呼び覚まし、初めてジョイスと過ごした一九〇四年の夜は『ユリシーズ』全体を司っている。この小説を取り巻く物語は、高次元なモダニズムがいかにして低次元とされる肉体と精神から生まれ出たか教えてくれる。極端な経験を――愉悦と痛みを――含む芸術作品は、禁制品から正典《カノン》に変化したのだ。それは文化的な革命のスナップ写真だった。

『ユリシーズ』をめぐる闘いは文学における検閲に終わりをもたらしはしなかった。留保なしの自由の時代を導くこともなければ、前衛芸術の美学を行き渡らせることもなかった。それでもこの闘いは美が快楽より深いこと、芸術が美より巨大だということを痛切に訴えている。

『ユリシーズ』の伝記である本書は、小説家が法の限界を試し、小説が焼却されるほど危険だった時代を再び訪れようとしている。そして今、我々がみずからの言葉を禁止されることについて心配せずに済むのは、ある意味で『ユリシーズ』に起こったことのおかげだ。それが勝ち取った自由は、我々の芸術に対する視点以上のものを創り出した。それは我々が芸術を創り出す方法を形にしたのだ。

第一部

さて、愛しのノーラよ、お前には僕の書いたものを繰り返し読んでほしい。ある部分は醜く猥褻《わいせつ》で野獣的、残りの部分は純粋にして神聖、精神性を備えている。そのすべてが僕自身だ。

——ジェイムズ・ジョイス

第1章　夜の街

ダブリンも昔からこうだったのではない。十八世紀には特権階級の人々が、セント・スティーヴンズ・グリーンの歩道や町の北側に新しくできた大通りを闊歩《かっぽ》していた。邸宅やテラスガーデン付きの集合住宅がラトランド・スクエアやマウントジョイ・スクエアに建ち並び、中でも一際目を引くクラブハウスやダンスホールにはサロンがあり、仮面舞踏会が催された。ダブリンは充分にエレガントだった。考えてみればこの街は権力の一端なのだ――大英帝国では二番目、ヨーロッパ全土でも五番目に大きな都市だったのだから。アイルランド議会の四百人の議員とその家族が洒落た店、学者という社会階層、文明の飛び地という誇りを支えていた。

だがアイルランド議会は疎んじられており、一七九八年の反乱で何千人もの反乱軍と英国軍兵士が命を落としたあと、ロンドンで制定された新しい法律がアイルランド議会をあっさり解体する。こうしてグレートブリテンおよびアイルランド連合王国が誕生した。一八〇一年一月一日、特権階級と政治家たちが国を去り、学者と商店と仮面舞踏会がそれに続いた。ダブリンのジョージ王朝式の荘重さは露と消え、わずかに広場を通る路地に面影を残すのみだったが、その土地にしても留まることを選んだ裕福な家族たちは深く根を下ろしすぎた頑固な遭難者のように映った。比較的大きな建物はホテルや事務所、私立救貧院になり、残りは借地に分割されたあと朽ち果てるに任された。一八二八年にはダブリンの住宅の三分の一が、二十ポンドを下回る価値しかなかった。

十九世紀になり、全国から職を求める人々が押し寄せたことで街の人口は膨れ上がった。その後飢饉が襲い、農村での集団餓死を逃れてダブリンに流れてきた人々は狭苦しい街の一角に押し込められ、相変わらず飢えていた。借地の中に点在する食肉処理場に多くの人々が身を寄せたが、室内の風通しは悪く、赤痢や腸チフス、コレラが蔓延した。下水道が存在したところでも中身はリフィー川に直接捨てられ、潮の流れが汚物を街中に押し戻し、その臭いは醸造所の煙突から吐き出される煙、路上の糞尿、小さな裏庭に積まれたゴミの息詰まるような悪臭と混じり合った。いくつかの地域では子どもたちの大半が五歳の誕生日を迎えられず、死人を埋葬する場所を作るため腐りかけの死体が墓から掘り出された。造船、鉄工業、織物といったアイルランドの産業はアングロアイリッシュが多数を占める北部のベルファストに流れていき、カトリック教徒中心のダブリンは半永久的に停滞した。ヨーロッパが二十世紀の扉をくぐった一九〇一年、ダブリンは過ぎ去った世紀の残骸の山として存在していた。

一九〇一年、十九歳のジェイムズ・ジョイスには、祖国に対する反感を表明する準備が整っていた。ジョイスはユニヴァーシティ・コレッジ・ダブリンの文芸誌に送ったエッセイの中で、当代きってのヨーロッパ演劇の上演を拒否したアイルランド文芸劇場を激しく批判した。劇場は大飢饉以前、農業が国の文化を支配していた時代へのノスタルジーとして一八八〇年代に勃興したアイルランド文芸復興運動の中心地だった。飢饉が去ると国民の四人にひとりは死ぬか国を離れるかしていて、ケルトの神話、農村の生活、ゲール語の復興はようやく生き延びた人々の流血なきナショナリズムの受け皿となったのだ。しかしジョイスにとって、アイルランドのナショナリズムは田舎じみた幻想にすぎなかった。文芸復興運動を支えた作家たち自身は（グレゴリー夫人、W・B・イェイツ、ジョン・ミリントン・シング、ジョージ・ラッセル）皆裕福なアングロアイリッシュのプロテスタントで、アイルランドの農民という主題を勝手に採掘していたのだ。

エッセイ「喧騒の時代」の中でジョイスは、一世紀に渡る衰退の結果アイルランドは芸術家に敵意を向けるようになり、おかげで劇場もトルストイやストリンドベリではなく大衆の喜ぶ凡庸な作品を上演するようになってしまったと主張した。それはジョイスの表現によれば「トロール（北欧神話の妖精）への降伏」だった。彼にとって芸術家であるというのは、嘘の土台の上に作られた社会を丸ごと取り巻くバリケードを突破することだった――誰ひとりとして、ダブリンでの暮らしの実態を書く勇気を持たない中で。だがアイルランド文芸劇場に対する攻撃は、これから世に出ようとするダブリン在住の書き手が恐らく最もしてはならないことだった。劇場はアイルランドのささやかな文学的生態系を支配しており、それに盾突くのは自分にとって最も力となってくれる人々に盾突くのと同じことだったからだ。

驚くには値しないが、大学はそのエッセイを没にした。アイルランド人作家の代わりにジョイスは背教者――「神は原子の中に発見できる」と主張して火あぶりにされた異端者などだ――を称えていた。ジョイスは芸術を信念の闘いに変えた作家、たとえば挑発的なノルウェー人劇作家で軽蔑を糧に生き続けたヘンリク・イプセンに惹かれていった。「生きるとはトロールに闘いを挑むことだ」と、イプセンは語った。実際ジョイスのエッセイは、ある程度イプセンに触発されたものだった。原語で戯曲を読み、また死の床にある作家に手紙を書くためにノルウェー語を学んだ。そしてイプセンの遺志を継ぐため、友人のひとりと検閲に遭ったエッセイを八十五部刷って（それが限界だった）、ダブリンのあちこちで配った。

ジョイスがトロールを侮蔑していたのは、いわば文壇の拒絶に対する十九歳の若者の先制防御のようなものだった。拒絶されることを避ける代わりに彼はみずからそれを求めたのだ。一九〇二年のある晩、ジョイスは断りもなく詩人のジョージ・ラッセルの家を訪ねた。ふたりは文学について語り合い、ジョイスはアイルランド文芸復興運動の欠点について夜更けまで熱弁を振るった。ジョイス曰く、ウィリアム・バトラー・イェイツはアイルランド人に媚びており、ラッセル自身も所詮《しょせん》は二流の詩人なのだ。ジョイスは自作の詩をいくつか読み、ノルウェー語でイプセンを暗唱した。感銘を受けたラッセルは、アイルランドで最も重要な作家イェイツを紹介すると申し出た。「驚くほど頭の切れる青年だ」と、彼はイェイツに宛てた手紙に書いた。「私ではなく君の一派に属するか、むしろ彼自身が先頭に立つべき人間だろう」

アイルランド人作家のご多分に漏れずイェイツは国外に住んでいたが、ちょうどジョイスが大学を卒業する一九〇二年に劇の上演のため帰国した。ラッセルの橋渡しにより、ふたりの作家はダブリンの目抜き通りであるオコンネル・ストリートのレストランの喫煙席で向かい合った。この若者には無邪気な活力がある、とイェイツは思った。真剣だが話し方は穏やかで、気弱と言ってもいいほどだ。しかしイェイツが詩の朗読を頼むと若者はこう答えた。「お望みとあれば読みますが、僕にとってあなたの意見は道ですれ違う人間の意見ほどの重みしかない」

イェイツはジョイスの抒情詩と未完成の散文に耳を傾け、非常に繊細な才能だと確信したが、それが何のための才能なのかまだよくわからなかった。私も美についての詩からアイルランド民話を使った実験に移行しているところだとイェイツが語ると、若き作家は言った。「つまりあなたはそれだけ急激に衰えているというわけだ」。劇の創作におよそ苦労などしていないとイェイツは反論したが、ジョイスはそれこそ衰えの確かな証拠だと言った。席を立ちながらジョイスは振り向いた。
「僕は二十歳だ。あなたは?」「三十六歳」。本当はそれより一歳下だった。
「僕たちは出会うのが遅すぎた。あなたは年を取りすぎていて、僕に何の影響も及ぼさない」

＊

大学の卒業式の一カ月後、ジョイスはダブリンを出てパリに向かった。パリ大学で医学を学び、パリ左岸の知的階層に英語を教えて生計を立てながら、祖父は持っていたが父親は取得できなかった医学の学位を取るという計画だった。医者兼芸術家になり、最初の給料で母親に新しい入れ歯を買うのだ。医者になるのはジョイスが家族に対してできるせめてものことだった。父親が職に就いている間に稼いだなけなしの給料は、年少のきょうだいのためには使われず、将来有望な長男の教育費に消えていったからだ。

だがジョイスにはパリ暮らしの準備ができていなかった。大学からは入学金を先払いするよう求められ、出身大学の学位は認められず、ようやく化学の講義を受講する仮の許可証が与えられただけだった。彼は一日だけ出席してやめた。友人も、将来への道筋も、暖かい外套もないままパリで過ごすうちに、読書と執筆と散歩の繰り返しが日課になった。ふたりの生徒に英語を教えた稼ぎと実家に頼み込んで送ってもらった金、ロンドンやダブリンの雑誌にときどき書評を投稿して手に入れたささやかな謝礼では食べていくのがやっとだった。

一九〇三年の冬、ジョイスは食事抜きで過ごした時間を数えてみた。今日は二十時間。先週は四十二時間。あるとき、ようやくありついた食事をジョイスは吐いてしまった。猛烈に歯が痛み、噛むのがつらくてしかたがない。彼は散歩に出るとオデオン座の近くのカフェの前を通り過ぎ、歩道でボウルに入れた湯気の立つココアを売っている木靴の女のひとりに三スー（フラン以前に流通していた通貨）渡した。洗濯に出す余裕がないので、シャツの染みはネクタイで隠した。三月、母親から手紙と一緒に九シリング送られてきた。「服と靴はまだ傷んでないかしら？　栄養のある食事は取っている？」

　ジョイスの芸術家としての人生が本格的に始まったのはこのパリだった。彼は国立図書館でアリストテレス、トマス・アクィナス、ベン・ジョンソンを読みふけった。そして図書館が閉館するとホテル・コルネイユの自室で、炎ゆらめく蠟燭が溶けて小さな塊になるまで執筆した。ジョイスはみずからの技術の基礎を築こうとしていた。彼は喜劇と悲劇の定義を、金銭のやりくりや予定を記したノートの隅に走り書きした。

　ノートには彼が「エピファニー」――ある瞬間やものごとに何かが露わになること――と呼んださやかな出来事も多数書かれていた。それは詩から散文へと移行しようとする慎重な第一歩だった。エピファニーのひとつは、パリの大通りを歩く売春婦たちを見たときに訪れた。彼はこう描写した。「ぺちゃくちゃしゃべり、菓子パンの小さな欠片を潰し、あるいはカフェの入口脇の席に黙って座っていたり、せわしなく衣擦れの音を立てながら馬車から降りてきたりする。その音は姦婦《かんぷ》の声音と同じくらい柔らかい」。エピファニーとは天が分け与えたもうた奇跡ではなく、「何よりも凡庸なるものの魂」を洞察することなのだ。エピファニーはどこにでもある。原子の中にいる神のように、光はごく小さなものの中から放たれる。

　ジョイスが直面した困難とは、際限なく焦点が絞られていく自分の散文と際限なく肥大する芸術的野心を統合することだった。彼は歴史の混沌から秩序を抽出したいと思っていた。新たな時代を先導する小説を書きたかった。後に彼はこう表現する――「あらゆるものの重要な核心を貫きたい」

その年の聖金曜日（復活祭前の金曜日）、母親の健康状態の悪化を告げる深刻な手紙が届いた。夕刻早く彼はセーヌ川を渡り、ノートルダム大聖堂の後方に立って、一年を通して最も好きな典礼の様子を眺めた。神父が蠟燭を一本ずつ消すにつれて、暗さを増した身廊に畏怖の念が広がり、やがて神父は主の死を象徴して聖書をぴしゃりと閉じる。夕方の祈りが終わるとジョイスは何時間もかけて人気《ひとけ》のない並木道を歩き、コルネイユ通りの自室に戻った。すると扉の下に電報が差し込まれていた。彼は封を破り、左右を折り返した。

ハハキトク　スグカエレ　チチ

ジョイスは生徒のひとりから金を借り、母親を看取るべくダブリンに戻った。母メアリー・ジョイスが寝ていたのはダブリンの北側に建てられた、二階建ての煉瓦造りのアパートの居間だった。医者の診断は肝硬変だが、緑色の胆汁を吐いていた母親はおそらく肝臓がんだった。復活祭が訪れるとメアリーは、告解に行って聖体拝領を行うよう長男に頼み込んだ。なんとかして信仰を取り戻させようという最後の試みだった。だが長年の間に教会に対するジョイスの反発は何倍にも膨れ上がっていて、迫りくる母親の死にも気持ちはほぐれなかった。暗い部屋で叔母のジョセフィーンの隣に立ったジョイスは――室内には吐しゃ物の酸っぱい臭いが漂っていた――母親の願いを拒絶した。

何カ月もメアリーは死の淵をさまよい、一九〇三年の夏が終わるころには思考もままならなくなっていた。父親のジョン・ジョイスは何年も定職に就かず、十人の子どもが待つ自宅に酔い潰れていつとも知れない時間に帰ってきた。子どものうち四人は既に命を落としていた。それでもジョイスのパリからの帰還は安心感をもたらした。ときどき彼はきょうだいを居間から追い出し、書きかけの小説を母親に読んでやった。あるとき物静かな妹のメイが、話を聞こうとしてソファの下に隠れていたことがあった。そこにいたいのなら構わないよ、とジョイスは言った。

ジョイス家は没落の一途をたどっていた。ジョイスが初等教育を終えるころには、父親のジョンはもう充分な額の遺産を食い潰していた。だが彼らにはまだ希望を抱く理由があった——将来を約束された長男がいたのだ。ジョイスは手当たり次第に本を読み、学校ではいくつも賞をもらった。家を強制退去させられるたびに、彼は家族の写真を脇に抱えて移動するという名誉な役割を言いつかった。新しい家主を納得させるために、家賃をきちんと払ったという偽の証書を現家主が出してくれさえすれば、ジョイスの父親は引越しに同意した。一家は減りつつある家財道具を荷車に積み、不機嫌な馬に引かせて通りを歩いた。「父ちゃん《パピー》」と子どもたちに呼ばれていた父親は、隣人と子どもたちが表のジョイス一家を見物しに集まってくるとわざと陽気に歌い、一家は十年間に十一度引越した。こうしてジョイスはダブリンについて学んだのだった。

一九〇三年八月のある火曜日、メアリー・ジョイスはこん睡状態に陥った。親戚一同が集まり、ベッドの脇にひざまずく。ジョンおじがふと振り向くとジョイスは部屋の真ん中に突っ立っていて、膝をつくよう不機嫌に合図をしても姿勢を変えなかった。子どもたちが声に出して祈っている最中、母親がふいに目を開けて部屋を見回し、困り者の長男と一瞬だけ視線を合わせた。それが最期だった。

母親の遺体は清められて茶色い服を着せられ、魂がその虚像の中に閉じ込められないよう、鏡はシーツで覆われた。真夜中の少し前、ジョイスは妹のマーガレットを起こして旅立とうとしている母親の亡霊を垣間見ようとしたが、何も見えなかった。家中の皆が眠ってしまうのを待ち、母親のないジョイスはひとりで泣いた。

メアリー・ジョイスの死によって、一家からは中流階級としてわずかに保っていた安定も失われ、ジョイス自身も目の前で次々と扉が閉まっていくのを感じた。彼はパリ左岸で買ったネクタイとフェルト帽を身につけ、トネリコの細い杖をついてダブリンの街をそぞろ歩いたが、その服装も溢れんばかりの文学の才能も苦境の解決にはならなかった。学生時代のジョイスは決して酒を口にしなかったが、母親の死をきっかけに歯止めがきかなくなった。最初は辛口の白ワイン、やがてギネス、しまいには手あたり次第だ。飲み仲間はたいてい物憂げな元同級生のヴィンセント・コスグレーヴと、ダブリンの名家の息子オリヴァー・セント・ジョン・ゴガティだった。ゴガティ家は三代続く内科医の家系で、オリヴァーもカトリックの医者が珍しいこの国で四代目となる予定だった。市内に二軒の邸宅があり、ゴガティには恵まれた境遇を恥じる様子もなかった――よく黄色いベストに金のボタンという格好をしていたほどだ。ゴガティとジョイスは出自の差を詩作、アルコール、神への背信で埋めた。ふたりは夜通しウィリアム・ブレイクとダンテを暗誦し、イプセンとアイルランド文芸劇場について長広舌を振るい、ほとんどのダブリン市民が眠ろうとしている時間にフランスの歌を歌いながら通りを歩いた。

あるとき酒のせいで、ジョイスはセント・スティーヴンズ・グリーンで一方的なけんかに巻き込まれた。連れがいるのに気づかず、女性に声をかけてしまったのだ。将来の文豪が失神するまで殴られるのを横目に、コスグレーヴはさっさと歩き去った。ジョイスが血だらけで地面に倒れていると見知らぬ男――ダブリン住まいのユダヤ人と噂されるアルフレッド・H・ハンターが抱き起こし、泥を払ってくれた。ハンターはジョイスの肩を支えて大丈夫かと尋ね、まるで父親のように家まで送ってくれた。ジョイスはこのことを決して忘れなかった。

ジョイスと仲間たちはよくダブリンの色街にも足を延ばした。グレート・ノーザン鉄道の終着駅近く、借家と成り果てたみじめな十八世紀式の家々と、ダブリンの北側の悪臭を放つ厩が混在する地域だ。外壁に色が塗られ、窓辺にほの暗いランプが吊るされた店がアパートの間に点在していた。夜の街には十数軒の売春宿があった――実はパリより多い。ここはヨーロッパでも最悪のスラム街のひとつで、警察も取り締まりの強化を諦めていた。ジョイスたちはゴガティの表現を借りるなら「尻も頭もわからなくなるほど」飲み、ティローン・ストリートのどん詰まりにあるもっと安い店に移動した。

売春宿の室内の壁には聖人や聖母の絵が掛けられていて、売春婦たちは聖なる絵の裏の秘密のくぼみに、騒ぎが起きたときのための頑丈な鉄パイプを何本も隠していた。それでもジョイスはトラブルメーカーではなかった。書評を書いて稼いだ金で支払いをしたし、陽気な性格だと評判だった。ネリーという女性はとりわけ好意を寄せていた。「あの男《ひと》の声、あたしが今まで聞いた中じゃ最高だわ」。ネリーは金を貸すという申し出までした。貧乏のおかげでジョイスはいっそう魅力的に見えていたのだ。

夜の街はセント・ピーターズ・テラスのみじめな家のことを忘れさせてくれた――一家はなんとかそこに一年以上留まったが、父親はだみ声で絶えず子どもたちを罵《ののし》った。「この小汚ねえ寝小便垂れ、胸糞悪いやぶにらみの餓鬼、醜い面下《つら》げてほっつき歩くどら息子……」ジョン・ジョイスは手近にあって凶器になりそうなものに手を伸ばした。子どもたちに運があれば銅のコップ、なければ鍋だ。そしてたまたま一番近くにいた相手めがけて、力任せに投げつけるのだった。母親が死ぬとジョイス、スタニー（スタニスロースの愛称）、チャーリーはかわるがわる妹たちを守った。「叩き潰してやる！お前の心臓を叩き潰してやる！」父ジョン・ジョイスはかつて妻を脅した言葉を繰り返した。

この過酷な経験がジョイスに着想を与えることになった。一九〇四年に出版された最初の小説は「姉妹たち」と題され、梅毒に冒された神父の死を少年の目から描いていた。フリン神父は奇行と麻痺の末に死を迎えるが、誰も死因を口にしようとせず、少年はその聖なる沈黙の裏に隠された真実に思いをめぐらせるほかない。ジョイスは比喩的にも文字通りの意味でも、ダブリンが巨大な梅毒の巣窟であると考えた。後に彼はヨーロッパ全土が「梅毒文明化《シフィリゼーション》している」と冗談を言ったが、確かに大陸の狂気は病の症状と合致していた。ジョイスはダブリンの倫理観の核にひそむ梅毒的な麻痺を、短編の連作を通して捉えようとした。作品には街に出没するけちな泥棒、雇われ政治家、洗濯婦、暴力的な父親、下宿屋が描かれている。彼はその短編集に『ダブリン市民』と題をつけて、思いついたように書いては、後に十年かけて頭から書き直した。

ある日彼はイメージにも場面にも到底収まらない、複雑な文章を書き始めた。それは『ダブリン市民』の一端を成す物語ではなく、注意深く書き溜めたエピファニーから湧いてきた、高揚感に満ちた宣言だった。語り手は古い体制と特権階級の終焉を予言し、新たな良心の台頭を告げる。ジョイスはまだ生まれていない世代に向けて、さまざまな形の永遠性を伝えたかったのだ。彼は一日で八ページの作品を書きあげ、「芸術家の肖像」と題をつけた。そしてダブリンの雑誌の編集者たちに理解不能だとして突き返されると、その習作を小説にしようと決めた。拒絶は過酷な経験にも増してジョイスに火をつけ、彼は二カ月で十一章書き上げた。

パリでの日々以来、ジョイスは「エピファニー」を人間の中に求めていた。世界の輝きは女性とのエロティックな結びつきから生まれるのだ。ジョイスの頭の中でその女性は、パリで出会った女性たちと夜の街の女性たちを混ぜた姿になっていた。彼女が存在しないという事実によって、センチメンタルな女性像を作り上げるのはむしろ簡単になった。「そなたの愛は」とジョイスは書いた。「人生の激流の只中で彼を立ち上がらせた。そなたは腕を回し、その胸の静かな波打ち、沈黙の恍惚、かすかなささやきの中に彼を閉じこめた。そなたの心は彼に語りかけた」。トロールへの侮蔑だけではもはや足りなかった。真の芸術は、人生を共にする女性を見つけることによってのみ達成されるのだ。

第2章　ノーラ・バーナクル

ジョイスは一九〇四年三月に家を出て、ダブリンの波止場の近くに部屋を借りた。フランス語の講師の職を与えるという大学の誘いを断り（自分を管理しようとする神父たちの策略ではないかと疑ったのだ）、他の選択肢を求めた。友人のひとりと「ゴブリン」と題した新聞を始めるのが彼の夢だった――二千ポンドあればいい。ジョイスとゴガティは詩、そして公衆便所のウィットに富んだ落書きのアンソロジーを作ることについて熱心に語り合った。ジョイスはみずから株式会社を起こして株を売ることも考えた。彼の出版物が西洋文明を変えるようになればたちまち株価は急上昇し、幸運な一九〇四年の投資家たちにとっては安い出費で済むだろう。

六月のある金曜日、ジョイスはナッソー・ストリートを歩いていた。グラフトン・ストリートの角を曲がってくる二階建ての路面電車のために馬車や自転車が道を空ける。天気がよければ人々は二階に乗り、鉄道会社の広告の看板の上に首を出してあたりを眺めた。運転手は真鍮《しんちゅう》のハンドルを回して速度を上げ、ちぎれた蜘蛛の巣のようにケーブルがはりめぐらされた道路を進んだ。そんな都市の光景の中、向こうから見たことのない長身の女性が大股でやってきた。耳にかかる褐色の長い髪をピンで留めている。二重が深く、いたずらっぽい笑みを浮かべ、動作はきびきびとしていた。ジョイスが近づいていくと、その女性は彼の汚れたズック靴に目をやった。ジョイスはなめらかで赤みがかった肌をし、顎は尖り、澄んだ青い目に真剣な表情を浮かべていた。気難しそうだけれど少年みたいだわ、と彼女は思った。
ジョイスが名前を尋ねると、彼女はよく響く低い声で言った。「ノーラ・バーナクル」。美しく、また馬鹿げた名前だった。「ノーラ」はイプセンの劇作のヒロインの名前そのままで、彼女は苗字を西部アイルランドの出身者のように「ベアナクル」と発音した。実際ノーラは人口一万五千人にも満たないゴールウェイ・シティの育ちで、ジョイス一家の祖先もゴールウェイに住んでいたので、話の糸口は簡単に見つかった。すぐそこのフィンズ・ホテルで客室係をしているの、とノーラは言った。部屋の掃除やレストランの給仕をしているらしいが、おそらく安いレンガ造りの建物の中のバーも手伝っているのだろう。
火曜日の夜、フィンズ・ホテルの近くのメリオン・スクエアで会ってくれないだろうかとジョイスは頼んだ。彼は時間通りに到着したが、彼女はついに現れなかった。次の晩、ジョイスはミス・バーナクルに手紙を書いた。

　僕が盲目なのかもしれない。長いこと赤茶色の髪の女性を見つめていたが、やがてあなたではないと思うことにした。僕はひどく失望して家に帰った。あなたを誘いたいが、もしかしたらそんな気持ちではないのかもしれない。どうか会ってくれないだろうか――まだ僕のことを忘れていなければ！

ジェイムズ・A・ジョイス

ノーラ・バーナクルがダブリンに来たのは、名ばかりの家族から逃れるためだった。五歳のとき、ノーラは母親の手で祖母の家に預けられた。バーナクル家の台所は火の車で、双子の赤ん坊が生まれ、父親が酒のせいでパン屋を手放さなければいけなくなると、五歳の娘は祖母のもとにやるしかなかったのだ。ノーラが十三歳のときに祖母が死んだ。こうしてノーラはまず修道院、次にトミーおじの家に身を寄せた。

おじはしつけに厳しく、姪には門限を守らなければ体罰を加えると警告し、夕方になるとサンザシの杖を振りながら姪を探してゴールウェイの通りを歩いた。トミーおじが見つけられないとき、ノーラはたいてい友人のメアリー・オホルランと一緒で、ふたりの若い娘たちは一緒にいるとより大胆不敵になった。互いに罵り言葉を使うよう焚きつけ合い、ノーラはためらいもなく「こん畜生《ブラディ》」「ちぇっ《ゴッド》」「くそったれ《ダム》」と男のように言ってみせた。ふたりは隣人の庭に忍び込んで野菜も盗んだ。鏡を覗きながらキャベツを食べたら未来の夫の顔が見えるという話だったからだ。ふたりはリンゴに九本のピンを刺し、十本目を捨てて、リンゴをストッキングの左足に詰めて右足のガーターで留めた——左足ではなく、右足でなければいけない。そのリンゴを枕の下に敷いて眠れば、結婚相手が夢に現れるのだ。ハロウィーンの夜にしか効果はなかった。

ノーラに興味を示す男たちは充分すぎるほどいた。若い教師のマイケル・フィーニーは彼女に歌を歌ってみせたが、ノーラの祖母が亡くなったのと同じ一八九七年の冬にチフスで死んだ。ソニー・ボドキンは十六歳のノーラにブレスレットを贈ったが、結核がふたりの関係に終止符を打った。修道院でノーラは「男たらし」と呼ばれていた。あるとき若い神父が司祭館でのお茶に彼女を誘い、膝の上に座らせた。ノーラが押しのける間もなくその手は服の下をまさぐっていたが、罪を犯したのは私を誘惑したお前のほうだ、と神父は言った。

時おりノーラとメアリーはズボンとネクタイを身につけ、重い編み上げ靴を履いた。髪は帽子の中に押し込み、男の格好でゴールウェイのエア・スクエアをのし歩いた。ある晩トミーおじがお気に入りの歌を口笛で吹きながらやってきたときのことをメアリーは覚えている。「わが恋人、わが真珠、わが心の愛しい娘」。サンザシの杖が触れるほどの距離ですれ違ったとき、メアリーはしゃがれ声で呟《つぶや》いた——「いい晩を」。三人でギネスを飲み交わした直後のようだ。トミーおじは混乱して一瞬足を止め、たちまち遠ざかっていくふたりの姿を見つめた。娘たちは角を曲がると、勝ち誇ってはじけるように笑った。

*

ジョイスからの手紙を受け取ったあとでノーラは気を変えた。一九〇四年六月十六日、ふたりはダブリンのメリオン・スクエアで待ち合わせ、リングズエンドまで一緒に歩いた。町の東の端、波止場の脇の空き地で、リフィー川が海に合流する場所だ。街灯もなく、ふたりのほかに人影はない。ノーラが体を寄せてくると、バルサムと服にピンで留めたハンカチの薔薇の匂いがした。そっとボタンが引っ張られるのを感じて、ジョイスは赤面した。ノーラがワイシャツの裾をたくし上げ、器用に指を滑り込ませて愛撫を始める。彼が呻《うめ》き声を上げると、ノーラはその顔を見て小馬鹿にするように笑った。「あら、どうしたの?」それは文学史における重要な瞬間だった。

みずからの壁を崩したくないジョイスは酔って騒ぐのをやめなかったが、ちょくちょくノーラの姿を求めてフィンズ・ホテルに立ち寄った。ノーラは彼の服と靴を見て恥ずかしく思った。その外見にしては、手紙は奇妙に堅苦しかった。彼は「ジェイムズ・ジョイス」あるいは「J・A・J」

と署名することにこだわり、冗談めかした筆名を使うこともあったが、決して「ジム」とは書かなかった。そこでノーラも同じようにした。「Ｎ・バーナクル」あるいはノーラ（Ｎｏｒａ）にｈを足した「ノーラ（Ｎｏｒａｈ）・バーナクル」（ジョイスはそのｈを毛嫌いした）。ふたりでいるとき、ジョイスは頑固に彼女を「ミス・バーナクル」と呼び続け、八月になってもまだ打ち解けるにはどうしたらいいのか迷っていた。「なんと署名したらいいのだろうか？」あるとき彼はそう書き、結局何も署名しなかった。

　それでもジョイスは彼女の低い声、茶色の靴、首筋にしてくれた小鳥のようなキスについて書いた。夏が深まるにつれて、彼女のいない一日が長く感じられるようになった。七月末のジョイスは二晩以上続けてノーラに会えないと苛立ち、疑いの念を抱くようになっていた。次に会えるまでの時間を耐え忍ぶため、彼女の手袋の片方を持ち帰った。ボタンを外して隣に置いて寝たが、あなたと同じように大変お行儀よく振る舞っていました、とジョイスは書いた。

　ふたりの交際にいい顔をする人間はほとんどいなかった。バーナクル嬢は所詮ホテルの客室係にすぎず、たとえ家運が傾いたとしてもジェイムズ・ジョイスはもっとうまくやれるはずだ、というのが街の意見だった。弟のスタニーはノーラの顔に「どうにも品が感じられない」と言った。父親はまともに取り合わなかったが、苗字を聞くと笑った。バーナクル《フジツボ》だって？「そりゃ、せがれのことを離さんだろうさ」。友人たちはわざわざジョイスのいるところで彼女を貶《おとし》めさえもした。あんな無教養な女性に惹かれるとは驚きだ——あのゴールウェイ娘ときたら、中等教育も終えていないのだ。コスグレーヴはふたりの仲が長続きしないと断言し、ジョイスを苛立たせるためだけにミス・バーナクルを下の名前で呼んだ。彼女に会ったのは自分のほうが先だとまで言った。ジョイスは世の中一般の出来事と同じように、彼らの意見に対しても無関心を装おうとしたが、その演技は日に日に難しくなっていった。「奴らのたった一言で」と、ジョイスはノーラに宛てた手紙で打ち明けた。「僕の心は嵐に巻き込まれた鳥のように翻弄される」

真剣な交際が作家としての生活にどう影響するのか、ジョイスにはもうひとつわからなかった。たとえ気障《きざ》に振る舞っていても、芸術家として生きるのは格好つけでも一時の憧れでもなかった。それが彼自身だったのだ。一九〇四年のダブリンで芸術家を名乗るのは恥ではなかった。野心ある芸術家はうわべだけだと言われたり、頓珍漢《とんちんかん》と非難されたりするのを恐れるものではない。たとえアイルランドが作家を不当に扱っていたとしても、芸術には価値があり、価値あるものすべてと同様にそれは犠牲を伴うのだ。ジョイスを悩ませていたのは、ノーラが自分の芸術家としての人生の中に収まるのかということだった。エッセイを拒絶されて以来ずっと育んできた孤立感と、「芸術家の肖像」を書いてから強く求めてきた同伴者の間でジョイスは引き裂かれていた。

長く遠回しな手紙を通して、ジョイスはこのことをノーラに説明しようとした。カトリック教会とは何年も前に袂《たもと》を分かっていて、自分のすることはすべて教会に対する闘いの一端なのだ。しかし敵は教会に留まらない。人生の秩序にはすべからく欠陥があるようだ――あまりに多くの国が、どこへも届くあてのない哀れな小包のような、そんな家族の集まった野営地と変わりないではないか。「家などというものをどうして僕が愛せるのか?」と、ジョイスは彼女に問うた。自分の放埓《ほうらつ》な父親は妻を緩慢な死に追いやり、辛うじて幼少期を生き延びた子どもたちの人生をもう少しで破壊しそうになったのだ。自分は父親の過ちを繰り返すよう運命づけられているのではないか、とジョイスは恐れていた。ノーラは安定を求め、ジョイスは風来坊だった。それでもジョイスは愛撫以上のものを求め、あなたのために何かを差し出す覚悟があると匂わせたが、手紙の内容はほのめかしに留まっていた。言葉の中から自分を捜し、子どものように隠れているのを発見してほしかったのだ。

ジョイスはノーラに、自分への愛情を可能なかぎり最も厳密な形で表現することを求めた。彼の憎んでいる社会常識——結婚、教会、家庭は放棄しなければならない。彼をはねつけるか、さもなくば「人生の激流の只中」を導いてほしい。ノーラは注意深く手紙を読み直さなければいけなかった。その文面は解決した謎がみずから未解決になっていくようなもので、意味が明らかになったかと思うと、次にはわざと曖昧にしたような展開が待っていた。正確なところ、愛撫以上の何が欲しいのだろう？　ノーラが返事を書かずにいると、早く答えてほしいと催促する手紙が送られてきた。彼女からは十三通も手紙を受け取っていたにもかかわらず。

＊

ジョイスは八月末に自宅を強制退去になり、やむなくオリヴァー・ゴガティの海辺の見張り塔に転がり込んだ。ゴガティはナポレオンの侵攻を防ぐためアイルランドの東海岸沿いに立てられたマーテロ塔のひとつに住んでいた。一九〇〇年、英国陸軍省は塔を閉鎖し、榴弾砲《りゅうだんほう》と旋回砲を撤去し、火薬庫を空にして去っていった。ゴガティはダブリンを九マイル南に行ったところの港町、サンディコーヴにある花崗岩の塔を年八ポンドで借りていた。

ジョイスにとって海辺の塔は最後の拠りどころで、ゴガティにとっては砂草に囲まれた失われた自由の地だった。彼らは深遠な哲学から冒瀆《ぼうとく》的な冗談まで、ありとあらゆることを話題にした。ゴガティは両目を閉じて医者兼霊媒としての力をかき集め、キリストの血小板と白血球を残らず聖変化のワインに注ぎ込み、ジョイスはミサの最後に捧げられる大天使《アークエンジェル》ミカエルの祈りの「性病版」を唱えることでそれに応じた。

聖ミカエル、ケツの大天使《アースエンジェル》よ、結合のときにおいて我らを駆りたて給え。梅毒という悪の罠《わな》から我らを護り給え。神の命令により梅毒が抑えられるよう心よりお祈りいたします。おお天軍の総帥よ、梅毒を地獄へと投げ入れ、朽ちた器を求めてこの世を彷徨《さまよ》う邪悪な魂をも打ち捨て給え。アーメン。

塔での日々は長く続かなかった。同居人との諍《いさか》いが――ゴガティ曰く、その男が遊び半分にジョイスの頭上にピストルをぶっ放したのが原因の一部だった――ジョイスに何カ月も温めていた計画を実行する勢いを与えた。アイルランドを永久に離れるため、真夜中に九マイル歩いてダブリンに戻ったのだ。次の夕方、すべてを捨てて一緒になってくれることを願いながら、ジョイスはメリオン・スクエアで恋人を待った。来てくれるかどうか、直接尋ねはしなかった。こう聞いたのだ。「僕を理解してくれる人間がいるだろうか？」

*

ノーラ・バーナクルがゴールウェイを出たのは真夜中で、ひとりきりだった。母親にもメアリー・オホルランにも別れを告げなかった。それまで少しの時間だけ家から離れたいときは、メアリーと一緒に夕方の礼拝に行くと母親とトミーおじには言うようにしていた。少女たちはエア・スクエアの近くのアビー教会まで歩き、怪しまれない程度に祈りを捧げてからノーラはその場を抜け出して、メアリー・ストリートでただひとりのプロテスタント、ウィリー・マルヴェーに会いに行くのだった。メアリーは教会の信徒席で待った。ノーラはウィリーとふたりでトミーおじに見つからない場所に行き、何時間もしてから土産話と菓子の箱を抱えて教会に戻ってきた。

しかしトミーおじを永久にだまし続けることはできず、ノーラはウィリーと会うのを禁じられたが、それからはますます頻繁に出かけた。ウィリーを愛していたわけではないが、自由とふたりきりの時間のスリルが心地よく、ノーラは幸せだった。だがある晩家に向かっていると、杖のコツコツという音と「わが恋人、わが真珠、わが心の愛しい娘」が聞こえてきた。振り返る必要さえない。トミーおじが後ろを歩いていたのだ。

ノーラに続いて家に入ったトミーおじは部屋から出ているようノーラの母親に命じ、生意気でふしだらな姪をサンザシの杖で打ちすえた。ノーラは悲鳴を上げて床に倒れ、おじの膝にしがみついた。母親はドア越しに耳を傾けていた。杖の鋭い打撃が背中と肋骨に降り注ぎ、床にうずくまったノーラは怒れる拳のように身を震わせていた。

次の日ノーラは秘密の計画に着手した――職を探し、こっそりと荷造りし、ダブリンへの片道切符を買う。その週の終わりには出発していた。ノーラ・バーナクルは慣れ親しんだすべてを捨てて見たこともない都会に行き、知人のいない土地で新しい生活を始めた。十九歳にして、ようやく自分の人生を手に入れたのだ。そんなわけでジョイスに「僕を理解してくれる人間がいるだろうか?」と聞かれたノーラは「はい《イエス》」と答えた。

第3章　渦巻き運動《ヴォーティシズム》

エズラ・パウンドは家具をサセックス州の家の書斎の壁際に押しやり、ウィリアム・バトラー・イェイツにフェンシングを教えられるだけの場所を作った。パウンドは突きの動作をしては書斎の反対側まで後退し、二十歳年上のイェイツは剣で空気を切りつけるのだった。ふたりが出会ったのは一九〇九年のロンドンで、パウンドは初の詩集を出版したばかりだった。ロンドンの『イヴニング・スタンダード』紙には熱烈な書評が載った。「野生的で忘れ難く、みごとに詩的で独創的なイマジネーションに満ち、情熱的で深い精神性がある。気違い沙汰とまでは言わないにしても、刺激的だとは思わせる……この詩集を表現する言葉はない」。それを書いたのはパウンド自身だった。

パウンドはイェイツがロンドンで主催する月曜夜の夕食会に参加するようになった。豊かな髪を振り乱して駆け込んできては、繊細な造りの椅子にどしんと腰を下ろし、悠然と背にもたれかかる。黒いベルベットの上着とひげ――長い口ひげと先の尖ったささやかな顎ひげ――は、詩人としての正装の一環だった。裾の長いマント、襟元を開けたワイシャツ、深緑のフェルト生地のズボンは、ロンドン市民の堅苦しいセンスを嘲笑うかのようだった。ある日の夕食会で、パウンドはテーブルに飾られていた赤いチューリップの花びらをちぎり、一枚ずつ食べてしまった。会話が途切れるとパウンドは尋ねた。「この場を頂戴しても構いませんかな?」そしておもむろに立ち上がり、アメリカ風の発音を恥じる様子もなく自作の詩を朗読するのだった。

イェイツは仕事に集中するため、一九一三年から一四年の冬にかけて働いてくれる秘書を探していた。パウンドの暴走気味のエネルギーがその仕事にふさわしいかどうかは不明だったが、彼はイェイツを崇拝しており、当時のイェイツにはそんな人間が必要だった。パウンドに会うまでの七年間、彼はほぼ一篇も詩を書いておらず、下り坂だという噂を否定するのに躍起になっていたのだ。しかしその冬閉じこもったことでイェイツの集中は深まった。朝食のあと、鼻歌を歌ったり詩を朗読したりするイェイツの声が煙突を通してパウンドの耳に届いた。イェイツは創作に励み、パウンドは孔子を読んで日本の能を翻訳した。剣を片づけるのにふさわしい晴れた午後はふたりで長い散歩に出るか、近くの酒場でリンゴ酒を飲んだ。暗くなるとパウンドはワーズワースや薔薇十字団の哲学書、あるいは『魔術の歴史』を朗読し、そのままふたりで遅くまで語り合った。

　エズラ・パウンドは一流の編集者で、優れた論客で、凡庸な詩人だった。つまり彼はおよそ間違った理由で有名だということだ。よい詩とは簡潔な詩であるとパウンドは考えていた。彼曰く、たとえば形容詞はしばしば描写の対象を曖昧にしてしまう。ある詩人に宛てた手紙の中でパウンドは嘆いた。「君は名詞を付き添いなしに外出させることがないのか？？？」イェイツの詩を編集したときは冒頭の十七行を七行に、末尾の十五行を八行に切り詰め、見つかるかぎりの無駄な言葉を捨て、抽象的な表現を消した。ミルトンなど崇拝するからだ、とパウンドは言った。感情に大げさな言葉を与えるのは我慢ならない。詩は対象を直接扱うべきだ――詩的感情は事物から湧き出すのだから。

　装飾と象徴から直線と幾何学的な簡潔さへの決然とした移行はまさに機械の時代にふさわしく、さまざまな芸術の分野で起きていた。画家たちはキュビスムを通して硬質さを再発見し、パウンドはパーシー・ウインダム・ルイス、ジェイコブ・エプスタイン、アンリ・ゴーディエ＝ブルゼスカといった強い線を特徴とするロンドンの芸術家たちから着想を得た。パウンドに出会ったとき、イェイツも既に逃避的な抒情詩に見切りをつけて「もっと気の利いた」詩を書いていた。神話的なテーマは陰惨な現実を前に色褪せた。「ロマン主義のアイルランドは死んで消えた」と、イェイツは「一九一三年九月」の中で書いた。かつてジョイスは彼がアイルランドの大衆に媚びていると言ったが、今やそうではなかったのだ。

パウンドにとって硬質な芸術には経験主義的な意味合いがあった。詩の良し悪しは好みで決まるのではない。数学や化学と同じように、正しいか間違っているかというだけだ。「悪い芸術とは不正確な芸術だ」と、パウンドは宣言した。形容詞を排除するのは真実を擁護することだった——パウンドにとっては、真実を表現するより編集してしまうほうがはるかに簡単だったのだが。あるとき彼はパリの地下鉄駅のホームに足を踏み入れ、慌ただしく行き交う人々の中に超越した顔を垣間見た。振り向いて追おうとするとまたひとり、またひとりとやってきた。彼はそれについての三十行の詩を苦心しながら書き、何度も練り直したが結局破ってしまった。六カ月経ってもまだその瞬間のことを考えていたが、ふたたび書こうという試みは失敗に終わった。一年後、パウンドはようやく完成に漕ぎつけた。それほどの労力を費やした詩の題は「メトロの駅で」だった。

人混みの中のこれらの顔の幻影
濡れた、黒い枝の花びら

シャープかつ直接的なイメージが並んで配置されていて、長く遠回しな表現も、技巧も読者への訴えかけも、きらきらした飾りもない——動詞さえないのだ。何層ものレトリックは剝ぎ取られ、最後に残ったのはエピファニーのみだった。パウンドはみずからの詩論を「象徴主義」と名づけ、精力的に宣伝した。象徴主義を志望する者たちには処方箋を渡した。「上っ面な言葉は使うな」、「抽象への恐怖を持て」

パウンドは自身が言うところの当世ロンドンのいい加減で形の崩れた詩、すなわち二番煎じのロマン主義に、ひたすら新しい詩のスタイルで対抗していたのだ。一九一三年、彼は記した。「芸術家はつねに始まりのときを迎えている」。パウンドが論争の種を蒔いたのは同志を集めるためで、その情熱と新しいものへの愛情も派閥意識に根差していた。英国の文学界はさまざまなグループが乱立している状態で、パウンドも自分のグループが欲しかったのだ。一九一三年末、パウンドは象徴主義詩のアンソロジーの編纂《へんさん》に着手しており、そこに加えるべき人間がいるかとイェイツに尋ねた。いる、とイェイツは答えた。パウンドと同世代の若いアイルランド人にジェイムズ・ジョイスという男がいて、ダブリンの外では知られていないがパウンドの好みに合うかもしれない。イェイツはその作風や反逆児ぶり、ノーラ・バーナクルとふたりで突然アイルランドを去ったことについて語った。その一件はダブリンの文学界の話の種だった。イェイツは一九〇三年にジョイスが書いた「軍隊が聞こえる」と題された詩を思い出し、本を探しに行った。その間にパウンドは、ジョイス氏に宛てた手紙をタイプすることにした。

敬愛なる紳士
貴殿の作品につきイェイツ氏より聞き及んでおります。非公式にではありますが、私はいくつかの新しいが資金のない新聞を知っています……英国で唯一自立し、また言論の自由を擁護している機関であり、文学を欲していながら手に入れられていません。我々は娯楽のためにそれらの新聞を支援しており、特に新しい作品への場を提供できます。

それは作品の提供を求める珍しい手紙だった。私は知らない人間に決して手紙を書かない、とパウンドはジョイスに告げ、それでも機会を与えたい旨を伝えた。それから思いついて手書きで付け足した。「私が貴殿の役に立てるか、あるいは貴殿が私の役に立つのか、どうも皆目見当がつきません。イェイツ氏の話から察するに、どうやら貴殿と私はいくつか共通のものを嫌悪しているようです。だがそれは初対面としては非常に問題のある繋がりではありますが」

＊

パウンドは七歳のとき、サンタクロースへの手紙をもっと丁寧に書き直すよう両親に命じられた。「親愛なるサンタクロースへ」と、新しい手紙には書かれていた。「以下にあげます品物をいただくことができましたら大変ありがたいです」。彼が欲しかったのは道具箱に戦斧《せんぷ》、街の模型だった。パウンドが米国を去ってすべての中心であるロンドンに飛び込んだのは、郷土愛こそが積年の憎悪の対象だったからだ。

ロンドンは世界の歴史上最も大きな都市だった。七百万を超す人口は二番目に大きな都市パリの二倍で、人口は一八八〇年以降、十年ごとに約百万人ずつ増えた。成長を可能にしたのはその飛び抜けた生産力だった。ロンドンの労働者の四十パーセントが工業品の生産に携わり（家具、武器、電球)、それらは海の支配者である商船の助けを借りて大英帝国全域で売られた。ニューヨークが存在感を増してきてはいたものの、世界経済の中心はロンドンだった。ロンドンの為替市場が世界中の商品の価格を決め、各国の政府関係者がこの地を訪れて商談を求めた。そのかつてない都市の規模が、法執行機関の整備において英国政府を先駆者にした。一八二九年に最初の中央集権型の警察が置かれ、議会は公娼制度、賭博、猥褻行為を禁止する法を作ってその権限を増した——すべては膨大な人口を管理するためだった。

それでも第一次大戦前の数年間は、都市の歴史上最も不安定な時期のひとつだった。他の国々が英国の経済的支配に対抗するようになると実質賃金と就職率は下がり始め、労働組合が先鋭化した。炭鉱夫、港湾労働者、鉄道作業員は一斉にストライキに踏み切った。港では放置された食料品が腐り、ロンドンの石炭の供給(週三十万トン以上搬出されていた)は停止した。英国の産業界は一九一二年だけでのべ三千八百万日の労働日を損失した。政治情勢も同じくらい荒れ模様だった。自由党が選挙で大勝を収めたのを機に、議会は一九一一年、非公選制の貴族院の権力を制限することにした。英国の貴族階級は税金の徴収と予算案を拒否することができたが、突如としてその伝統的な力を失い、その他の事柄に対する貴族としての拒否権の発動も暫定的なものとされたのだ。貴族院の凋落《ちょうらく》は古い社会制度の衰退を示していた。エズラ・パウンドは満を持して登場したようなものだった。

最も懸念すべき変化は、全国で急進派による攻撃が次々と起きたことだった。急進派の台頭はマルクス、トロツキー、レーニンといった政治亡命者を庇護していた都市では——彼らは全員、社会主義者や無政府主義者に囲まれてイーストエンドで暮らしていた——驚くべきことでもなかったはずだが。水道設備を破壊するため爆弾が仕掛けられ、ダウニング街、政府の建物、国中の商店の窓ガラスが割られた。使われたのは煉瓦や石やハンマーだった。大蔵大臣デイヴィッド・ロイド・ジョージが乗った馬車の窓には金属製の大釘が投げ込まれ、ジョージの目から数センチのところに当たり、顔に切り傷を負わせた。ウィンストン・チャーチルは鉄道駅で鞭打たれた。空き家、庭のあずま屋、教会は放火され、ウェストミンスター寺院、教会、列車、城や民家で爆弾が爆発した。ロンドン警視庁はこのとき初めてカメラを購入し、容疑者を監視するため写真を撮った。容疑者は全員女性だった。

英国で最も強力な急進派は婦人参政権論者たちだった。貴族院は衰退したものの、英国の政治は国内の文化に比べて大きく遅れを取っていた。女性は大学で学位を取り、望まない結婚を拒否し、経済的な自立を果たすようになっていて、一九一一年にはロンドンの労働者の三分の一以上が女性だった――この十年間で二十二パーセントの増加だ。それほど大英帝国において重要な存在になりながら、女性には国内の政治に口出しする資格がなかったのだ。

女性の参政権を推進する運動は、一九〇五年に自由党の会合を妨害する行為が始まってから勢いを増した。デモを行ったり「女性に参政権を」という横断幕を掲げたりする以上のことをするなら、婦人参政権論者たちは政治の現場に乱入するしかなかったのだ。一九一〇年、数百人の女性が議会に突入しようとして、警官と野次馬の男性たちの暴力的な抵抗に遭った。数人の女性が怪我をし、ふたりが亡くなった。婦人参政権論者たちが刑務所内でハンガーストライキを始めると、看守は拘束服を着せ、漏斗を使って力ずくで鼻からセモリナ粉（小麦を粗びきにした粉）を摂取させた。少なくともひとりの女性が鼻粘膜を引きちぎられた。食事の強制に対して批判の声が高まると議会は「ネコとネズミ」法、すなわちハンガーストライキを始めた囚人を釈放し、健康を取り戻したらすぐ再逮捕する法律を通した。警察は婦人参政権論者の事務局を封鎖し、手紙を検閲したが、ストライキは止まらなかった。放火、窓の破壊、爆弾騒ぎも続いた。婦人参政権論者の数人は首相の暗殺も企てた。

革命の風はロンドンの文化にも大きな影響を及ぼした。まず変化の兆しが表れたのはグラフトン・ギャラリーで一九一〇年に行われた展覧会「マネとポスト印象主義者たち」だった。ポスト印象主義はモネやルノワールといった印象派が去ったあと、新たな実験を進めていた一世代の画家をまとめた用語だ。美術館の常連たちは厳しい評価を口にした。「感心するほど猥褻」、「純然たるポルノグラフィ」。室内の一角に飾られたセザンヌ夫人の肖像画は、平面的な顔を青みがかった色で塗ったもので、両手と服は未完成にも見えた——まるでセザンヌが妻を愛していなかったかのように。ひとりの男性は肖像画の前でヒステリックに笑い出し、係によって建物の外へと連れ出された。

ポスト印象主義の展覧会が物議を醸した理由のひとつは、ロンドン市民が印象派を充分に理解していなかったことだった。英国の美術界は何十年も遅れを取っていたのだ。実際グラフトン・ギャラリーの展覧会はむしろおとなしいほどで、出展されていた絵の多くは一八九〇年代の作品だった。ゴーギャンとセザンヌは既に世を去り、ゴッホも二十年前から墓の中で、最も過激なふたりのポスト印象主義者ピカソとマティスの作品はほとんど見当たらなかった。だがそれでもポスト印象主義は荒ぶる社会の前兆とも呼べるもので、下描き程度に漠然と描かれたセザンヌ夫人の両手は、何世紀にも渡る西洋文明の功績を否定しているようだった。ある批評家は記した。「『新奇』という名のもと野生と子どもに回帰するのは、すなわち無政府主義者として振る舞うことだ。彼らは変化を起こせないと悟るや、破壊に走る」。無政府主義者、婦人参政権論者、ポスト印象主義者たちは文明に大きく作用していた。

一方エズラ・パウンドのような人間にとってポスト印象主義者の展覧会は、ソーホーのナイトクラブやキャバレーで花開いていたアングラ芸術の切り売りにすぎなかった。零時を回ってロンドンのパブが閉店を告げたあと、芸術家たちはリージェント・ストリートを一本入った細い路地の行き止まりにあるケーヴ・オブ・ザ・ゴールデン・カーフに集まった。そこではひとつだけの電灯が、織物商の倉庫の入り口を照らしていた。メンバーとその友人たちはまず扉をノックし、腰をかがめてマンホールに似た入り口をくぐり、木の階段を下りて、剝き出しの梁が格子状に渡された巨大な地下室に足を踏み入れるのだった。壁はオレンジや紫の衣装を着てグロテスクに体をねじるゴブリンに似た彫刻で埋め尽くされていた。ゴールデン・カーフの常連たちはスペインのジプシーダンス、影絵、詩の朗読を楽しんだ。キャバレーの歌手やラグタイム・バンドがかわるがわる狭い舞台に上がり、すっかり酔いの回った恋人たちは胸をぴたりと寄せて、明け方までターキー・トロットやバニー・ハグを踊った。女性も煙草を吸い、スカートの裾は足首よりずっと上だった。

ケーヴ・オブ・ザ・ゴールデン・カーフを訪れた芸術家のひとりがイタリアの未来派の旗手フィリッポ・マリネッティで、彼はノイズとスピードの美から生まれる暴力とダイナミズムを称賛していた。爆音や機関銃の発射音を真似るマリネッティのこめかみには血管が浮いていた。未来派のマニフェストでは文化の徹底的な破壊が主張されていた——過去を燃やし尽くさないかぎり、未来は訪れないとでもいうように。「図書館の棚に火をつけろ！」とマニフェストは煽った。「運河の流れを変えて美術館を水没させろ！　栄光のキャンバスが無残に流されていかんことを！　つるはしとハンマーを握れ！　崇高なる都市の基盤を崩せ！」

婦人参政権論者がロンドン中の美術館の絵画に切りつけるに至って、文化の破壊は文字通りのものとなった。一九一四年にはフリーダ・グラハムという女性がロイヤル・アカデミー・オブ・アーツに入館し、襟巻きの中に隠していた手斧でウェリントン公爵の肖像画を八つ裂きにした。別の女性はナショナル・ギャラリーのベネチア派絵画に、鉛を流し込んだ杖でいくつも穴を開けた。肉切り包丁でジョン・シンガー・サージェントによるヘンリー・ジェイムズの肖像画を切り裂いた女性もいた。女性が参政権を手にするまで英国に平穏は訪れないのだ。第一次大戦前の熱に浮かされたような時代において、芸術を通して闘いを挑むのは決して筋違いではなかった。急進派にとって高尚な芸術のほとんどは政治的産物で、帝国主義を正当化するプロパガンダの道具であり、美術館を攻撃するのは帝国の権力を攻撃することだったのだ。

＊

急進的な政治と芸術の関わりを浮き彫りにしたという点において、ドーラ・マーズデンの右に出る者はいない。婦人参政権論者で、エズラ・パウンドを先鋭化させ、ジェイムズ・ジョイスの最初の長編小説を出版した人物だ。一九〇九年、マーズデンは三十人の女性を率いて議会に乗り込み、プラカードで警官を殴ったとして傷害罪で逮捕された（偶然当たっただけだと彼女は主張した）。刑務所で一カ月過ごしたあと、マーズデンはガラスのパーティションに鉄球を投げ込んで自由党の会合を中断させた。その結果さらに二カ月服役することになるとハンガーストライキを始め、監房の窓を次々と叩き割り、裸で抗議活動を行おうと囚人服を引きちぎった。看守たちの手で無理やり拘禁服を着せられたが、身長百五十センチに満たないドーラ・マーズデンは身をよじらせて脱いでしまった。
自由党の会合は日常的に婦人参政権論者が抗議活動を行う場となった。一九〇九年、サウスポートで若きウィンストン・チャーチルが演説をしたときは警官が会場を包囲し、貴族院が拒否した予算案の支持を呼び掛ける間邪魔が入らないようにした。貴族院は庶民院の要求に黙って従うべきだ、なぜなら彼らは選挙民の意思を代弁しているのだから、とチャーチルは主張したが、そのとき天井の丸窓から声が響いた。「でも庶民院は女性を代弁していませんよ、ミスター・チャーチル！」たちまち大騒ぎになり、聴衆は逃げ出した。ドーラ・マーズデンは前夜から建物の天井裏に隠れることで厳しい監視をすり抜け、夜通し雨が降って凍えるほど冷え込む中で待っていたのだ。数分間激しくチャーチルを糾弾したあと、マーズデンとふたりの仲間は屋根から引きずり下ろされ、逮捕された。

一九一一年、マーズデンは英国の先鋭的な婦人参政権推進団体「女性社会政治同盟」を脱退した。逮捕される危険のない活動だけするよう求められていたからだ。マーズデンの野望はベークセールを企画したり、「女性に参政権を」と書いたステッカーをボートに貼ったりすることをはるかに超えていた。やがて彼女は『フリーウーマン』と題した雑誌を創刊して、政治に留まらない領域までフェミニズム運動を拡大することにした。マーズデンの信念では、正しく先鋭的な雑誌は「人間の生活のすべての側面、すなわち知的活動、性、家庭、経済、法と政治に巨大な革命を起こす」のだ。マーズデンの雑誌の紙面、またその読者で構成される「フリーウーマン・ディスカッション・サークル」の中で婦人参政権論者たちは社会主義者や無政府主義者と対面し、タブーとされていた離婚、性病、同性愛、避妊、フリーセックスなどについて語り合った。

マーズデンは個人の自由を脅かすあらゆるものに反対した――政府、教会、集産主義者が重んじる階級、ジェンダー、人種など。「宇宙の中心は個人の欲求の中にあります」と彼女は宣言した。マーズデンは婦人参政権運動から個人主義的無政府主義に重心を移した。参政権の拡大は、政府の正当性という神話を強化したにすぎないではないか。いくらも経たないうちに彼女は政治的な運動のすべてを拒否し（目標は「原因を破壊する」ことで、それに同化することではない）、あらゆる抽象概念をもはねつけた。それは言葉そのものとの闘いを意味した。「女性」という単語は「言語から抹殺されるべき」だと彼女は主張した。「我々の敵は言葉です」。正確な言葉、また文章を通して世界を変える方法への欲求が、ドーラ・マーズデンをエズラ・パウンドとジェイムズ・ジョイスのもとに導いた。

マーズデンにとって文学は抽象に対抗する武器だった。「詩人と創造的な思索家だけが」個人というものの性質を明らかにするのだ――詩は宇宙の核心に迫る道を拓く。『フリーウーマン』は当初さほど文芸色が濃くなかったが、一九一三年、編集協力者のレベッカ・ウェストがマーズデンをエズラ・パウンドに紹介した。マーズデンは仕事を依頼する前にパウンドの哲学について事細かに訊いたが、パウンドの答えは彼にしては珍しく中途半端だった。「恐らく私は個人主義者です」と、パウンドは彼女に宛てた手紙に書いた。「恐らく私は芸術を、ある種の個人の自由に対する最も効果的なプロパガンダだと信じています」。パウンドはマーズデンの鋭い質問が忘れられず、二カ月後に彼女に答える形で詩を擁護する文章を書いた。「真摯な芸術家」と題したエッセイの中でパウンドは「芸術家とは自身の欲望、憎悪、無関心を正確に描き出すものだ」と主張し、個人の欲望の観察のみが人間の本質を照らし出すと説いた。マーズデンはそのエッセイを一九一三年に出版し、こうして緊張をはらみつつも実り豊かな関係が始まった。マーズデンが雑誌の題名を『エゴイスト』に変更したことをパウンドは歓迎した。

＊

明晰《めいせき》な詩を急進的な政治に結びつけるマーズデンの能力は、パウンドがみずからのキャリアにおいて新たな段階に踏み出す助けとなった。彼女に宛てた例のエッセイはその段階の創世記だった。その中でパウンドは、芸術において最も大切なのはその独自のエネルギーだと悟ったからだ。「濡れた、黒い枝の花びら」のようなイメージは明確で直接的だったが、その静謐《せいひつ》さは二十世紀の活力をとらえ損ねていた。二カ月後、彼は芸術のエネルギーを表現する言葉を見つけた。「渦巻《ヴォーテックス》き」。それを起源に、それを通して、その只中へ、アイデアが絶えずほとばしる」。ヴォーティシズムとは象徴主義に「動詞」を取り戻したものだった。

ヴォーティシズムの核心はそのエネルギーが集合的だという点だった。力の源泉は天才的な個人ではなく各所から集まってくる才能の渦で、熱狂的なスタイルがいずれ運動をひとつにまとめるのが理想だ。一九一四年六月、エズラ・パウンドとウィンダム・ルイスは百六十ページに渡る特大のヴォーティシストの雑誌を発刊した。真紅の表紙には斜めに派手な活字が踊っていた——「『ブラスト《BLAST》』」。我々は生きた世界を望むだけだ」と彼らは宣言した。「そしてその生《なま》のエネルギーが体を通るのを感じるのだ」。ヴォーティシズムはマリネッティの好戦的な勝利主義、婦人参政権論者の過激主義、ドーラ・マーズデンの個人的無政府主義を掛け合わせたものだった。『ブラスト』は「個人に」捧げられており、婦人参政権論者を称えた。

我らはあなた方のエネルギーを称賛する。あなた方と芸術家はこの英国でわずかに生命を宿した唯一のものだ（「もの」と呼ばれて感情を害さないように）。

ヴォーティシストが破壊を望むものはすべて巨大な活字で刷られていた。英国学士院を爆破せよ。アンリ・ベルクソン、郵政省、タラの肝油。一八三七年から一九〇〇年に至る年月（ヴィクトリア女王の治世）。それに続いて雑誌は称賛すべきものを名指しした。英国の偉大なる港を祝福せよ。床屋（「彼は母なる自然にささやかな値段で立ち向かう」）。フランスのポルノグラフィ（「進化の偉大なる敵」）。オリヴァー・クロムウェルとヒマシ油。ジェイムズ・ジョイス。

ジョイスは一九一四年一月にパウンドに返事を書いていた。彼はオーストリア帝国の地中海の港トリエステからタイプ済みの『ダブリン市民』、出版に関する嘆きを事細かに綴った手紙、そして初の長編小説『若き日の芸術家の肖像』の第一章をパウンドに送った。それまでの十年間を彼は自伝と呼んで差し支えないこの小説に費やしていたが、その作業は予想外の苦難を伴った——あるとき彼は千ページの原稿を暖炉に投げ込んだ（慌てて取り出したが、焼け残ったのは半分だった）。『ダブリン市民』を書いたのは一種の気分転換だった。だがその作品は無駄な箇所が削られ、芸術家のエピファニーが卑しいダブリンのそこかしこを彩るように書かれていて、原稿を読んだパウンドはすぐさまジョイスが幸運なる者のひとりだということを悟った。

彼は『若き日の芸術家の肖像』の数章を直ちに『エゴイスト』に送り、どうしたらジョイスに原稿料を払い、英語の授業に無駄な時間を費やすのを止めさせられるか考えた。パウンドはヨーロッパ越しにジョイスを渦巻き運動に引きずり込むことにした。「私は散文についてそれほど詳しいとは言えないが、君の小説はたぶん相当なものだ」。それは始まりにすぎなかった。『若き日の芸術家の肖像』の終盤には芸術家スティーヴン・デダラスの日記が登場し、やがて彼はダブリンを捨ててパリに向かう。最後の数ページはジョイスが想像を巡らせ始めていた、巨大かつ剝き出しの内的モノローグへの飛び石だった。ジョイスの頭の中で渦を巻き始めていた、より大掛かりな小説の輝かしい片鱗《へんりん》だった。

第4章　トリエステ

ジェイムズ・ジョイスが『ユリシーズ』を書き始めたのは、数というものに対する人々の感覚が根本から変わった第一次大戦の直前だった。一九一四年六月、セルビア人の暗殺者が半自動式拳銃を手にサラエボのフェルディナント皇太子の車列に近づき、夏の終わりにはヨーロッパ全土で爆発が相次いでいた。ヨーロッパ内の破滅的な対立と比較されたのは一八七〇年の普仏戦争だった。一九一四年の夏には、先の戦争の二十五万人の兵士の死は時代遅れの戦略の犠牲のようにも映っていた。近代兵器の威力ときたら、勝つために必要なのは先手を打って攻撃することだけで、数週間もあれば侵略ができる——誰もがそのように考え、誰もが規模という点において誤っていた。第一次大戦は何年も続き、七百万人の市民と一千万人の兵士が命を落とした。そしてそれは氷山の一角だった。軍隊の移動、飽和状態の野戦病院、何マイルにも渡る塹壕が、一九一八年の致命的なスペイン風邪の土壌を作ってしまったのだ。当時存在したどんな顕微鏡でも小さすぎて見えなかった分子によって、五千万人を超える人々が犠牲になった。世界は機関銃、破砕性手榴弾、ウイルスのリボ核酸で疲弊《ひへい》しきっていた。

一九〇四年にノーラとふたりでアイルランドを出たとき、ジョイスは迫りつつある破滅など想像もしていなかった。パリ左岸で地道に暮らすつもりで、創作のかたわら英語を教え、ノーラは恐らく洗濯婦かお針子をするはずだった。ジョイスは職を求めてベルリッツ語学学校に連絡し、何週間もかけて手あたり次第に金を借りたが、父親にはノーラ・バーナクルと出立するつもりだとは決して言わなかった。ダブリンを離れるとき、ノーラはジョイスが家族に別れを告げるのを遠くから見守り、それから知り合って四カ月もしない男と新生活を始めるためにフェリーの渡し板を登っていった。ジョイスの父親は三年間息子と口を利かず、それからようやく失意を吐露した。「俺の人生の約束は裏切られ、輝かしいものになるはずだった未来が一瞬で粉みじんになるのを見た」。ノーラには誰も失望する人がいなかった。

しかしふたりは結局パリにたどり着かなかった。夫婦のどちらも二度とアイルランドには住まなかった。イストリア半島の小さな飛び地の町プーラで仮の仕事に就いたあと、ジョイスはベルリッツの指示で、オーストリア帝国が唯一所持していた商港トリエステで長期的に働くことになったのだ。トリエステはウィーン、リュブリャナ、ミラノへの海の玄関で、地中海では二番目に大きな港だった。毎年、二百五十万トンの荷を積んだ一万二千隻の船がこの地を訪れ、都市の人口は二十世紀最初の十年で三割以上も増加した。ジョイスとノーラが足を踏み入れた一九〇五年には、外国語の講師に対する大きな需要があった――一度でも市場に足を運べば、この街がどれほど多言語か実感できただろう。訛りのある複数のイタリア語に覆いかぶさるようにして、ドイツ語、チェコ語、ギリシャ語が聞こえてくる。アルバニア人とセルビア人が値引きの交渉をし、クロアチア人とスロベニア人がかろうじて意思疎通をはかっていた。アイルランドの閉鎖性から抜け出すことを望んでいたジョイスにとって、ここは完璧な土地だった。

遠くの港からやってきた商船が大運河に停泊し、果物、香辛料、アラビア産のコーヒー豆の樽、地中海諸国のオリーブオイルを下ろす。帝国を造るために蒸気船がゴムや材木を積んで現れる。トリエステの富は若いアイルランド人カップルの貧乏を際立たせた。ふたりは山高帽をかぶった男性たちが、象牙や金の握りがついた杖で地面を突くのを眺めた——ジョイスの質素な杖はトネリコでできていた。女性たちはたっぷりしたウィーン風ガウンをまとい、帽子からはダチョウの羽根がそそり立っていた。彼女たちは肘で突っつきあってはノーラの安物のスカートを笑い、幸いにもノーラには理解できない言葉でひそひそささやいた。

トリエステに到着したときノーラは妊娠中で、腹が目立ってくると貸家の女主人たちは顔をしかめた。ノーラの手に指輪はなく、町の態度の変化は恐らくダブリンに遜色ないものだった。それでもジョイスは頑として折れなかった。神父や法律家に頼んで自分たちの関係を承認してもらうつもりなど毛頭ない。結婚などしたら、自分たちがこれほど遠くまで逃れてきた歴史の悪夢や盲信を次の世代に背負わせる第一歩となってしまう。結婚とは財産と権力を統括するための装置で、ノーラの妊娠がそのことをはっきりさせた——ふたりは三軒のアパートを退去するよう命じられたのだ。

一九〇五年七月下旬、ノーラは男の子を出産した。予定より一カ月早く(新米の両親は計算を間違えていた)、ジョイスは亡き弟ジョージにちなんで息子をジョルジオと名づけた。およそ一年後、ノーラはふたたび妊娠した。一九〇七年六月に病院の貧困者病棟でルチアが生まれると、看護師たちはノーラに二十クラウン与えた。アイルランド人カップルは公式に施しの対象となっていた。

父親であることはジョイスにとって重荷だった。二十三歳の彼にはその責任を負う準備ができておらず、自分の父親がしたように子どもたちを粗末な家から家へと引きずり回すことになるのではないかと思って怯《おび》えた。ノーラとの生活の情熱は薄れつつあった。ノーラは彼の仕事には無関心で、それは軽蔑されるよりもよほど悲しかった。ばらの用紙から原稿に細々とした場面を書き写しているジョイスを見て、ノーラは尋ねた。「その紙、すっかり無駄になるのかしら?」

ジョルジオが生まれた数カ月後、弟のスタニーがトリエステにやってきた。彼もベルリッツで働き始め、兄とふたりで週八十五クラウン稼いだ。トリエステ市民の平均的な収入に比べれば安かったが、質素な生活には充分だったはずだ。節約のために、彼らは町はずれのアパートで同僚の英語講師アレッサンドロ・フランチーニ夫妻と同居した。だがジョイスは金の管理が苦手だった。数クラウン余っても貯金しようとせず、レストランで食事をすると言い張るのだった——できれば電灯のついた店がいい。夜が更けるとジョイスは旧市街のチッタヴェッキアに足を延ばし、小さな酒屋や牛がのろのろと引く車の脇を通り過ぎた。そんな道のいくつかは馬車が通るには傾斜が急すぎたり、幅が狭すぎたりした。彼は労働者階級が集まる食堂や、男たちがチェコ語やハンガリー語で怒鳴り合っている不潔な居酒屋《オステリア》に吸い寄せられた。ジョイスはアブサンを飲み、埠頭の人夫たちと歌を歌い、それから売春宿へと向かった。

ある夜ジョイスが帰ってこないのでチッタヴェッキアを捜し回ったフランチーニは、側溝の中にぐったりと倒れている同居人を見つけた。いつもジョイスを迎えに行くのはスタニーの役目だった。酒場にいた兄を家まで引きずって帰るのだ。フランチーニはアイルランド人の兄弟が、学校で覚えた訛りのあるダンテ風のイタリア語で罵り合うのを聞いた。あるときスタニーは兄を叱りつけた。「兄さんは目が潰れてもいいのか？　つまらない女を連れて歩きたいのか？」ノーラはもっと辛辣だった。「明日必ず子どもたちに洗礼を受けさせますからね」。だがどんな脅しも効き目はなかった。金がなくなるたびにジョイスはベルリッツの責任者に給料の前借りを頼みに行った。父親業の重荷から逃れるために飲み、飲み代のために重荷が増し、さらに飲む羽目に陥っていた。ある夜ジョイスがまだ稼いでもいない金をすべて酒に使ったあげく朦朧《もうろう》として帰ってきたので、スタニーは兄を何度も殴りつけた。フランチーニはその恐ろしい物音を自室で聞き、妻が止めるのも聞かず、ベッドから出てスタニーに言いに行った――「無駄だろう」

＊

ジョイスは生徒たちに扇情的で風変わりな文章を朗読させ、書き写させることで英語を教えた。

アイルランドは偉大な国だ。「エメラルドの島」と呼ばれている。何世紀にも渡ってこの国を支配していた政府は、とうとうそれを亡霊に変えてしまった。今ではイバラの茂みだ。彼らは飢え、梅毒、迷信、アルコール依存症という種を蒔いた。こうしてピューリタン、イエズス会士、偏屈な人間が芽を出した。

ときには、ありふれた出来事が深い洞察を呼び覚ます、エピファニーにも似た文章を読ませた。

収税吏はいつも私の神経を逆撫でする阿呆だ。彼は「警告」「警告」「警告」と書かれた小さな紙を私の机いっぱいに並べる。さっさと止めなければお前の詐欺師の上司に言ってクビにさせるぞ、と私は告げた。今、その詐欺師はウィーンの領事だ。明日はローマの領事かもしれない。しかしそれがウィーンだろうが、ローマだろうが、ロンドンだろうが、私にとって政府とはどれも同じ海賊だ。

生徒たちは恐らくかなり戸惑ったはずだが、「詐欺師」という単語は忘れなかった。ジョイスが政府を詐欺師や海賊とみなしたのは、彼らが有無を言わせぬ権力を持っていたからだ。国家の一員となるのはその下僕となることで、ジョイスはそれがみずからを芸術家たらしめている個人性への侮辱だと考えた。「我は仕えず《ノン・セルウィアム》」とは『若き日の芸術家の肖像』に登場する駆け出しの芸術家スティーヴン・デダラスの信条で、政治的かつ芸術的なモットーでもあった。「僕は自分が信じることをやめたものには仕えない。たとえそれが僕の家だろうと、祖国だろうと、教会だろうとね」

ジョイスの個人主義の一部は無政府主義に端を発していた。トリエステで彼は無政府主義に関する本を手に入れ、早くて一九〇七年ころには無政府主義者を名乗っていた。実のところ彼は「政治的」というより「哲学的」な無政府主義者だったのだが——そして彼曰く、その胃袋は救いがたく資本主義的だった。ジョイスの無政府主義への関心は、政府であれ教会であれ、あらゆる権威とはすなわち合意なき支配だという思想に根差していた。統治とは個人の主権を侵すことだ。

無政府主義者はカオスや爆弾魔と結びつけられがちだが、彼らの情熱は強固な論理から生まれていた。自発なき同意は抑圧である。明確な意思をもって権威に身を委ねたのでなければ、それは支配のもとに置かれたということだ。すべて政府は人民の意思にかかわらず設置されるもので、すなわち抑圧である。王政を転覆して民主的な政府を打ち立てようとするのは、王の暴政を多数決という暴政と交換することにすぎない。たまたま少数派に属していたら、両者の違いなど関係ないだろう。無政府主義者は限定的な権威と絶対的な権威の間に本質的な違いを見なかった。法のもと許容されるのが信号機だろうと秘密警察だろうと、個人の自由が脅かされているという事態に変わりはないのだ。

ジョイスのような哲学的無政府主義者にとって、権威を拒絶するのはそれが根拠とする概念上のカテゴリー、すなわち、抽象的な概念、そして権威の土台となる前提の両方を丸ごと拒絶することだった。無政府主義者は、国家や教会は存在しない概念（たとえば正当性や道徳的な義務）の上に胡坐をかいていると考えた。実態は暴君が権力を握るため作られた装置だというのに、根本的な真実という仮面をかぶっている。つまり無政府主義の哲学的な核とは、人々を操る自明だとされる概念に対する疑義だった。それが義務だろうと、権利だろうと、神だろうと――祖国だろうと教会だろうと――大きな物語は人を奴隷化すると彼らは考えていた。

無政府主義は近代国家の急速な成長に応じて台頭した。もっと正確に言うなら、十九世紀最大の概念のひとつである警察の成長に呼応していた。一八二九年にロンドン警視庁が英国議会の手で立ち上げられると、都市の隅々まで浸透する国家権力が形成された。十年後、議会は路上をうろついている者、「暴徒化の危険のある」酔っ払い、さらに名前と住所を証明できない軽犯罪法違反者を逮捕する権限を警察に与えた。法律により闘鶏と、住宅の周囲約三百ヤード以内で小火器を発射するのが禁じられた。「猛然と」車を飛ばしたり、意味もなくドアベルを鳴らしたり、目障りな凧を飛ばしたりすることもできなくなった。「冒瀆的、みだら、または猥褻な」書物の販売と配布が禁じられ、時と共に法律は強化される一方だった。一八七八年までに、英国政府は警察の権限を拡大する百を超える法律を制定しており、英国は世界中で警察権力が拡大される際の手本になった。

当局に対して疑念を抱く人々にとって、増えていく法律は自家培養的な代物だった。禁止事項が増えれば犯罪者が増え、警官の需要と政府のさらなる拡大が叫ばれる。法の制定が専門的になされるようになり、中央集権化が進む中で国家権力を職の安泰と捉える刑事、看守、官僚が増える中、警備に当たる巡査は歩兵のようでもあった。表現の自由を神聖不可侵なものと捉えるジョイスのような芸術家にとって、検閲は国家権力の暴走を象徴していた。政府は猥褻を取り締まるだけではなく、何が猥褻かを決めたからだ。小火器や凧と違って違反は恣意的《しいてき》に決められた。検閲に当たる人間が猥褻とは自明なもののように振る舞ったことが、その恣意性をさらに露呈した。進んで低俗なテキストを出版することは――「猥褻」が違法なカテゴリーだという主張を真っ向から否定するのは――あらゆる国家権力の根底にある恣意性を暴露し、拒絶することだった。それは文学的な無政府主義だった。

*

トリエステという土地は無政府主義的な思想の土壌だった。街の大半を占めるイタリア系住民は何百年もオーストリアの支配下にあったが、一八六一年のイタリア統合を機に新しい国家への編入を希望するようになっていた。都市が豊かになるにつれて、イタリア人とオーストリア人の間の溝はいっそう明らかになった。イタリア人は都市に異文化が侵入するのを忌み嫌った――ドイツ語の名前がついた通りがあり、オーストリアに関連する記念碑があるといった状況を。政治において甘い汁を吸うのも、行政上優遇されるのもすべてオーストリア人だった。一九〇四年にインスブルックの大学で起きたドイツ人学生とイタリア人学生の乱闘騒ぎでは、逮捕された百三十七人の学生はすべてイタリア人だった。権力を握っているのがイタリア人だろうとオーストリア人だろうと、都市の一部は意に沿わない統治を受けることになるのだ。トリエステでアイルランド人として暮らすのは、他の帝国を通して自国の問題を見つめることだった。ジョイスは祖国を離れたことで、地域的な問題の裏にある世界的な原理を見た。ふたつの集団が対立している――イタリア性とオーストリア性、ナショナリズムと帝国。個人は大きな物語に押し潰されていく。

一九一五年五月、イタリアはオーストリア帝国に宣戦布告した。六月には大運河を行き来する船のマストもめっきり減った。戦時中は貿易が衰え、ウィーンを兵糧攻めにするためアドリア海には魚雷が仕掛けられ、トリエステは空になった。路面電車は姿を消した――軍隊にケーブルを供出させられたのだ。二頭立て馬車や牛の引く荷車も消え、居酒屋から聞こえてくる多言語のだみ声は書類を要求する兵士たちの怒鳴り声に取って代わられた。最後になって招集された兵士たちは、普仏戦争で使ったライフルを編み紐で肩からかけ、通りをパトロールして歩いた。その軍靴の音がチッタヴェッキアの店のシャッターにこだました。旧市街の丘の頂上ではサンジュスト大聖堂が午後の影を近くの通りに投げかけ、その通りの一角にある小さなアパートでは本を寝室に押し込み、かつて生徒たちが座っていた椅子を書斎に片づけ、ジェイムズ・ジョイスが新作の執筆に励んでいた。

〈堂々として肉づきのいいバック・マリガンが、泡立つ石鹸水を入れたボウルを手に階段口から現れた。鏡と剃刀が十字に置かれている〉。『ユリシーズ』冒頭でジョイスはノーラと一緒にアイルランドを出る前、サンディコーヴのマーテロ塔でオリヴァー・ゴガティ（バック・マリガン）と暮らしていた日々を回想している。ジョイスは一九一五年六月十六日に第一挿話を書き上げたが、先の見通しは厳しかった。勤め先のベルリッツはちょうどその日、無期限で閉鎖された。大半の講師は徴兵され、生徒たちも軍隊に入るか逃亡した。絶え間ない砲撃と空襲がトリエステのアパートに迫りくる中、それでもジョイスは執筆に没頭した。彼が塔の胸壁での若者たちの会話を書く一方、街では一握りの人々がトリエステの埠頭に集まり、数マイル先の街から聞こえてくる銃声に耳を傾けた。オーストリア系住人は「かたつむり、前進！」と叫んでイタリア式の鬨《とき》の声を嘲笑した。爆発音が聞こえるたびに歓声は高まった。

港はオーストリア系、住民はイタリア系、警察はスラヴ系の街は引き裂かれていった。イタリアの宣戦布告の一報が届くとオーストリア人の暴徒たちは路地を歩き回り、イタリア人のナショナリストを襲ったり、イタリア系のレストランやカフェを襲撃したりした。水夫たちは広場のひとつにあったヴェルディの銅像を破壊し、親イタリアの新聞社を焼き打ちにしたが、警察は黙殺した。ジョイス一家は敵性外国人のリストに載せられ、イタリアへの共感を明言していたスタニーは逮捕されて強制収容所に送られた。夏の終わりにはトリエステの当局は市議会を解体し、新聞や郵便物を検閲し、女性や子どもを一斉に避難させ、戒厳令を敷いた。イタリア行きの最後の電車が去ったあと、トリエステはさながら青空刑務所だった。店はどこもシャッターを下ろした。最後まで開いていたパン屋の前には夜通し長い列ができ、食料の値段は急騰した。「小麦粉の最後の袋を手にする者が」とジョイスは述べた。「戦争に勝つだろう」

＊

ジョイスは到底新しい小説に取り掛かれる状況ではなかった。新奇な『ユリシーズ』などもってのほかだ。一九一五年の彼は失業中で、妻とふたりの子どもと共に戦闘地域の最前線におり、かつてないほど貧乏だった。『若き日の芸術家の肖像』は未刊で、『ダブリン市民』は皇太子暗殺の二週間前に本屋の店頭に並んだところだった。一九一四年末の段階で四百九十九部しか売れておらず

（そのうち百二十部はジョイスが取り決めとしてみずから購入していた）、売れ行きは徐々に停滞していった。一九一五年の前半に『ダブリン市民』は二十六部売れた。後半では七部しか売れなかった。『ユリシーズ』は気まぐれに書き始められた作品で、もともとは『ダブリン市民』に含まれる短編になるはずだった。アルフレッド・H・ハンター――セント・スティーヴンズ・グリーンでジョイスを助け起こしてくれた、ダブリン在住の孤独で善良なユダヤ人――は、トロイア戦争の英雄にして、ホメロス最大の叙事詩の主人公、イタケの王ユリシーズなのだ。「ハンター＝ユリシーズ」という図式は短編にこそふさわしかったが、その着想はジョイスの頭の中で予想外の成長を遂げた。一九一四年、彼は構想をまとめ始めた。『オデュッセイア』の中で起きた遠い過去の出来事をダブリンで再現するのだ。グラスネヴィン墓地での葬式はハデスへの下降で、エクルズ・ストリートにある友人バーンの小さなアパートはイタケのユリシーズの宮殿、オーモンド・ホテルのバーの女給たちはサイレーンだ。彼は自身のユリシーズに名前を与えた――レオポルド・ブルーム。スティーヴン・デダラスはユリシーズの息子テレマコスだ。スティーヴンは父を失った息子で、ブルームは息子の元へ戻る道を探している父となる。モリーは夫がトロイア戦争から帰還するのを辛抱強く待っている妻ペネロペだ。

二十世紀初頭においては、叙事詩というアイデア自体が古色蒼然としていた。『オデュッセイア』が秩序ある文明のエッセンスを体現している一方、第一次大戦が何かを体現するとしたらそれはヨーロッパが断片化されたということだったからだ。だがアイルランド版『オデュッセイア』は偽の叙事詩で、古典と対比することで文明のなれの果てを嘲笑する物語となるのだ。叙事詩の舞台に落ちぶれて汚いダブリンを選ぶのは、ジョイスにとってついほくそ笑みたくなるような興奮に満ちていた。ダブリンのユリシーズは王ではなく新聞の広告取りで、自宅で待っているのは貞節な女王ではなく、その日の夕方に彼を裏切った妻なのだ。ユリシーズの冒険を通してレオポルド・ブルームの人生を見るのは、古代のひび割れた鏡の上で二十世紀を垣間見ることだった。

ジョイスの興奮のもう一方の側には、近代都市の凡庸さを聖変化させるということがあった。ジョイスは世紀を超えて凡庸から神話へ、また凡庸へと旅した。何年もの間彼はエピファニーのもたらす瞬間的な洞察を、スティーヴン・デダラスの台詞を借りれば「最も凡庸な物の魂」を露わにすることだと考えていた。だが『ユリシーズ』の中でスティーヴンは語る――「強烈な想像の瞬間」こそ、時を超え、時の中をのぞき込む手段なのだ。「つまり過去の姉妹である未来になれば、僕は今ここに座っている自分を見るかもしれませんが、そのとき僕がなっているであろう自身を投影して見ることになるでしょうね」。我々の存在すべて、成すことすべてがあとから振り返るとより意味を持ち、より先をのぞく手段になる。エピファニーは未来に属する。トリエステ周辺に爆弾が次々と落ちている今、ジョイスは自身をダブリンの若い男性とみなした。文明が彼らの物語を語るのも同様だ。二十世紀の扉をくぐったダブリンは、ホメロスの舞台でようやく自分たちを顧みたのだ。

さらにジョイスはもうひとつ複雑な要素を加えた――現代世界の無秩序を凝縮したのだ。何年もかけて展開する叙事詩と違い、『ユリシーズ』はたった一日の出来事だ。二十一世紀においては二十四時間周期の小説も自然だろう。現代の我々は分刻みの生中継、RSSフィード、アップデートに慣れていて、二十四時間のニュースのサイクルは世界的な出来事が一日で起きることを伝えている。だが一九一五年において、一日が長編小説の時間のフレームにふさわしく、また文化の壮大なパターンを小さなものの中に見出すという考え方は、控えめに言っても奇抜だった。それまでにも数人の作家が一日だけの小説を書いていたが、誰もジョイスの想像力のスケールには及ばなかった——誰も、一日を叙事詩としてはとらえなかったのだ。ジョイスの計画は、たった一日に目の眩むような複雑さを与え、二十四時間を同時に新時代の全体にすることだった。ダブリンの六月のある一日は、西洋文明の自己相似形になるのだ。

ジョイスは『ユリシーズ』序盤の挿話でスティーヴン・デダラスの物語を続けた。スティーヴンは二十二歳で、想念を持て余している。彼はサンディコーヴの海岸を歩き、目にしているものというよりは、自分がそれを見ているという事実について考えている。

目に見えるものの逃れがたい様相。少なくともそれだけは、この両目を通して考えたものだ。あらゆるものの印を僕はここで読む。魚の卵と海藻、満ちてくる潮、錆び色の深靴。洟《はな》みどり、青みがかった銀、錆び。色を塗られた記号。透明なるものの限界。

それは次々と売れて本棚から姿を消していくような文章ではなかったが、人間の思考を新しい形でとらえていた。思考はヘンリー・ジェイムズのような流麗な文体で流れていくわけではない。意識とは流れではないのだ。それは断片の瞬間的な集まりで、波にさらわれる前に錆びた色の靴がわずかな時間だけ浜に打ち上げられるようなものだった。ジョイスはスティーヴンの思考を短く、プリズムを通したような状態のものに仕上げようと試みた。本質が姿を現すところまで思考と感情の層を剝ぎ取りたかったのだ。質量、コミュニケーションの骨格、鋭利な呟き、緊急の電報が欲しかった。ハハキトク　スグカエレ　チチ。

第5章　魂の鍛冶場

一九一三年、ミス・ハリエット・ウィーヴァーは雑誌『フリーウーマン』の一購読者にすぎなかった。ドーラ・マーズデンと同様に、彼女は英国の婦人参政権を求める急進的な団体「女性社会政治同盟」に不満を持っており、マーズデンの大胆不敵な雑誌に出会って、自分にとって大事な何かを見つけたと確信した。『フリーウーマン』は触れてはいけないとされていた話題を取り上げ、そして案の定、騒動を起こすことになる。一九一二年、英国中の駅構内のキオスクを管理する会社が『フリーウーマン』を店頭から引き揚げたせいで、売り上げが急落した。会社によると離婚法、避妊、フリーセックスについての記事は「キオスクで一般の目に触れるのにふさわしくない」のだった。その直後、無政府主義を標榜《ひょうぼう》する出版社が雑誌の刊行を継続しないと告げた。名誉毀損と扇動罪で告訴されるのを恐れたのだ。

それでもミス・ウィーヴァーは気勢を削がれなかった。『フリーウーマン』の最終号に掲載されたマーズデンの訴えを読んだ彼女は、雑誌を『ニュー・フリーウーマン』として再生させるため、会ったこともないマーズデンに二百ポンドを提供した。金は協力の意思を示すもので、雑誌を管理しようとしているわけではなかった。ミス・ウィーヴァーにとって『フリーウーマン』は既に「雲の上で編集されているようなもの」で、ただマーズデンに仕事を続けてほしかったのだ。ところがマーズデンは自身の著作に没頭するようになり、哲学、神学、数学、物理学の一体化を試みる広範囲かつ哲学的な論文を書き始めた。雑誌を存続させようとミス・ウィーヴァーは寄付を重ね、新しい事務所を借り、安定して印刷をするためにロンドンの印刷業者を雇った。一九一四年六月、エズラ・パウンドがマーズデンに協力を申し出たあと『ニュー・フリーウーマン』が『エゴイスト』に変貌すると、ミス・ウィーヴァーはしぶしぶながら編集者の地位に就いた。

ミス・ウィーヴァーは争いを求める性格ではなかった。ロンドンのメリルボーンの三部屋のマンションでは秩序と平穏を好み、ダークウッドの家具とバランスをとるためにこまめに新しい花を活けた。三十九歳のミス・ウィーヴァーは、母方の祖父が綿花で築いた財産を相続することになっていた。彼女の人生は堅実だった。母親が死んだあとようやく最初の（そして最後の）自作の劇の上演を見届けた。自宅の居間は客が訪れると食堂になり、余分な仕事を抱えているときは書斎になった。天井まで届きそうな本棚とジョージ王朝式の食卓、それに青と淡い金の布を張った椅子の隣に置かれたヴィクトリア朝式の机の上で、英国で最も過激な雑誌の編集が行われた。渡した原稿の一部が割愛されると、ミス・ウィーヴァーは印刷業者をクビにした。

ミス・ウィーヴァーが引き継いだとき『エゴイスト』は苦境に立たされていた。マーズデンが退職するやいなや、信頼できる同僚のひとりが沈みゆく船から逃げ出すように去っていき、苦戦する雑誌の出版に当たってはリチャード・オルディントンひとりしか残されていなかったのだ。だが一九一四年一月の『エゴイスト』創刊号は強気にも二千部印刷された。ミス・ウィーヴァーの着任から三カ月後の一九一四年九月には、その半分しか印刷されなかった。ページ数は二十ページから十六ページに減り、隔週号は月刊になった。台所は火の車だった。『エゴイスト』は一九一四年の下半期に三十七ポンドの収益を上げたが、出費の合計は三百三十七ポンドで、差額はミス・ウィーヴァーが支払った。問題の一部は戦争だった。印刷業者を確保するのは難しく、出資者たちは軍隊に召集され、卸売りの値段は倍以上になった。それに誰も、国家の一大事の最中にエキセントリックな文芸誌に宣伝など出したくなかったのだ。

一九一五年、北海を横切って飛行船が民家や劇場、市内バスを爆撃しにやってきた。風に乗って月のない夜空を東へ飛んでいく銀色の飛行船を一目見ようと、大勢のロンドン市民が詰めかけた。ここ何世紀も攻撃を受けたことがないロンドンは無防備だった。英国軍のパイロットは標的の射撃はおろか、視認することさえできなかったのだ。対空砲の準備には何時間もかかり、落下した砲弾の破片が飛行船よりも大きなダメージを都市に与えた。第一次大戦は軍隊と市民の両方に打撃を与え、ヨーロッパの人々が想像する怪物的なエピファニーのように暴力が口を開けた。飛行船の機長のひとりは、花束のように都市のあちこちで光を放つ爆発を見下ろして言った。「言葉にできないほど美しい」

飛行船による五回目の空襲のあと、ドーラ・マーズデンは英国の北西の海岸から手紙を書き、ロンドンを逃れて田舎に来るようミス・ウィーヴァーに懇願した。「来られないの? 来たくないの?」彼女は行こうとしなかった。エズラ・パウンドでさえ戦争が終わるまで『エゴイスト』を休刊したらどうかと勧めたが、彼女は聞かなかった。たとえジェイムズ・ジョイスの『若き日の芸術家の肖像』を連載するためだけだとしても、雑誌は続けるのだ。最大の脅威はロンドンの印刷業者たちだった。

この戦争の矛盾のひとつは、ロンドンの市民が焼夷弾で生きながら焼かれる危険も顧みずパブに通っていたのに対し、道徳面で罪を犯すのはそれまで以上に嫌悪していたことだった。『若き日の芸術家の肖像』の第三章は『エゴイスト』の印刷業者の手に渡ったが、責任者はスティーヴン・デダラスが夜の街について白昼夢を見る「不適切な」段落の印刷を拒否し、やがてミス・ウィーヴァーに確認も取らずあちらこちらの細かい箇所を切り取り始めた。ミス・ウィーヴァーの堪忍袋の緒が切れたのは、第四章の二文が切り取られたときだった。そのうちひとつは少女が海の近くの小川の中に立っている場面だ。「ふくよかで象牙のように色が白い彼女の太ももは腰のあたりまであらわになり、下着の白い縁飾りは柔らかな白い羽毛のようだった」。ミス・ウィーヴァーは印刷業者たちに礼儀正しくクビを通告した。「私どもは皆さまがたと仕事をしないことにいたしました。大変残念に存じます」

数カ月後、後任の印刷業者はふたつの単語を削除した（「屁《ファート》」と「睾丸《ボロックス》」）。ミス・ウィーヴァーはたまたまその単語の意味を知らなかったが、もちろんそれは別の話だ。彼女はその業者もクビにした。ジョイスの原稿のせいで、『エゴイスト』はミス・ウィーヴァーが着任してから二年間で四度も印刷業者を変えなければいけなかった。彼女はジョイスに手紙を書いて「ばかげた検閲」について謝り、ロンドンの印刷業者の数は限られているが、すべて試してみると約束した。

＊

ジェイムズ・ジョイスの小説の出版が危険と隣り合わせなのを、ミス・ウィーヴァーはよく知っていた。振り返れば、彼の最初の短編集の刷り本はすべて処分されたのだった。一九〇五年十一月、二十三歳だったジョイスは『ダブリン市民』の原稿をロンドンの出版者グラント・リチャーズに送った。三カ月近く経ってようやくリチャーズから『ダブリン市民』には多くの問題があるとの回答が届いた。アイルランドを舞台にしているが、アイルランドについての本など誰も買いたくないし、短編集のようだが、誰も短編集など買いたくない。それでも非常に気に入ったので、さほど金は出せないが出版する気があるとのことだった。最初に売れた五百部については前払い金も印税もジョイスの懐には入らず、以降は千部売れたら十パーセント渡すが、十三部ごとにカットする。ところが数週間後、リチャーズは原稿を送り返してきて変更を求めた。

印刷業者はいくつかの段落を割愛し、「ふたりの伊達男」については頭から印刷を拒否した。リチャーズ自身も短編のひとつに出てくる「ブラディ（「畜生」「忌々しい」または強調の意味）」という言葉に抵抗を覚えたが（「ねじくれた《ブラディ》考え方をすると思われてもいいなら」）、その卑俗な単語は『ダブリン市民』の中にあと何回か出てくるのだった。「もしどこかの野郎が自分の妹にそんな種類の遊びを仕掛けたら、喉ぶえにいやという《ブラディ》ほど嚙みついてやるだろう。ああ、そうするだろう」。ジョイスは出版社のために、不快感を覚えるであろう場面の一覧表を作り、その上作品「遭遇」に隠された危険まで指摘してやった。埠頭にいる、黄ばんで隙間のある歯に「濃い緑色の目」をした男は、学校から逃げ出した少年の片割れに、行儀の悪い男の子を鞭で打つ話をしながら、不道徳な衝動を楽しんでいるのだ。のちにある弁護士の友人はジョイスに言った。「あれほど率直に語られた本は読んだことがない」

ジョイスはリチャーズに手紙を書き、下品な箇所をすべて削除したら題名しか残らないと告げた。彼はアイルランドの文明の進化のために、道徳の腐敗という厳しい真実を描いていたのだが、作品は青鉛筆で武装したろくに文章も理解しないロンドンの職人によって毒を抜かれようとしていたのだった。「私には人々を怒らせることなく書くことができない」とジョイスは結んだ。違うやり方で創作するよう強要されたら、そもそも書いていなかっただろう。

まともな出版社は変更がされなければ君の本に触れもしないはずだ、とリチャーズは言い張った。そしてたちの悪い出版社は「君の財布のためにもよくない」。ジョイスは貧困にあえいでいたが、鋭く切り返した。「財布に訴えられても僕には大して意味がない」。『ダブリン市民』が売れたら喜ばしいが、「僕が備えているかもしれないどんな種類の才能も、公衆に対して安く売る気はない」。リチャーズの意見では、彼はジョイスの才能を売ろうとしている斡旋《あっせん》人などではなく、作家の多面的な能力を引き出そうとしている編集者だった。「覚えておいてほしい」と、彼は手紙に書いた。「変えなければいけないのは単語と文章だけだ。たった一組の単語や文章でしか意味を伝えられない人間は、私に言わせればまだ英語という言語の可能性に気づいていない」。それでもジョイスは納得しなかった。

一九〇六年九月、リチャーズはジョイスに「極めて慎重に再読した結果」『ダブリン市民』は出版できないと告げた。この小説は出版社の名誉に傷をつけるだけでなく、ジョイス自身の今後の成功をずっと邪魔するだろう。ジョイスは諦めず、『ダブリン市民』を他の出版社に送った――ジョン・ロング、エルキン・マシューズ、オルストン・リヴァーズ、エドワード・アーノルド、ウィリアム・ハイネマン、ハッチンソン&カンパニー。どの出版社も拒絶した。

『ダブリン市民』は一九〇九年まで新しい出版社が見つからなかった。そんな中ベルファスト出身の小太りのプロテスタント、ジョージ・ロバーツはダブリンにマウンセル・アンド・カンパニーという名の出版社を立ち上げた。ロバーツの好みは若手アイルランド人作家だったので、ジョイスの短編集は条件にぴたりと合っていたが、同じ問題が再び浮上した。「蔦の日の委員会室」の中で、長命のヴィクトリア女王が亡くなったあと、エドワード皇太子が遅ればせながら即位したことについてアイルランド人ナショナリストはこう述べる。「こいつときたら、ばかばかしい《ブラディ》ほど年寄りのお袋さんに髪が灰色になるまで待たされたあげく、やっと王位に就いたんだよ」。リチャーズに協力を断られたあと、ジョイスはヴィクトリア女王のくだりを「ばかばかしいほど年寄り」から「忌々しい年寄りの雌犬のお袋さん」に書き改めた。（そのほうがいいだろう？）

　ロバーツに変更を要請されるとジョイスは頑なになった。彼は自分の嘆きを綴った掲載用の手紙をアイルランドの新聞社に送り、契約違反のかどで訴えるとマウンセル・アンド・カンパニーを脅した。ジョージ五世に手紙を書き、小説を出版する国王の公式の許可を求めた（王室はコメントを避けた）。ジョイスはトリエステからアイルランドに戻り（五日間かかった）、直接会って争いを解決しようとした。ロバーツが『ダブリン市民』に実名で登場する人々や団体から名誉毀損で訴えられる不安を口にすると、自分自身ですべての個人、酒場やレストランの主人から書面での許可を得ると約束した。あいにくダブリンの書店はどこも、本を売ってくれるかと尋ねられると口ごもった。ある書店主は最近、猥褻なフランス小説をディスプレイから引っ込めるか、さもなければ窓を叩き割ると何人かの若い男たちに脅されたという。

　一九一二年八月、三年に渡る駆け引きの末にロバーツは自身のこれまでの仕事の中で最も痛烈な断りの手紙を書いた。「この小説をマウンセル・アンド・カンパニーから出版するなどもってのほかだ。仮に問題の箇所が削除されたとしても、まだ見逃したという危険が残る」。あり得ない話だが、もし出版を検討するにしても、ジョイスは千ポンドを裁判に備えた保証金として支払わなければいけない（途方もない金額だ）。それだけではなかった。ロバーツによれば、ジョイスは「明らかに名誉毀損に当たる」原稿を送ってきたことですでに契約違反を犯しており、出版できない本を印刷させた費用を払うよう告訴すると脅したのだ。そこでジョイスは製本と出版をロンドンで行おうと思い、オコンネル・ストリートの印刷業者のもとに向かった。そこにいたのはファルコナーという年配の赤ら顔の男で、見本を一部くれたが、いくら金を約束しても刷り本を渡そうとしなかった。ジョイスが去ったあと、ファルコナーとスコットランド人の親方はそれまでに印刷した『ダブリン市民』の全ページを破棄した。焼却したのではなく「ギロチン刑に」したのだ。

九年に及ぶ『ダブリン市民』の出版をめぐる苦闘は、ジョイスにとって政府がいかに言葉を管理するかという最初の学びだった。時には警官がドアを破って書物を焼却しにやってくることもあるが、それよりも圧力と脅迫のほうが多いのだ。出版社、印刷業者、書店に対しては訴訟と起訴をちらつかせるだけで――どこも責任を負う立場にあった――本の販売が止まった。仮に起訴されることがなくても、リチャーズやロバーツのような小規模の出版社は批評家、記者、聖職者が本に詳しく目を通して猥褻な箇所を見つけ、道徳の非常ブザーを鳴らし、抗議やボイコットを呼びかけるのを恐れていた。そんなことをされたら倒産してしまう。

＊

英国の検閲制度は大戦中にますます強度を増した。一九一五年、ロンドン警察はD・H・ロレンスの『虹』（「果てしない男根主義の荒野」と『ロンドン・デイリー・ニューズ』紙は表現した）を定評ある出版社メシュエンの倉庫から千部没収し、焼却した。それでも最大の脅威は没収と焚書ではなかった。英国政府はモラルに反する書物を出版した人々を投獄する用意があると示し、たとえ猥褻が「芸術」だと出版社や印刷業者が主張しても及び腰にはならないと言ったのだ。

猥褻は昔から慣習法《コモン・ロー》に抵触していたが、猥褻な書物を処分する公の法律は十九世紀になるまで英国にも米国にも存在しなかった。そのころになって識字率が上がり、都市化が起こり、若者や都市部の貧困層にも手の出せる出版物の市場が拡大した。性的に不道徳な文学は、十九世紀半ばにもモラルパニックを起こす程度には広まっており、その結果として一八五七年に猥褻出版物禁止法が制定された。女王座裁判所の裁判長を務めるキャンベル卿の草案では、正式な令状を持った警察は個人の家や事務所に（場合によっては腕力を使って）立ち入り、猥褻な書物を捜索して没収することができた。没収した書物に販売あるいは配布の目的があれば治安判事は持ち主を投獄し、書物を焼却してよかった。二十年前の英国の市民ならおよそ想像できなかった形で警察権力が拡大されたのだ。捜索と没収に当たるのは一般的に税関と軍に限られていたが、ロンドンで拡張しつつある警察組織は——一八二九年までは存在もしなかったのだが——突然、同じ権力を手にすることになった。

一八五七年まで、警察による捜索と没収は違法な賭博場と、武器を積んでテムズ川を下る船に限られていた。しかし猥褻出版物禁止法は、家でも店でも個人の事務所でも、市民からほんの一言訴えがあれば書物や雑誌を捜索することを認めた。政府は犯罪者から言葉そのものに重点を移しつつあった。違反者を檻に閉じ込めるだけでは足りない。本も見つけ出して焼かれなければならず、法律は印刷業者、出版社、書店の区別をつけなかった——だからこそミス・ウィーヴァーの印刷業者は、ほんの少しでも猥褻な単語はすべて削除したのだ。

それでいながら猥褻出版物禁止法は何を捜し、没収し、処分すべきかの指針を治安判事と警察に与えたわけではなかった。つまり最も意欲に満ちた法の番人が猥褻だと判断したら、それは猥褻とされたのだ。ヴィクトリア朝中期の英国では、この点は問題にならなかった。議会で猥褻物出版禁止法について議論がなされている最中に、キャンベル卿はアレクサンドル・デュマの『椿姫』を振りかざして、猥褻だが発禁には値しない本の一例だと言った。彼曰く、法律は「芸術的な価値および志がまるで欠如した」本を標的にしており、大衆もその理由を充分納得できるとのことだった。ロンドンの文学界はこの法律に反対しなかった。英国の小説で不当にもその処分に引っかかるものがあるとは、誰も考えなかったからだ。十九世紀の半ば、英国の小説はひどく及び腰で、性について言及するのは芸術的な意図に根底から反対するようなものだった。真っ当な小説家はそんなことを書かないのだ。一方にはディケンズ、トロロープ、サッカレーといった尊敬に値する英国小説があり、もう一方にあるのはポルノだった。

そして猥褻物出版禁止法に対する不安は見当はずれの方向を指していた。英国の検閲制度の真の黒幕は警察ではなかったのだ。それは一八〇二年に猥褻および反宗教的なテキストに対抗する動きを始めたロンドン悪徳防止協会だった。二年後、協会には九百人近い会員がおり、世紀の半ばには猥褻法の施行に大きく関わっていた。協会は世論を形成し、恥辱やボイコットをちらつかせて出版社を委縮させた。金で雇われた調査員が秘密裏に調査を行い、特に猥褻な書物を発見した場合は（例えばトマス・ペインの著作）、当事者を告発して牢獄に入れた。協会はキャンベル卿が草案を作るのを手伝い、実施までに無駄な時間をかけなかった。一八一七年、協会は数十人のポルノ作家を裁判の場に引き出した。法案が成立した年には百五十九人を告訴し、ほぼすべての裁判で有罪を勝ち取り、罰金、没収、懲役、強制労働を課した。

十九世紀後半になり、それまで拡大しつつあった英国の文学界は一八五〇年代に協会が制定した法律によって先細りになっていることに気づいた。さまざまな本がセクシュアリティを芸術、科学、心理学、公衆衛生の主題として提示するようになると、法律は地下のポルノ市場を超えて触手を伸ばしてきた。一八八〇年代にはフローベール、モーパッサン、ゾラといったフランスのリアリズム小説が英国を席巻し、それら労働者階級の日常を赤裸々に描いた作品は国産の華美なフィクションより遥かに人気が高かった。エミール・ゾラの『大地』では、少女が近所の農場で交尾させるため牝牛を連れていく場面が描かれる。「娘は向こうまで腕を伸ばして雄牛のペニスをしっかりと握り、それを持ち上げた。そろそろ絶頂だと感じた雄牛は力を込め、腰を軽くひと振りしてぐっとペニスを差し入れた」

ヘンリー・ヴィゼテリーという名の英国の編集者は、リアリズム小説の翻訳版の出版を得意としていた。ヴィゼテリー&カンパニーはドストエフスキー、トルストイ、ゴーゴリに加えて『大地』などゾラの小説も何冊か出した。一八八四年、最初の小説を普及させようと苦労していたアイルランド人作家ジョージ・ムアは、ヴィゼテリーのもとに第二作の出版の話を持ち込んだ。一冊二シリングで、高騰した業界規格の値段の約十分の一だ。ヴィゼテリーは新聞に対し、フランス小説を百万部以上売ったと豪語した。ゾラの本は毎週千部売っているという。桂冠詩人のテニスン卿が詩の中で「ゾライズムの谷」を批判したとき、文化的な距離は明らかだった。ヴィゼテリーの安価な翻訳本は、文化的な正当性を得ていた通常の高価な三冊組の小説と並べられていたのだ。

悪徳防止協会のあとを継いだ監視協会はヴィゼテリーに対するボイコットを企て、大衆に向けた広報活動を繰り返し行った。やがてその活動は議会の知るところとなり、一八八八年、ヴィゼテリーはゾラの著作を繰り返し出版したかどで猥褻罪に問われた。彼は罪を認め、三カ月間服役した。小説の在庫は処分され、出版社はまだ旗揚げしてたった一年だったが倒産した。

一九〇二年にゾラが死んだとき、ロンドンの文芸誌は彼を十九世紀文学の巨匠として追悼したが、印刷業者や出版社が記憶していたのは監視協会の権力と、たとえ芸術と名乗っていても性的な書物は徹底的に排除しようという彼らの意思だった。『ダブリン市民』から『ユリシーズ』まで、ジョイスの書いたものに逐一目を通そうとする出版社や印刷業者の脳裏にあったのが、このヴィゼテリーの懲役刑だったのだ。ジョイスはジョージ・ロバーツにこう告げて事態を悪化させた——『ダブリン市民』を出版することで起こり得る最悪の事態は、「一部の批評家が私を『アイルランドのゾラ』と呼ぶようになるということだ！」皆、ヴィゼテリーの二の舞はごめんだった。

＊

ミス・ウィーヴァーは上品かつ潔癖で、よくクエーカー教徒に間違われたが、服役も厭《いと》わない覚悟でいた。彼女は敬虔な英国国教会の家庭の八人きょうだいのひとりで、父親が日に二回捧げる祈りにおとなしく耳を傾けていないときはチェシャー州の自宅の周りの木や壁、崖をよじ登って父親をひどく困らせた。ウィーヴァー家はダンスを禁じ、不要なぜいたくに背を向け、アスパラガスのような風変わりな野菜が食卓にのぼるのを拒否し、小説とは可能なかぎり避けるべき怠惰な娯楽とみなしていた。ミス・ウィーヴァーはラルフ・ウォルド・エマーソン、オリヴァー・ウェンデル・ホームズ、ジョン・スチュアート・ミルらの作品に夢中になっている姿を見せながら、小説は両親と使用人たちから隠しておいた。十九歳のとき、ジョージ・エリオットの『アダム・ビード』を読んでいるところを母親に見つかった。母親にとってジェイン・オースティンやブロンテ姉妹の作品も充分神経に触ったが、エリオットはさらに問題だった。ジョージ・エリオットは家庭のある男と堂々と暮らした女性で、『アダム・ビード』は父親のない子を産んで野原に棄てて死なせてしまう若い女の話なのだ。

ミス・ウィーヴァーは母親の命令で自室に行かされ、呼ばれるまでそこにいるよう言われた。父親の厳しい叱責を予想していただろうが、やっと階下に呼ばれてみると待ち構えていたのはハムステッドの牧師だった。英国国教会のお叱りを受ければ、小説の危険について骨身に染みるはずだというのだろう。だが彼女にとっては、読書が反抗の手段になっただけだった。闘うだけの価値のある作家もいるのだ。

ミス・ウィーヴァーがジェイムズ・ジョイスについて最初に耳にしたのは、『ダブリン市民』の刷り本が出版不能なほど猥褻だとして、一部残らず処分されたという話だった。彼は十年以上もアイルランドを離れていて――のちにドーラ・マーズデンはミス・ウィーヴァーに宛てた手紙にこう書いた――「世界中と口論をするという評判です」。それが彼のカリスマの一端だった。ミス・ウィーヴァーが『エゴイスト』に連載された『若き日の芸術家の肖像』を読むころには、彼はオーラをまとった男と言われていて、帝国、教会、常識を拒絶する個人としての芸術家というその考え方は、毎月の掲載のたびに輪郭を強めていった。

物語は目の悪い繊細な少年がテーブルの下に隠れ、クリスマス休暇までの残りの日数を寄宿舎の机の引き出しに貼りつけているところから始まる。ドーラ・マーズデン自身の文体は観念的で、反旗を翻しているはずの抽象性に傾く面があった。一方ジョイスの文体は、ミス・ウィーヴァーがうまく説明できない何かを持っていた。彼女は漠然とこう表現した――「探し求め、本質を貫く魂」で、「『焼けつくような真実』と『驚くべき真実の瞬間』を見出す能力を持っている」。スティーヴン・

デダラスの信仰をめぐる葛藤、夜の街の彷徨、「僕の魂の鍛冶場でまだ創造されていない僕の民族の良心を鍛える」ためにアイルランドを逃れる場面に差し掛かるあたりでは、ミス・ウィーヴァーは夢中になっていた。その無防備さとは反対に、ジョイスは決して安楽椅子に収まろうとはしなかった。ジョイスを読むのは家族の祈りから逃れ、一番高い木に登り、崖の向こうで下を流れているウィーヴァー川の危うい景色を眺めることだった。

出版に関する苦悩はジョイスをより一層魅力的に見せた。ミス・ウィーヴァーにとって芸術的な才能に対する畏敬の念を唯一上回る強い感情は、苦難に対する果てしない共感だったのだ。ミス・ウィーヴァーとエズラ・パウンドは『若き日の芸術家の肖像』を出版する会社を探し始めたが——セッカー、ジェンキンス、ダックワース——片っ端から拒絶に遭った。ハーバート・ケープはジョイスがこの小説を諦めて新しい作品を書かないだろうか、と言った。グラント・リチャーズはろくにコメントもしないで原稿をミス・ウィーヴァーに送り返した（仲間うちで彼は原稿を「救いようがない」と評していた）。パウンドは率直さを許容するように見えたワーナー・ローリー社に送ったが、戦時下のロンドンでジョイスの本を出版するのは「極めて望み薄だ」という手紙が返ってきた。ローリーはこの小説が発禁になると確信していたので、他の出版社を推薦することもなかった。一九一六年一月、パウンドは再検討するようダックワースを説得したが、やがてジェイムズ・ジョイスの初の長編小説に対する辛辣《しんらつ》な寸評が返ってきた。

この小説はあまりに無軌道で構成を欠き、醜いものごとや言葉が目立ちすぎる——時には意味もなく顔面に押し付けられているようにも感じる。語り手の視点はいささか非道徳的に過ぎる。人間の暮らしの描き方はいい。時代の空気がよく目の前に浮かび、人間の型や個性はよく描かれている。それにしてもあまりに「型破り」だ……終盤はまるで収拾がつかなくなっている。文章と思考はばらばらに散逸し、湿気て効果のない花火のようになってしまう。

パウンドは心底腹を立てた。「あの害虫どもは這いずり回ってはキーキーと鳴き、我々の文学に粘ついたものを残す」と、彼はジョイスの代理人に語った。ジョイスのような作家が拒絶されるのは、パウンドにとって連合国が見当はずれな敵と戦っているという新たな証拠だった。「この種族を撲滅するまであなたがた英国人は散文を得ることがないだろう……出版社の新着原稿担当をセルビアの前線に送ったら、少しはこの戦争も意味があるのではないか」

パウンドは身内の誰かをかばうかのようにジョイスを庇護した。ジョイスは長年現れなかった象徴主義者で、優れた渦巻き主義者で、パウンド自身が書くかのように小説を創作する同志だったのだ。ジョイスの鋭いまなざしは周りの人間やものを貫き、パウンドが表現するところのすべての中に含まれる「普遍的な何か」を引き出した。『若き日の芸術家の肖像』はパウンドに「絶対的に永遠な」何か、決して死なない何かを読んでいるという感覚をもたらした。出版される前の原稿に——誰かが出版を望みさえしないうちに——その永遠性を見出すのは、パウンドに発見のスリルとその伝道者としての情熱を与えた。ジョイスが本当にパウンドに与えたのは電流のような自信で、それは文学における最も大きな野望につきまとう疑いを払拭《ふっしょく》するほど強いものだった。もし野蛮な戦争の最中にひとりの芸術家がこれほどの散文を書けるなら、自身の意図する二十世紀版ルネサンスもさほど突飛ではないのかもしれないと思ったのだ。そしてもし『若き日の芸術家の肖像』が出版社を見つけられないとしたら、主たる障害は才能でも展望でも金でもなく、出版業界に繁殖した害虫の愚かさであるのは火を見るより明らかだった。

ミス・ウィーヴァーはもう少し自制していた。英国の出版社にすべて当たったあとで、彼女はジョイスに最後の可能性を提案した。「『エゴイスト』ならできるのではないかと私は思っております」。エゴイスト・プレスは雑誌や詩の小冊子しか出版したことがなく、彼らの本は本職の出版社には遠く及ばないことをミス・ウィーヴァーは強調した。まともな出版社という可能性が扉を閉じようとしていたので、彼女はエゴイスト・プレスが危険を冒してジョイスの本を出版することを考えた――「他の面々と、この小さな出版社の社長」すなわちドーラ・マーズデンから許可を与えられると想定してのことだが。

大胆不敵な計画だった。しかしミス・ウィーヴァーの強気もそこまでだった。『エゴイスト』は資金の調達、広告、配布はできても、印刷するには誰かの手が必要だったのだ。ミス・ウィーヴァーは片っ端から印刷業者を当たったが、その度に拒絶され、にべもなく断られることもあった。「このような作品を印刷することなど一瞬たりとも考えられません」。ビリング&サンズはそんな返事をよこした。「あなたはそのような書物を市場に出すことで非常に大きな危険を冒すことになるでしょう」。テキストを念入りに調べ、問題のある箇所を切り取るよう彼らはアドバイスした。それから数カ月の間、十三の印刷業者が『若き日の芸術家の肖像』の印刷を頭から拒否した。印刷業者が問題の箇所を削除した版を提案するたびに、ミス・ウィーヴァーは断った。

発想だけは豊かなパウンドは、ある提案をした。印刷業者が削除を望んだ単語や段落に関しては、その部分に大きな空白を残しておけばいい。そして削除された部分を上質紙にタイプし、一冊ずつ貼り付けていけばいいのだ。「検閲などくそくらえだ」。ジョイスは天才的なアイデアだと思った。あいにく印刷業者は狂気の沙汰だと言った。

英国で『若き日の芸術家の肖像』が拒絶されたことで、何年にも渡って絶えず社交活動をしてきたが、自分はまだ部外者なのだとパウンドは感じた。程度に差はあれ、彼はモダニストの雑誌全般に関わるようになっていた——『エゴイスト』、『ニューエイジ』、『ポエトリー』、『ポエトリー・アンド・ドラマ』、『ノース・アメリカン・レビュー』など。だが彼の仕事はいまだに「ヴィクトリア朝式思考の」編集者、印刷業者、出版社に左右されたのだ。一九一六年にジョイスが、支払いのできる雑誌ならどこでもいいから印刷してほしいと詩を十篇ほど持ってくると、英国のコネは使い果たしたとパウンドは答えた。「私が喜んで名を挙げない編集者はいない。だが私に対して同じように思ってくれる編集者はいない」。エズラ・パウンドが求めていたのは自分自身の雑誌だった——渦巻きをひとつにまとめ、検閲の恐れなく印刷できる雑誌を。

見通しは厳しかったが、状況はパウンドと若き同志にとって好転していたし、誰よりもジョイスは劇的な変化を遂げていた。わずか二年のうちにベルリッツで教えている鳴かず飛ばずの書き手から、野心に満ちた仲間とささやかだが熱心な雑誌の読者がついた作家になったのだ。そして何より珍しいことに、恐れを知らず、彼の意に添おうとする出版社まで現れていた。何年も故郷を離れて苦しんだが、作家としての実り多い将来が現実のものになりつつあった。大それたことではない——パウンド、ウィーヴァー、ドーラ・マーズデンは戦争に席巻された世界では取るに足らない人々だった。しかし志を共にする仲間が見つかり、ジョイスはみずからの文章を通してかつてないほど遠くまで足を踏み出す勇気を得ていた。

第6章　小さなモダニズム

現在、モダニズムと呼ばれているものは小さな文化的潮流を緩やかにまとめたもので、その背後には――詩作の方法から政府の機能、資本の流れまで――広大かつ種々雑多な西洋文明に対する不満があった。婦人参政権論者、無政府主義者、象徴主義者、社会主義者はめったに手を組まなかったが、同じゲリラ戦の一員ではあった。モダニズムの前哨基地《ぜんしょうきち》は小規模な手製の雑誌だった。月刊誌という形式は信念の変化を促したり、パウンドが象徴主義から渦巻き主義に跳躍したように、突然の溝を反映することがあった。作家たちは意見を戦わせ、実験し、一カ月の間に態度を変えることもできた。歴史に名を残す人々が、アマチュアや後に忘れ去られる奇人たちとページを共にした。書き手はほとんど原稿料を支払われることがなく、貢献の度合いもまちまちだったが、寄稿の数は多かった。パウンドは一九一八年の一年間だけで百十七点の記事を雑誌に寄稿した。ジョイスが書いたものもほとんどすべて――『ダブリン市民』、『若き日の芸術家の肖像』、『ユリシーズ』、『フィネガンズ・ウェイク』など――本として形になる前に実験的に投稿された。それらは「小さな雑誌」と呼ばれていたが、ふさわしい名前ではなかった。その最大の財産はスペースだったからだ。雑誌には急いで書かれた草稿、未刊の作品、穏当とは言いがたい意見が掲載された。雑誌は互いに無料広告を分け合い、読者層が重なる中で実験的な作品を読むネットワークを作った。雑誌はいわばモダニストにとってのブログ空間だったのだ。

『エゴイスト』は『イングリッシュ・レビュー』や『ニューエイジ』といったロンドンの雑誌が出版しようとしないものを引き受けた。シカゴではハリエット・モンローの『ポエトリー』が『ダイアル』と読者を共有した。ダブリンの小雑誌『ダーナ』は、ノーラにインスピレーションを受けて書かれたジョイスの三篇の詩を掲載した。一九〇四年、最初の散文作品『若き日の芸術家の肖像』の出版を拒絶した直後だった。しかしジョイスと『ユリシーズ』、そして恐らくモダニズムにとって最も重要だった雑誌は、シカゴで編集されていた素朴な月刊誌『リトル・レビュー』だった。その雑誌はニーチェやベルグソン、H・G・ウェルズなどをめぐる議論を生きがいにしていた少数の熱心な読者を惹きつけた。「フェミニズムとニュー・ミュージック」といったタイトルが、シカゴ全域で初めて行われた女性も投票可能な選挙に関する記事と肩を並べた（男性の投票率は飛躍的に高まった）。『リトル・レビュー』には長い年月の間に驚くべき寄稿者が集まった――ヘミングウェイ、イェイツ、T・S・エリオット、ジューナ・バーンズ、シャーウッド・アンダーソン、マリアン・ムーア、ウィリアム・カーロス・ウィリアムズ、ウォレス・スティーヴンズ。これでもまだ一部だ。ブランクーシ、コクトー、ピカビアの作品も掲載された。

この雑誌の最大の魅力のひとつは、初代編集者マーガレット・アンダーソンの無謀なまでの情熱だった。彼女は恐ろしく物議を醸す作品だった『ユリシーズ』を大衆の前に引き出す運命にある女性だった。一九一五年三月号において、アンダーソンは恐らく活字で同性愛者の権利を擁護した最初の女性になった。彼女は人々が「愛のために毎日拷問を受け、十字架にかけられている――一般的な道徳から外れているというだけで」と批判した。「私たちの社会では、愛とは殺人や強盗と同じくらい罪に値するようだ」。市民は路上でその美しい編集者を見かけると近くに寄り、「マーガレット・アンダーソンさんですか？　おめでとうございます！」と声をかけた。『リトル・レビュー』にはワイオミング、カンザス、オンタリオの同志から少しずつ手紙が届いた。「仲間を見つけたような気がします……あなたは新しい世代の中心になれるでしょう――もしあなたが本物ならば」

マーガレット・アンダーソンの回想では、雑誌を創ろうという決断は真夜中に訪れたひらめきによるものだった。「人生のあらゆる瞬間がひらめきに満ちているべきです」。問題は誰ひとりとして、ひらめきが要求する仕事に見合う時間と体力を持たないという点だった。「もし私が雑誌をやっていれば、世界でも最高の対話で紙面を埋めることに時間を使える」。アンダーソンが雑誌の世界に足を踏み入れたのは一九一〇年、『ダイアル』のアシスタントになったときだ。そこで彼女は印刷のイロハを学んだが、編集者に言い寄られて仕事を辞める羽目になった。そこにいた間にアンダーソンは自分の雑誌を創刊するのがいかに無謀なことか学んだ。彼女には経理の才覚がまったくなく、締切りを守るのも不得手だった。レイアウト、マーケティング、宣伝についても無知で、資金もなかった。

彼女にあったのは確信だけだった。アンダーソンはボストンとニューヨークを訪れ、ホートン・ミフリン、スクリブナーズ、グッドイヤー（「タイヤから新しい夜明けが始まる」）の懐疑的な宣伝担当者たちから計四百五十ドルを引き出した。シカゴ随一の文芸サロン、リトル・ルームで資金集めの夕食会を開いた。ユーニス・ティーチェンスという名の作家はよく覚えていた。「アンダーソンが立ち上がり、立て板に水の熱弁を振るい始めると、我々は全員雑誌という彼女の夢に巻き込まれた。その雑誌では『芸術』と『美』がすべてを凌駕するという」。アンダーソンは何人かの資金的な援助者を確保した。その中にはニーチェとバードウォッチングの愛好家ドゥヴィット・ウィングもいて、編集部の賃料と印刷費を肩代わりしてくれることになった。

一九一四年三月、マーガレット・C・アンダーソンの名前が『リトル・レビュー』創刊号の表紙を飾った。「リトル」は小さいという意味ではなく、等身大ということを意味していた。雑誌名は上質皮紙のラベルに印刷され、シンプルななめし皮の表紙に手作業で貼り付けられていた。最初のページには編集者の鮮烈な宣言が載っていた。

一度でも詩を己の宗教だと思って読んだことがあるなら、一度でも暗い部屋でヴィーナスの肌の白さに打たれたことがあるなら、早朝、一羽の鳥が大きな白い羽を広げて薄赤い太陽めがけてまっすぐ飛翔するのを見たことがあるなら……そういった体験があり、その奇跡に打たれて言葉を失うことが何度かでもあれば、それらを本誌の読者の日常的な経験に近づけたいという私たちの望みがおわかりいただけるだろう。

アンダーソンはインディアナ州で生まれ育ち、マウント・ホリヨーク大学から派生したオハイオ州のウェスタン女子大学に通った。十九世紀末に女性が大学教育を受けるのは珍しく、彼女の学位は裕福な一家にとっての社会的な手形か、花嫁学校に行くことに耐えられない、優秀な若い女性の一時しのぎ程度のものでしかなかった。卒業するやいなや、アンダーソンは両親の手でインディアナ州に連れ戻された。ライラックの茂みを見下ろす二階の部屋で、アンダーソンは次なる脱出の計画を練った。彼女は自宅で日常的に行われる不公平を綴った二十ページの手紙をタイプし、真っ先に読んでもらえるよう朝早く父親の机の上に置いておいた。コピーをとったものも姉妹のベッドの上に置いた。

あるときシカゴの小さなキリスト教系週刊紙に書評を書く機会が訪れ、アンダーソンは家族全員をカウチに座らせて、みずからの出発について熱弁を振るった――あたかも沸き立つ群衆の前で演じているかのように。数週間後、アンダーソンが葉巻を吸い、菓子屋でツケを重ねているという噂を聞きつけ、父親はシカゴのＹＷＣＡに飛んでいって娘の荷物をまとめた。アンダーソンはいずれ再びインディアナ州を去り、自身の表現にならえば「世界を征服する」誓いを立てた。

＊

葉巻と菓子屋のツケも、米国で最も悪名高い無政府主義者エマ・ゴールドマンとの付き合いに比べれば何ということはなかった。当時米国人は無政府主義を社会主義よりさらに大きな民主主義の脅威だと考えていたが、それには充分な根拠があった。一九〇一年、ゴールドマンに触発されたと主張する若い男がハンカチにリボルバーを包み、バッファローで開かれた博覧会に出席していたマッキンリー大統領に近寄って腹を二発撃ったのだ。その暗殺事件の二年後、セオドア・ルーズベルトは非米国籍の無政府主義者の入国を拒否あるいは国外退去させる法案に署名をした。ロシア生まれのゴールドマンは地下に潜った。

迫害はゴールドマンの反骨心に火をつけただけだった。一九〇六年にふたたび表舞台に出てきた彼女は講演を重ね、国中から何千という人々を集めた。一九一四年、世界が不透明な――あるいは混濁しきったと言うべきか――理由で戦争に突入しようとしていたとき、ゴールドマンの明快さは魅力的だった。彼女は大胆かつ断固とした口調で話した。個人は何物にも縛られず自由で、政府は高圧的かつ暴力的なのだ。「国家とは組織的な搾取、暴力、犯罪です」。政府は必要悪でさえなかった。彼らが抑制していると主張する犯罪や貧困は、実のところ、政府自身が個人の本来善良な性質を人工的な法律でゆがめたことで生まれているのだ。政府が個人の自由を可能にするため秩序を維持していると考えているかぎり、人間はだまされている。

抑圧の構造は企業、教会、婚姻制度からメディアまであらゆる体制の中に埋め込まれていた。ゴールドマンについて特筆すべきは、彼女の広範囲な批判が無政府主義に対する限りない希望を呼んだことだった。エマ・ゴールドマンは無政府主義にカリスマ性を与えた。硬直した論理を政治利用するのではなく、夢を擁護した。懐疑主義を信念の戦いに変え、自分より大きな何かを求める哲学とした。彼女は個人が自然法を体現する「生きた力」だと考え、ウォルト・ホイットマン式に言えば「宇宙」だと言った。無政府主義とは法をすべて否定することだけではない。「人間を救う」ことなのだ。

ゴールドマンが一九一四年にシカゴを遊説したとき、マーガレット・アンダーソンは二度講演会に足を運び、多くの人々と同様に彼女のオーラと理想主義に夢中になった。それ以上にアンダーソンは、ラディカルな政治とラディカルな芸術に橋を架ける方法を学んだ。講演のひとつはキリスト教への批判で、もうひとつは近代演劇の検証だった。ゴールドマンにとって芸術は、爆弾や労働ストライキと同じくらい無政府主義に欠かせない個人主義的な行為だった。彼女はチェーホフやイプセンについて語り、イェイツ、グレゴリー夫人、ジョージ・バーナード・ショーにも触れた。

言い換えるならエマ・ゴールドマンは、マーズデンやパウンドが『エゴイスト』でやろうとしたことを実行していたわけで、マーガレット・アンダーソンも急にそれを『リトル・レビュー』でやりたくなった。ゴールドマンの講演を聞いたのち、アンダーソンは一九一四年五月号が印刷されるまでのわずかな時間で無政府主義にのめり込んだ。『リトル・レビュー』を創刊したときはゴールドマンの存在など何も知らなかった。六カ月後、アンダーソンは無政府主義の女王とそのラディカルな同志を自宅に招いていた。

アンダーソンは『リトル・レビュー』のモットーを「実践的な無政府主義」と解釈し、ゴールドマンの哲学を人類最高の理想と呼んだ。しかし高邁《こうまい》と称したものの、アンダーソンはいささか手軽にその理想を実践していた。一九一四年のクリスマス、彼女と友人は景観の美しい会社の地所のモミの木を切り倒し、財産権に背いてみせた。数日後、駅で令状を手にした巡査が待ち受けており、彼女の猛烈な抗議にもかかわらず(「原生林の中にいると思っていたのよ」)判事は十ドルの罰金を科した。アンダーソンはふたたび葉巻を吸うようになり、ズボンを穿き、無政府主義の色彩を帯びた雑誌の編集者として全国的に注目を集めた。『ワシントン・ポスト』紙は彼女の抗議の言葉を引用した。「なぜ女性はやりたいことをしてはならないのでしょう? 私たちは誰もが社会的通念に縛られていて、その縄は抵抗によってしか断ち切ることができないのです。私は八歳のときから抵抗を試みています」。ミシシッピ州のある新聞は彼女を「人類に欠けていた環」と表現し、抵抗活動に反対しない一方でこう主張した。「しかし我々は女性が葉巻を吸い、長ズボンを穿くことは受け入れられない」

時に抵抗活動は純真とは言い難いものだった。一九一五年、『リトル・レビュー』はゴールドマンが「資本主義と国家を倒す」よう聴衆に訴えかけた演説を活字にした。同じ年、ユタ州では乏しい証拠にもかかわらず労働運動家が殺人容疑で死刑になった。アンダーソンは抗議した。「ジョー・ヒルを撃つ前に誰もユタ州知事を撃たなかったのはなぜですか?」彼女は怒りを込めて記事を締めくくった。「一体ぜんたい、どうして誰も革命を始めないのでしょう?」社会が安定しているときでも刺激が大きい発言だが、落ち着きを失った社会が戦争ににじり寄っているとき、こんな文章を出版するのは無謀だった。『リトル・レビュー』の編集部には調査のために刑事がやってきた。

雑誌が無政府主義に傾倒するやいなや、パトロンや広告掲載主たちは手を引いた。アンダーソンは一九一四年の末までにアパートから追い出され、「編集者通り」と称されるシカゴ北部の地域に引っ越した。そこで彼女はシカゴのさまざまな雑誌に携わる人々と交流を持ち、その中には『ダイアル』と『ポエトリー』もあった。クリスマスツリー窃盗事件のせいで家を失うと(木の所有者は地主だった)、アンダーソンは姉妹ふたりを誘ってミシガン湖のほとりにテントを張った。木の床に東洋風の絨毯を敷いたテントで、三人はトウモロコシを焼いて食べ、灰の中でジャガイモを焼き、砂で皿や洋服を洗った(「元祖クレンジングパウダー」とアンダーソンは呼んだ)。六カ月間、友人たちが次々と訪れた。作家のシャーウッド・アンダーソンはたき火のそばで即興で語り、他の作家たちもバレンタインのカードのように詩作をテントにピンで留めた。

*

一九一六年、アンダーソンはジェーン・ヒープに出会った。一見すると威圧的だった——声は低くしわがれ、話し相手の目をひたと見据え、広い額にショートヘアを斜めに垂らし、オスカー・ワイルドを思わせる厚い唇をしている。ジェーン・ヒープはカンザス州トピーカ出身だった。生家の隣は精神病院だったが、彼女に言わせればそれだけがトピーカの注目に値するところだった。孤絶したカンザス州に対し、ヒープはよりエキゾチックになることで応えた。彼女は自分の祖先の家が、ノルウェー系の母親の家族が一時期住んでいた北極圏だと想像した。友人たちと一緒にズボンを穿いてネクタイを締め、「リチャード」や「ジェイムズ」といった男性名で呼び合った。高校を卒業するとカンザス州を出てシカゴ・アート・インスティテュートで絵画を学び、シカゴのリトル・シアターと関わり、美に人生を捧げた。「もし誰もが美を強く感じたら」と、彼女はシカゴで出会った女性に手紙を書いている。「美しいものはすべて神で、美しくないものは神ではないと知ったら。女性こそ最も美の象徴に近いと知ったら。それさえ気づいたらこの世界には罪も卑しさも、不幸もありません」

マーガレット・アンダーソンはヒープの孤独な理想主義に自分自身を見た。そしてこんな話し方をする人間には会ったことがなかった。エマ・ゴールドマンはぞくぞくするような演説をしたが、ヒープは対話のコツを心得ていた。それまでアンダーソンはカウチに腰を下ろした家族に向かって話しかけたように、演説を舞台上でのパフォーマンスだと考えていた。彼女は知恵を求める旅に出て、詩を暗唱し、哲学者の言葉を引用したが、ヒープは誰の言葉も借りなかった。口にしたことはすべてその場の発見のようだった。マーティ（ヒープはアンダーソンをそう呼んだ）はヒープに自分たちの会話を書き留めて、『リトル・レビュー』に寄稿してほしいと頼み込んだ。最初ヒープは抵抗したが、いくらも経たないうちに事実上の芸術担当の編集者となる。彼女は雑誌のデザインを刷新し、ページのヘッダーを変え、地味な黄土色の表紙を捨てて鮮やかな色を使い、レイアウトを改善した。『リトル・レビュー』はアンダーソンひとりのものではなくなったのだ。

ジェーン・ヒープはアンダーソンに、革命とは芸術に無条件で従属するもので、その逆であってはならないと教えた。七月にアンダーソンと再会したゴールドマンは、既に相手が別の道に引きずり込まれていることをはっきりと知った。ヒープにとってゴールドマンの思想は曖昧かつ非論理的で、逆に無政府主義の女王はヒープが攻撃的すぎると思った。「まるで壁に押しつけられているような気がしました」と、ゴールドマンは後に語る。ゴールドマンの友人たちが、オスカー・ワイルドがみずからの囚人生活を感傷的に歌った『レディング牢獄のバラード』を称賛すると、アンダーソンは下手な詩をイデオロギーありきで誉める彼女たちを冷笑した。無政府主義者たちはアンダーソンがブルジョワ的美学のせいで堕落したと考え、アンダーソンは彼女たちがキッチュな過激主義に囚われていると考えた。互いに相手が個人主義を傷つけていると思っていた。

　最初のうちアンダーソンがゴールドマンを夢中で追っていたことが、互いの差異を隠す結果となったのだった。彼女にはゴールドマンのような個人に対する揺るぎない信頼というものがなかった。ゴールドマンにとって大衆が個人主義を拒絶するのは、人間を飼い慣らそうとする権力構造の副産物だと考えていたが、アンダーソンはそれが人間に固有のものだと考えた。「私たちの文化は――私たちのなけなしの文化は――意識的に内面を見つめることもない死んだ人間で埋め尽くされている」と、彼女は一九一四年に書いた。やがて軽蔑は強烈な不快感に変わった。「『人々《ピープル》』という言葉は私にとって『這い回る』と同じような言葉になった」と、一九一五年に彼女は書く。「ピィー・プル」。彼女にとって大衆は「うごめく黒い毛虫の巨大な塊」で、珍しい蝶に反発して身をよじっているのだった。ゴールドマンが個人を称賛するたびにアンダーソンは芸術家を想像した。ただ偶然に特別だというだけではなく――誰もが持っている美点の集合体ではなく――根本的に、ほとんど生物学的に特別な人を。

　アンダーソンはゴールドマンの反骨心溢れる政治を、個人主義の最も純粋な形態である「芸術の天才」という幅広い概念に落とし込んだ。「人生の究極の目的は芸術です」と、彼女は一九一六年八月号で宣言する。「革命？　革命は芸術です」。そのころ『リトル・レビュー』は勢いに欠け、実際アンダーソンはページを白紙のままにすると脅したほどだった。空っぽの雑誌は駄目な雑誌よりましだ。彼女は大衆に迫った。「この雑誌で芸術を見せるか、出版をやめてしまうか。どこから来たものでも構いません――アメリカでも、南の島でも。発信者は若者でも老人でもいいのです。私は奇跡が欲しいだけです！」

「芸術家たちはどこにいるのですか？」

＊

エマ・ゴールドマンとマーガレット・アンダーソンの軋轢《あつれき》は、多くのモダニストの勃興勢力の中にあった緊張関係を浮き彫りにし、ジョイスの新作にも影響が及び始めた。特別な者と凡庸な者が――芸術家と宣伝マンが――互いにどう関わることができるかは不明だったし、革命がその性質からしてほぼ間違いなく集団の仕事である以上、どのようにして個人が革命的になれるのかもわからなかった。ひとつの解答は、革命というものの理解をすっかり変えてしまうことだった。アンダーソンやジョイスといったモダニストにとって、最も偉大な個人の勝利とは、ゴールドマンが絶えず挑み続けた政治的闘争を回避し、思考停止と隷属を偉大な芸術作品によって逃れることだった。個人主義に関する論争は、個人主義を魅力的にしたまさにその点から生まれた――個人の力に対する過大な信頼だ。

これほどまでに緊張感が高まった理由のひとつは、政治的あるいは芸術的な個人主義者の両方が、一八四四年のマックス・シュティルナーの論文『唯一者とその所有』に根拠を求めたせいだった。シュティルナー曰く、個人のみが美徳の源流で、ただひとつの現実だった。それ以外はすべて抽象で、すべての抽象は「スプーク」、すなわちエゴに不快に作用する亡霊だった。個人主義に逆行する力——企業、官僚、教会、国家——は単に不正義なだけではなく、非現実的なのだ。こうした広範囲な懐疑主義は神、真実、自由といった高次元な理念や概念を一挙に否定した。シュティルナーは締めくくりにこう宣言した。「すべて私には意味がない」

『唯一者とその所有』は一九〇〇年から二九年にかけて四十九度版を重ね、その思想は種々雑多なモダニストを束ねた。ジョイスはシュティルナーを読んだ。エマ・ゴールドマンも、ニーチェも、ミス・ウィーヴァーもシュティルナーを読んだ。エズラ・パウンドとマーガレット・アンダーソンは他の作家を通して彼の思想に出会い、ドーラ・マーズデンは『唯一者とその所有』を「ひとりの人間の精神から生まれた最も力強い作品」と称賛した。こうして彼女は『ニュー・フリーウーマン』に『エゴイスト』という新たな名前を与えることを思い立ったのだ。世界を自己《エゴ》まで縮小することで、二十世紀はなんとか扱える代物になった。それはゴールドマンの楽観主義に火をつけ、ジョイスの石にかじりつくような決意をいっそう固めた。

エゴイズムは政治に絶望したモダニストに受け入れられた。大企業と傍若無人な帝国が果てしなく支配するような時代に、エゴイズムは文化に退避しながら、その退避をより信念のある抵抗に見せる無政府主義という方法を教えた。個人による集団の打倒は抗議活動やダイナマイトではなく、哲学、芸術、文学を通して行われるのだ。世紀末の個人主義的無政府主義者たちは政治的暴力を拒絶し、共同体の繋がりという影響力を否定し、既に知られていた伝統的な無政府主義的思考を称賛した——ワーズワース、ホイットマン、ゾラからトマス・ペイン、ルソー、ニーチェ、イプセン。ジョイスにはおあつらえむきだった。

ジョイスは人格形成期に個人主義的モダニズムに傾倒していた。『若き日の芸術家の肖像』は家、祖国、教会に対するスティーヴンの反抗を通してエゴの成長を描く。だが一九一四年、ジョイスは伝統をそっくり書き換え始めた。『ユリシーズ』はスティーヴンの激しい抵抗からレオポルド・ブルームのより謙虚な個人主義に、急速に軌道を修正する。小説は、スティーヴンが出発点であるダブリンに戻ったところから始まるが、ブルームはその土地から立ち去ろうとしない。彼の個人主義は、精神と都市の基盤の内部に深く根を下ろしている。ブルームの不安や冗談、恐怖や記憶、あやまち、洞察、中途半端な推測は、彼を周囲のダブリン市民と、何より彼自身から隔てるデリケートな空間を探索する手がかりとなる。

葬式に向かう途中、馬車の窓からぼんやりと外を見ていたブルームはスティーヴンに気づく。痩せて孤独で、喪服を着たその青年はジョイス自身だった。スティーヴンとブルーム、すなわち若きジョイスと年老いたジョイスはダブリンをさまよい、互いを間接的に意識していて、少しだけ触れ合ってから互いの道を行く。『ユリシーズ』では『若き日の芸術家の肖像』が作り上げたエゴが半分に割れ、その裂け目を通して世界が発露するのだ。ジョイスは『ユリシーズ』を書き始めたとき、ひとりの人間とは抽象的な世界を駆け抜けるひとつの存在以上のものだと思っていた。個人とは危険を伴い、多層的で矛盾に満ち、一見して小さく、既に抽象にまみれている。『ユリシーズ』においてジョイスはエゴイズムの変わらぬ姿を追っていた——神を原子の核の中に探すのだ。それはモダニズムの最も偉大な勃興を表していた。

第7章　モダニズムのメディチ

　モダニストという集団はとても小さく、古い本を新しい読者に手渡したり、目を輝かせた編集者を記憶に残るような講演に誘ったりするといった偶然の繋がりで形成される程度だった。文化的あるいは政治的な個人主義者を結びつけたささやかな繋がりのひとつは――また『ユリシーズ』の冒頭部分を最初に出版するに至ったのは――扇情的な雑誌記事に対する個人の反応だった。一九一五年、エズラ・パウンドは『ニュー・エイジ』の怒れる購読者から手紙を受け取った。相手はニューヨークの著名な美術品コレクターで、名前をジョン・クインといい、ウォール街やタマニー・ホール、政府と関わりのある財務弁護士だった。彼は三十六歳のときに法律事務所を立ち上げ、骨身を惜しまず働いた。ナッソー・ストリートの事務所の机の周りに速記者を座らせて手紙や覚え書きを口述し、一日の終わりに彼の助手はまだ片付いていない書類を革のブリーフケースに詰めて、セントラル・パークを見下ろすクインの自宅に運ぶのだった。そうすれば夜も働けるからだ。朝になると別の速記者が到着し、着替えたりひげを剃ったりするクインの口述を書き取った。

　ジョン・クインはみずからの影響力をモダニズムに注いでいた。彼は貴重な自由時間を美術品や原稿の収集に使い、時には相場を上回る金額を支払った。一九一二年、クインは古色蒼然とした全米デザインアカデミーと袂《たもと》を分かった反体制的なニューヨークの芸術家たちを正式な組織にまとめ上げ、ここ何十年間誰も見たことのない極めて野心的な展示会に参加させた。展示会はニューヨーク州兵第六十九連隊の新しい武器庫《アーモリー》で行われた（クインはその連隊が「戦うアイルランド人」と呼ばれていたのを気に入っていた）。彼らは洞窟のような空間を十八の部屋に区切り、パーティションを黄麻布で覆い、できるだけ多くの美術品を詰め込んだ。モネやルノワールといった巨匠の隣にカンディンスキー、マティス、ムンク、デュシャンの先鋭的な作品が掛けられた。キュビストを名乗るふたりの若手芸術家、ブラックとピカソの作品も並んだ。

その展示会は「アーモリー・ショー」として知られるようになり、個人としてはジョン・クインが最大の貢献者だった。彼はみずからのコレクションから七十七点を貸し出し、その中にはゴーギャンの絵、ゴッホの自画像、セザンヌによる妻の肖像画があった。初日にクインはこの展示会が「アメリカの美術界におけるエポックメイキングな出来事で……過去四半世紀に世界で行われた中で最も完全な内容だ」と述べた。それは控えめな表現だったといえるかもしれない。一九一〇年にロンドンで話題をさらったポスト印象派展は、二十五人の芸術家による二百五十点に満たない作品の展示にすぎなかった。一方のアーモリー・ショーには三百人を超す芸術家の千三百点にのぼる作品が集められていたのだ。その規模だけでも大々的な報道に値するだろう。初日の晩には四千人の客が足を運び、ボストンとシカゴでの移動展示会が終わったときには（シカゴではマティスとブランクーシが批判された）、三十万人が伝統と実験の記念碑的な集積を目にしていた。

ジョン・クインの友人セオドア・ルーズベルトは展示会に「狂気の片鱗」を見て取り、米国が「ヨーロッパの過激派」に侵されつつあるのではないかと気を揉んだ。それでもアーモリー・ショーはニューヨークの美術界が成熟した証で、米国の美術市場を永久に変えた。一九一三年までのクインはどちらかといえば保守的だったが、展示会を開いたことでより大胆な美術品を求める心に火がつき、彼が購入するようになったことで市場には波及効果が起きた。あるシカゴのコレクターはクインが収集に本腰を入れ始めたと聞き、ニューヨークに駆けつけて負けず劣らずの金を使った。一九一四年、クインは国内の誰よりも多くの美術品を購入し、それらすべてを保管するためだけにセントラル・パーク西側のより大きな邸宅に引っ越した（何もかも展示するのは不可能だった）。

こうしたわけで一九一五年、時代遅れの芸術品や原稿を買い漁る米国のコレクターを嘲笑するパウンドの記事を読んだクインは、自分のことを言われているのではないかと思った。そこで彼はパウンドに自己弁護の手紙を書き、自分は「生きた」芸術家のパトロンだと名乗った。「この国に主要な現代アートを収集する、より『生きた』収集家がいるとしたら、ささやかな資産を持つ人間として私は会ってみたいものです」。自分以上に芸術家を支えている人間はいない、とクインは言った。議会で証言し、政治家とコネを作り、芸術品の輸入の邪魔をしている関税法を改善するようメディアを使ってキャンペーンを張っている――実際のところ、新たな関税法を書き起こしたのはクイン自身だった。こうして十五パーセントの関税は取り下げられ、芸術家から直接作品を購入している米国人コレクターたちは手数料を払うことなく輸入できるようになった。

エズラ・パウンドは相手の男の器量をたちまち見抜いた。クインは芸術に関心があるだけではなく、芸術を生み出す手段とコネを持っているのだ。パウンドは謝罪の意を示す返事を書いた。「貴殿のような人間がもっと大勢いたら、我々はルネサンスが始められるはずだ」。彼は「我々」と書くことでクインをおだてた。二度のやり取りのあと、パウンドは率直に尋ねた。誰も出版しようとしない作家の小説を扱う文芸誌の編集者は、ニューヨークではどのような支援が望めるだろうか？「午後集まって茶を飲み、集団を作って新聞を売ろうとする女どもはいるか？」戦時下のロンドンでパウンドは自由に発言することができなくなっており、唯一の解決策は資金面でも編集面でも、完全に彼自身のものとなる雑誌を手に入れることだった。もちろんパウンドはお茶会仲間の協力などに興味はなかった。彼はパトロンを求めており、巧みな誉め言葉と挑戦的な態度でジョン・クインに近づいたのだ。「私は大衆に受け入れられることなど求めていないし、必要ともしていない。欲しいのは数千人の新しい購読者だ。ニューヨークには（J・Q氏ただひとりを別として）骨のある人間はいないのだろうか？」

ロンドンだけでは足りなかった。「正式な機関」がニューヨークになければ、パウンドのルネサンスもありふれた地域的な実験のひとつで終わってしまう。西洋文化の歴史のささやかな脚注というところだ。彼は世界の力の中心に永久的な印を残すことを目論んでいた。パウンドが思い描いていたのは各地に散っている作家たちをひとつの場所にまとめ、エリートの聴衆に定期的に届けるための雑誌だった――「残りの連中は勝手についてくるだろう」。雑誌はヴォーティシズムの手助けをするわけではない。それ自身が渦巻きなのだ。雑誌にはジェイムズ・ジョイスの作品、D・H・ロレンスの小説、ウィンダム・ルイスの物語、そして「エリオットという名の若者の」詩を載せることになるだろう。「私が彼を見出したようなものだ」とパウンドは言った。「そしてジョイスは間違いなく私の世代の最も重要な作家だ」。クインはおそらくジョイスの作品をまったく読んだことがなく、名前そのものも少数の『エゴイスト』読者以外にはほとんど何も意味しなかったことだろう――ジョイスは誰も耳にしたことがない、それでいて最も重要な散文作家なのだ。だがクインは一九〇四年にダブリンを訪れたとき、イェイツとジョージ・ラッセルがジョイスという名の若者について語っていたのを思い出した。彼らが何を話していたかはさておき、そのことは裕福な米国人の心に焼きついていた。

パウンドは雑誌の名前をあれこれと考えた。アライアンス。ヴォーテックス。ハンマー。パトロンの可能性のある人間に見せるための雑誌の概要をクインに送ったが、そこには明らかに男性中心の寄稿者候補のリストもついていた。「アメリカの行動的な人々は女が主導権を握っていることに辟易していて、男による批評が読みたいと思っているのではないか」と、彼はクインに告げた。長年、雑誌とは内容も広告も女性向きに作られた、女性のものだとみなされていて、パウンドは性的に固定されたその場に踏み込んでいきたいと思っていた。

正式に告知するべきだろう、とパウンドはクインに言った。「この雑誌は女性の寄稿を一切認めない」。たちまち猛烈な反発が起こることは目に見えている。「だが」と、パウンドはタイプライターを叩いた。「アメリカの雑誌が抱える問題は（ついでに言うならその前の問題は中世文学の腐敗だ）、ほとんど女が原因だった（そして今もそうだ）」。それには女性化した男も含まれる、とパウンドは強調した。ハンマー、ヴォーテックス……名が何であれ、この雑誌は文化の女性化に抗う道具となる。手紙を書き終えたパウンドは郵送することさえ危険だと気づき、ページの下に大文字で書き添えた。

この書類が貴殿の手を離れて敵の手に渡れば、私はただちに飢え死にか首吊りを選ぶ

クインにはこれが何を意味しているのかわかったはずだ。この種の発言がロンドンの人間関係に軋轢を生んだわけだが、虚勢の陰には友情による申し出があった。若き火の玉は、みずからをクイ

ンの手に委ねようとしていたのだ。

＊

女性蔑視はパウンドのエリート主義の一面で、エリート主義はパウンドを不快な存在にした一方、徹底して生産的にもした。凡庸さが蔓延《まんえん》したこの世界において、突出した才能を持つ個人は突出した責任を負うのだ。パウンドの考えでは、文明は文化的な先駆者が羊の群れを率いることによって成り立っていた。優れた芸術とは、日々の生活の中で立ち入りを禁じられた贅沢でも娯楽でもない。それは人生の本質なのだ。第一次世界大戦でさえ、土壌となったのは粗悪な文学だった。『エゴイスト』の中でパウンドは、ドイツの好戦性は「自国語にまともな散文がまったく存在しないこと」の結果だと論じた。「明晰な思考と正常な精神は、明晰な散文に依拠する……明晰に書くことのできない国家は、統治においても思考においても信頼できない」。ヨーロッパを揺るがしている爆弾や銃弾は、劣悪な詩や小説に端を発していた。

パウンドのエリート主義における問題は金だった。彼が想定した程度の貧弱な購読者リストで生活していける人間はなく、結局パウンドは大衆向けの出版市場を回避してイタリアルネサンス式のパトロンモデルに頼ることにした。芸術家は羊の群れにおもねるのではなく、価値のわかる特権階級という人々を作ることで暮らしていくのだ。特権階級が求めているのは売り上げや人気、礼儀作法に関心のないパトロンに支持された、道徳にとらわれない雑誌だった。パウンドはクインのパトロンに対する考え方を変えていった。既に名声を得たり、あるいは死んだ芸術家の絵画や原稿を買ったりする代わりに、若い芸術家を支援するべきだろう。そうすればクインは文化の傍観者以上の存在になれる。単なる財産のコレクターに終わったイザベラ・スチュワート・ガードナーとは違うのだ。パトロンの金によって芸術家に時間と食べものがもたらされれば、そのパトロンは「芸術家と同等の存在になれる。彼はこの世界に芸術を構築しているのだ。彼は創造している」。パウンドはクインを渦巻きの中に誘っていた。

一九一六年、クインはパウンドの雑誌への寄稿を募り始めたが、条件は編集者が「完全に自由」であり続けるということだった。クイン自身がパウンドに『エゴイスト』編集作業のため年百ポンド渡し、もっと必要なら一言教えてくれるだけでいい、とも言った。滑り出しは順調だった。一九一六年四月、ジョイスのあずかり知らないことだが、パウンドは彼にいくらか送金できないかクインに尋ねていた。ジョイスは家族とチューリヒに避難していて、生徒もいなければ収入もなく八方ふさがりだった。「トリエステで彼は十年教えた」と、パウンドはクインに語った。「編集者に左右されることなく好きなようにものを書き、独立して生きるために。だが彼は戦争に追い立てられ、病を得て、リューマチあるいは他の症状のせいで一時的に失明した。少なくとも、大半の仕事には就けないほど視力が弱っている」。長年、芸術家たちはクインの庇護を執拗に求めてきたが、今やエズラ・パウンドまで友人を救ってほしいと必死の手紙を送っていたのだ。

クインはパウンドの野心を吸い上げて生きるようになった。一九一六年の夏までに、彼はロンドンとニューヨークに編集部を置く計画を立てていた。理想は毎号九十六から百二十八ページで、パウンドが想像していた三十から四十ページを遥かに上回る。クインは毎号二十五セントではなく五十セントで売るべきだと考えた。彼は費用を計算し（年間約六千八百八十ドル）、寄付者の最終候補のリストを手早く作り、同じ志を持つスタッフを探した。「我々はちょっとした粗暴さと激情を求めている」と、彼は友人に語った。

だが計画はとうとう実現しなかった。どれほどクインが尽力しようと、パウンドには忍耐も営業マンとしての意識も、雑誌を管理するだけのビジネスセンスもなかったのだ。世界を征服するには戦斧と街の模型だけでは足りなかった。そしてもちろん、ゼロから雑誌を作るより既存のものを引き継ぐほうが簡単だった。一九一六年十一月、パウンドはミス・マーガレット・アンダーソンがみずから送ってくれていた『リトル・レビュー』のバックナンバーに目を通し、彼女に手紙を書いた。「良くなっているようだが、まだ雑然としていて節操がない」。彼女はその手紙を掲載した。雑誌はさらに改善されていった。エマ・ゴールドマンの無政府主義についての仰々しい原稿や、獄中の手紙が掲載されることもあったが、六・七月号は十六ページを象徴主義に割き、四十五ページの優れた内容を補完していた。ところが一九一六年八月号はわずか二十五ページで、冒頭のアンダーソンの記事「真の雑誌」がパウンドの目を引いた。

私は妥協を憎むが、毎号「まあまあよい」か「それなりに興味深い」、あるいは「重要な」原稿を掲載することで妥協してしまっている。そんなことはもうおしまいだ。来たる九月号には本当に美しい記事がひとつあればそれだけを載せ、残るページは空白にする。

さあ皆さん、待っていますよ！

パウンドは九月号を探し出し、彼女がそれを実行したのを知った。雑誌の前半は空白だったのだ。そのときに至ってパウンドは、ガッツがあるのは女性だけだと気づいた。

＊

エズラ・パウンドにはジョイスの作品を米国に紹介するための媒体があったが、まずはそれを改良する必要があった。『リトル・レビュー』の空白のページを見るや否や、彼はマーガレット・アンダーソンに手紙を書き、自分にできることはないかと尋ねた。ふたりとも同じものを求めていた――実験、縛られない思考、個人主義。率直で妥協を許さない『リトル・レビュー』の編集者はパウンドを味方につけたいと思った。一方、彼女の雑誌には二千人の購読者がついており、それはまさにパウンドの求めるものだった。『リトル・レビュー』が金と新しい原稿を必死で求めているのに対して、パウンドはジョン・クインと若い才能たちを抱えていた。アンダーソンにはどうやら彼の助言を聞き入れる用意があり、パウンドには与えるものが充分あった。言い換えるなら、両者は絶好の組み合わせだったのだ。

パウンドはアンダーソンに宛てた二通目の手紙で、『リトル・レビュー』には米国における自身の「公的な機関」になってほしいと告げた。彼は矢継ぎ早に質問を投げかけた。自分には毎号、何文字与えられるのか？　批評はどれくらい頻繁に掲載されるのだろう？　どの程度資本が必要なのか？　パウンドの抱える匿名の保証人が年間百五十ポンド提供し、そこから寄稿者への謝礼と費用、アンダーソンとヒープの給料（週給十ドル）が捻出されることになった。彼はすべての寄稿者の記事が一度に掲載されることを望んだ。「ドカン！『リトル・レビュー』のページに、新たな力がいちどきに登場する」と、パウンドは同じ日にクインに書き送った。次の日も、三日後も書いた。確かに『リトル・レビュー』は才能の片鱗を世に送り出しているだけだが、そこには情熱があり、情熱だけで充分なのだ。一方クインは疑念を抱いていた。ミス・アンダーソンは汚らしい「ワシントン・スクエア族」なのではないか？　十四番ストリートの地下の編集部（電話はなし）がその疑いを強めた。「私が本心から知りたいのは」と、彼はパウンドに宛てた手紙に書いた。「あの女性にものの良し悪しがわかるかというだけではなく、仕事相手が務まるかということだ。彼女は神経症なのか、そうではないのか。まともな人間で、風呂に入るのか」

マーガレット・アンダーソンとジェーン・ヒープは一九一七年にニューヨークに引っ越してきて、十六番ストリートの葬儀屋と害虫駆除会社の上階の四部屋のアパートに住んでいた。部屋のひとつは『リトル・レビュー』の文学サロンに使われ、詩人や画家、無政府主義者が新たな発想とアイデアを求めて集まった。ふたりは壁を中国製の細長い金紙で覆った。古いマホガニーの家具と暗紫色の床が壁に反射した光を吸収し、大きな青い椅子が天井から鎖で吊るされている。詩人のウィリアム・カーロス・ウィリアムズは落ち着かない気分になった。

アンダーソンとヒープは『リトル・レビュー』に込められた熱意を共有する人間なら必ずここを訪れると信じていて、それはその通りだった。あるとき十八歳のハート・クレインが、そのころ書いた詩をいくつか抱えてアパートを訪れた。クレインは雑誌の広告部長になり、二カ月でひとつ広告を獲得して辞めた。そのあと彼は『リトル・レビュー』の編集部の上階の二部屋を借りて、雑誌の輪の中に留まった。若手作家たちはとりわけ雑誌に惹きつけられた。ある日若い女性がやってきて、アドバイスを求めた。

「いい作家になるためには何をしたらいいのでしょう？」と、彼女はアンダーソンに尋ねた。炭鉱事故をめぐる悲惨な短編や、その他の労働者に関する悲劇について書いていているという。

「まずは」と、編集者は応じた。「天才とは鍛錬の成果だというこの国の考え方から自由になりなさい。天才とはすなわち、それがない人間が苦心しなければ手に入らないものを楽に手に入れるということです。そして凡人にはそれが手に入りません」

困惑しながらも、若い女性は食い下がった。「ええ、でも私はどうしたら？」

ミス・アンダーソンは女性を見下ろした。「まずは口紅をひと塗りしてごらんなさい。美しさがあなたに書くべき経験をもたらすのではないかしら」

＊

エズラ・パウンドは一九一七年五月に『リトル・レビュー』の海外編集者になり、ただちに仕事を始めた。その夏、雑誌には「クール湖の野生の白鳥」を含むW・B・イェイツの十四編の詩が登場し、T・S・エリオットとウィンダム・ルイスの作品も掲載された。ジェイムズ・ジョイスはチューリヒから手紙を書き、正体不明の病から回復したらすぐ新しい小説を送ると約束した。アンダーソンとヒープは雑誌のサイズを拡大し、行間をつめて文字が入るようにしたが、それでも中には六十ページを超える号もあった。ふたりはニューヨークで一番安い印刷業者を探し、ポポヴィッチという名のセルビア系移民を見つけた。刊行直前の毎日曜日、ふたりは二十三番ストリートにある彼の店に駆けつけて植字を手伝い、ゲラを校正し、製本業者のためにページを整えた。

編集者たちは楽観的だった。一九一七年末、彼女たちは戦争を理由に値上げを宣言し、購読者リストの倍増を目論む一方で、政治的な関わりを薄めた。一九一七年八月号でアンダーソンは「シンプルで美しく、それでいてひどく退屈な無政府主義。私はとうに見限りました」と何気なく記した。

購読者たちは驚いたが、『リトル・レビュー』は読者と距離を置くことをためらわなかった。雑誌のタイトルページには新たなモットーが派手に掲げられていた。「大衆の好みにおもねらず」

このとき初めてマーガレット・アンダーソンは、家族の前でスピーチをしたあの日のように、世界を支配できるかもしれないという希望に包まれた。「私はすべてを吸収したいのです」と、彼女はパウンドに書いた。やがて返事が届いた。「沢山の紙を使ってこの『世紀』を蹂躙《じゅうりん》できるその日まで、私は眠りたくない」

モダニストの雑誌は内に緊張をはらんでいたが、それは規模の小ささがもたらす自由を強く求める一方――摩擦を何より恐れる広告主や、雑誌を人畜無害にしようとする読者の群とは距離を置くのだ――本心では大きな雑誌になりたがっているせいだった。挑戦的で先見の明を持つ人間に、出版界は多くの機会を提供していた。十九世紀後半、雑誌の値段は発行部数を増やすため大幅に下げられ、米国では二十五から三十五セントで売られていた月刊誌は半額以下になった。何千倍にも膨れ上がりつつある読者を手に入れるため、事業主たちが金を多く支払うようになり、広告収入の増加が売り上げの減少を上回ったのだ。

南北戦争前にはほぼ存在しなかった新聞広告は、第一次世界大戦のころには巨大な産業に成長していた。米国における雑誌の発行部数は一八九〇年から一九〇五年の間に三倍になった。二十世紀の頭、国内には三千五百種類の雑誌が存在し、合計発行部数は六千五百万部だった――文字の読める米国人ひとりにつき一冊という計算だ。雑誌の成長につれて、その中で宣伝されるビジネスの種類も変わっていった。低価格、広告収入の拡大、読者の増加はいわば無限の循環だった。出版業界が大衆文化を創り出したのだ。

モダニストの雑誌は大量消費市場のモデルである集中的な広告、ポスター、チラシ、商品のキャッチコピー、宣伝行為を真似ようとした。アンダーソンがミシガン湖のほとりにテントを張ったのは、ある程度まではメディアを意識した演出だったのだ。『エゴイスト』の知名度を高めるためにハリエット・ウィーヴァーはふたりのサンドイッチマンを雇い、肩から看板を下げて路上で雑誌を売らせた。だが実験的な雑誌では『コスモポリタン』や『マクルア』並みの読者数を獲得することはできない（どちらにも何十万という読者がいた）。一九一六年から廃刊に至るまで『エゴイスト』の売れ行きは各号平均二百部ほどで、広告主たちはものの数カ月で『エゴイスト』や『リトル・レビュー』から逃げ出した。モダニスト雑誌は大衆文化というエンジンとは嚙み合わない部品だったのだ。残された選択肢はパトロンだけだった。

＊

一九一七年五月、ジョン・クインはアンダーソンとヒープをセントラル・パーク西側のマンション最上階での夕食会に招いた。フランス人の使用人の男に案内されながら、ふたりは長く天井の高い廊下を歩いた——壁には六、七千冊の本がぎっしりと並び、公園を見下ろす客間の壁は一部の隙もなく絵画で埋め尽くされている。クインが四千ドルで購入したばかりのマネの作品が豪華な部屋に鎮座していたが、そこに長く留まらないだろうことは明らかだった。このマンションは肥大した美術館だった。絵画は無秩序に部屋の隅や壁のくぼみに置かれ、寝室やクローゼットの中、ベッドの下にも積まれていた。アンダーソンはアーモリー・ショーで見たゴッホの自画像とセザンヌ夫人の肖像画に気づいた。実のところアーモリー・ショーを包んでいた興奮が——米国の美術界で何か特別なことが起きているという予感が――そもそも『リトル・レビュー』を創刊した理由のひとつだったのだ。その四年後、彼女は展示会を指揮した三人の男と食事をしていた。他のふたりの招待客は、展示会を企画したウォルト・クーンとアーサー・デイヴィスだった。

アンダーソンとヒープはクインの短気なところを面白がったが、彼は会話より毒舌をふるうことに関心があるようで、美術についての語彙《ごい》は大ざっぱだった。「グサッとくる」絵や「ラジウムのように強烈な」絵がお気に入りだという。彼は芸術品を札束のように積み上げておくタイプの男だった。一方クインはといえば、ミス・アンダーソンを美しいと思っていた。豊かな髪と輝く青い瞳は人を惹きつけ、体は豊満で洗練されていた。「若くて魅力的で、いい女だ」と彼はパウンドへの手紙に書いた。「今まで見た中でも一番美しい女性のひとりだ」。一方のミス・ヒープは肩幅が広く、男性的な髪形をしていた。「典型的なワシントン・スクエア族だ」。クインは『リトル・レビュー』のバックナンバーに目を通し、山のような誤植と凡庸な芸術家を絶賛する記事、金銭的な問題に関するセンスの悪い告知記事を見つけた。費用を抑えるためにある月の号は茶紙に印刷されていて、編集部は小さな書店を兼ねていた。クインはパウンドに書き送った。「そこへ客がやってきて茶を飲むそうだ。いやはや！」

クインはクーンとデイヴィスが雑誌の一部を引き継ぎ、美術批評や写真を掲載することを望んだが、美術の編集はヒープの領域で、ふたりともそれを手放す気などなかった。クインはとにかく雑誌を続けるようアンダーソンに言ったが、感謝の言葉は一切返ってこなかった。彼はパウンドにミス・アンダーソンについて警告の言葉を送った。「どうやら強情な女性をしっかりと押さえつける手が必要とされている」

パウンドは大西洋越しにふたりの協力関係を演出しようと試みた。クインは芸術について優雅に語る能力はないかもしれないが本能的な目利きだ、とパウンドはアンダーソンに告げた。それ以上に「彼はあなたに好意的で、知的だと言っている」。時々クインのもとを訪ねて「心を和ませてやるといい」と、パウンドは勧めた。「彼はアメリカで最高の人材だ」。クインにも同じような取り持ちの手紙を送っていた。ミス・アンダーソンは「友好的な人間」で、この前会ったときに尊敬の念を示さなかったのは「君がどんな人間かまったくわかっていなかったからだ」。それはどうしても必要な嘘だった。文学者としてのキャリアで初めて、エズラ・パウンドは仲裁人を務めていた。

すべて納得はしていなかったものの、クインは出版界の知り合いを通して『リトル・レビュー』が広告を確保するのを手伝った。困っているなら事務所の賃料を払うと申し出て、アンダーソンに書き送った。「もちろん私は、検閲に関するどんな質問に対しても専門的な助言をするのにやぶさかではない」。クインが『リトル・レビュー』に関わっているという噂はやがてミッチェル・ケネリーの耳に届いた。猥褻罪に問われたところをクインが弁護した出版者だ。ケネリーは尋ねた。「『リトル・レビュー』が攻撃されたら、君は弁護するのか？」

クインは即答した。「もちろんだ」

第8章　チューリヒ

一九一五年六月、ジェイムズ・ジョイスは無職だった。二カ月分の給料を前借りしていて、敵地に住んでいる英国市民という状況にあった。彼は家具を担保に入れて自分自身と妻、ふたりの子どもたち——十歳のジョルジオと八歳のルチア——のために、トリエステから中立国スイスへの列車の乗車券を求めた。オーストリアの戦闘地域を迂回《うかい》しつつ通り抜けるのには三日かかり、一家は神経をすり減らしてチューリヒにたどり着いた。そこは密輸業者、スパイ、偽造者、脱走兵、扇動者、闇商人の避難所と化していた。食料は乏しく、とりわけ湖沿いに植えられたジャガイモやトウモロコシが地中で眠っている冬の間は何もなかった。肉が手に入らないときは、人々は茹《ゆ》でた栗の実やカエルの足を食べた。角砂糖の代わりに、カフェではコーヒーにサッカリンの錠剤がついてきた。

戦争のせいでチューリヒには現実離れした空気が漂っていた。一九一六年七月、フーゴ・バルがチューリヒのギルドハウスでダダ宣言を行った。「永久の快楽を手に入れるにはどうしたらいい？ダダと唱えろ。どうやったら有名になれる？　ダダと唱えろ。優雅な身ぶりと繊細な仕草で。やがて頭がおかしくなるまで」。ダダイストは仮面と奇抜な衣装をまとい、キャバレー・ヴォルテールで狂気と紙一重のダンスを披露した。彼らはナンセンスな言葉、しゃっくり、口笛、牛や猫の鳴き声から成る詩を朗読した。ダダイズムとは未来主義に暴力ではなく滑稽な振る舞いを足したものだった。ふたつの運動に共通していたのはゼロからやり直したいという欲望だった。かつてない規模の戦争の最中、彼らは文明を新しく始めることを求めていた。

スイス政府は彼らを快く思わなかった。剣と羽根飾りのついた帽子を身につけた騎兵たちが路上を見回り、警察は難民の群れに(都市の人口の半数近くがそうだった)怪しげな活動の兆候がないか目を光らせていた。移動中の軍隊を逃れる者が出て、分別のある紳士が書類を偽造して牛乳とバターを手に入れ、レーニンはカフェ・オデオンでチェスに興じた。彼が封印列車に乗ってモスクワに帰り、革命を始めるのはそのあとのことだ。誰もが潜在的にスパイとみなされ、トリエステから来た痩せっぽちのアイルランド人ジェイムズ・ジョイスも例外ではなかった。オーストリア政府は、ジョイスがアドルフ・モルドという男のためにオーストリアからイタリアへ手紙を運んでいるのではないかと疑った。トリエステを逃げ出したモルドは、イタリアの地下で進むレジスタンスの支援者だと考えられていた。ジョイスは確かに敵国間の手紙のやり取りを仲介していたが、中身はモルドへの暗号ではなかった。モルドの娘に宛てた、ジョイスのかつての生徒のラブレターだったのだ。それでも手紙を発見したグラーツの警察はジョイスに関する情報を求め、トリエステから送られてきた政府の調査書にはこう書かれていた。「外国人として、また政治的思想の傾向において、彼の評判には警戒すべき点がある。だがトリエステ在住期間には、疑いを引き起こすような事態は一切なかった」。しかし考え直した役人は、線を引いて後半の文章を消した。後の調査書では、ジョイスとチューリヒの文学仲間は「最も望まれざる人種」とされていた。

一九一六年、オーストリア政府は英語の授業を希望する生徒を装って秘密工作員を送り込み、ジョイスの政治的志向と行動を見極めようとした。彼は中央同盟国の転覆を図っているのだろうか?

ジョイスは明らかに気がついていた。それというのも彼は、工作員に相手の聞きたがることを話していたからだ。自分は熱烈なアイルランドのナショナリストで——シン・フェイン党の一員で——英国の崩壊を強く望んでおり、ロンドンの雑誌『エゴイスト』に反英的な記事を書いて政府の監視下に置かれている。それは事実ではなかったが、説得力はあった。秘密工作員は帝国防衛司令部の上司に報告した——「ジョイス教授」は、オーストリアが勝利するに当たって非常に役に立つだろう。「この男の筆は利用できます」

だがジョイスに戦争と関わるつもりは一切なかった。何年もの間彼は「英国に戻れ」「従軍するか健康上の理由で召集に応じられない旨を医者に申告しろ」としつこく迫る英国大使館から逃げ回っていた。「芸術家として私はあらゆる国家に反対している」と、彼は友人に語った。「国家は同心円《コンセントリック》、人間は離心円《エキセントリック》だ。こうして永久的な闘争が起きる。僧侶、独身男、無政府主義者は同類だ」。彼は劇場に爆弾を投げ込むような革命家には批判的だったが、それでもこう述べた。「世界を血に染めた国家は、彼らよりましに振る舞ってきたと言えるだろうか?」

チューリヒの地でジョイスは亡命の上に亡命を重ねていた。彼は身の丈に合わない茶色の外套を着て、先を尖らせたひげを生やして街路を歩いた。ジョイスの友人と知り合いだったバイエルン州出身の女家主は彼を怖がっていて、市立劇場の合唱隊の少女たちは「悪魔氏《ヘル・サタン》」と呼んだ。チューリヒでのジョイスには人生の重石と呼べるものがほとんどなかった。書物も原稿もなく、大切な家族写真はすべてトリエステに残されている(戦争がこれほど長引くとは思っていなかったのだ)。いつものようにジョイス一家はアパートを転々とした。最も居心地がよく家賃も高かったのは、赤の他人と共有した五部屋のアパートの二室だった。ルチアは寝室で両親と一緒に眠り、ジョルジオは居間の簡易ベッドを使った。オーストリアのスパイによると、ジョイス一家は最低限の暮らしにどうにか耐えているようだった。

　それでもジョイスは文学界に名を広めつつあった。『エゴイスト』は一九一五年に『若き日の芸術家の肖像』の連載を終え、気がつくとH・G・ウェルズ、H・L・メンケンといった有力な作家が彼を熱心に支持するようになっていた。エズラ・パウンドとW・B・イェイツは、ジョイスがいくつかの団体からささやかな助成金を確保するのを手伝ってくれた――王立文学基金から七十五ポンド、作家協会から五十二ポンド、年間王室費から百ポンド、H・H・アスキス首相公認の寄付金（首相はすべて納得していたわけではなかったが）。それらの助成金のおかげでジョイスには『ユリシーズ』を執筆する時間ができ、チューリヒのカフェやレストランに足繁く通うこともできた。彼は「異邦人クラブ」と名乗る少人数の国際難民のグループとよく酒を飲んだ。

　ノーラもしじゅうカフェに通った。子どもたちを家に置いていくせいでチューリヒの中流階級の顰蹙《ひんしゅく》を買ったが、ジョイスの羽目の外しぶりには到底かなわなかった。夜遅くまでどんちゃん騒ぎをしながら、十八番のダンスを始めるのだ。ジグをジョイス流に模倣したもので、その後十年をかけて磨き上げた（どんな芸術も忍耐を必要とする）。跳び上がり、腕を振り回し、足を高く蹴り上げるそのダンスは、面白がって見つめる観客の目にはなぜか滑稽にも優美にも見えた。やがてノーラが彼をなだめすかして連れ帰ったが、それから何年も、パーティを開くたびにジョイスは飽きずに情熱を示し続けた。アイルランドのバラードを歌い、みずからピアノで伴奏をつけて即興のリサイタルを行い、夜遅くまでやめようとしない。ひとりの客人はジョイスがふたたび歌い出したとき、ノーラがアイルランド訛り丸出しで文句を言ったことを覚えている。「まーた、歌ってる！」彼女は大きな声を上げ、指で耳に栓をした。「この人、反省しないのかしら？」

たとえ何が起きたとしても、ジョイス一家はいつも全員揃って夕食を取った。あちらこちらのレストランで、父と母は秘密の言い回しを教えるようにトリエステ方言で子どもたちと話をするのだった。チューリヒから遠く離れた場所で人生を共有しているという、言葉を通したパフォーマンスだ。ジョイスは戦時中、このささやかな親密さの切れ端以上のものを家族に与えることができなかった。ルチアがチューリヒ滞在中の父親に関してわずかに覚えていることのひとつが、アパートの床で文章を書いている姿だ——ノート、ペン、クレヨン、紙が障壁のように周りに置かれ、どのページの文字にも赤で斜線が引かれていた。

ジョイスはいわば書くための足場を組んでいたのだ。それは小説の中の出来事が、ホメロスの『オデュッセイア』を緩やかに反映していることを示すもので、執筆は細部を大きな構造にはめ込んでいく、神経を削るような作業だった。「私は書き、考え、書き、昼夜を徹して考える」と、ジョイスはパウンドに宛てた手紙に書いた。「だがある温度に達するまで材料は溶けない」。一九一七年、『ユリシーズ』を書き始めて三年近く経過しても、ジョイスはひとつの挿話さえ満足に完成させていなかった。だが一九一七年に『ユリシーズ』を『リトル・レビュー』で連載する話がまとまると、彼は時系列に沿って出版可能な下書きを仕上げることに専念した。とにもかくにも出版は、書いては考えるという果てしない連鎖を断ってくれるだろうし、読者が材料を溶かすのを助けてくれるかもしれない。

＊

執筆は比較的順調に進んでいたが、一九一七年の二月にジョイスは路上で倒れた。激しい痛みが右の目を貫き、目玉がはじけそうだ。苦痛の波のせいでジョイスは二十分も動けなかった。瞳の青い部分である虹彩が炎症を起こし、腫れて前方に押し出され――おそらくは一ミリにも満たない程度だが――そのせいで眼内液の排出が妨げられていたのだ。眼圧が急激に高まり、ジョイスは初めて強烈な緑内障の発作に見舞われた。この一件は経済的な問題や戦争とは比較にならない危険として、まだほとんど書き始めてもいない小説を脅かした。治療をしなければ、緑内障のせいで高まった眼圧が徐々に視神経細胞を痛めつけ、やがて失明するだろう。遠からず両目に問題が起きることがジョイスにはよくわかっていた。作家になるため安定した生活を捨てたが、緑内障は彼から思いもよらないものを奪い去ろうとしていた。ジョイスは芸術的自由を奪おうとする政府、帝国、宗教から注意深く身を守ってきた。しかし、彼の因襲破壊的な傑作はみずからの両目が突如炎症を起こさないことにかかっているのだった。

ジョイスは以前にも虹彩炎を何度か患っていた。一九〇七年には両目がひどく充血して、読み書きも教えることもできなくなった。医者は繰り返し硝酸銀で消毒してくれたが、仮に治療が効果を上げたとしても（現実には無理だった）、他にも憂慮すべき健康問題があった。背中と胃に原因不明の痛みが走るのだ。異変が起きた週の終わりには寝込んでいて、なんとか歩いたとしても老人のように足を引きずっていた。軽いパニックの発作にも襲われ、息苦しさを覚えた。肌にも異常があり、スタニーは兄の体に塩と混ぜた有毒成分のあるローションを塗った。彼の日記によると、右腕は何週間も「機能しなかった」。病気は二カ月以上も治らなかった。ノーラがトリエステ病院の貧困者病棟でルチアを出産していたころ、ジョイスは電気療法を受けていたが、これまた効果はなかった。スタニーは非常に重いリューマチ熱ではないかと考えた。その先十五年でジョイスは十二回の急性虹彩炎の発作に見舞われる。本人の言うところの「目の発作」の経過は毎回気が変になりそうなほど予想がつかなかった。ある時は真夜中に片目あるいは両目をかすかな不快感が襲うという形で、眼圧はゆっくりと高まった。痛みは急速に引くこともあれば、数日、数時間、あるいは数分で激化することもあった。

ひとたび虹彩炎が緑内障に進行すると、効果的な治療は虹彩切除しかなかった。手術で虹彩の一部を小さく切り取り、眼内液の排出を促して圧を和らげるのだ。言うまでもなくジョイスは手術を拒否し、最善の治療は暖かい気候だとみずからを納得させた。外出の際は必ず黒眼鏡をかけて太陽の光に耐え、チューリヒ大学の眼科主任のシドラー医師に手術はやめてほしいと懇願した。医師は了承したが、症状は悪化する一方だった。

ジョイスの目の中にはフィブリンの粘ついた液体と膿が溜まり、虹彩の一部が水晶体被膜に張りついて癒着を起こしてしまっていた。深刻な状況だった。瞳孔の収縮と拡大に不具合が起き、眼内液の排出がさらに妨げられ、緑内障の発作の危険は倍増した。

このような病状に対して、医者にはふたつの不完全な選択肢しかなかった。手術で癒着した部位を切り離せば虹彩の一部を剝がすことになりかねず、永久に視力が損なわれるだろう。しかし癒着を放置すれば虹彩がそっくり水晶体被膜に張りついてしまい、瞳孔が動かなくなり、右目の視力は失われる。この時代、癒着に対して最も効果的なのはアトロピンと呼ばれる薬だった。うまくいけばアトロピンの作用で癒着は解消され、緊張した毛様体筋は麻痺し、荒れた末端の神経は鎮まり、血管の拡張も元に戻るだろう——手術をすることなく。しかしアトロピンの問題点は眼圧が高まり、ふたたびの「発作」の可能性が増えることだった。手術で視力を損なう危険を冒すか、薬で緑内障を患うか、ジョイスは選ばなければならなかった。

シドラー医師はアトロピンを投与することにしたが、二カ月後の四月に再びジョイスは緑内障を患った。症状は夏から秋にかけて続き、アトロピンのもうひとつの問題が浮上した――その毒性だ。アトロピンはベラドンナという植物を原料にしており、根と果実と葉には副交感神経を乱す化学物質が含まれている。葉を一枚食べただけで死に至る危険があり、アトロピンの過剰摂取は――一日に数滴目薬を差しすぎるか、少しだけ薄め方が弱かっただけで――失神、頭痛、喉の炎症、精神錯乱、幻覚を引き起こす。手術を避けていた数カ月間で、ジョイスが摂取したアトロピンは安全な分量を超えた。彼は発熱と喉の痛みを訴え、幻覚を見るようになった。

やがてジョイスの病状に関する噂が広まった。ジョン・クインは経済的に支援しようと原稿を何部か買い取り、ジョイスが読めないことを知っていたので、ノーラに宛てた手紙の中で緑内障の深刻さとスイスで最も腕利きの医者を確保する重要性を説いた。友人や神父、英国大使館のアドバイスは何の役にも立たない。クインは医療費の足しとして十ポンドを電信で送り、米国の「最高の眼科医」にジョイスの症状を相談した。「気の毒な男だ」と、彼はパウンドに宛てて書いた。「手紙を読めば彼が病気で、悩みを抱え、疲れきり、すっかり落ち込んでいることがわかる」

パウンドも一九一六年にジョイスの写真を受け取って以来、彼の目の症状について心配していた。「あの写真のおかげだ」と、パウンドは返事を書いた。「いささか恐ろしい状態だった」。ジョイスの両目がひどく変形していることに危機感を覚えたパウンドは、手術に代わる方法を提案した。乱視矯正用の円柱レンズを覗き込んで上下左右にひねったら効果が出ないだろうか。普通の医学博士ではなく、チューリヒの整骨医も探すべきだろう。「脊椎をまっすぐに立て、血圧や神経の圧をやわらげ」たら治るかもしれない、とパウンドは記した。クイン同様に、パウンドも自身の専門医を訪ねた。クインの専門医はパウンドの専門医を嫌った。

*

　戦争、痛み、アトロピンによる幻覚、金を稼ぐ能力の欠如にもかかわらず、ジョイスは『ユリシーズ』を書く方法を見つけた。午後早くに少しだけ健康が回復する時間帯があったのだ。何日か痛みがやわらいで瞳孔の機能が戻ることもあり、シドラー医師の自信に支えられて一、二週間ほど楽観的な気分になったこともあった。ジョイスは紙に文章を書き殴り、イースターエッグのように自宅の思いがけない場所に置いていった。そして体調が良いときにその紙を見つけ出し、スティーヴン・デダラスとレオポルド・ブルームの人生をゼロから組み立てるのだった。何年間もその作業は続いた。ふいにインスピレーションが湧いてきて一度に段落を書き上げることなど、ほとんどなかったと言っていいだろう。『ユリシーズ』とは下書きを積み重ねた、いわば沈殿物のような小説で、一度に一粒ずつ重量を増していったのだ。

　ジョイスはノートを用意し、大判のメモ用紙に登場人物の特徴、修辞技法のリスト、数学に関する覚え書き、古代ギリシャとホメロスの『オデュッセイア』についての事実をぎっしりと書き留めていった。メモは章やテーマによって分けられていることもあった——「名前と場所」、「かもめ」、「神智学」、「盲目」そして「調理法」。ジョイスは一見気まぐれにフレーズや単語を書きつけていった。「汚染された凝乳」、「天国の木」、「剃刀の騎士」、「茹でたシャツ」、「トロ《牛》」。そしてそれらをノートにまとめ、あとでジグソーパズルのピースのように原稿にはめ込むのだった。単語の長短にかかわらず（あるメモには「我々」とだけ記してあった）、ジョイスはそれらの断片がどこに収まるのか正確に理解していたようだ。（ブルームは「キルケ」挿話のある箇所で、かつての王のごとく一人称に「我々」を使う）。細部を下描きに埋め込むたびにジョイスはクレヨンでバツ印を書き、やがてノートは大きなバツと赤や青、緑の斜線で書かれた挿入の指示でいっぱいになった。

時間が経つにつれて、メモを書く頻度は増えた。ノートは山のようにあった——ノートからノートを作ったのだ。ジョイス曰く、すべて足したら小ぶりのスーツケースが満杯になるはずだった。彼はノートのページの両面に書くのをやめて、偶数ページを追記のためだけに使うようにした。『ユリシーズ』はフレーズごとに組み立てられていった。

ダブリンから遠く離れていても、素材はあらゆるところで手に入った。ジョイスは情報を求めて「異邦人クラブ」をさまよい、小説の中で扱われているテーマが登場するよう会話を操作した。周囲のものごとすべて、人々が語ったすべてが彼の構想の一部となる可能性を秘めていた——スイス語の言葉遊び、怠惰な身ぶり、毒物の名前、生理学や民話についての情報。ジョイスは貪欲だった。会話の最中や夕食の席、あるいは街路を歩いているときに足を止める。そしてチョッキのポケットから小さなノートを取り出し、震える鉛筆の先に顔を近づけて、たまたま耳にした単語やフレーズを書きつけた。八月になり、夫が必要としているらしい空間を与えようとノーラが子どもたちを連れてロカルノに行ってしまうと、ジョイスはひとりで創作を続け、猫に語りかけた。「ムルクニャオ！」猫が鳴いた。ジョイスはそれを書き留めた。

ノーラはロカルノから手紙を書き、市場に行くとトリエステを強く思い出すことや、ジョイスがきっと怯えただろう雷のことを語った。「あなたが電話をくれるのなら十一時に電話の前で待っています。しないのならそれで構いません」。短く、数が少ないという違いはあったが、ノーラの手紙はジョイスに似ていた。優しい感情は半ば隠されていた。『『ユリシーズ』を書いているのでしょう。あまり夜遅くならないで。きっと服も買っていないのでしょうけれど、ちゃんとしてくださいね』。家族と離れてチューリヒに滞在するのは奇妙なものだったが、ダブリンにいたときのようにトネリコの杖を振って街を散策していると次第に慣れてきた。ある夏の午後遅くジョイスは駅前通りを歩き、街角から聞こえてくるさまざまな言語に耳を傾けた。通りにはリンデンバウムの香りが漂い、その細い幹越しにチューリヒの青と白の路面電車の姿が見える。ナッソー・ストリートの路面電車と同じ色だ。

痛みが前ぶれもなく落雷のようにジョイスの頭を襲った。近くのベンチまで運んでくれた見知らぬ男性の顔はぼやけて見え、街灯には光の輪ができて内側から赤、黄、緑の順で輝いている。意識がはっきりしてきたとき、ジョイスは眼科を再訪したら医者に何と言われるか想像して恐怖に包まれたはずだ。シドラー医師は彼の両まぶたに軽く指を当て、皮膚越しに網膜動脈が強く脈打っているのに気づくだろう。手術は避けられないとジョイスは覚悟した。

手術中、ジョイスには意識があった。看護師はアトロピンとコカインを与えておいてから、開瞼《かいけん》器《き》でまぶたをこじ開けた。外科医に固定鉗子《かんし》で押さえつけられ、手術用の光の下で動けない状態の眼球に、メスが銃剣のように向かってくる。角膜は一瞬抵抗したが、すぐに刃が目の表面を貫いて前眼房に滑り込んだ。滲出液《しんしゅつえき》があふれて傷口に流れ込む。看護師が固定鉗子を外し、ジョイスの目を下に向けて、シドラー医師に虹彩鉗子を渡す。尖った器具が眼房に入り込み、箱からティッシュを引き出すように傷口から虹彩の上の端を引っぱり出した。看護師が医師に虹彩はさみを渡し、医師はじっとしているようジョイスに強く言ってから虹彩を三角形に切り取り、はさみを入れた端をへらで押し込んだ。
手術が終わるとジョイスは神経衰弱を起こした。それは手術用の器具がトレイの中でかちゃかちゃと音を立て、順番に向かってくるという治療のトラウマだったのかもしれない。あるいはベッドに横になっていると――コカインの効果は薄れ、片目で部屋を見渡すとアトロピンによる幻覚が亡霊のように部屋の隅に素早く消えていった――老人のように手探りで紙の切れ端を求めなくてはならないこれからの人生について、考えすぎてしまったのかもしれない。あるいはダブリンの一日を徹底的に描いた物語を書くことが負担だったのだろうか。小説では一分一分が描写され、真夜中をたっぷりすぎるまで終わらないとジョイスは宣言していた。三年間創作に励んでもまだ朝の八時で、おまけにひとつの挿話も完成していない。あるいは戦争のストレス、いつも金がないこと、食べさせなくてはいけない子どもたちがいること、健康なときでさえ手に負えない日常の山積みの問題だろうか。あるいは罪悪感かもしれない。ノーラはロカルノから飛んで帰ってきて回復室で付き添おうとしてくれたが、医師は精神的な症状が落ち着くまで訪問客を一切禁止した。回復には三日かかった。ノーラは夫に代わって手紙を書き、ジョイスの目の出血が止まるまで二週間世話をした。

*

手術はノーラにささやかな希望をもたらしたことだろう。それまで自分ひとりの世界に閉じこもり、妻と子どもたちをほとんど受け入れようとしなかったジョイスが、痛みのおかげで自分のもとへ、『ユリシーズ』の外の世界へ戻ってくるかもしれないのだ。スイスに脱出してからというもの、ジョイスは自分の人生を小説のための餌場として扱うようになっていた。あるとき彼はノーラに、浮気してくれないか、そうしたら妻を寝取られたレオポルド・ブルームの人生がより正確に理解できるから、と頼んだ。ノーラが子どもたちと一緒にロカルノに行ったのは、そうすれば着実に創作の世界に閉じこもりつつある夫を連れ出せるかもしれないと計算してのことだった。だが旅行も病気も、ジョイスを取り戻す手段にはならなかった。

家族にとってより実際的な問題は、ジョイスがあれほど熱心に書き続けているというのに、十年以上にわたる作家生活の実りがあまりに少ないという点だった。知名度こそ高まっていたが、作家として生計を立てていく可能性はかつてなく薄れているようだった。一九一七年の夏ごろ、ジョイスは『ダブリン市民』の印税できっかり二・五シリング手にしていた――一ポンドにも満たない。『若き日の芸術家の肖像』は一九一六年末に米国で出版され、ミス・ウィーヴァーは米国版元のベン・ヒュービッシュを説得し、英国に数冊余分に送ってもらうことで英国版を出版した。ジョイスの初の長編小説は多数の好意的な書評に後押しされていたが、英国版はたった七百五十部売れるのに何カ月もかかった。困惑するジョイスに対し、自分たちがどんな作家か思い出すようパウンドは説いた。「英国と米国にどれくらい知性的な人間がいると思う？　君がインテリに向けて書いているとしたら、いったいどうやって十万部売るつもりなんだ？？？」

ジョイスは戦時中のインフレをなんとか乗り切るだけの収入を手にすること以上を期待していなかったが、それでも基本的な問題（家賃を払い、家族を養い、眼の治療をする）は、ひとつの永久的な芸術作品を創作したいというやむにやまれぬ欲求の前に消えていった。『ダブリン市民』を執筆し、『若き日の芸術家の肖像』の最初の下書きを仕上げながら、彼は弟のスタニーに「日々のパン」

を不滅の生命を持った何かに聖変化させたいと語った。時が経つにつれて芸術的な永遠性に対する欲求は「すべての言語を超えた」言語で小説を書くという欲求に取って代わった。伝統によって手渡された語彙を超えて語るのだ。戦争はジョイスに、それがダダイストや無政府主義者、レーニンやフロイトに与えたものと同じものを与えた——何もかもが変わろうとしていて、ヨーロッパの瓦解と帝国の崩壊は真に革命的なものの前兆だ。充分に練られた小説であれば、あらゆる文明を超越できるはずだ。エゴイストであり芸術家であるということはつまり、真に自分中心の個人は自己を捨て、文化や集団、抽象、帝国的伝統、民族の良心の深淵をのぞき、すべてを変えるのだ。

幸運にも金はあちこちから届いた。ニューヨークの支持者たち（『ダイアル』の編集者スコフィールド・セイヤーら）は千ドル寄付してくれたし、ジョン・D・ロックフェラーの娘のひとりイーディス・マコーミックは一年以上に渡って月に千スイスフランを送ってくれた。『若き日の芸術家の肖像』出版の数日後、明かりを落とした部屋で休養していると、ロンドンの法律事務所から手紙が届いた——手紙は誰かに読んでもらうしかなかった。その文面によると、匿名の「讃美者」が二百ポンド提供してくれるという。戦争前のジョイスの年収に等しかった。ジョイスもパウンドも、相手が誰なのかわからなかった。

戦時中のパトロンたちはジョイスが芸術的野望に没頭するのを楽にしてくれたが、その野望の壮大さといえば、『ユリシーズ』以外に人生を割く余裕はないというほどだった。彼は原稿の一部をノーラに読んで聞かせたが、彼女は無関心で、『ユリシーズ』の話ができないとなれば他に言うべきことは何もなかった。チューリヒで最も親しかった友人のひとりで英国人の画家、フランク・バッジェンが彼の本について詳しく聞きたがったのは偶然ではないだろう。バッジェンは一九一八年の夏、初めてジョイスに会ったときのことを覚えていた。痩せて細身のズボンを穿き、日の暮れた庭に置かれた椅子やテーブルの間を「サギのように歩き回っていた」。上を向き、分厚いレンズの奥から不揃いな目がのぞいていた。ジョイスとバッジェンは「ファウエン」の決まった席で水差しに入った白ワインを飲んだ（いつも白ワインで、ジョイスは「電気のような味がする」と言った）。ジョイスは背中をそらし、カフェに大きな笑い声を響かせるのだった。

　ふたりは彫刻家や詩人、インテリ、亡命者、コミュニスト、フロイト主義者について語り合った。「無意識の謎についてどうしてこんなに騒がれるんだ？」と、ジョイスはバッジェンに尋ねた。「意識の謎はどうなる？」あるとき雰囲気を明るくしようと、ジョイスはポケットから人形の小さな下着を取り出した。フリルのついたそれを指にはめて、テーブルの反対側の画家に向かって挑発的に歩かせると、画家は恥ずかしさで真っ赤になった。

　バッジェンは『ユリシーズ』に関心があった。「テーマはいろいろとあるが」と、ジョイスは彼に語った。「私の本は人体の叙事詩だ」。バッジェンは疑わしげに彼を見た。「私の本の中では肉体が空間を生きて動き回る。肉体はすべての人格の家だ」

「だが精神は？　登場人物たちの思考は……」

「体がなければ思考もない。ふたつでひとつなのだ」

　バッジェンが最も尊敬していたのはジョイスの熱意と、ささいなことに少年のように夢中になる性質だった。一日中、一文か二文の創作に没頭できるのだ。ジョイスは遠くから響いてくる、押し殺したような声で、原稿の一部をバッジェンに読んで聞かせた――まるで自分だけが聞いているかのように。新大陸や疫病の治療法といった、誰も見たことのないものを発見したかのようだった。

ある日ジョイスはバッジェンに、ノートから破り取った方眼紙を渡した。「これが読めるか？」バッジェンには読めなかった。「十個ほどの単語が上下左右に斜め、ばらばらの向きで書かれているだけじゃないか」。ジョイスは虫眼鏡を取り出して、それを使うようバッジェンに言った——数語読めるだけでも違うはずだ。虫眼鏡にはびっしりと書かれた文字が映っていた。これはeだろうか？　それともc？　c-l？　バッジェンは森の中の鹿を探すように数語拾ったが、ジョイスはそれで満足していた。紙と虫眼鏡を取り戻し、ぶらぶらと歩き続ける。今日は原稿を一単語進めることができた。

第二部

私に言わせれば、それはまるで火あぶりでした。ジョイスのテキストを忠実に保とうと心血を注いだこと。前払い金のあてがない状態で、彼の病気が悪化したときの不安。私が印刷所、製本所、出版社をどのように説得し——涙と祈り、ヒステリーと激しい怒りを使って——お金の保証なしに作業を進めさせたか。宛名書き、梱包、切手貼り、郵送。この世代を代表する文学の傑作に世界がどのように反応するか、胸を高鳴らせて待っていたこと。そして郵便局から通知が届いたのです。焼却処分。

——マーガレット・アンダーソン

第9章　郵便と権力

一九一七年四月六日、米国はドイツ帝国に宣戦布告した。一週間後、フィラデルフィアの軍需工場で爆発が起き、百三十人が死亡した。ドイツ軍のしわざだ。三年ほど孤立を保っていた米国にも、ついに戦争がやってきたのだった。「ドイツ軍の工作員は至るところにいる」と、新聞や雑誌には警戒をうながす広告が載った。政府は疑わしい人間の名前を報告するよう市民に呼びかけ、場合によっては怪しい相手の首根っこをつかんで警察に引き渡すよう言った。「必要とされるのは強い愛国心というバッジだけだ」

全米反共女性団体、反扇動団体、米国少年スパイ団体といった監視団体が全国で活動を始め、ドイツ軍のスパイや敵国に肩入れする者、徴兵忌避者を探した。最も大規模なのは「アメリカ《A》保護《P》連盟《L》」を名乗る司法省傘下の準政府機関だった。メンバーの多くは七十五セントでシークレットサービスのバッジを手に入れた——本家のシークレットサービスからは抗議があったのだが。ＡＰＬは市民を逮捕し、武器を携えてパトロールを行い、地元や州、連邦政府に協力した。メンバーは訓練を受けていなかったが非常に目が利き、しかし組織としての構成が緩かったせいで強請《ゆす》り、盗聴、強盗、誘拐、私刑といった活動に手を染めていった。戦争末期までにＡＰＬはおよそ三百万件の「人物および忠誠心」の調査を行っていた。ドイツ軍のスパイはひとりも見つからなかった。

ドイツ軍のスパイの一部はアイルランド人だった。最も過激なナショナリストたちは英国が敗れればアイルランドの独立が果たされると考え、祖国をドイツが英国を攻撃するための足場にしようとする者さえいた。共謀者のひとりはニューヨーク最高裁判事のダニエル・コハランだった。一九一六年、その計画が露見した三カ月後、二百万ポンドの軍需品を積んで英国に向かっていた貨物船がニューヨーク港で爆発し、揺れはリヒタースケール五にも達した。火炎瓶を仕掛けたのはアイルランド人の港湾労働者たちだった。コハラン判事同様、恐らく「クラン・ナ・ゲール」のメンバーだったのだろう――米国のいくつかの都市で半地下活動を行っていたアイルランド人ナショナリストの軍事団体だ。

一九一七年六月、諜報活動取締法が議会を通過した。戦時中に米軍の活動を邪魔したり、敵を援助したりする行為をすべて禁止する法律だ。市民は徴兵忌避や軍への不服従を誘発する危険のある発言をすることで、最大二十年の懲役を科せられた。後に修正が施された諜報活動取締法では「米国政府に対して不忠、卑俗、中傷的、侮辱的な言語を使う」ことが違法とされ、続く三年の間に政府は米国の歴史において最も激しく反対派の壊滅に挑んだ。諜報活動取締法を支持する最高位の官僚が郵政長官で、その命令によって各地の郵便局長は新聞や雑誌に片っ端から目を通し――およそ封のされていないものすべてだ――戦勝への努力を「貶《おとし》め、妨げるもの」を探すことになった。政治的支配を誰よりも後押ししていたのは政府の情報機関でも市民による監視団体でもない。それは三十万人の公務員たちだった。

今となっては奇異に思えるが、当時の郵政省は連邦法の執行に関わる重要な機関だったのだ。第一次大戦前夜、ＦＢＩ（当時は捜査局という名前だった）は司法省に発足したばかりの補助的な機関にすぎなかった。一九一七年に諜報活動取締法が成立したとき、捜査局所属のエージェントはわずか三百人で、シークレットサービスもニューヨークに十一人の防諜員を抱えるのみだった。だが郵政省は（当時は行政部の一角だった）、既に確固とした組織だった。職員の数は三十万人で、その中に四百二十二人の検査官と五万六千人の郵便局長がおり、年百四十億通の郵便物の行き来を監督していたのだ。既に何十年も前から、郵政省は国の隅々まで管理下に置いていた。高速道路や電話ができる遥か以前から郵便配達用の道路が整備され、郵便業者が活動していた。小さな町には墓地ができる前に郵便局があったほどだ。

こうして第一次大戦に参戦し、長期間に渡って法的な権威を維持してきた全国規模の組織で危険な文言を圧殺したいと思ったとき、政府は郵便局に目をつけたのだ。政府は言葉の行き来する手段を押さえることで検閲の力を手に入れ、大きな政府のもうひとつの基盤である戦争が更なる検閲を正当化した。こうして政府はジェイムズ・ジョイスを発見したのだった。『ユリシーズ』検閲問題が始まったのは監視団体がポルノグラフィを探していたからではなく、政府による郵便局での検閲が外国のスパイ、過激主義者、無政府主義者を摘発していたからだ。相手が政治的だろうと哲学的だろうと、自身を芸術家とみなしていようと、政府には関係なかった。

＊

連邦政府の成長はいわば郵政省の成長の物語でもあり、強い郵政省は米国の検閲制度に欠かせないものだった。一七八二年の発足以降、郵政省は配達の独占を法的に認められていたが、政府がその権利を行使するのは一八四四年になってからだ。その年、議会は郵便制度の目的が「我が国の市民の文明的な程度を高め、愛国心の名のもと一体化させる」ことだと宣言した。国土には多種多様な人々が散らばっていたが、郵便が彼らを米国人にするのだ。この方針によって半世紀に渡る郵政省の拡張が始まり、道路が整備され、郵便物の値段はぐんと下がり、政府の独占を侵害する民間の運送業者へのペナルティは強化された。一八四五年から一八九〇年にかけて、郵便物の量は百倍以上にもなった。

郵政省が力を得るに当たっては値下げが大きな役割を果たした。一八四四年には四百マイルの距離を郵送しようと思ったら二十五セントかかり、便箋二枚の場合は料金が倍になった(封筒も一枚分と数えられた)。七年後、同じ手紙は国のほぼ反対側までわずか三セントで配達された。ベンジャミン・フランクリン以前の時代から割安で送ることのできた新聞や雑誌でさえ、さらに値段が下がった。一八七九年までに新聞や雑誌は「第二種郵便物」と区分されるようになり、重さ一ポンドあたり二セントでどこへでも発送できた。差出人と受取人が同じ郡に住んでいたら配達は無料だった。郵便料金が最も安かったのは一八八五年で、定期刊行物は一ポンド一セントでどこへでも配達され、一九一八年まで値段はそのままだった。

米国人を生み出したインフラはモダニストも生んだ。郵政省はなけなしの予算で作られている小規模な雑誌が全国的な読者を得ることを可能にしたのだ。仮に『リトル・レビュー』の購読者の半数がマンハッタンに住んでいて、残りの半数が全国に点在していたとしたら、アンダーソンとヒープは二千部を三ドル三十三セントで送ることができた。一九一七年十月号の配達料金は二ドル五十セントだった——ジョイスの愛読者ひとりぶんの年間の購読料だ。しかし郵政省が『リトル・レビュー』のような雑誌を抑圧しようとしたら、必要なのは第二種郵便物としての認定を取り消すことだけだった。第一種郵便物は八倍から十五倍ほど送料が高かったが——小さな雑誌には賄いきれない値段だ——最高裁は郵送の禁止や値上げは言論の自由を侵さないとした。出版社には郵送の選択肢が他にあるはずだからだ。たとえ第二種郵便物から外されたことで破産したとしても。

第一次大戦は郵便物の検閲の幅を劇的に広げた。郵政長官のアルバート・バールソンは、諜報活動取締法によって自身には裁判所の許可あるいは議会の監視なしに郵便物を検査する資格ができたと宣言した。議会は郵便局長たちがどのような指示のもと監視を行うのか明らかにするよう求めたが、バールソンは頭から拒否した。誰が法を犯し、誰が料金の引き上げあるいは全面的な禁止に値し、誰が刑事訴追されるのか判断するのは郵政省だ。バールソンは無視できない男だった。黒い外套を着て、常に黒い傘を持ち歩き、ある大統領顧問は彼を「内閣で最も戦闘的なメンバーのひとり」と評した。一九一八年という時代をよく物語っている。彼はあるとき社会主義の新聞が「法の文言のうちに留まりながらじわじわと危険な企みを広げている」と非難した。

バールソンの指示のもと郵政省の検査官たちは新聞や雑誌に目を通し、反国家的な文書を探し始めた。一年も経たないうちに政府は、さまざまな意図のもとに出版された四百を超える雑誌を差し押さえていた。中身は多岐にわたる政治的な意見表明で、エマ・ゴールドマンを称える詩からアイルランドは共和国であるべきだとするトマス・ジェファーソンの主張の再掲載まであった。戦争が終わるまでに千人を超える人々が諜報活動取締法に違反したとして逮捕され、数百人が懲役刑を科された。

政治的な発言を組織的に圧殺するという試みを支えていたのは、反国家的だとされる文書に役人が判定を下すときの独自の読解術だった。書き手の意図や文章の効果は、それが含む危険な性質に際しては二の次とされた。雑誌や小冊子が実際に人々を徴兵忌避に駆り立てたり、国家の敵を援助させたりするかどうかは関係ない。その文章がトラブルの種になると郵政省が判断するだけでよかった。政治的な文書に対する検閲の根幹は、言葉そのもののはらむ危険で、それを読むであろう人々を不法な行為に導く能力だった。言い換えるなら、政府は反国家的なテキストをポルノと同様に読んだのだった――「見ればわかる」

だが本来そうあるべきではなかった。政府は諜報活動取締法を、その権限を遥かに越えるところまで適用していた。判事たちは郵政省に巨大な権力を与え、社会を腐敗させる傾向にある過激な言論を圧殺させようとしたが、それには彼らが同じ権力を猥褻罪に対して行使するのに慣れていたという理由もあった。『リトル・レビュー』でジェイムズ・ジョイスの『ユリシーズ』の連載が始まった一九一八年には、郵政省は既に冒頭の数章が猥褻かつ無政府主義的だとして発行を禁じる構えだった。実のところ政府の『ユリシーズ』への反応は、十九世紀の猥褻に対する視点がいかに二十世紀の過激主義についての考えを形作ったかということを示していた。政治的な言説が移民から成る危うい国家を腐敗させるという恐怖は、ウィルソン大統領による一九一七年の宣戦布告の後に大きな意味を持ったかもしれないが、性的な文章の脅威、そしてそれに対する闘いは、何十年も前に確立していたのだ。

＊

一八七三年、アンソニー・コムストックがポケットに新たな連邦法の草案を入れ、肩掛けカバンに恐ろしく猥褻なポルノ本をぎっしり詰め込んでワシントンDCに向かう列車に乗ったとき、米国の検閲制度の歴史は本格的に始まった。ニューヨーク悪徳防止協会会長のコムストックは言葉の力をよくわかっており、つまり郵政省の力もわかっていた。政府による郵便局の拡大はコムストックが生まれた年に始まっていて、彼の人生は大量印刷市場の台頭と呼応していた。郵送のコストが製作のコストと同じくらいの速さで低下していたため、国中に安い読み物が溢れていた。「日刊紙は一日何十万通も印刷されている」と、彼は書いた。

そしてインクも乾かないうちに郵便局や小運送会社、鉄道会社がそれらを回収し、稲妻のような速さでメイン州からカリフォルニア州までばら撒く。あらゆる都市から都市に日々印刷物が洪水のごとく流れ込み、あらゆる村、町、集落、この国のほぼすべての家に届けられる。

出版物の流通は留まるところを知らない。コムストックは政府に反道徳的な本や絵の排除を求めただけではなく、チラシや広告も禁止するよう迫った——ポルノ作家の生活の糧すべてだ。『K卿の凌辱と誘惑』のような本だけが問題なのではなかった。政府は販売のため書籍を一覧にしたカタログや、どこへ行けば本が手に入るのか知らせる新聞の広告も違法にしなければならないと考えていた。避妊や堕胎に関する記事も不可だ。避妊とは結局のところ、性欲という罪深い行為の一環なのだから。薬剤師とポルノ本の売人も、同じ罪の幻想から利益を得て逃げおおせているのだ。

一八七三年三月三日、およそ一カ月に渡るロビー活動を受けてユリシーズ・S・グラントはコムストックの法律に署名をした。それはあらゆる「猥褻、みだら及び過剰に性的な書籍、小冊子、絵、新聞、印刷物、その他不適切な性質の出版物」を禁じ、また妊娠を避けたり堕胎を奨励したりする文章を不可とする法律だった。猥褻物を郵送するだけが違法というわけではない。それが誰であれ

――たとえ医者であろうと――性的な事柄についての情報すら郵送してはならなかったのだ。避妊具の宣伝、あるいは避妊具の使い方を説明した手引書（または「避妊具とは何か」を解説した文章）などは、雑誌であろうと私信であろうと、今や郵送したら犯罪になるのだった。いわゆるコムストック法ではたったひとりから正式な苦情があっただけで（たとえばコムストック自身）、捜索と押収の令状が出た。そして猥褻な文書を郵送した罰は以前よりはるかに重かった。罰金の上限は五百ドルから五千ドルに上がり、懲役の期間も一年から十年に引き上げられた。

全米の州はさらに権力を行使した。ニューヨーク州の猥褻に関する法令では、流通を意図した反道徳的な文書の販売、制作、広告、所持が違法とされた。警察には捜索と押収の権限が与えられ、裁判所は本および関連するものの処分を命じることができた。猥褻法のパッチワークは奇怪な効果をもたらした。ある人物が売春宿を訪れるのは自由だが、売春宿を訪れたことについて文章にしたら実刑の可能性があるのだ。反道徳的な言葉は、反道徳的な行為より厳しく罰され、猥褻な本を郵送した事務員は著者や出版社、書店より重い罰を科せられた。コムストック法の意図するところは書店を襲うことではなく、国内で最も強力な流通のネットワークを壊すことだったからだ。

グラント大統領が法案に署名したあと、コムストックは郵政省の特別執行官に任命された。彼は拳銃とバッジを携帯し、全米で違反者を逮捕する許可を与えられたごく少数の特別執行官となった。振り返ればコムストックの任命は、本人の名を冠した法律と同じくらい重大な意味を持っていた。彼は独力で郵便法の運用を変えたからだ。彼以前の郵政省の特別執行官は借金を取り立て、配送サービスを監督し、手紙泥棒を逮捕した。独立戦争後の猥褻に関する法令は、政府に郵便の流通以上のことを監視するよう求めた。郵便物の中身が問題とされたのだ。だがコムストックの任命までは誰もその権利を行使しなかった。アブラハム・リンカーンが一八六五年に初の猥褻物郵送禁止法に署名するまで、役所が告訴するのはせいぜい年にひとりだった。コムストックは特別執行官としての最初の九カ月間に五十五人を告訴した。国内最大の役所はいつの間にか闘犬を飼っていたようなもので、文書の流通をめぐる事情は一変した。

＊

第一次大戦は膨張しつつある政府権力への恨みを増幅させた。軍の徴兵制度ほど権力を体現するものはないだろう。一九一七年の徴兵登録の日、エマ・ゴールドマンはニューヨークで抗議集会を開いた。すると数日後、八人の警官が百二十五番ストリートのゴールドマンの雑誌『マザー・アース』の編集部に押しかけてきて、反徴兵制支持者、過激主義者、無政府主義者の氏名と住所を控えていった。ゴールドマンとパートナーのアレクサンダー・バークマンは徴兵登録を妨害し、米国政府に対する暴力的な抗議を扇動したかどで逮捕された。

『リトル・レビュー』は最も声高にふたりを擁護した雑誌のひとつだった。マーガレット・アンダーソンとジェーン・ヒープは抗議の手紙を回し、無政府主義者たちが「言論の自由という恐るべき罪を犯したため」懲役と国外退去に直面していると訴えた。ふたりは判事と連邦検事の住所を一覧にして、ゴールドマンらに共感する人々が公正な裁判を要求できるようにした。判事と検事のもとには大量の手紙と電報が届いた。そのうちの何通かは脅迫的な内容だったようで、判事の命を守るため六人の警官が派遣された。新聞は抗議の手紙を掲載し、『リトル・レビュー』のバックナンバーからアンダーソンのゴールドマンへの賛辞を引用した。連邦当局はそれを見逃さなかった。

ゴールドマンとバークマンの事件は、ここ数十年で初めて注目を集めた無政府主義者の裁判だった。裁判が終わりに近づくころ、ゴールドマンの友人で法廷からつまみ出されていないのはアンダーソンとヒープだけだった（国歌に合わせて起立するのは義務だった）。陪審員が有罪の判決を下したとき、ふたりは被告席に座っていた。ゴールドマンとバークマンは一万ドルの罰金と懲役二年を言い渡された。

＊

抑圧の空気は出版界全体を怖気づかせた。諜報活動取締法による告訴を避けるため、エズラ・パウンドは『リトル・レビュー』が戦争の話題を取り上げないよう気をつけたが、それでも編集者たちは戦時中の逆風を感じていた。一九一七年九月、長年の読者から「エズラ化された『リトル・レビュー』」への抗議が届き、シカゴ在住の読者はずけずけと言った。「あなたがたはなぜ外国人や勝手に国を捨てた米国人にそこまで執着するのか。自国の真ん中で起きている問題を見逃しているではないか……ロシア人、フランス人、スカンダナヴィア人、アイルランド人、ヒンドゥー教徒がこの国を席巻するのにはうんざりだ」。購読者は減り、エマ・ゴールドマンを擁護したことで編集者たちは十四番ストリートの事務所から退去させられる羽目になった。彼らは金をかき集め、何日間もジャガイモを食べて過ごした。それでもマーガレット・アンダーソンは美しく生きることを諦めず、ジャガイモとビスケットの夕食の席に薄手の絹のドレスと毛皮のマフラーを身につけて現れた。

それから法的な問題が起きるようになった。一九一七年十月号には女性を妊娠させ、塹壕で戦いながら彼女の手紙を無視する英国兵についてのウィンダム・ルイスの短編が掲載された。「男はドイツ兵の脳天を叩き割った。それは彼がかりそめの相手と過ごした英国の夜に見せたのと同じ、偏りのない悪意だった」。コムストック法でも、諜報活動取締法でも、お望み次第だ。一九一七年の十月に刊行された三千部は郵政省の計量室に留め置かれ、ニューヨークの郵便局長の手で一部が検査のためワシントンDCに送られた。雑誌は郵政長官バールソンから司法長官のオフィスに回され、やがて郵政省法務局長ウィリアム・H・ラマーの手に渡った。

一九一八年、法律は既に一般的な手順となっていたことを成文化した。郵送された猥褻あるいは反国家的な文書に対して、それが危険かどうか判定し、出版を差し止め、刑事訴追を始める最終判断は法務局長に託される。局長の権限は巨大で、疑問を差し挟むことができなかった。ウィリアム・ラマーが着任した当時、郵便を通して流通している出版物の量は年間三千五百万ポンドの勢いで伸びており、リベラルな裁判所でさえ彼の検閲に関する判断が「明らかに誤って」いないかぎり「最終的なもの」とみなした。

ラマーがみずからの責務を軽々しく扱うことはなかった。彼は一八八〇年代に法曹界に転身するまでアラバマ州で説教師を務めていて、言葉の力を信奉していた。「言葉はいかさま師の最初で最後の武器だ」と、彼は『ボストン・グローブ』紙に語った。「大言壮語、美辞麗句、妄言」。奇怪な言葉に対応するには単純に「行間を読めばいい」というのが彼の意見で、過激主義の何たるかを知っていると言った。「私は手探りでこの検閲というものに当たっているわけではない」と、彼はある記者に宛てた手紙に書いた。「私が探しているのは三つで、ただその三つだけを求めている――ゲルマン主義、平和主義、インテリ主義」

ジョン・クインは『リトル・レビュー』を擁護する法的な文書を作り、ウィリアム・ラマーに宛てた手紙を同封した。「本誌の海外編集者エズラ・パウンド氏は高名な作家にして詩人で、私の個人的な友人です」。彼は自分が猥褻に関する法律に精通していること、実績があることも伝えた。アンソニー・コムストックが自分の別の知人ミッチェル・ケネリーを告訴しようとしたとき、クインはあっさり裁判に勝ち、彼の専門家としての意見では問題の短編は「法令や連邦法違反の射程距離に入らない」とのことだった。「私は著者のウィンダム・ルイスを個人的に知っています」。クインはニューヨークの郵便局長に今すぐ打電して雑誌の刊行を認めるよう、ラマーに求めた。そして自身はワシントンに行って司法長官および下院外交委員会の代表と面会すると言った。ラマーとはその後、個人的に話をするつもりだ。

クインの影響力も効果はなかった。ラマーはコムストック法の更新版である米国刑法二百十一条にもとづき、『リトル・レビュー』の十月号を猥褻と判断した。郵政省の行動を制限するというクインの申し立ては、オーガスタス・ハンド判事によって拒否された。判事によるとルイスの作品には必要以上に細部が盛り込まれており、この作品より猥褻ながら合法とされる小説があるのは事実だが、それらは「『古典』という用語の範疇《はんちゅう》に収まるため」政府の発禁を免れるのだった。いわば正当な例外だった。「それらは年月と名声という肩書を持っており、通常は比較的限られた読者のみが関心を示すからだ」。言い換えれば好色な古典が合法なのは、古くほとんど誰も読まないからだった。

その敗北はクインにとって恥辱だった。発禁処分のせいで彼と『リトル・レビュー』は『マザー・アース』や『マッセズ』といった過激な雑誌と結びつけられるようになり、彼はその判決のニュースを雑誌に載せなかった。恥辱が薄れると、クインは何かがおかしいことに気づいた。ルイスの小説はことさら猥褻だったわけでもないのに、彼がラマーに直接訴えても効果はなく、文書で論じたその物語の未婚の女性に対する道徳的な教訓には誰も耳を貸さなかったのだ。誰かが郵政長官に圧力をかけたのだろう、とクインは結論づけた。すると突然、すべてが明快になった。「何ということだ」と、彼はパウンド宛の手紙に書いた。「おそらく事実は次の通りだろう。ミス・アンダーソンは昨春、あのろくでもない無政府主義者バークマンと雌犬のエマ・ゴールドマンを擁護したことで新聞の注目を集めた。彼女は毎日、裁判所に行った。すっかり興奮して、かっかとしていた。ゴールドマンが『偉大な女性』だと思ったんだろう。まったくうんざりする」。『リトル・レビュー』の無分別ぶりが司法省の注意を引いたのだろう。アンダーソンは今や平和主義者として知られていたが、それは反逆者とほぼ同義語だった。「ほら、この通り!! すべての注目は彼女のもとに! この国はスパイ狩りの熱に浮かされ、それ以上に『美徳』の追求という高熱に浮かされている」。だから雑誌は没収されたのだろう。クインは正しかった。捜査局はマーガレット・アンダーソンに関する記録を作っていて、ルイスの短編は過激主義的な雑誌を痛めつける口実にすぎなかった。ラマーは一九一七年十月号が郵送不可なのは猥褻だからではなく、「無政府主義的な文章を掲載したからだ」と主張した。郵政省は諜報活動取締法にもとづいて、その発行を禁じた。

＊

パウンドは脅威を覚えた。生後一カ月の彼の文学的ルネサンスは既に危機に瀕している。彼の心配の種は、クインの機嫌を損ねたせいで雑誌の資金繰りが危うくなったことだけではなく、つい最近ジェイムズ・ジョイスの『ユリシーズ』の冒頭部分を受け取ったことにもあった。素晴らしい出来だった。しかしニューヨークからの便りを考えると、この小説がスパイと反道徳狩りの嵐を乗り切れるかどうかは定かではなかった。一九一七年十二月半ば、パウンドはジョイスに手紙を書いた。

君のテキストをそのまま印刷したら、我々は間違いなく抑圧されるだろう。だがしかし、それをする価値は充分にある。アンソニー・コムストックが自分の祖父母が性交している場面を見て戦慄《せんりつ》し、下穿き一枚で何かに憑かれたように走り回ったからといって、なぜ国々は暗闇の中に座っていなければならないのか……。なあジョイス、あんたはえらい作家だと、俺は信じているさ。あんたが今書いている小説は、立派な文学ってやつだ。俺の言うことをよく聞いておいてくれよ。俺はちょっと目が利くんだ。

パウンドは原稿を一九一八年二月にマーガレット・アンダーソンに送った。アンダーソンにはチョーサー式の古めかしい表現で警告したが――「ジョイスは第三挿話で物の怪に憑かれた」――それはむしろ狂気だった。コムストックと下穿きとは別種の狂気だ。第三挿話はパウンド曰く「部分的に素晴らしく、大半は理解不能」だった（後にパウンドは意見をあらためた）。スティーヴンの思考は不定形のまま増殖を続け、注釈や読解の手引きもない。他人の思考に耳を傾けるのはもともと難しいが、ジョイスは内容やスタイルをそれに合わせて、理解を助けることもしなかった。「プロテウス」挿話のスティーヴンはひとりで海辺を歩いており、ひとたび外界の動きを締め出すと彼の思考はさまざまな事柄に触れる――空中分解する家族、その日の朝交わした会話、少年時代の馬鹿げた祈り、『ハムレット』、シェリー、アリストテレス、己の虚勢、アリア、童謡、昨夜見たバグダッドについての夢、殺人を報じる新聞記事、殺人者の思考についての想像、この浜辺から永遠の中へと歩を進める可能性。

何とも観念的な挿話だが、スティーヴンの思考の始まりは（そして終わりは）目の前の世界だった。「目に見えるものの逃れがたい様相。少なくともそれだけは、この両目を通して考えたものだ。あらゆるものの印を僕はここで読む。魚の卵と海藻、満ちてくる潮、錆び色の深靴」。読者はまだ知らないが、スティーヴンは前日眼鏡を壊していた――つまり錆びた靴などろくに見えていないのだ。見ることについて考えることで、彼は盲目状態に耐えようとする。ジョイスにとってスティーヴンの意識の流れを書くのは、目に見える世界のその先に行く手段のひとつだった。

マーガレット・アンダーソンは芸術家の頭の中を覗きたいと常々思っていた。ジェーン・ヒープとは何時間もかけて、それに関連する疑問を探り続けた。「事物に永遠性を与えるにはどのような技巧が必要なのか？　自身のイメージを創造するにはどのような力が必要なのか？」アンダーソンはひとりの人間の思考の内容を測り、「人間という切なる存在」を追究し、創造の秘密を抽出したいと思っていた。今ようやく芸術家の実験室の鍵が手に入ったのだ。アンダーソンは「プロテウス」挿話冒頭まで一気に読み、錆びた靴が登場すると読むのをやめて顔を上げ、ヒープに言った。「こんなに美しいものには二度と出会えないわ。人生最後の仕事になるとしても、これを印刷しないと」

法律がどう『ユリシーズ』に適用されるか、パウンドには見当もつかなかった。彼はそれぞれの連載分を三百部に限って郵送することを提案した。郵政省に没収されなければ、残りを発送するのだ。放尿について書くのは違法か、と彼はクインに尋ねた。聖変化を愚弄するのは？　冒瀆を禁止する法令はあっただろうか？　ふたたび一線を越えないよう、どこにその線が引かれているのか知らなければいけない。「狂信的な連中を相手にしているときは、決して油断してはならない」。『ユリシーズ』の出版前に『リトル・レビュー』が崩壊するのは許されなかった。「君、頼むから」と、彼はアンダーソンに書いた。「なんとかしてクインを元気づけてくれ。彼は私の米国での友人の中で最高にして最も効果的な男だ」。クインの『リトル・レビュー』に対する信頼は木っ端みじんになっていたので、パウンドは『ユリシーズ』に救いを求めた。すべての苦心も報われるだろう、とパウンドは手紙に書いた。「ジョイスの新しい小説のために逮捕され、抑圧の炎の中で息絶えようと」

パウンドが『ユリシーズ』をめぐる闘いに身を投じたのは、政府がジェイムズ・ジョイスのような作家の存在そのものを禁じる力を得ていることへの激しい怒りに駆られたからだった。コムストック法に目を通したパウンドは、自分たちのルネサンスが征服すべき組織的な凡庸さの代表例として、その法令を毎号印刷することを考えた。パウンドはクインに対し、自分たちの高尚なる目には新たな法が必要だと説得しようとした。「文学と堕胎の道具をひとつの条項に押し込めようとする法律は、ドイツ人にとって素晴らしいプロパガンダだ。戦争が終わるまでここでこれを出すのは不誠実だ」。その法律は米国の無知を要約していた。「グロテスク、野蛮、愚鈍、笑止千万、ゴルゴン的、阿呆、ウィルソン的、米国的、エマーソン的、ヴァン・ダイク的、ハミルトン・マビー的、小便的、放屁的、奇怪、未発達、歪形、醜悪、糞便、臭気ぷんぷん、悪辣、惨憺だ」。形容詞と名詞がこれほど無力に見えたのは初めてだった。

パウンドはウィリアム・ラマーに「男と男」として手紙を書き（「貴殿はご自身の作品に満足しているのでしょう」）、彼に渡すようクインに頼んだ（結局渡さなかった）。パウンドは『リトル・レビュー』に、芸術を「亡きコンドーム博士の発明品のように」扱う法律システムを批判する記事を書き、「古典」はほとんど誰も読まないから検閲の対象にならないとする判事の意見を一蹴した。そんな理屈は文学の発展を妨げるだろう。社会常識を破る古典を書きたいと願う現代の作家は皆、法を犯したという責めを負わされ、干されることになるのだ――数十年あるいは数世紀あとにようやく合法とされるまで。それまで作家たちは、文学的な素養のまったくないラマーのような気まぐれな権力者の顔色を窺うしかない。

　クインはこの件からすっかり手を引きたいと思っていた。芸術や詩についてまくし立てているときは愛嬌のあったパウンドも、法律について語るときはただ怒りに満ちていて、『リトル・レビュー』はこれ以上司法省の注意を惹きつけなくても充分に問題を抱えていた。コムストック法に関する例の節度を欠いた記事は「最後の藁の一本かもしれない」と、クインはパウンドに告げた。「亡きコンドーム博士の発明品」という皮肉だけでも違法とされる危険を秘めている。戦争の真っ只中の今、自分の抗議がどれほど現実離れしているかパウンドはわかっていないようだった。政府が法律を変えるとしたら、もっと効力を強めるだけだろう。

「反コムストックを掲げたところで何の意味もない。皆、その話題には飽き飽きしているんだ」。ちょうど米国で名前が売れかけている時期に自分の評判を台無しにするな、とクインは警告した。「千人のうち九百九十九人は、文学の自由を求める君の活動をすぐさまマーガレット・サンガー（産児制限の提唱者）派、ワシントン・スクエア族、フリーセックス容認派、反コムストック、避妊容認派、社会主義者と一緒くたにするだろう」。そういったグループと関連づけられたら、二度と逃れられない。

ふたりの間の裂け目は広がっていったが、問題はより根源的なところにあった。クインが現実的な一方、パウンドは芸術を力に変えようとしている夢想家で、象徴主義と渦巻き運動を通して言葉と世界の間の壁を取り除こうとしていた。彼の芸術におけるルネサンスは、政治に支配された世界を乗っ取ろうという試みだったが、コムストック法への反応は彼がどこまでも芸術の世界に閉じ込められていることを露呈した――パウンドは法律を詩のように読んでいたのだ。彼が恐れをなしたのは反道徳的な書物とコンドームが違法とされたことより、それらが同じ条項でまとめられたということだった。そこに挙げられたふたつの事物が、共存することで意味を作り出す詩の脚韻であるかのように。クインは自分がパトロンをすることで社会や国際関係を変えたいとは思わなかった。彼は芸術を変えたいだけだった。パウンドの創造的な魂、好戦的なまでの率直さ、必要とあらば中国やアラスカにも遁走《とんそう》できる自由な身分が彼の無力さと表裏一体であることを考えると、クインは不安を覚えた。

*

それでも彼は芸術に対するパウンドの意見に信頼を置いていて、ジョイスの作品はその裏付けだった。クインは『ダブリン市民』が「いまだかつてなく誠実で真実味のある本」だと主張した。一九一七年に『若き日の芸術家の肖像』が出版されると、米国の版元ベン・ヒュービッシュはクインに一冊送り、「天才の域に迫る」小説だと評した。クインにそれ以上の説得は必要なかった。彼は友人たちのために三十部近く『若き日の芸術家の肖像』を買い、ジェイムズ・ジョイスを称賛する記事を『ヴァニティ・フェア』に載せた。「アイルランド文学の天空に新たな星が出現した。一等星だ」。クインのジョイスはパウンドのジョイスだった。彼はアイルランド人作家の新しさと率直さを称え、装飾や修辞法、妥協の拒否に賛辞を送った。パウンドの手紙の一部を正確に書き写すことまでした。

最初クインはジョイスを称賛していたが、同郷の絆のためにやがて称賛を越えて熱中するようになった。クインはアイルランド人移民の息子だった。敬愛する母親はコーク出身の孤児で、十四歳のとき米国に到着し、クインは彼女が一九〇二年に亡くなったわずか数週間後に初めてアイルランドを訪れた。両親を失い、近しい人々といえばきょうだい数人と愛人の一団という男にとって、アイルランドは家族の延長になった。自身の子どももいないクインは、その手で支援する偉大なアイルランド人作家たちを自分の財産であり、遺産であると考えるようになった。

実際のところクインは自分の死を予感していたのだ。大腸に悪性の腫瘍があると判明し、手術で結腸の一部を切除しなければいけなかった。何カ月もの間、そのことを知っているのは助手ひとりだったが、現実が迫っていた。彼はまだ四十八歳だった。「私はまだ人生に執着がある」と、彼はパウンドに宛てて書いた。「まだその樹液を味わっている。私にとって世界はいい場所で、当分去りたくない」。彼は遺言状を用意し、やり残していた仕事にきっちり片をつけてから入院した。一九一八年三月、彼はパウンドに『リトル・レビュー』の原稿代として約束していた残りの七百五十ドルを払い、自身と三人の友人で追加の補助金千六百ドルを集めた。それ以上雑誌を支援するつもりはなかった。

そんなある日、助手が病室に郵便物を持ってきた。クインは一九一八年三月号の『リトル・レビュー』をぱらぱらめくり、ジェイムズ・ジョイスの新作『ユリシーズ』連載第一回を目にして——

これまでの苦労を帳消しにする待望の傑作のはずだった――「洟《はな》みどり」のハンカチと「睾丸《たま》すくみの海」という記述に激しい嫌悪感を覚えた。イエス・キリストが放尿するという一行を含むふざけた詩まであった。病気という重荷が、すべての不快な細部を耐えがたいものにしたのだろうか。クインは病室のベッドで怒りに満ちた手紙を口述筆記させた。「これは便所の文学、公衆便所の芸術と呼ぶべき代物だ。寝室芸術、娼館芸術、キャバレー芸術と呼ぶ名誉にも値しない」。彼は全米の判事や陪審員の誰より早く、三十秒で『リトル・レビュー』に有罪判決を下した。

＊

『ユリシーズ』を最初に検閲したのはエズラ・パウンドだった。クインの入院中、ジョイスが送ってきた連載第四回分は「洟みどり」と「睾丸すくみ」どころの騒ぎではなかった。レオポルド・ブルームは毎朝の習慣通り、エクルズ・ストリートの自宅の小さな裏庭にある屋外便所を訪れる。「彼は体が重くなっているのを感じた。満腹だ。彼はやんわりと肛門を緩めた。立ち上がり、ズボンのベルトを緩めた。猫がミャオと鳴いた」エズラ・パウンドは青鉛筆を取り出して「肛門」を横線で消し、「ズボンのベルトを緩めた」にも線を引いた。アンダーソンとヒープに送る前に、パウンドは三十行近く削除した。

パウンドはジョイスに、原稿の無修正版はいつの日かギリシャ語かブルガリア語で出版できるかもしれないと言ったが、ジョイスは面白いと思わなかった。「たとえまた十年かかろうと、削除された数段落は復活させる」。パウンドは芸術的な立場から削除を正当化し、下品な文章だ、と手紙に書いた。「下品というのは君が激しい表現を平然と使っているからだ。君は必要以上に強い言葉を使う。それはよくない方法だ。不要な最上級がよくない方法であるのと同じように」。パウンドはこれ以上クインの神経を逆撫でしたくなかったし、『リトル・レビュー』がしじゅう発禁にされるなら、やがて永遠に発禁にされるようになるだろう。「あの立派な女性編集者を牢屋送りにするわけにはいかない――とりわけそれが達人の筆を持って書かれたとはいえない文章のためなら」

パウンドは『ユリシーズ』が徐々に脚光を浴びる一方、『リトル・レビュー』が崩壊しつつあるのを感じ取っていた。アンダーソンとヒープからは何カ月も音沙汰がなく、ニューヨークの状況は彼が知っているより深刻だった。ふたりは家賃を滞納し、栄養不良で、体を壊していた。ヒープはカンザス州の友人に手紙を書き、アパートの不潔さについて語った。「本当に汚いのです――何もかも壊れているか、擦り切れているか、曲がっているか、役に立たないか。そしてばい菌をどっさり抱えたネズミが山のようにいます。自分の部屋を見るのもいやだし、片づけようという気にもなりません」。ヒープは赤痢で七キロほど痩せ、熱のせいで顔に吹き出物ができていた。アンダーソンはスペイン風邪にかかり、やがて別の女性と付き合い始めた。アンダーソンが部屋に閉じこもって次号の原稿に目を通すあいだ、ヒープは部屋の片隅に身を寄せて、別の女性が半裸で浴室と部屋を行ったり来たりしている姿を視界に入れまいとした。彼女自身も新しい興味の相手ジューナ・バーンズの求愛を受け止めたり避けたりしていたが、ひどく傷ついていて、やがて自殺を考えるようになった。それでも『リトル・レビュー』の騒動はまだ始まったばかりだった。

＊

米国政府による『ユリシーズ』の検閲は、小説の奇妙なスタイルに関する一枚のぞんざいなメモから始まった。一九一九年三月、『リトル・レビュー』が郵政省の翻訳局に到着した。雑誌にフランス語の散文が含まれていたからだ。翻訳局は戦時下の犯罪を見つけるため外国語のテキストに目を通す役割を与えられていて、一九一九年当時もまだ機能していた。『リトル・レビュー』を調べた職員は『ユリシーズ』の初回連載分の五ページを読んだ。盲目の男が道を渡るのに手を貸したレオポルド・ブルームが、見えないとはどんなことなのかと思いをめぐらす場面だった。職員は上司に手紙を書いた。「この『ユリシーズ』という代物を書いた生物はガラス瓶の中で観察されるべきです。愉快な展示品になるでしょう！」

その号は完全に法律の範囲内だったが、例の生物をもっと詳しく調べることにした上司は、『リトル・レビュー』の一月号が奇妙というより不快であることに気づいた。レオポルド・ブルームはデイヴィー・バーンのパブで昼食にゴルゴンゾーラチーズ・サンドウィッチを注文し、ブルゴーニュ・ワインを口にする。その味は彼にブルゴーニュの太陽を浴びた葡萄を思わせ、ダブリン郊外の丘で過ごす天気のいい日を連想させる。モリーがシードケーキを口に入れたまま彼にキスし、ブルームはそのケーキを嚙み始める。

ベン・ホウスの丘のしゃくなげの茂みの中を雌ヤギがしっかりした足取りで歩き、スグリの実を落としていく。羊歯《しだ》の茂みに隠れた彼女は温かく抱かれて笑っていた。おれは荒っぽく彼女にのしかかり、キスした。彼女の目、唇、彼女の伸びた首すじが脈打ち、薄い平織りのブラウスの中の豊かな乳房、ぴんと立った大きな乳首。おれは熱い舌をからめた。彼女はおれにキスした。おれはキスされた。すっかり身をまかせた彼女はおれの髪をかき乱した。キスされた、おれにキスした。

郵政省は『リトル・レビュー』に、一九一九年一月号は今後国内での配布を禁じると通告した。『ユリシーズ』の検閲は、小説の中心をなす愛の場面から始まったのだ。

一月号は既に購読者に送られていたため、禁止は実質的に警告だった。二度目の禁止はより時間通りだった。郵政省はアンダーソンに、一九一九年五月号は政府の検閲に回され、『ユリシーズ』第九挿話が猥褻でみだら、欲情的で不潔でコムストック法に抵触していないか審査されていると告げた。力になれるのはジョン・クインひとりで、自身のジョイスに対する賛美の念を思うと――いくつかの箇所に吐き気を催してこそいたものの――他に選択肢はないと彼も考えた。クインは一時間半近くかけて『ユリシーズ』を擁護する正式な手紙を口述し、ラマーは週末をかけて検討するという形で彼に敬意を表した。火曜の朝までにクインはその号が発禁処分を受けたと知っていた。

クインは問題となった箇所の一覧をエズラ・パウンドに送ろうとしたが、その不埒《ふらち》な段落を若い女性の口述筆記者に聞かせることがどうしてもできず、彼女を帰らせて自身で手紙を書いた。それは細かい不快な箇所を集めたものだった。スティーヴン・デダラスは「世界の犯罪の歴史に汚点を残す」「近親相姦と獣姦」について書く。彼は言った。「今は最高潮に達した淫乱がおのれの神をまさぐっている時代だ」。バック・マリガンは、夜の街にあるスティーヴンの「夏の別荘」を訪れたことについて冗談を言う。そこで「彼は『対異教徒大全』の研究に没頭し、ふたりの淋病の女性フレッシュ・ネリーと、コールキーの売春婦ロザリーに囲まれているのだ」。マリガンは自慰的な演劇を紹介する。「『エブリマンと彼の妻――三つのオーガズムによる国家的不道徳』バロッキー・マリガン作」。断っておくが、これらの会話はすべてシェイクスピアをめぐる議論の一環なのだ。途中でマリガンは「吟遊詩人に対する男色の罪の告発」を愉快そうに口にする。クインは果たしてパウンドが発禁になった号を読んでいるのかといぶかった。

それ以前の挿話同様、パウンドは目を通すだけではなく手を加えていた——問題の箇所まで筆が追いついていなかっただけだ。アンダーソンは読者に、自分たちの雑誌は「誰もが知っている自然な事実に触れたいくつかの段落を削除することで」ジョイスの文章を「台無しにしてしまった」と告げた。少年愛、自慰、近親相姦が皆の知っていることなのかどうかは二の次だ、とクインはパウンドに宛てて書いた。「排泄行為が日々の営みで『誰もが知っている』ということは、それが雑誌に活字となって登場すべきだという理由にはならない」。ジョイスの会話文は一九〇四年のアイルランドの国立図書館の学生や図書館員の間でなら許されたかもしれない。一九一九年、米国の郵便制度を使って送られる雑誌に関しては無理だった。

パウンドはご機嫌取りに転じた。クインに対して、その公的な手紙は今まで読んだ中で最も優れたリアリスト文学の擁護だと言い、T・S・エリオット（『エゴイスト』の当時の編集委員）に送って出版してもらうと話した。エリオットは数日後にロンドンから手紙をよこし、『ユリシーズ』の発禁は「国家的なスキャンダルだ……問題となっている箇所は私にとってこれまで読んだ最高の箇所かもしれない。それを読んでからずっと考え続けている」と書いた。エリオットは英国でジョイスのためにできることなら何でもすると言ったが、自分は敵意に満ち満ちた国でのただひとりの福音の使者ではないかとも思っていた。ロンドンから彼はクインにこう書いた。「保守主義と妨害の勢力はより知的で洗練され、手強くなっている」

第10章　ウルフ夫妻

一九一八年春、『ユリシーズ』が米国郵政省の目に留まる前、ミス・ウィーヴァーは『エゴイスト』上でジョイスの小説を連載しようとしていた。彼女はヴァージニア・ウルフ宅の小ぶりのテーブルにつき、灰色のウールの手袋をきちんと皿の横に置いた。ボタンのついた藤色のスーツといういでたちで、いつものように襟を首元に引き寄せていた。つかのま顔を出した太陽の光がロンドン南西、ホガース・ハウスの窓から差し込んできたが、四月にしては季節外れなほど寒い。ミス・ウィーヴァーは女主人の大きな瞳をまっすぐ見つめ、質問には慎重に応じた。「はい、ミセス・ウルフ」

ヴァージニア・ウルフは芸術と文学の世界に生まれた。父は著名な作家にして編集者のサー・レズリー・スティーヴンで、母のジュリア・プリンセップ・スティーヴンはラファエル前派の画家たちのモデルを務めていた。父親違いの兄ジェラルド・ダックワースは後に出版社を立ち上げるが、やはりジョイスの『若き日の芸術家の肖像』の出版を拒絶した。ウルフはE・M・フォースター、経済学者ジョン・メイナード・ケインズ、画家兼美術批評家ロジャー・フライといったロンドンの芸術家やインテリを集めたブルームズベリー・グループの中心的メンバーだった。フライの一九一〇年の悪名高いポスト印象派の展示会で、グループは急に脚光を浴びることになる。ウルフのブルームズベリーとの繋がりは当時ようやく出版が始まった本人の小説より影響力があったが、彼女は『タイムズ文芸付録』に十年以上書評を寄せており、一九一八年になると新旧の小説家に対する大胆な批評はほぼ毎週掲載されるようになっていた。ウルフはH・G・ウェルズ（当時絶大な人気を誇った）が「奇妙に物足りない」と言い、ヴィクトリア朝時代のシャーロット・ブロンテを背教者と呼んだ。「彼女の著作は一冊残らず、鮮烈な抵抗の表現のようだ」。「一九一〇年十二月ころ、人間の性質は変わった」というウルフの断定に対しては、古くからの読者は冗談と受け取ったかもしれないが、一笑に付すことはできなかっただろう。

ヴァージニア・ウルフはハリエット・ウィーヴァーについては名前を聞いたことぐらいしかなく、お茶の席で友好的な質問はしてみたものの、客人は会話を続けるのに苦労しているようだった。ミス・ウィーヴァーは謎めいた女性だった。『エゴイスト』――抵抗運動の母体である『フリーウーマン』のあとを継ぐエキセントリックな雑誌だ――の大胆不敵な編集者はむしろ「育ちのいい雌鶏」のようだった、とウルフは日記に綴った。ウールの手袋をはめてお茶にやってくるのだ。

ミス・ウィーヴァーの皿の反対側には、ウルフが求めていた包みが置かれていた。小ぎれいな茶色の紙でくるまれていたのはジョイスの『ユリシーズ』初回連載分だった。ロンドンで出版してくれる人間を探すのに苦労している、とミス・ウィーヴァーは言った。数週間前、『エゴイスト』の印刷業者が第一挿話のために文字を組んではみたものの、いくつかの刺激的な単語（「洟みどり」や「睾丸すくみ」など）について二の足を踏み、また今後ジョイスからどのような素材が届くか予想して、たとえ削除した内容でも出版を拒否すると言い出した。一九一八年までにミス・ウィーヴァーはロンドン一帯のほぼすべての印刷業者と顔見知りになっていて、承諾と撤回という腹立たしい手順を繰り返すつもりはなかった。一方T・S・エリオットによると、ウルフ夫妻は自分たちの印刷所を立ち上げたらしい。気まぐれに小型の手引き印刷機と活字、チェース（活字を組む枠）、そして印刷の基本を解説した十六ページの冊子を買ったという。彼らは自宅で操業し、ホガース・プレスと名乗った。

ミス・ウィーヴァーはホガース・プレスが『ユリシーズ』を挿話ごとに印刷し、小冊子のシリーズにすることを望んでいた。彼女曰く、それは『エゴイスト』の「付録」になるだろう。雑誌は『ユリシーズ』にとって器が小さくなりすぎていたのだ。全体の厚みは十六ページから十二あるいは十四ページに減っていた。ジョイスはまだ小説を完成させていなかったが、最終原稿は恐らく三百ページほどになるというのがミス・ウィーヴァーの見通しだった。最初の四つの挿話を持参したので一緒に目を通してほしい、ジョイスが書き終えたらすぐに残りも送る、と彼女は言った。

ウルフはミス・ウィーヴァーに実業家としての才覚が欠けているのではないかと思った。付録の提案は奇妙だったし、取り決めも漠然としているか、そもそも存在しなかった。彼女は目の前の女性をしげしげと見つめた。髪は団子にまとめ、椅子の背もたれに背中をつけないようにして座っている。「どうしてこの人がジョイスや周りの人間と関わることになったのかしら？」と、ウルフは日記に綴った。「彼らの不潔な言葉が、この人の口を通って出てこようとするのはなぜ？」それでもヴァージニアとレナード・ウルフは、大きな疑問はさておきジョイスの原稿を検討することにした。

数日後、ブルームズベリーのメンバーのデズモンド・マッカーシー——戦時中は海軍に所属していた文芸批評家だった——が夕食後にホガース・ハウスを訪れた。物憂い空気になってきたころ、マッカーシーは近くに置いてあったジョイスの原稿をふと手に取り、第四挿話の冒頭を読み始めた。

ミスター・レオポルド・ブルームは獣や鳥の内臓を好んで食べた。どろりとした臓物のスープ、木の実の風味の砂肝、詰め物をして焼いた心臓、パン粉をつけて揚げた肝臓の薄切り、鱈子のフライ。とりわけ好きなのは羊の腎臓のグリルで、かすかに香る尿の匂いが味覚をぴりっと刺激する。

それは大変面白かった。マッカーシーは大げさな抑揚をつけて音読を始めた。

腎臓のことを考えながら彼はそっと台所を動き回り、でこぼこした盆に彼女のための朝食をちゃんと並べた。冷たい光と空気が台所に満ちていたが、外はどこも穏やかな夏の朝だった。

マッカーシーは朝食のテーブルの足の周りを動き回るミスター・レオポルド・ブルームの猫の鳴き真似をとりわけ楽しんだ。「ムクニャオ!」マッカーシーは最善を尽くし、少しだけ口調を変えてみせた。「ムルクニャオ!」ヴァージニア・ウルフはそのパフォーマンスに大変満足した。

失笑した客人はマッカーシーだけではなかった。最近ウルフ夫妻と親しくなったニュージーランド出身の二十九歳の作家キャサリン・マンスフィールドは、ジョイスの新作の一部が置いてあることに気づき、思わず手を伸ばした。いくらも経たないうちに彼女は『ユリシーズ』がぞっとする代物で、不健康で、音読もはばかられると思った。「濡れたリノリウム、中身を空けていないバケツ。彼の頭の奥にひそんだ、それ以上に恐ろしいものが忘れられません」。のちに彼女は友人に宛てた手紙に記す。それでも彼女はヴァージニア・ウルフのほうを向いて言った。「でもここには何かがあります。ひょっとしたら文学の歴史に残るような場面なのかもしれません」。その「何か」を見定めるのは難しかった。

ホガース・プレスは大半のロンドンの印刷業者と同様に『ユリシーズ』の印刷を拒んだが、それにはいくつか事情があった。まずは実際的な問題だった。ウルフ夫妻がそれまで行った最長の印刷は短編二編で（一編はヴァージニア、もう一編はレナードの手によるものだ）、合わせて三十一ページだった。レナードはひどく手が震えていたので、ヴァージニアが一ページごとに植字しなければならなかった。ミス・ウィーヴァーの訪問の数日前、ヴァージニアは一ページ分を一時間十五分で完成させるという個人記録を打ち立てた。彼らが一九一七年に印刷所を始めたのは編集上の枷《かせ》から自由になるためで、ヴァージニア・ウルフは本人が日記に綴ったように「自分の書きたいように書ける英国で唯一の女性」だった。ホガース・プレスは一般の出版社が利益になると思わない作家たち（おそらくジョイスのような）を印刷したが、誰かのための出版社となるべく作られた印刷所ではなかった。

ウルフ夫妻は『ユリシーズ』を印刷することを恐れてもいた。レナード・ウルフは知り合いの印刷業者ふたりに原稿を見せたが、名の通った業者が触れるべきものではないという返事だった。出版社と印刷業者は告訴を免れないだろう。自由になるためにはどうやら自分の印刷所以上のものが必要とされるようだった。

ヴァージニア・ウルフはミス・ウィーヴァーに宛てた親しげな手紙の中で、実際的な理由だけを挙げた。「ミスター・ジョイスの小説の数章をとても興味深く読ませていただきました。私たちで印刷できればと思います。でも長さが、今の私たちにとっては解決できない問題なのです」。ウルフ家には小さな手引き印刷機しかなく、手伝いもいないので、三百ページの小説を印刷するには少なくとも二年かかるだろう。とても残念に思っていて、使用人にできるだけ早く原稿を送り返すよう指示したとウルフは書いた。

けれど夫妻が印刷を拒絶した事情はもうひとつあり、そちらのほうがより根本的な理由だった。ヴァージニア・ウルフは『ユリシーズ』が嫌いだったのだ。一年後、彼女は『タイムズ文芸付録』に寄せた書評の中で、まずジョイスのことを「脳の中で奇妙なメッセージをちらつかせる、精神の奥深くでゆらめくあの炎を表に出したいと願う作家」と称賛した。ウルフ曰く、読者が求める「整合性やその他の支えとなるもの」をジョイスが無視するのは好ましいことだ。しかし、彼女は裏返しの称賛から直接的な批判へと移行した。『ユリシーズ』は「単純に言って失敗作だ。作家の思考は相当貧しい」。彼女はジョイスの知性を貶めようとしているわけではなく、想像力の手綱を手ばなしてしまったと言いたかったのだ。『ユリシーズ』の壮大さは、彼の頭脳が支配できる容量を越えていた。

ヴァージニア・ウルフはまだ気づいていなかったが、彼女自身の頭脳はジョイスの計画に取り組む端緒についたところだった。一年ほど経ち、『リトル・レビュー』の連載の件も忘れかけたころ、ウルフ邸に食事に訪れたT・S・エリオットが『ユリシーズ』を絶賛した。食事のあと、ウルフは日記の中で告白した。「私が自分で試みていることは、ひょっとしたらミスター・ジョイスのほうがうまくできるのかもしれない」。彼女は実のところ自分が何をしようとしているのか考え始めた。

＊

ヴァージニア・ウルフに洞察力という点ではるかに劣る読者は、置いてきぼりを食ったような気分になっても仕方がなかっただろう。『ユリシーズ』は対話を拒んだ作品のようにも見える。政府のある役人はエズラ・パウンドに、検閲局は『ユリシーズ』の連載が複雑な暗号だと確信していると告げた。シカゴの記者は、いくつかの挿話はあまりに突飛で、パウンドの表現を借りるなら「米国の市場を台無しにした」と言った。

ホメロスを背景に描かれたこの作品は――現代のダブリンに『オデュッセイア』への言及を埋め込んでいる――自己満足のようにも見え、またジョイスは非常に控えめに言及を行ったので、学究の徒の宝探しにもなった。レオポルド・ブルームはアイルランドのエーゲ海を航行することも、サンディコーヴでひとつ目の巨人を倒すこともない。『オデュッセイア』の片鱗は日常の場面に現れていた――ブルームの「葉巻」はキュクロプスの目を潰す燃え盛る槍で、キュクロプスは名もなき「市民」に変わっている（肩幅広く胸板厚く四肢屈強でまなざし率直）。広告の注文を取りに行こうとするブルームを追い立てる新聞編集者は風の神アイオロスだ。『イブニング・テレグラフ』と『フリーマンズ・ジャーナル』を印刷する輪転機の耳をつんざくような音、挿話全体にちりばめられた際限のない修辞法と新聞の長ったらしい見出しは、ユリシーズの手下たちが愚かにも開けてしまったアイオロスの風の袋を暗示している。だが賢明な読者にしても、「アイオロス」挿話の中から風にまつわるものを（比喩的にも実際的にも）探し出そうと思い立つとはかぎらないだろう。ジョイスがホメロスの章の題を印刷することを拒んだからだ。さらに厄介なことに、ジョイスの挿話は元の叙事詩の順番に沿ってさえいなかった。ホメロスへの手がかりとなるのは小説の題名だけだった。

いくつかの言及はあまりに曖昧で、隠されたままであることに愉楽があるようにも見えた。ブルームとスティーヴンがダブリンを横断して『イブニング・テレグラフ』の編集部に行くことが、ユリシーズとフェニキア人の船員たちが目指すエオリア諸島の方角と一致しているなどと、どうして読者にわかるのだろう？　ホメロスとの相似を抜きにしても『ユリシーズ』は複雑怪奇だった。挿話ごとにスタイルは異なり、毎月、見知らぬ国の奇怪な生物のように新たな実験が顔を出した。
一九一九年、ミス・ウィーヴァーは第十一挿話「セイレーン」の原稿を読んだ。

ブロンズ、ゴールドの隣で蹄の鉄の音を聞いた、鋼の鳴る音。
なまいいきいき《インパースンスン》、いきいきいき《スンスンスン》。
欠片を、ごつごつした親指の爪の欠片をむしりながら、欠片。
ひどい！　かくしてゴールドはいっそう顔を赤らめ。
かすれる横笛の調べを吹いた《ブルー》。青い花《ブルーブルーム》が
ゴールドの盛り上がった髪に。
繻子《しゅす》の乳房の繻子の上で踊る薔薇、カスティールの薔薇。
声をふるふるトリルで歌う。アイドロレス。
見いつけた《ピープ》！　そこにいるのは……ゴールドがちらり《ピープ》？
憐れむブロンズに応えるチリン。
そして呼び声、澄んで、長く、震える音。ゆーっくりと消えていく声。
誘い。やさしい言葉。でも見て。明るい星々は消えてゆく。ちゅんちゅん答える調べ。

おお薔薇よ！　カスティールの。朝は来《き》ぬ。
ジングル、ジングル、じゃらじゃら軽やかな二輪馬車。
硬貨鳴る。時計はかちかち。

こんな目の眩《くら》むような文章が丸二ページ続く。ミス・ウィーヴァーはジョイスのことが心配になり、気を遣って返事を書いた。「あなたの文章はどうもご自分の悩みにいくらか影響されているのではないかという気がします」。気候の悪いチューリヒを去れば健康もすぐに回復するのではないか、とミス・ウィーヴァーは繰り返した。パウンドはより単刀直入だった。「頭を打ったか、野犬に咬《の》まれて気がふれたんじゃないか」。ジョイスが素晴らしい原稿を送るたびに、返ってくるのはこんな荒っぽい反応だった。パウンドはふと思いついた。「愛しい君よ《カーロ・ミオ》、もしかして締切りを破ってはいけないと思って、原稿を送っているのではないかね？」好きなだけ時間をかけて書くといい、とパウンドは強く言った。

だがジョイスは焦ってなどいなかった。実際彼は「セイレーン」挿話に早くて一九一五年から取り組んでいたのだ。リディア・ドゥース（濃い赤茶色の髪）とミーナ・ケネディ（金髪）はオーモンド・ホテルのバーの女給たちで、ジョイスはふたりを島の脇を通るユリシーズの船に歌いかけるセイレーンに見立てた。挿話全体が歌だった。フーガの八部分からなる構造を踏襲していて、最初の数ページにジョイスは序曲を書き加えた——以降繰り返され、文脈を与えられ、章の残りを通して意味づけをされるメロディとフレーズだ。「セイレーン」の冒頭では、言葉の純粋な響きが大切な意味を持つ。挿話が展開するにつれて、それらの音は物語の中で居場所を見つけていく。総督を乗せてホテル横を駆けていく馬の蹄の金属の音、盲目の男の音叉は「消えるまで時間がかかり」、四時に寝室のモリー・ブルームを訪ねようと出かけるブレイゼズ・ボイランのポケットの小銭のじゃりりんという音――ふたりの密会にブルームは気づいている。序曲は言葉の意味が音の響きの中に溶けて消えていく中、読者に驚きを持って読むことを求める。読者はこの瞬間だけでも、言葉が果たすべき役割を忘れるよう求められている。意味は後々明かされるのだ。

『ユリシーズ』は一九一九年に劇的な変化を遂げた。小説の後半で、ジョイスはレオポルド・ブルームとスティーヴン・デダラス以外の可能性を探り始めたのだ。第十挿話「さまよえる岩々」の中では、全能の目が十九の重なり合った場面での二十七人の登場人物の一時間と五分を見つめる（ジョイスは彼らの行動を正確に計算した）。それぞれの瞬間には、ダブリンの別の場所で同時に起きている出来事の一瞬の姿が差し挟まれる。義援金を求める一本足の水夫は帰宅途中のデダラス家の姉妹ふたりとすれ違い、五人のサンドイッチマンはヘリーズ文具店（それぞれ真っ赤な文字をひとつずつ身につけている）の宣伝をしながらゆっくりと歩き、ブレイゼズ・ボイランの秘書は今読んでいる小説の主人公はマリオンという女性に恋をしているのだろうか、と考える。葬儀屋は出納帳を閉じ、エクルズ・ストリートでは誰かの手が（モリーだ）一本足の水夫に小銭を与える。襟を立てた息子のパトリック・ディグナムは通夜のあとポークステーキを抱えて帰り、最後に見たとき父親がパブへ戻ろうとしていたことを思い出す。父親が煉獄にいることをパトリックは願う。

「さまよえる岩」は都市のモンタージュで、ここでのブルームとスティーヴンはダブリンを一周するカメラの遠景の人物たちだ。ブルームはモリーのために行商人の屋台の中から本を探す「背中に影を背負った男」になり、ボイランはポケットで小銭をちゃらちゃら鳴らしながら果物のバスケットを買う。十一分後、自宅でデダラス姉妹は修道女に施された黄色いエンドウマメのスープを飲み、「エリヤが到来する」と書かれたくしゃくしゃに丸められたＹＭＣＡの冊子がリフィー川を流れてくる。ふたつ前の挿話でブルームが投げ捨てた冊子だ。ひとつの視点から別の視点へと切れ目なく繋がるジョイスのスタイルは、長年彼が抱えていた引用符への抵抗感に端を発していた。引用符は不自然だとジョイスは思っていた――それは「歪められたコンマだ」。それは語りのテキストから声を排除する。ジョイスは言葉が水のように登場人物の中を通り抜け、あたりを流れることを望んだ。『ユリシーズ』は声の川になりつつあった。

＊

新しい声のひとつはガーティ・マクダウェルだった。一九一九年晩秋から冬にかけて、ジョイスは「ナウシカア」挿話を紐で綴じた小ぶりの紫色のノートブックに書きつけ、同時に他の多くのメモを挿入した。「ナウシカア」の中で、恐らく二十一歳のガーティ・マクダウェルは教会近くの海辺の石に座っている。夜八時で、ガーティは男（レオポルト・ブルーム）が遠くから見つめていることに気づいていた。彼女はそれが日頃読むセンチメンタルな小説や雑誌のロマンス小説に出てくる紳士であることを願う。

あの人にとって全世界より大切なものになって、毎日を幸せで輝かせてあげよう。ほかのことはすべてどうでもいいもの。どんなことが起きようともあたしは何にも縛られず、自由に、好きなことをするわ。

だがガーティの幸福はたやすく手に入るものではない。ジョイスはその場面についてより深く考えた——彼女の望みの前には困難な道が広がり、謎の紳士と共に困難を乗り越え、黄金の自由の日々を手に入れなければいけない。ガーティの思考は雲のように集まってきた。ジョイスは「幸せ」という単語のあとに「M」と書き、残った白紙のページに「M」と書き、それから書き始めた。「とっても大事な問題があった。彼は結婚しているのかしら。でもだからといって——どうだというの？もしかしたら思い出せないくらい昔の恋人を悼《いた》んでいるのかもしれない」。その言葉ではガーティにとって不足だった。ジョイスは上向きの矢印を書き入れ、「彼女は知りたくてたまらなかった」と書いた。

彼女の好奇心はやがて、自分を見つめている男が既婚者かどうかという疑問を越えて広がっていく。婚姻よりさらに切実な障壁があったからだ。ジョイスはまた上向きの矢印を書いた。「あるいは妻を亡くしたか、悲劇に遭った男やもめ」。どんな悲劇だろう？　また上向きの矢印だ。「小説の中の紳士が精神病院に妻を入れなければいけなかった類のこと。ただ優しさのための残酷」。海辺の紳士の輪郭が明らかになってくると、ジョイスはページ左上隅にもうひとつだけ飾り書きを書いた。彼女を見つめている紳士は「歌の国から来た外国の名前を持っていた」

その小さなフレーズを手がかりに——挿入の挿入の挿入だ——ガーティの想像力はレオポルド・ブルームの正体の一端を捉える。「レオポルド」はもちろんアイルランドでは外国名だが、彼の名字はいっそう馴染みのないものだ。その国の言葉を装ってはいるが。アイルランドに移住してきたブルームの父は、名字をハンガリー語で花を意味する「ヴィラーグ」から英国風の「ブルーム」に変えた。ブルームがユダヤ系であることはダブリンではよく知られているが、名前が外国由来であることは半ば隠されている。ガーティは想像の中でその秘密に迫る。彼らの思考の中には他にも洞察の瞬間が隠されている。ブルームは彼女が月経を迎えようとしていると思い、それは正しかった。ガーティは彼が妻を寝取られているだろうと思い、それも正しかった。盲目のエピファニーの瞬間だった。

ジョイスはガーティの新たな探検の冒頭に戻った。左ページの下の隅だ。「だけどそれにしても──もしそうなら?」ガーティは先に進む。もし彼が結婚していたら? ジョイスはWという文字に印をつけ、ページ左端に挿入を書き込んだ。「それは大きな違いになるのかしら?」彼は捨てることに決めていた文章をうっかり書いたが、その間違いのおかげで新たな方向に運ばれていった。彼はその質問に対するより大がかりな答えを、ページ下に挿入として書いた。

ほんの少しでもがさつなものに触れると、生まれつき繊細な性質の彼女は本能的におじけづいてしまうのだ。彼女はその種の人々を、ドダー川の脇の通りを兵士や粗暴な男たちと歩く堕落した女たち、女性の価値をおとしめる男たち、警察に連れて行かれる女たちを憎んだ。いやよ、いや、それはいや。上流階級ではお決まりのことにもかかわらず、ふたりはただのいい友だちでいるだけ。

＊

「セイレーン」の序曲同様、ガーティの思考の意味は後に明らかになる。ジョイスは彼女が海辺で自分を見つめている男について空想するところを思い描いた。彼女はこの先可能性がある世界を思い描き（結婚、浮気、恐ろしい結末）、純潔について考える。それでもガーティにとって友情は行き止まりだ。「何にも縛られず、自由に、好きなことをする」という約束は彼女の思考の地平にあり、ジョイスは彼女をそこへ連れて行く。

彼女は海辺の男と親しくなる別の方法を考えながら、リングズエンドのアパートに住む堕落した女たちと同じ恥辱を避けようとする。ジョイスは「重要な問題」と、彼女の最初の思考に戻る。「昔の恋人なのかもしれない……」ガーティは彼の喪失感を理解するだろう。彼女はふたりの間に立つ女性の亡霊を思い描く。「古い恋人が待っていた、小さな白い両手を差し出して、訴えるような青い目をして。あたしの人よ！　彼女はついていく、夢に見た愛する人を、彼だけが彼女のものだと言う心の声に、彼女にとって世界でただひとりの人。愛こそ至上の導き手なのだから」。彼女は「だけ」というちょっとした言葉にできることを味わう。

「何も関係ないわ」ガーティはとうとう目的地にたどり着く。それでこそ彼女は彼と一緒であってもなくても「何にも縛られず、自由に、好きなことをする」のだ。紳士についての想像が、彼女をその男から自由にした。ジョイスは精神病院、外国の紳士、堕落した女性たち、警察署、恋人の死んだ相手を「毎日を幸せで輝かせてあげよう」から「すべてどうでもいい」の間に入れた。この一節を作るため、彼は「ナウシカア」のノートから十五の挿入をした。あと八百七十九ある。ジョイスは『ユリシーズ』の原稿を修正しなかった。それは既に何度も見直して書かれたものだったのだ。

第11章　狂気

曖昧な言葉が山ほど使われていたにしても、ジョイスの小説は博学というよりセンチメンタル、知性的というより素朴なものだった。彼の『オデュッセイア』への興味のきっかけも高尚なものではなかった。子どもの本だったのだ。ジョイスが十一歳のとき、イエズス会系の学校の英語の授業でお気に入りの英雄について作文を書くという課題が出た。ジョイスはチャールズ・ラムの『ユリシーズの冒険』を思い浮かべた。老練なギリシャ人戦士がトロイア戦争を終えて帰還する物語で、ラムのバージョンではその王は「十年間の不在ののち、妻と生まれ故郷イタケを再び目にしたいという欲望に燃えていた」。それは超人的な達成、魔術、ごちそう、財宝、恐ろしい怪物、美しい姫君、妨害してくる悪党たちの物語だった。

ユリシーズはセイレーンの歌声を聴こうとして（あまりに美しいので男たちは家族を永久に捨ててしまう）船員の耳を蠟でふさぎ、自身を船のマストに縛りつけた。彼はそのマストに九日間しがみついて、仲間に死をもたらした嵐を生き延びた。イタケに戻ったユリシーズは物乞いに扮し、妻を誘惑しようとする男たちを殺してようやく妻とひとり息子との再会を果たす。作文を読んだ教師は少年に向かって渋い顔をしてみせた。「ユリシーズは英雄ではないだろう」

だがジョイスにとっては英雄だった。ユリシーズは「世界を悩ませる海の男」で、古今東西の文学の中で最も完全な人間なのだ。彼はテレマコスの父親で、ラーエルテースの息子だ。友人、兵士、恋人、夫だ。ジョイスは彼をヨーロッパ随一の紳士と捉えていたが、彼は反逆児でもあった。ユリシーズはヘラスでただひとり、トロイア戦争に反対した男だ。ジョイス曰く、彼は戦争の公の理由が「新たな市場を求めるギリシャ商人の口実にすぎない」と知っていた。だがひとたび戦いに挑むとユリシーズは天才的な戦士だった。彼はトロイアの木馬という最初の戦車を発明した。しかしすべての冒険を越えて――苦闘、回り道、試練、計略、罠、魔術、与えられたり失ったりする財宝――ユリシーズは帰還の物語だった。

＊

第一次大戦が始まる数年前の一九〇九年、ジョイスは息子ジョルジオを連れてダブリンの家に帰った。それまで五年間を海外で過ごしたが、『ダブリン市民』は未刊で『若き日の芸術家の肖像』は惨憺《さんたん》たるありさま、『ユリシーズ』は構想段階にすぎなかった。ジョイスは堂々と作家を名乗るわけにいかなかったが、代わりに父親を名乗り、四歳の男の子を自慢しながらダブリンを練り歩いた。ある日の午後、彼はヴィンセント・コスグレーヴに会い、トリエステでの生活について得意げに語った。アドリア海を眺めながらコーヒーを飲み、ノーラの待つ自宅に帰るのだ。お前はノーラという妻がいて幸運だ、とコスグレーヴは言った。自分も一九〇四年には国立美術館の正面階段の前で週に何度かノーラと会う幸運に恵まれた。ふたりでリングズエンドまで歩いたという。

ジョイスはその意味を考えて混乱した。確かにノーラに会えなかった夜は何度もあり、フィンズ・ホテルがそれほど混んでいたはずがない。ジョイスが自室で手紙を書いているあいだ、ノーラは同じ道をコスグレーヴと歩いていたのかもしれない。ノーラは自分にささやいたのと同じ台詞をコスグレーヴにささやいたのだろうか。あるいはそれ以上のことに及んでいたのだろうか？

ジョイスは妻に手紙を書く前に計算した。最初に肉体関係を持ったのはダブリンを出た三日後、一九〇四年十月十一日だ。ジョルジオは七月二十七日に生まれた。九カ月と十六日だ（嫉妬に燃える心にとって、二週間がなんだというのだろう？）彼はホテルのベッドの血の染みがやけに小さかったこと、赤ん坊が予定よりずっと早く生まれたことを思い出した。ダブリンの父の家の二階でジョイスは紙とペンを手に取った。「ジョルジーは僕の息子か？」と、彼は書いた。お前は僕のもとに来る前、誰かにファックされていたのか？」暴力を軽蔑するジョイスが、男の心臓の鼓動を弾丸で止めたくなっていた。

トリエステからは二週間近く音沙汰がなく、ジョイスはエクルズ・ストリートの小さな家に住む友人のジョン・バーンを訪ねて泣き崩れた。バーンはのちに、あれほど打ちのめされた人間は見たことがないと記した。彼はジョイスの話に耳を傾け、すべてが「嘘っぱち」だと言った。夜の街を一緒に歩いたろくでもない友人のコスグレーヴとゴガティは、ジョイスの幸せを壊そうと画策しているのだ。嫉妬しているだけだろう。バーンが正しかったかどうかはさておき、ジョイスは聞きたかった話を聞くことができた。バーンの慰めの言葉はその夜、疲れきったジョイスの肉体に染みこんだ。彼はエクルズ・ストリートに泊まり、翌朝は新たな気分で目を覚ました。

ジョイスはノーラに許しを乞い、恐らく人生で初めて強固な優越感が崩れ去るのを感じた。家と祖国、教会をなんとか振り捨てようとしていた反逆児の個人主義者は、無力感に救いを見出した。ノーラは自分のことを「手の中の小石のように」捉えているはずだ。彼女の前に小さくなるのは自分より大きな何かの存在を感じることで、畏敬の念にも近かった――エゴが割れるとそんな気持ちが起きるのだ。最初の散文に描いた「人生の激流の只中で彼を立ち上がらせる」幻の女性のように、ジョイスはノーラが自分を作家にしているのだと思い、そのことで彼女を崇めた。「導き給え、我が聖女、我が天使よ」と、ジョイスは書いた。「私が書くものの中で、高潔にして高尚、深遠で真実で心を動かすものはすべてお前から生まれる」。彼はまだこの世に出てきていない子どものように、彼女の子宮の中で体を丸めている自分を想像した。まるで彼女によってこの世にようやく生を受けたかのように。

ノーラと離れて過ごすのはこれが初めてで、ジョイスは定期的に手紙を書いた。手袋を送り、新しいドレスのためにドニゴール産のツイードを送り、ピースのひとつに文字が刻まれた象牙のネックレスを送った。片側には「恋は不幸せ」、もう片側には「愛しい人と離れているときは」と書かれていた。下着を買うための金も送った。ノーラが女性のゆったりとした下着を身につけているところを見たかったのだ——女学生のように薄くてぴったりとしたものや、透けて見えそうなほど薄い、馬鹿馬鹿しいレースの縁飾りがついたものではなく。華美でたっぷりとし、「巨大な赤いリボン」で飾られ、膝や太腿の部分が三、四枚の段になっている下着を着ているところを見たかった。彼はココアの包みを送り、妻が日に二回それを飲み、たくさん食べるのを見届けるようスタニーに命じた——自分がトリエステに帰ったとき、下着同様にその体が豊かで女性らしくあるように。ジョイスは下着の複雑な秘密を楽しんだ。本来隠されているものを堂々と目にするのを楽しんだ。ノーラ自身の重い匂いの上に漂う衣服の香水をかぐのを想像した。真っ白な布に染みがついているところを思い描いた。

最初ジョイスは頭の中に湧き上がってくる常軌を逸した想像をノーラに語ろうとしなかったが、

十一月の末の手紙では、こんな文章を書いてほしいのだが、と仄《ほの》めかした。彼女にリードしてほしかったのだ。彼女はそうした。ジョイスに指示を与え、それに背いたらどうするか書いた。何とも卑猥な手紙だったようで、彼女が何を指示したのかは永遠にわからないだろう。ノーラは何年もあとに手紙を処分してしまったのだ。一通だけ残っている――ジョイスはサテンで縁取りされた白い革の箱の中に大切に保管していた。ノーラからのたった一言の電報だった。「いいわよ《シー》」

ジョイスの手紙のほとんどは今でも残っていて、一九〇九年十二月に手紙は進化を見せた。「お前に対する忠誠を誓ったことによる効果のひとつは、我を忘れるのを可能にしたことだった。「お前に対する精神的な愛情の中には」と、ジョイスは書いた。「お前の体の隅々まで欲する獣のような欲求がある。すべての秘密と恥辱、すべての匂いと反応を」それ以前にも頭に浮かんださまざまな行為と体位を仄めかしており、今度はそれを描写してみせた。「お前の熱い唇が僕の陰茎をくわえ、僕の頭はお前の太った腿に挟まれている。僕は両手でお前の丸いむっちりした尻を抱え、赤く熟れた秘所を夢中で舐《な》めている」

ジョイスは言語の限界に挑み、そうすることで何年間も越えられなかった垣根を越えようとしていた。パリで苦悩していた一九〇二年ごろ、イェイツに詩を送ると素人くさいと言われた。それは「楽器の練習に励む若い男の詩で、つまみを操ることだけに喜びを見出している」のだった。ジョイスは今や最も深い音を鳴らしていた。すべてを言葉にし、頭に浮かぶだけで書かれることのなかった思いを書いていた。

彼はノーラに求めた。「薔薇の乳首のついたお前の胸の間で勃起し、顔の上で頂点に達し、熱い頬と目の上にぶちまけてやりたい」。言葉にされた欲求はさらに書くことを彼に求めた。あたかも手紙が彼の思考の目録となるかのように。彼はノーラと行為に及ぶ場所を片っ端から挙げた——椅子の上で、床で、ソファの裏で、自分を押し倒してほしい。キッチンテーブルの上で自分を上に乗せてほしかった。「お前のケツの穴を姦らせろ」と、彼は書いた。赤い薔薇を尻の穴に差し込んで自分の上に乗ってほしいのだ。服をたくし上げ、自分にまたがるよう言った。「糞をする若い雌豚のように唸り声をあげるのだ。お前の尻から太く汚いものがじわりじわりとひり出されてくる」。暗い階段の上で抱き合い、女学生のころ友人たちと交わしていた汚い言葉を自分の耳にささやいてほしかった。

翌朝になるとジョイスは自分の書いたことに戦慄し、トリエステからしばらく反応がないと妻をひどく怒らせたのではないかと不安になった。人生で初めて、ジョイスは自身の言葉の力を恐れていた。手紙のせいでノーラと疎遠になるのではないかと心配していないときは、その情熱的な手紙が、ノーラがただ肉欲のために別の男に身を任せるきっかけになってしまうのではないかと考えた。ノーラが「シー」と電報を送ると、ジョイスは「気をつけろ」と返報した。だがそれでもエロティックな手紙のスリルは、注意を無視するところにあった。ジョイスの過剰な言葉はわざわざ自身の拒絶というリスクを冒しており、封筒で彼女から返信が届くとますます劇的な返事を書いた。ノーラ・バーナクルは猥褻に振る舞うのを許すことで、最も高貴かつ高尚な文章に彼を導いたのだった。

ノーラの受容と励ましは、文章をめぐる最初の数年の孤独な闘いのあとで彼がまさに必要としていたもので、その励ましを拡大するためにジョイスは彼女をすべての女性の顔とみなした。彼女は女学生にして母親、女王にして情婦、そしてミューズだった。ジョイスが最初に女性の愛を「人生の中心にある激しい渦」と想像したときは、その流れは逆の方向を指していた。彼自身の中にある強烈な渦がノーラに収斂《しゅうれん》していき、彼女は崇高にして卑猥、天使にして売春婦となった。実のところ、汚い言葉を口にしたのは彼女が先だった。アイルランドを去っていくらも経たないころの真夜中、彼女はシュミーズを「むしり取って」彼の上に乗り、彼を自分の中に導いた。腰を振っても足りないと思うと、彼女は顔を寄せて懇願した。「ファックしてよ、ねえ！　ファックしてちょうだい！」

ノーラの手紙も同様に赤裸々だった。一通はあまりに気の向くまま書かれていたので、ジョイスは「支離滅裂」と評した。別の手紙には彼女が舌を使ってやりたいことが書かれていた。今までやったことがないという。ジョイスは彼女の手紙を目の前に置きながら、小さな文字で注意深く書いた——変えたり、消したりした言葉はほとんどなかった。彼はノーラが書いたひとつの単語に集中した。文字の丸みを見つめ、彼女の口が作っただろう形を想像し、インクが紙に染み込むところを思い描く。その音は文字の名前の通り、暴力的だった。単語は他の単語と比べて大きく、アンダーラインが引かれていた。丸みを帯びたfがかすかに斜めになった筆跡の中で目立ち、下に飛び出ていた。彼女のブルーのシュミーズのリボンとよく似ていた。リボンの端と母音は同じ形だ。ジョイスは手紙を持ち上げ、その単語にキスをした。もっと何ページもほしかった。

自分の詩や小説のささやかな一行や段落に拘《こだわ》り苦悩した人間にとって、誰はばからない過剰な手紙は解放だった。勝利は卑猥な細部ばかりではなく、濁流のような暴力にもあった。手紙を書こうと腰を下ろすと「野生の荒々しい獣の狂気」がジョイスを包み、言葉をそれ自体の世界から引きはがす役割を果たした。猥褻な言葉は、猥褻な思考と一体になった。ジョイスの性的な想像の典型は（そして彼の最も豊饒な年月の文学的想像の源泉は）ノーラが卑猥な言葉をささやき、彼女の口がそれを形作るのを考えることだった。ジョイス自身も手紙を書くときはそれが想像できた。「お前の可愛い若い娘の裸の尻からぷっぷっと放出された汚らしい若い娘の屁の音を聞き、においをかいで、ファック、ファック、ファック、ファック、僕はみだらな可愛いお前を姦りつづける」

＊

ジョイスと汚い言葉の関わりは七歳のときまで遡る。彼はダブリンから二十マイル離れた寄宿制の学校に行かされていて、イエズス会系の学校の罰を記録したノートには神父のひとりが「乱暴な言葉」を使ったことで彼の手を四度叩いたと書かれている。ジョイスは最年少の生徒だった。彼は自分の年齢を誇らしげに「六時半」と言い、他の少年たちはそれを最初のあだ名にした。それも罰の一種だった。ジョイスはまだ理解していなかったが、言葉は権力構造の総体だった。そうした言葉に性的な力があったのは汚いからではなく、汚い言葉は倫理的な言葉と大差なかったからだ。彼の悲惨な状況を描写した言葉は、法律と命令を説明することもできた——同じ一枚の布に無垢な縁飾りと恥辱に満ちた染みがついているのと同じように。ジョイスにとってそれらの言葉が刺激的だったのは、それらが無垢と罪悪、崇高と卑猥のあいだを行き来していたからだ。

情熱、恥、愛、嫉妬が、ノーラに宛てた最も大胆な手紙の中で荒れ狂っていた。愛を宣言していないとき、彼はノーラのすべての罪を知ることを求めた。服の下に手を突っ込んだとき、コスグレーヴは指を入れたのか？　そうだとしたら、どれくらい深く？　どれくらいの時間？　奴はお前をいかせたか？　お前は何をした？　奴はお前に何を求めた？　ジョイスは細かな点をすべて知ることで、過去を支配しようとしていた。「真夜中を一緒に過ごしているあいだ、本当にその手で奴のズボンのボタンを外し、ネズミのように手を忍び込ませなかったのか？」その裏にある罪悪感は明らかだった。「愛しているよ、ノーラ。これもどうやら君への愛の一部なんだ。許してくれ！許してくれ！」

ジョイスは倫理的な怒りを自分自身に向けていた。ノーラへの手紙は自分の惨めな状況を告白し、必要な罰を求めるという機能を果たした。彼女に杖でひっぱたいてほしかったのだ。悪いことをして呼び出され、ノーラが怒りに顔を赤くし、厚い胸を震わせ、巨大な腿を開いて立っているところを想像した。「お前が腰をかがめ（怒った乳母が子どもの尻を叩いているように）、お前の巨大な乳房が私に触れそうになり、僕の裸の震える皮膚をビシッ、ビシッ、ビシッと叩くのを感じる」。罰の詳細を描写するのは彼自身を更に貶めることで、それによっていっそう容赦ない罰を必要とした。ジョイスは規則を破るのを楽しんだが、それは規則を重んじていたからだ。しかしその言葉の粗暴な繰り返しと、それによって呼び起こされた悲惨なマゾヒズムは、最後には穏やかで格調高いリフレインに吸い込まれていった。「ノーラ、ノーラ・ミア、ノリーナ、ノレッタ、ノレーラ、ノルッシア……」。言葉はすべて――あらゆる言葉は――彼女の存在のためにいっそう力強くリアルになった。彼が求めていたのはセックスと鞭打ち以上に、彼女のいるトリエステに戻って何時間も語ることだった。「話して、話して、話して、話すのだ」。そんなはかない瞬間が永遠に続くならどれだけいいだろうか。

『ユリシーズ』はノーラのための物語だった。彼の書いている本は――すべてを語ろうとしていた本は――初めて過ごした晩の記念だった。ジョイスが『ユリシーズ』の中で永遠の生命を与えた一日は、波止場を越えてノーラと歩いた日で、初めてふたりきりで過ごした日だった。一九〇四年六月十六日。彼が原稿に書きつけた単語のインクの一滴ずつが、その人目を避けた一日をより不滅のものにした。『ユリシーズ』は、彼の最後のラブレターだった。

ジェイムズ・ジョイスとノーラ・バーナクルが交わしたエロティックな手紙は、近代文学のひそかな源流のひとつだ。ここでジョイスは言葉そのもののエピファニーを体験したのだから。最も卑俗な言葉の魂が、書くことの究極の力は愛情と同じように作家の無力さをあらわにすることだと気づかせたのだ。彼の最も大胆な手紙は平凡な願いと「許してくれ！」、ノーラの名前の繰り返しというはかない試みに収斂していった。ジョイスは最もその恩恵を受けるべき時期に、言葉のパラドックスを発見していた。作家になるためダブリンを離れ、五年後に帰還して短い期間しか公開されない映画の上映に携わったのだ。彼はその年月、今まで誰も読まず、恐らくこれからも誰も読まない小説の創作に当たっていた。だがノーラさえいれば、ジョイスには読者がいた。学者でも美の追求者でも、パトロンでも文芸批評家でもなかったが、彼女は熱心で、彼の手紙を注意深く読んだ。一九〇九年の秘密のやり取りを通して、言葉を扱う力を手に入れようとこれだけ時間をかけていたジョイスは、突然それを成し遂げたことに気づいた。その無力感は彼の芸術家としての一面に畏敬の念、恐れ、スリリングな自由、大胆さと、終わりのない会話のような解放感をもたらした。

知的な溝がゴールウェイ出身の少女と芸術家を隔てていたが、ある意味で彼女はジョイスが求めていたすべての読者の理想だった。「理想の読者とは」と、ジョイスは何年もあとに記した。「理想という不眠」に苦しむものだ。彼は自分の小説を注意深く、熱心に、寝るのも忘れて読むことを求めた。外国から届いた卑猥な手紙を読むように。それはモダニズムの偉大な洞察のひとつだった。ジェイムズ・ジョイスは読者を恋人のように扱ったのだ。

第12章　シェイクスピア・アンド・カンパニー書店

何時間も本の山を探しているうちに、蝋燭の炎がシルヴィア・ビーチの指先に迫ってきた。一九二〇年代半ば、シルヴィア・ビーチはある作家曰く「恐らくパリで一番名前の売れた女性」だった。彼女のキャリアはボワヴォー・アンド・シェヴィレ書店の明かりのない地下室で始まった。ロンドンでトランクふたつに詩集を詰め込み、セーヌ川沿いの書店の棚を英国あるいは米国の本を探し求めていたが、最大の発見はシェヴィレの雑多な地下室の暗がりでのことだった。彼女は頑丈な背表紙のついたトウェイン、オースティン、ホイットマン、ヘンリー・ジェイムズらの本を見つけたのだ。見捨てられたキプリングやディキンソンの本は、紙の山の中から遭難者のように顔を覗かせていた。

自分で書店を持つというアイデアが形になったのはベオグラードでだった。一九一九年冬、シルヴィア・ビーチは第一次大戦後のベオグラードの雪深い街路を歩いていた。セルビアの首都はバルカン半島の要で、ヨーロッパで最も複雑に人種が絡み合っていた土地だった。セルビア人の愛国主義者がサラエボで皇太子の車列に近づいたことで始まった戦争は五年後、七十万人近いセルビア人の犠牲者を出して終わった。大半が民間人だった。セルビアは人口の五分の一近くを失い（戦死者の割合としては最大だ）、ベオグラードはまだ廃墟同然だった。生き残った人々が塹壕の近くを歩き回り、手榴弾や戦場の記念品を拾っていた。独立はいまだに目新しかった。セルビアはオスマン帝国からオーストリアまで、何世紀も支配者が変わる苦しみを味わい、それぞれの征服者がベオグラードを破壊していったのだ。二階建て以上の建物は珍しかった。

米国赤十字の一員として到着したシルヴィア・ビーチは、馬の死骸がいくつも道端に投げ捨てられているのを見た。殺されたのか、安楽死させられたのか、餓死したのかはわからない。セルビアはどん底だった。電気も水道も通っていない。学校も工場もなければ、空港も橋もなく、市場に向かうときは手榴弾の開けた穴を避けて歩いた。彼女は言葉に苦労したが、やがて三つの重要なフレーズを覚えた。「お願い」、「いくつ」、「クリームパフ」。

市場の買い物客はバルカン各地から集まってきていた。セルビア人、アルバニア人、マケドニア人、ボスニア人がそれぞれの民族衣装で街を訪れたので、ベオグラードの市場ではターバン、頭飾り、トルコ帽、アストラカン織の帽子をかき分けて歩くことになった。色とりどりの布をまとったロマの女たちが街を歩きながら煙草を吸った。女たちは肩にかけた棒の両端にバスケットを吊るし、中に卵を詰め込んでいた。人々はサレプと呼ばれた飲み物——乾燥させた蘭の塊茎が原料で、木炭の上に置いたアルミ缶の中で茹でる——を飲んで体を温めた。他に買うものはほとんどなかった。

ビーチの姉のホリーは赤十字の通訳で、彼女を通じてビーチは事務官の仕事を手に入れた。彼女はパジャマ、毛布、コンデンスミルクを、雪の中で裸足で待っている痩せたセルビア人たちに配った。彼らがなぜ靴を履いてこないのか、ビーチにはわからなかった。赤十字はドイツとオーストリアの大勢の囚人をベオグラードのシラミ駆除施設に集め、ぼろぼろの囚人服を焼却し、体を洗った。赤十字は病院と孤児院を開き、看護師たちは家々を回って住人や健康状態、必要としているものについての記録を集めた。ビーチは壊れかけの謄写版で記録用紙を作り、看護師たちが毎日戻ってくるとそれに書き込んだ。

一心に働いていたにもかかわらず、女性たちが戦後のベオグラードで管理できることは何もなかった。最初は首をひねっていたビーチも、すぐ強い怒りを覚えるようになった。「赤十字のおかげで私は熱心なフェミニストになりました」と、彼女はニュージャージーの母親に宛てた手紙に書いた。「男たちが何もかも管理し、この場所に届く便利なものをすべて自分たちの懐に入れるんです」。ビーチ曰く、女性たちは「シカの群で、あちらへ行けこちらへ行けと命令され、疑問を持たずに従うことを強制されています」。そうした待遇はプリンストンとパリで育った女性にとって余計に腹立たしかった。ビーチの父親シルヴェスターは長老派教会の牧師で（実のところウッドロー・ウィルソン大統領の牧師だった）、九代目だった。地域のリーダーで、婦人参政権の推進派で、妻と三人の娘の自立を強く後押ししていた。次女は父親への敬意をこめて、名前をナンシーからシルヴィアに変えた。

シルヴィア・ビーチは一九一四年にヨーロッパに定住し、一九一七年には男たちが塹壕で戦っているあいだ、トゥレーヌの農場で一日十二時間働くことを志願した。カーキ色の制服が誇らしかった。葡萄を収穫し、小麦を束ねていた女たちは彼女のボブカットとズボンに眉をひそめたが、その程度で済んで幸いだったのかもしれない。一九一五年、スペインに行ったビーチと妹のシプリアンに向かって村人たちは石を投げてきた。乗馬用のズボンを穿いていたからだ。だが戦後のベオグラードの惨状は、それまでになくビーチの思考を深めた。ベオグラードを取り囲む標高の低い山々は黒海の冷たい風を閉じ込め、街に嵐をもたらした。背の低い家々のあいだの溝に雪が積もり、坂になっている街路を溶けながら流れ、濁ったサバ川に流れ込む。サバ川は街の外れのほうで曲がりくねり、茶色いドナウ川と合流した。

戦後のベオグラードの凄惨な美しさは、シルヴィア・ビーチに新しい覚悟をもたらした。長年、利益のためだけでも本を展示するだけでもない書店を経営するのがビーチの理想だった。彼女は文学サークルのための会場を思い描いた——読者と本が互いを見つけ出し、作家たちがページから顔を出して、生身の人間としてドアを開けて入ってきて読者に挨拶するのだ。それまでの蓄えでは充分ではなく、彼女は母親に手紙を書いて援助を求めた。「お母さんは私が自分で関心を持ち、価値を見出しているものを手に入れるために最大限努力をしているのを認めてくださるでしょう。誰かのもとで退屈な仕事をこなしているのではなく。他人のもとで働いているうちは思いつきも芸術もタブーで、ほとんど回し車に乗ったリスと変わりません」。母親は懐疑的だった。「表にも出ず一生懸命働かなければいけないのよ」と彼女は説いた。ビーチは小柄で、両親は彼女を線の細い娘だといつも思っていた。

それでもビーチはフランスに戻ったあと、母親に電報を打った。「パリに書店を開きました。送金してください」。それまで彼女はロンドンに店を構えたいと願っていたが、英国に足を運んでみると家賃はあまりに高く、市場も既に飽和状態だった。それにも増してビーチは恋に落ちていた。一九一七年三月、ボランティアのためパリを発つ前、ラ・メゾン・デ・ザミ・デ・リーヴルを訪れると、そこは奇妙なことに書店と貸本屋が同居していた。ビーチが店の中に入ると、アドリエンヌ・モニエの親しげな丸顔が迎えた。彼女の瞳はウィリアム・ブレイクのように生き生きとしていた。

戦争が終わると、モニエはパリで英語の本の書店を開くことをビーチに勧めた。そうすればセーヌ左岸に姉妹店ができる。アドリエンヌはフランス語の本を、シルヴィアは英語の本を貸したり売ったりするのだ。モニエは彼女にパリの書籍の取引について教えてあげられるだろう――しっかりしたアドバイスがなければ、どんな街でも書店を経営するのは無理な話だ。モニエが自分の店の近くの角にある元洗濯屋の空き家を見つけたころには、ビーチも心を決めていた。金の無心の電報を打った数日後、ビーチ牧師の反対を押し切った母親から三千ドルが送られてきた。

ビーチは蚤の市に足を運んで、人々が店に留まって本を読みたくなるようなテーブルと骨董品のアームチェアを買った。ウィリアム・ブレイクの絵、オスカー・ワイルドとウォルト・ホイットマンの肖像画も買った。店はベージュの粗布で壁を覆い、セルビア製の絨毯が硬材の床に敷き詰められた。資金の大半は本に使われた。彼女は主だったモダニストの本をロンドンで買い、妹のシプリアンにもニューヨークから本を送ってもらった。ボワヴォー・アンド・シェヴィレの地下室を探していたころには、書店の土台を築き始めていた――古書店を兼ねた貸本屋だ。

アドリエンヌ・モニエの書店はフランスで最初の貸本屋で、彼女が成功を収めるのを見たことでビーチは自分もうまくいく余地がパリにはあると思った。フランの価値が急落していたせいで、外国の本は手が出ないほど高値になっていたが――もちろんそれはペーパーバック革命が起きる前だ――それでもパリでは英語の本に対する需要が増えており、彼女は売るのではなく貸すことでそれを満たすことができた。会員は何冊でも閲覧することができ、貸出は一度に一冊で月七フランだ（およそ五十セント）。資金を節約するために、書店はビーチの住まいを兼ねた。彼女は台所に続いている小さな奥の部屋に簡易ベッドを置き、中庭の便所に面した鉄格子のはまった窓の下で眠った。夜になるとネズミが「ハープを奏でる指のように鉄格子を上り下りする」のが目に入ったが、ビーチは構わなかった。彼女は自分の書店を手に入れたのだ。

一九一九年十一月の月曜の朝、シルヴィア・ビーチは扉の上に小さな木の看板を吊るし、シェイクスピア・アンド・カンパニー書店のシャッターを開けた。看板には吟遊詩人の絵が描かれていた。モニエが開店の知らせを広めるのを手伝い、フランスの文学愛好者たちがすぐさま訪れた——アンドレ・ジッド、ジョルジュ・デュアメル、ジュール・ロマン、ヴァレリー・ラルボー他、著名なフランス人作家たちだ。英国と米国の作家たちも続々とやってきた。エズラ・パウンドは一九二〇年にパリに越して間もなく（英国は生温くなってしまった、と彼は不満を言った）シェイクスピア・アンド・カンパニー書店に足を運び、店の中を眺め、自分に何かできることはないかとミス・ビーチに尋ねた。彼はぐらつく椅子とサラエボ製の煙草入れを手に取り、椅子と煙草、それぞれの出来栄えを検分した。

＊

シルヴィア・ビーチのタイミングは絶妙だった。第一次大戦はトランスナショナリストの世代を生み出した。故郷の街を出ることすら考えなかった若い男女が、気がつくと同盟国あるいは敵国で働き、国際的な生活を思い描いていたのだ。米国と英国の経済的な急成長とフランの下落が、パリを完璧な国際都市に仕立てた。一九一五年から一九二〇年にかけて、フランはドルに対する価値の三分の二を失い、パリの手頃さがこの都市の魅力を抗いがたいものにした。戦争前は年に一万五千人の米国人がフランスを訪れるだけだったのが、一九二五年には四十万人に達し、多くがこの地に留まった。一九二〇年にはパリに永住する米国人は八千人だったが、三年後には三万二千人だった。その急激な増加は、パリがアメリカ化したようにも見えた。一方通行の道路やネオンサイン、英字新聞が登場し、米国の教会やスーパーマーケット、フリーメーソンの支部やバスケットボールのリーグができた。キャバレーやカフェのコンサートは巨大なミュージックホールに取って代わられた。故国を離れた人間はその中でジャズを聴き、連邦警察が踏み込んでくるのを心配することもなく「カクテル」と呼ばれた明るい色のアルコールの混ぜ物を飲んだ。

シェイクスピア・アンド・カンパニー書店はやがて英語話者のたまり場からコミュニティに変化した。実のところそれはおよそ金のやり取りのない社交センターだった。貸本屋の会費はほとんど経費の足しにならず、書店の一九二一年の利益はたった百ドルだった。シェイクスピア・アンド・カンパニー書店の価値は金とは一切関係なかった。その年の暮れ、書店は読者と作家が言葉を交わし、老人と若者が意見を交換する場所になっていて、シルヴィア・ビーチは作家を編集者や出版社に引き合わせた。文章を書いたり、文学作品を読んだりしてパリにたどり着いた人間の――滞在が一週間でも、一カ月でも、十年でも――行くべき場所は決まっていた。シェイクスピア・アンド・カンパニー書店は国際文化都市の中の文学的な結節点になった。

文化には場所が必要とされる。それはのっぺりとした背景でもなければ、地元で起きる出来事のパッチワークでもない。文化には中心があり、芸術家が組織に繋がる特定の場所があり、そこで人々は影響を与え合ったり忌み嫌ったりするのだ。常に同じ行動がとられるわけではない。計画された出来事もあれば、突発的な出来事もあり、日本やモスクワ、西アフリカやダブリンから集まった人々や彼らの考え方に一日で触れることができる――文化的な中心地が存在するのは、それが周縁の中心だからだ。モダニズムに特筆すべき場所があるとしたら、それはパリだった。戦前はモンマルトルの頂上、物価が上がりすぎてからは左岸、弧を描くセーヌ川南側のわずか二平方マイルの中の広い大通りや、狭い道路だった。

　左岸という地域は変化に富み、物価も安く、カフェが何軒もあった。特にモンパルナスがそうで、左岸の住宅地では労働者階級の人々や移民、政治亡命者が芸術家やブルジョワジー、隣のカルチェ・ラタンの学生と交流した。シャガールやブランクーシといった芸術家はカフェ・ダンツィヒで肉屋と一緒に酒を飲んだ。モンパルナスの大きな芸術家コロニーは食肉処理場の隣にあったのだ。

　カフェにはパリの文化的生活の付属品以上の意味があった。十九世紀と二十世紀初頭において、パリには世界中のどんな都市よりカフェが多かった。三百人に対して一軒あった計算で、人口あたりニューヨークの三倍、ロンドンに対しては十倍だ。パリのカフェの大多数は、少人数が混雑していない空間で話す場所という役割を果たした。人々は会話を交わし、計画を立て、自由に論争した。カフェの雰囲気に後押しされて話が白熱してくることもあった。路地の向こうには必ず別の店があり、道に面した立地のおかげで人々はたまたま出会った相手とグループを作り、解散し、また集まるのだった。流動的だったとはいえ、カフェの交流は軽薄なものとは程遠かった。カフェがフランスで生き延びたのは、十九世紀の厳格な集会規則の抜け穴だったからだ。一八四八年の蜂起から一九一九年のパリ・コミューンまで表面上は自然発生的に起きたのは、労働者たちが組合を通してではなく、カフェで組織を作ったからだ。左岸のカフェは皆親密で、はかなく、冗談を言えるが、重要な、自分の意見を主張する半分公の場所で、国家の目を逃れる半プライベートな聖域でもあった。モダニズムと『ユリシーズ』のような都会的な本にはおあつらえむきの空間だった。

　シェイクスピア・アンド・カンパニー書店はオープンカフェと落ち着ける文学サロンの中間のような場所で、カフェ文化を取り入れようとする、英語を話すパトロンにはちょうどよかった。シルヴィア・ビーチの書店は英国と米国の旅行者に、カフェには与えることのできない安定性をもたらしたのだ。メンバーの数人は自分宛ての郵便物をシェイクスピア・アンド・カンパニー書店に送るようにして（一部の作家にとってはそれだけが安定した住所だった）、ビーチは私書箱を用意してアルファベット順に手紙を整理した。ここは「失われた世代」の家だった。

＊

一九二〇年七月の暑い日曜、シルヴィア・ビーチはアドリエンヌ・モニエの誘いで、アンドレ・スピールというフランスの詩人の自宅で開かれた午後早めの夕食会に参加した。最初ビーチは気が進まなかった。スピールの詩は好きだが個人的な知り合いではないし、招待されてもいなかったのだ。それでもモニエは譲らず、いつものように我を通した。スピールが温かく迎えてくれたおかげで米国人の客は安心したが、家の中に入ると彼はビーチを脇に呼び、恐るべきことを口にした。「アイルランド人作家のジェイムズ・ジョイスが来ていますよ」

この日の夕食会はたった今パリに到着し、以降ここを二十年間故郷と呼ぶことになるジョイスの歓迎会だった。引っ越しは急に決まったことだった。先月イタリアで初めて出会ったとき、エズラ・パウンドはパリに拠点を移すようジョイスを説得していた。パウンドは「つむじ曲がりな」アイルランドの殻の中に繊細な男がいることを察知し、モダニズムの中心地の近くに引っ越すよう強く勧めたのだ。そろそろ移動する頃合いだろう。ジョイスは『ユリシーズ』の第十四挿話「太陽神の牛」を書き終えたばかりだった。舞台は産婦人科で、九つの場面からなる構成は英語の発展を胎児の成長と結びつけている。ジョイスはアングロサクソンから中期英語、エリザベス朝散文、ミルトン、スウィフト、ディケンズなど十を超す文体を真似し、アイルランド語、ロンドンの下町訛りでも書いてみせた。その挿話は途方もない時間を要したが、次の「キルケ」は更に大変な作業になるとジョイスは思っていた。

パウンドはジョイスのために環境を整えた。ジョイスの作品や好意的な新聞記事の切り抜きを重要人物に送り、『若き日の芸術家の肖像』のためのフランス人翻訳家を見つけ、無料で借りられる家具付きの三部屋のアパートを探し出した（少なくとも数カ月は無料だ）。最後の一押しは、ジョイスをパリの文学サークルに紹介するための豪華な文学夕食会だった。ビーチは、ベルベットの上着に水色のシャツを着て胸元を大きく開けたパウンドが、肘掛け椅子にだらしなく座っているのに気づいた。パウンドの妻ドロシーは、たっぷりとした赤褐色の髪の優雅な女性に話しかけていた。ドロシーにノーラを紹介されたビーチは、ある種の威厳をジョイスの妻である女性から感じ取った。ノーラは英語を話せる相手が見つかったのにほっとしたようで、ビーチも間接的にジョイスと近づきになれるのが嬉しかった。この女性はジョイスという光を反射しているような存在だ。

スピールが食事の開始を告げ、冷肉、魚、ミートパイといった料理を皿に盛り付け始めた。サラダとバゲットが細長いテーブルの上で回され、赤と白のワインがグラスに注がれる。客のひとりだけが飲んでいなかった。ちぐはぐな上着の男がスピールの繰り返しの勧めを断るので、他の客たちが眺め始めた。ジョイスはグラスを逆さに置いて本気だというところを見せた。夜八時までは絶対に酒を口にしないのだ。冗談としてエズラ・パウンドはワインボトルをすべてジョイスの皿の前に並べ、気が変わったときに備えた。誰もが笑ったが、ジョイスは恥ずかしさに顔を赤くしていた。

夕食後、文学の話が始まるとジョイスはこっそり部屋を抜け出し、ビーチはその後についてスピールの小さな書斎にそっと足を踏み入れた。ジョイスが二本の書棚に挟まれた隅で背中を丸めて、髪をかきあげるのを見ると、ビーチは震え始めた。

「あなたが偉大なジェイムズ・ジョイスなのですか？」

ジョイスは本から目を上げ、意志の強そうな顎をした小柄な米国人女性を見た。力の抜けた手を差し出し、一言だけ言う。「ジェイムズ・ジョイスです」

彼はまだ英語の学習途中の聴衆を前にしているように、注意深く正確に話した。ビーチはその柔らかな口調とアイルランド訛りに聞きほれた。彼は「本《ブック》」を「ブーク」、「厚い《スィック》」を「ティック」、rを巻き舌で発音した。ちょうど書いていた小説は「ウーリッセイズ」だった。ジョイスの白い肌は上気して、小さな顎ひげを生やし、額には皺が刻み込まれていた。若いころはさぞかしハンサムだったのでしょうね、とビーチは思った。だが彼の右目にはどこか異様な感じがあった。厚い眼鏡の奥で膨張あるいは変形しているかのようだ。グロテスクと言ってもよかった。

シェイクスピア・アンド・カンパニー書店という名前を聞くとジョイスは微笑みを浮かべた。「シルヴィア・ビーチ」と聞いたときと同じくらいに。彼はパリで幸運の印を探していて、それらは縁起のいい名前だという。ビーチが自分の書店について語り始めると、ジョイスはポケットから小さなノートを取り出して顔に近づけ、住所を書き取った。それは痛々しい眺めだった。ちょうどそのとき道路の向こうで吠え声がして、ジョイスはびくりとした。ビーチは窓辺に行き、スピールの小さな犬がボールを追いかけているのを見た。

「入ってきそうですか？　恐ろしい犬ですか？」

犬はまったく恐ろしい外見をしていないし書斎に駆け込んでくるはずもない、とビーチはなだめた。子どものころ犬に顎を咬まれたことがあり、それ以来怖くてしかたないのだとジョイスは説明した。偉大なるジェイムズ・ジョイスは顔を赤らめて震えていて、目は悪く、犬を怖がっていた。彼は可愛らしかった。

次の日、ジョイスは濃紺のサージの上着と黒いフェルト帽という格好でシェイクスピア・アンド・カンパニー書店にやってきた。細い杖を突き、身のこなしは堂々として、汚いキャンバス地の靴を履いている。彼がオスカー・ワイルドとウォルト・ホイットマンの写真にふらりと近寄る短い間、ミス・ビーチは自分の小さな書店がどう思われたか気を揉んだが、彼がアームチェアに腰を下ろして貸本屋への参加を求めたのでほっとした。一カ月の会費なら払えるということだった。

シルヴィア・ビーチの目に映ったジョイスは繊細で傷つきやすかった。彼が恐れているものは海、高所、馬、機械、そして何よりも雷だった。子どものころジョイスは雷鳴がすると戸棚の中に隠れたが、嵐は彼の一生を通して追いかけてくるようだった。ビーチは雷のあいだ、ジョイスが廊下でうずくまっていたのを思い出した。彼曰く、それはパリのラジオ局の大げさな放送のせいだった。ビーチが心配事を打ち明けるよう促すと、彼はいくつかのことを口にした。パッシーにパウンドが自分と家族のために借りてくれたアパートは手狭で、使用人のための五階の部屋だという。ダブルベッドが一台あったがバスタブはなく、電気も通っていなかった。机とリネン、毛布、金を借りようと交渉している最中だったらしい。もちろん『ユリシーズ』の執筆も続けていて、夜中に書くことが負担になって目の問題を悪化させているに違いないとのことだった。

ジョイスは書店のパンフレットの裏に虹彩切除術の図を描いてみせた。大小のアメーバのような円を二重に描き、虹彩の組織について雑な絵を描く。ビーチは八歳児の落書きのような絵を見つめた（もちろんジョイスは絵で生活しているわけではない）。彼は目から外に向かって五本の線を素早く引いてみせた（痛みの象徴だろうか？　睫毛《まつげ》だろうか？）。そして鉛筆の芯を紙に押しつけ、スイス人外科医のメスが虹彩の端から瞳孔の縁に差し込まれるところを表現した。恐らくもっと明確にするためだろうが、ジョイスはもう一度目の絵を描いた——円ふたつ、走り書き、斜めの線など。二度目は虹彩に大きな水玉模様を描いてみせた。ビーチは二枚のスケッチを捨てないでおいた。

チューリヒでの目の手術はタイミングが悪かった、とジョイスは言った。虹彩炎が治まるまで待つべきだったし、医者が焦ったことで視力が損なわれてしまった。書くのが困難なのではないか？　口述筆記を試したらどうだ？　そんな質問は愚の骨頂だ、とジョイス。彼は言葉と触れ合い、ひとつずつの文字を己の手で形作りたかったのだ。ノーラは彼が創作のことしか考えなくなってしまった、と愚痴をこぼした。朝ほとんど目が覚めていないころから本能的に床の紙と鉛筆に手を伸ばし、一日中小説のことばかりに頭を使っているという。時間の感覚がないので、ノーラが昼食の皿を並べる直前にぶらりと外出してしまうこともあった。「見てちょうだい！」と、ノーラはビーチに愚痴を言った。「ベッドに横になって書き続けているのだから！」ジョイスが作家ではない何かになることをノーラは望んでいた。ビーチはそれには同意できなかった。

第13章　ニューヨークの地獄

第一次大戦の終了は平和をもたらさなかった。生活費の負担は五年で倍増し、一九一九年だけで米国では三千六百件のストライキが起きた。その年のメーデーに無政府主義者たちは国内の有力者に、デパートの玩具に見せかけた緑色の箱を三十個送りつけた。送り先にはミッチェル・パーマー司法長官、バーレソン郵政長官、ウィリアム・ラマー訴訟長官が含まれていた。大半が難を逃れた。最初の数箱が受取人のもとで爆発したとき、十六箱は料金不足のせいでまだ郵便局に留め置かれていたからだ。

翌月、いくつかの都市で十個の爆弾が同時に爆発し、その中にはサンフランシスコ、ミルウォーキー、クリーヴランド、ニューヨークといった都市があった。今回は郵送されたのではなかった。ワシントンDCでは大きなスーツケースを引きずった男が司法長官宅の正面玄関前の階段で躓いたようで、その庭で爆弾が爆発した。通りの向かいに住んでいたフランクリン・D・ルーズヴェルトという名の野心に満ちた海軍次官補は、自宅の居間に散らばったガラスの破片を踏み分け、玄関前に叩きつけられていた死体の一部をまたぎ、司法長官宅に走った。何十枚ものピンク色のチラシが路上に舞っていた。「我々は自由という夢を見ていた。我々は自由の話をした。我々はより良い世界を目指した。お前たちは我々を投獄し、こん棒で殴り、国外退去させ、機会さえあれば命を奪った」。爆弾魔たちはあらゆる圧制的な組織を破壊すると誓っていた。「警察や犬が、我々の血管の中で脈打つ無政府主義という細菌をこの国から一掃できるなどと思うな」

翌日、警察は爆弾魔の頭部を一ブロック先の三階建ての邸宅の屋根で見つけた。犯人は六月の爆弾テロの数日後に居所を突き止められて国外追放された。イタリア人無政府主義者ルイジ・ガレアーニと繋がっていたことがわかった。だがそれは始まりにすぎなかった。二度目の暗殺計画も無傷で生き延びたパーマー司法長官は、戦時中の四倍の規模になる犯罪対策部隊を組織した。政府の推計によるとニューヨーク市は「二万人を超える過激思想の持ち主」の巣だった。大半が外国人で、無政府主義者と共産主義者、ガレアーニ主義者とボリシェヴィキの区別はもはや無意味だった。「我々が受けた忠告によれば、今後いつの日か」と、パーマーは議会に警告した。「もう一度深刻な、そして恐らくより大規模な事件が、同じ種類の人間たちによって起こされる。この運動を支持する野蛮な連中はそれを革命と呼び、蜂起して政府を一度に転覆させようとしている」

政府は爆弾テロに全国規模の「パーマー・レイド（パーマーによる左翼狩り）」で応じた。一九一九年秋と一九二〇年初頭、政府は事務所を捜索し、ファイルを押収し、私財を破壊し、過激派とみられる人間を痛めつけ、一万人を超える容疑者を逮捕して、何百人という外国人を一挙に国外退去させた。エマ・ゴールドマンと三百人の過激派たちも船に乗せられた。あまりに警備が厳しく、囚人たちを監視している米海軍でさえ船の行き先を知らなかった。船長は二十四時間が経過するまで出港命令書に目を通さないよう言われていた。

最大のパーマー・レイドは一九二〇年一月二日、東部時間の午後九時きっかりに始まり、全米の三十五の街で三千人を超える人々が逮捕された——東海岸沿いのいかにも怪しげな居留地ばかりではなく、トリード、デモイン、ルイヴィル、カンザス・シティといった都市も含まれていた。ニューヨークでは百人超の司法省の捜査官が私服警官と協力し、軍用車や借りた車で街じゅうに散った。厳しく尋問しても必要な答えが得られないと、捜査官たちは過激な反政府的陰謀の自白をでっち上げ、容疑者の署名を捏造《ねつぞう》した。パーマー司法長官は諜報活動取締法の範囲内で行動していると主張した――米上院はベルサイユ条約を批准しておらず、書類上ではこの国はまだ戦争中だったのだ。

　パーマー・レイドによって集まった情報は、捜査局（ＦＢＩの前身）で正体のはっきりしない「一般情報課」に流れていった。捜査官たちは行く先々で、言論を通じて国内の過激派を結びつけていた書類や本、新聞、雑誌を押収した（共産党だけで二十五紙を発行していた）。書店は反体制的な活動の根城だった。ニューヨーク十五番ストリートの元ＹＷＣＡが今や過激派思想の文学を売るようになっていたというのは、時代の象徴だろう。政府は地下で活動する印刷業者を突き止め、投函された出版物を調べ、出版社、作家、書店、同志、支持者のネットワークの全貌を把握しようとした。『リトル・レビュー』はその捜査活動の網にかかった雑誌のひとつで、おかげでジェイムズ・ジョイスの膨張しつつある大作の唯一の受け皿は大きな打撃を受けた。郵政省は一九二〇年一月号を発禁処分にした――『ユリシーズ』の中でバーに集ったダブリン市民たちがヴィクトリア女王は「大仰な死んだ雌犬」で、ドイツ人は「ソーセージ喰らい」だと言ったからだ。彼らは息子のエドワード七世が馬より女にまたがっていることの将来的な健康への影響を口にして笑った。「野郎ときたら平和《パックス》どころか梅毒《ポックス》じゃねえか」。その言及だけで、役人が望むなら発禁とするに充分だった。エマ・ゴールドマンと無政府主義を支持したのは何年も前のことだったが、『リトル・レビュー』はまだ目をつけられていた。

　一九二一年までに一般情報課は五十万人分の反体制者のファイルを作っていたが、それもまだ序の口だった。エズラ・パウンドのファイルがあり、アーネスト・ヘミングウェイ、セオドア・ドライサー、ラングストン・ヒューズ、ジョン・スタインベックのファイルがあった。ジェイムズ・ジョイスのファイルもあった。ファイルは規則に従って並べられ、一般情報課の若く野心的な責任者J・エドガー・フーヴァーの手によって他局にも貸し出された。彼はパーマー・レイドの前夜、まだ二十四歳のときに辞令を受け、政府の図書館司書としてのキャリアをスタートさせていた。

だが過激主義の根絶は容易ではなかった。一九二〇年九月十六日、痩せて無精ひげを生やした作業着姿の男がオープンワゴンを運転してマンハッタンの中心街を走っていた。彼はウォール街のJ・P・モルガンの向かいの道路に車を停め——ニューヨーク証券取引所の近くだった——百ポンドのダイナマイトにくくりつけたタイマーをセットして、街の中に姿を消した。爆発はウォール街の建物を土台から揺るがし、爆音が響く前に人々は地面に叩きつけられた。遠くブロードウェイから飛んできたビルの窓ガラスが、尖った雪のように銀行員や事務員の頭上に降り注ぐ。爆弾にはクルミ大の鉄の塊が五百ポンドも仕込まれていた。誰が作ったのかはわからないが、その爆弾は大きなハンマー並みの力で鋳鉄の窓を打ち砕き、破片は花崗岩の建物や人々の頭蓋骨に突き刺さった。あたりが炎に包まれ、ひっくり返った車や無残な死体が散乱する中、何百人もの負傷者はよろめきながら安全な場所を求めた。三十八人が亡くなり、死んだ馬の残骸がウォール街一帯に散らばっていた。

爆弾が建物を揺るがしたとき、ジョン・クインはナッソー・ストリートのオフィスにいた。彼は二ブロック先のアッセイ・ビルディングの屋根の上まで緑がかった黄色の煙が立ち上るのを目にした。モルガン・ビルディングの砕けたガラスドームも煙に包まれている。数秒後、クインは路上を埋め尽くした地上の人々が押し合って前に進もうとし、風の中の丈の高い草のように倒れるのを目にした。

金融街への攻撃は政府による捜索への報復だった。その衝撃の深さについて、クインは芸術家のジェイコブ・エプスタインに宛てた手紙にこう綴った。「連中を狩ったことに対する恐るべき代償だ。大半がロシア人の無政府主義者でこう言っては悪いが、ユダヤ系ロシア人ばかりだ」。クインは世界中の不要とされた種で溢れかえっている島に閉じ込められたように感じ、エズラ・パウンドに向かってニューヨークのここ十年の変化をまくし立てた。この都市は「七、八十万人のラテン系の人々、二十万人ほどのスロヴァキア人、五、六万人のクロアチア人、七、八十万人ほどの汗をかき小便をするドイツ人で破裂しそうだ」。ここは雑音と雑多な人々に満ちた都市だった。ユダヤ人が東欧各地からニューヨークに押し寄せていて、彼らは「歩く欲望でしかない」とクインはパウンドに書き送った。

＊

ニューヨークを脅かしていた過激主義者たちは多くの場合、都市の性的規範の破壊者たちだった。彼らは婚姻制度を攻撃し、避妊を強く支持し、性を検証し、体験し、称賛した。無政府主義者、共産主義者、性の解放を謳《うた》う人々は同じ区域に住み、思想と読者、出版社を共有していた。ベン・ヒューービッシュはD・H・ロレンスとジェイムズ・ジョイスの著作、そしてあからさまに共産主義的な『社会主義の真実』などを出版した。『マザー・アース』、『大衆《マッセズ》』といった雑誌はより大きな性的な自由のため絶えず発信を続けた。一九一六年三月、『マッセズ』はドイツを擁護する論説を掲載した。「軍国主義はどんな民族や国家の特徴でもない」と、記事には書かれていた。「ドイツを憎むな。軍国主義を憎め」

論説の隣にはアンソニー・コムストックの後釜として最近ニューヨーク悪徳防止協会を引き継いだジョン・サムナーを非難する記事が載っていた。サムナーが『マッセズ』の気に入らない記事を含め、自身の望むものすべてを検閲できるという事実の批判だった。雑誌は彼を「米国の出版界における超越的な権力」と呼んだ。五カ月後、サムナーは雑誌の販売責任者を逮捕した。彼は『マッセズ』の九月号すべてとオーギュスト・フォレル博士の五百ページの医療についての原稿「性に関する質問——教養ある階級の科学的、心理学的、衛生学的、社会学的な考察」を没収した。スイス人医師の原稿は必ずしもみだらではなかったが（「性交またの名を交合は以下のように行われる……」）、サムナーは恨みを晴らしていたのだ。

サムナーは眼鏡をかけた控えめな三十九歳の弁護士で、結婚してロングアイランドの監督派教会の男性信徒会の会長を三年務めていた。物腰は柔らかいというよりは、むしろ過剰なほど手順を重んじた。サムナーには早く出勤し、昼食はデスクで取る官僚のような雰囲気があった。

彼がコムストックのあとを継いだのは、猥褻文学が花盛りを迎えようとしていたころだった。小説家、活動家、医者、学者は性的な事柄をより率直に表現するようになっていて、米国の検閲制度にとってはかつてない試練のときだった。十九世紀末には、焚書はほぼ必要なかった。コムストックの力のみなもとは法的な脅しと道徳的な勧告の両方で、既にある程度従う姿勢を見せていた出版社さえおじけづかせた。パットナム&ホートンといった一流出版社が、名声を失うというリスクを冒して挑発的な小説を出版したとしても、社会の基準に抗うのは本を販売するための高額な法廷闘争の危険を意味していた。それに本の利益は紙のように薄いのだ。そんな経済状況のせいで、道徳的に問題がある書物は怪しげな出版社に託され、地下の手動印刷機で出版された。それらはパリで出版される海賊版も請け負っていた。問題はあったが、取るに足らない存在だった。

そのすべてが変わろうとしていた。安い本と高い識字率が意味していたのは、この国の読者は今やもっと若く、貧乏で、都会に住み、多様で、自分たちの世界を映した物語を求めているということだった。本が変革を遂げるのは時間の問題だった。一九一〇年代と二〇年代、十年前には考えられなかった新しい小説が大量に登場した。『ハーガー・レベリー』、『天才ユルゲン』、『恋人の物語』、『孤独の井戸』、『チャタレイ夫人の恋人』。

『ユリシーズ』はスキャンダラスな本が教養ある人々のあいだで高い評価を受けた最も華々しい例だった。いくつかの本は違法とされたが、大胆な作家たちはこの国の都会の読者たちのために告訴を恐れず、法廷闘争も辞さない新世代の出版社を頼ることができた。ベン・ヒューービッシュ、ホレース・リヴライト、アルフレッド・クノッフ、マックス・シュースター、ベネット・サーフ。このリストそのものが、出版界が変わりつつあることの証だった。ある古い世代の業界人はひそかに不満を言った。「誰も彼も、忌々しいユダヤ人じゃないか！」

サムナーはニューヨーク悪徳防止協会の地盤が揺れていることに気づいており、パーマー・レイドを利用して規制を再び強めようとした。猥褻とは悪魔の所業ではなく、無政府主義者、ボリシェヴィキ、過激派フェミニスト、都会の移民の居留地を埋めている家族計画主義者たちの産物なのだ。「無政府主義者とボリシェヴィキが政治生活の一部を占めているように」と、サムナーはパーマー・レイドの最中に宣言した。「文学と芸術サークルの中にもボリシェヴィキの巣がある。同じように大きな危険だ」

政府が反米的だと判断した危険な文言と、ニューヨーク悪徳防止協会が道徳的な腐敗を見た猥褻な言葉の間にはほとんど差がなかった。言い換えるならニューヨーク悪徳防止協会は国の警備を強めていたのであり、捜査局の仕事が増加すると、協会も忙しくなった。パーマー・レイドの最中、サムナーと部下たちは過激主義の書店に踏み込み、性的な本を没収した――当時の社会ではフォレルの『性に関する質問』のイディッシュ語版も無政府主義者の書物なのだった。一九一二年、防止協会は全国で七十六人を逮捕した。一九二〇年には百八十四人で、協会の歴史上最大だった。逮捕者のうち「真の米国人」は三分の一に満たなかった、とサムナーは記録した。協会の資料にはっきり示されているように、大半はドイツ人とアイルランド人だった。

性に関する外国の思想が法の網の目をすり抜けているのではないか、とサムナーは不安に思った。女性の参政権を保証する合衆国憲法修正第十九条は、一九二〇年に法律化されようとしていたが、サムナーは「過激なフェミニスト」たちが新たに敵対的な勢力を確立したがっている、と警告した。彼女たちは政府が婚外子を認めることを望んでいたが、それでは妊娠した女性が未婚のまま「ふしだらな子どもたち」を産むことを許してしまう。米国の家庭は崩壊するだろう。現時点ではそのような女性たちは少数派だ、とサムナーは言い、こう続けた。「だが連中は鼻が利き、モダンな女性の自由に関する狡猾で受けのいい本を書き、さらに性的な自由を擁護している」。これでも充分ではないというように。

＊

ジョン・サムナーは過激主義者と性解放論者をふたつ同時に叩く機会を探し、すぐに見つけた。一九二〇年夏のある日、ニューヨーク州の地方検事からサムナーに電話があり、『リトル・レビュー』の問題ある号について相談を持ちかけられた。『ユリシーズ』の最新の挿話で、ガーティ・マクダウェルは海辺の岩の上に座り、近くの教会では聖歌隊が歌っている。友人のエディとシシーは、シシーの双子の弟たちトミーとジャッキーがセーラー服姿で浜辺で遊ぶのを見守り、ガーティは浜辺の向こうにいる男、レオポルド・ブルームの視線を感じる。遠くで花火が上がる中、ガーティは背中をそらし、ブルームは彼女の青いガーターをちらりと目にする。

そして彼女は尾を引くローマ花火が木の上へ、上へと昇っていくのを見て、みんな興奮で息を詰めてそれがもっともっと高く上がっていくのを見つめ、高く、高く、見えなくなるほど昇っていくのを見ながら彼女はどんどん反り返り、無理に背中をそらしたせいで顔には神々しいほどの魅力的な赤みがさし、彼には彼女のほかのものが見えてきた、四シリング十一ペンスのモスリンの下着は白いせいでよく見え、彼女は彼に見せてやり、彼が見たことを見た。

少女が背中をそらして下着を見せ、男を誘惑するなどもってのほかだ。それ以外にも問題はあった。この場面は神への冒瀆だった。教会の奉仕が行われているすぐ近くでそんなことが起きると想像するのは――子どもがそばで遊んでいるのは言うまでもなく――物語を不当に侮辱的なものにした。またそれは同時に若い女、カトリックのミサ、子ども時代そのものを卑俗なものに貶めていた。サムナーは挿話の続きを注意深く読んだ。

このとき打ち上げられ炸裂した花火は目もくらむよう、ああ！　ローマ花火が破裂し、それはああ！　という嘆息のようで皆があぁ！　ああ！　と叫び、金髪が雨のように降り注いで皆ああ！　と言った、すべてが緑色の星の露となって金色に光りながら滴り落ち、ああすてき！ああ、柔らかく、甘く、柔らかく！

それはまったく新しい種類のポルノのように見えた。ジョイスの海辺での不穏当なタブローを完成させたのは、少女の「無垢な」思考が（「指の先々まで品格のある人」）、男の性的な想像と同時に起きることとだった（「ふくらはぎの張り。透けたストッキングはもう少しで裂けそうだ」）。サムナーが道徳的な腐敗がいかに簡単かという例を求めているとしたら――欲情のぬるぬるとした坂を感傷的なロマンスが滑り落ち、ポルノと乱交に変わっていく例だ――これこそまさにそうだった。若い女性たちはブルームから守られる必要はない。ガーティから守られなければいけないのだ。

調査を始めたサムナーには、やがてすべてが繫がったことだろう。『リトル・レビュー』はワシントン・スクエア族の雑誌で、煽動と猥褻のかどで何度も郵送を拒否されていた。既刊号を詳しく調べれば、ワシントン・スクエア・ブックショップの広告に気づいたはずだ。その書店は過激主義のリベラル・クラブと強い繫がりを持っていて、ふたつの建物は壁に穴を開けて通路を作っていた。少し詳しく調べるとジョセフィン・ベルが書店の経営者で、エマ・ゴールドマンを称える詩を書いたことで戦時中に陰謀の疑いをかけられた『マッセズ』事件の当事者だとわかった。

こうして彼は『リトル・レビュー』について耳にした経緯に思い当たった。編集者たちは一九一七年にスパイ容疑で裁判にかけられたエマ・ゴールドマンの支援者だった。雑誌を一目見れば、マーガレット・アンダーソンとジェーン・ヒープが最も過激なフェミニストだとわかる。未婚の母の子どもを法的に認めるばかりか、無政府主義と同性愛者の権利をおおっぴらに支持していたのだ。彼女たちは結婚を意図的に避けていた。しかしふたりは一緒に住んでいた。雑誌には多くの外国の支援者の名が載っていた。地方検事から送られてきた七・八月号には、ベン・ヘヒト、ジューナ・バーンズ、エルサ・フォン・フライターク・ローリングホーフェンなど米国人らしくない名前がいくつか載っていた。表紙をめくったところにはジェイムズ・ジョイスの写真がうやうやしく刷られていた――眼鏡、後ろに流した髪、口ひげ、尖った顎ひげ。重いコートの襟もとを寄せ、笑みも浮かべずに遠くを見つめている。アイルランド人のトロッキーのようだ。見ただけで過激主義者だとわかった。

『リトル・レビュー』、ワシントン・スクエア・ブックショップ、ジェイムズ・ジョイス。このトリオを告訴するのは、道徳的な効果がある。一度の告訴で一九二〇年のこの国を取り巻きつつある不道徳、過激主義、外国の思想を叩くことができる。九月のウォール街爆破事件の数時間後、何百人もの男たちが夜を徹して働き、残骸を片づけ、二十階の砕けた窓ガラスを交換し、次の日には金融街がビジネスに復帰できるようにしていた。朝が来ると十万人近い人々が中心街に押し寄せ、ウォール街のジョージ・ワシントンの銅像の近くで国歌を歌った。ジョン・サムナーはワシントン・スクエア・ブックショップに行き、罪深い『リトル・レビュー』を購入した。

＊

二週間後、ジョン・クインはマーガレット・アンダーソンから電報を受け取った。ワシントン・スクエア・ブックショップで『リトル・レビュー』をニューヨーク悪徳防止協会の覆面捜査官に販売したかどで、ジョセフィン・ベルに逮捕状が出ているという。書面によるとその雑誌の販売はニューヨーク州法に違反しており、問題とされた文書はジェイムズ・ジョイスの『ユリシーズ』の最新回だった。クインがそのニュースを聞いたのは、政府の戦時中の没収の権利が合衆国憲法に違反しているのではないかと訴えている裁判の最中だった。報酬は十七万四千ドルで、裁判は連邦最高裁に持ち込まれた。

そう考えれば『リトル・レビュー』の「女編集長」とアシスタントがジョセフィン・ベルと弁護士を連れて彼の質素なオフィスに現れたとき、クインにどの程度我慢するつもりがあったかは察しがつくだろう。ワシントン・スクエアのボヘミアニズムの何かが、人混みや移民の臭い、性や死に対するクインの嫌悪感を呼び起こした。『リトル・レビュー』はこの地域にぴったりだ、と彼はパウンドに言った。この雑誌は「尿や便、汗と腋臭、放尿とオーガズム、自慰行為、泥棒、同性愛、その他もろもろ恐るべきことに」捧げられている。アンダーソンとヒープはこの裁判を自分たちに注目を集めることに使い、クインはすべての仕事を無報酬《プロ・ボノ》で引き受ける羽目になるのだろう。

「だから言っただろう」と、クインは四人に言った。「ピューリタンが支配するこの国で『ユリシーズ』みたいなものを出版して無事でいようとするなんて、あんたがたは大ばか者だ」。クインがパウンドとジョイスと付き合いのあることを知っていた彼らは、大きな目的を思い出させることで彼をなだめようとした──『ユリシーズ』は彼がそもそも『リトル・レビュー』に資金を出した理由で、パウンドとジョイスはその原稿を印刷することを強く主張していた。君たちの仕事は編集者として判断を下すことで、パウンドとジョイスの指示に従うことではない、とクインは答えた。「芸術家はふたりの女がレズビアン的行為に及んでいる絵を描くこともあるだろう」と、クイン。「だが画廊のオーナーがその絵を飾ったとしたら阿呆だ」。アンダーソンとヒープは、『ユリシーズ』の出版はどんなトラブルに直面してもそれに値すると考え、世間の意識を高めることの重要性を主張した。クインは激しく反論した。「近頃のあんたがたはブラックウェルズ島の女性看守の意識を高めている。それだけのことをやってきたんだ」

クインは判事に働きかけて、告訴の対象を書店からアンダーソンとヒープに変えさせた。裁判は二週間中断となり、ジェファーソン・マーケット裁判所を出たアンダーソンとヒープはサムナーと言い争いを始めた。自分たちは『ユリシーズ』を出版したことを恥じてなどいない。「私たちは誇りに思います」と、アンダーソンは言った。「今度の裁判は『リトル・レビュー』の成長過程です」。驚いたことにサムナーは八番ストリートまで熱心に議論を続け、犯罪現場であるワシントン・スクエア・ブックショップに到着しても、ふたりのあとからついてきた。

彼は悪徳防止協会の方針について熱心に論じたが、アンダーソンは彼が自分の意見にある程度好意的で、一カ月ほど毎日お茶の席に誘ったら自分の信じる美の原理に転向するのではないかと思った。それはとてつもない間違いだった。クインはアンダーソン同様、サムナーを昼食に誘おうと八方手を尽くした。サムナーに自分が誰なのか匂わせ（万が一知らなかったときのために）、『ダイアル』に掲載されたジョイス作品を絶賛する評論を送りつけた。「あの女性たちのことはどうでもいいのです」と、クインは言った。「ただ、できることならジェイムズ・ジョイスを猥褻な書き手という烙印から救いたいと思っています」。彼は告訴を取り下げるよう悪徳防止協会に頼み、それと引き換えに『リトル・レビュー』の「ユリシーズ」連載をやめさせると言った。
サムナーは辛抱強く耳を傾けたが、この件は悪徳防止協会から始まったわけではないとクインに告げた。ニューヨーク州の地区検察局で始まったのだ。その夏、オグデン・ブラウアーというビジネスマンが、自分の十代の娘が持っていた雑誌の一冊をめくり、ガーティ・マクダウェルが下着を見せる場面に出くわした。

彼女は反り返りすぎたせいで四肢が震え彼には膝のずっと上のほうまで誰にも見えないところが見えた彼女は恥ずかしくなかった彼もそんなふうに無遠慮に見るのが恥ずかしくなかった彼は紳士たちの前で短いスカートのダンサーがみだらに振る舞うのを見ずにはいられなかったのだ彼は見て見続けた。

どこで『リトル・レビュー』のことを知ったのか、とブラウアーが娘に尋ねると、そんな雑誌は知らないし注文したこともないという答えが返ってきた――雑誌は爆弾と同じように郵送されてきたのだ。父親は激怒した。彼は四ページの猥褻な文章を取り上げ、地方検事に手紙を書いた。

このような猥褻な文書が郵便法に抵触しないというのなら、その流通を、雑誌を買ったり、購読したりする人々だけに制限することはできないのだろうか？　当然このような「文学」を、それを望まない人々の家から締め出す手段があってしかるべきではないか。道徳という観点から、それを抑圧する術がないとしても。

著名なビジネスマンからこの種の苦情が届くのは恥辱だった。もちろん、雑誌を発禁にする術はあるべきだったし、地区検察局はニューヨーク悪徳防止協会の代表に意見を求めた。

サムナーに告訴を取り下げる気はなかった。クインが『ユリシーズ』の連載を全面的に取りやめることなどできるだろうかと疑い、アンダーソンの「反抗的な」姿勢は、依頼人がクインの予想より扱いづらいことを示していると思った。だがクインは、ジョイス自身は編集者たちと似ても似つかないと言った。彼は芸術的で、一方のアンダーソンとヒープは「自身の名誉を求めているにすぎず、厚かましいにもほどがある」のだ。ジョイス自身が今後の出版をキャンセルするのを見届けるとクインは言った。

話し合いが終わると、クインはパウンドに口述した手紙を送り、何年もの苦悩から解放されたいと訴えた。

ジョイスがまだ彼のことを助けていない者を助けたいと思うなら――何カ月も、金を払わず彼の著作に頼って生きている者に何かをしたいなら――その数を減らし、本の運命を決めたいなら――この地で本として出版されることを止めたいなら――この二羽のウサギどものために千五百ドル、二千ドル、二千五百ドルの印税を棒に振りたいと思うなら――自身を米国の法の専門家として見せたいのなら（実務面での専門家である私に対抗して）――機が熟さないうちに行動を起こし、サムナーが彼の存在すら知らず、名前の綴りすらよくわかっていないのにそのような迫害を受けたいのなら――この作品に何かの原理、または文学の自由が懸かっていると思い込みたいのなら――貴殿がまだ『リトル・レビュー』は後押しに値すると思っていて、洗い流しもできない女性の小便のように黙る気がないのなら、私にこれ以上言うことはない。

クインはこの調子で十六ページ書き続けた。

地方検事自身が告訴を取り下げないかぎり雑誌は罰を受け、『ユリシーズ』の一部に対する有罪宣告は本の全体を違法化するとクインは知っていた。マスコミが告訴の噂を嗅ぎつけるやいなや、サムナーの『リトル・レビュー』に対する非難はジェイムズ・ジョイスをボリシェヴィキ、爆弾魔、避妊推奨派と結びつけることになるだろう。ジョイスはワシントン・スクエア族のためにすべてを失うことになる。クインが腹を立てたのは、女編集長の無能のせいでジョイスの天才が脅かされかねない状況にあり、わずか十六ページが六年間も費やした本の出版を台無しにするかもしれないということだった。

エズラ・パウンドはこのニュースに驚いた。美的な意見の不一致を郵政省とコムストック法に対する怒りの長談義に転じるつもりはあっても、逮捕や起訴、実刑の可能性については覚悟ができていなかった。「『ナウシカア』も警察に文句をつけられた」と、彼はジョイスに宛てた手紙に書いた。『ユリシーズ』を本という形で出版するには、これ以上『リトル・レビュー』上で発表しないと約束するしかない……今、たったひとつできるのは、クインに全権を委ねることだ」

初めて「ナウシカア」についてクインに語ったとき、パウンドは熱意にあふれていた。「おそらく英語で言われるべきことがすべて盛り込まれている」。だが逮捕のあと、彼にしてもその問題から距離を置くようになった。いくつかの際どい表現を削除したとクインに伝え、アンダーソンとヒープが自分の削除の指示を無視したのではないかと疑いを口にした（そんなことはなかった）。ふたりの女性はクインの見立て通り頑固で、無謀なところさえあるとパウンドは言った。それはジョイスも同様だった。原稿の変更を示唆するとジョイスからは刺々しい手紙が届き、パウンドはそれを長年の病と「ささくれだった神経」のせいだと受け取った。だがパウンドは自信を持って、自身のジョイスに対する全体的な評価を伝えた。「彼は理屈の通る人間だとは言いがたい」

＊

一九二〇年十月二十一日、ジェファーソン・マーケット裁判所の前二列は『リトル・レビュー』に対する猥褻罪に反対しようと集まったお洒落な女性たちで占められていた。ジョン・クインも三つ揃いのスーツを着て現れ、ベストのポケットからは金時計の鎖を垂らしていた。あたりを見渡すと、強盗や放浪者が光り輝くボタンと星を身につけた警察官に取り押さえられている。二日前、彼はワシントンＤＣにいて、最高裁での裁判の準備をしていた。それが今では司法の工場で移民、黒人、イタリア人に囲まれている。

クインはこんなところに来る気などなかった。まだ予備審問の段階だったが、この件を担当している若い弁護士からクインの事務所に電話があったのだ。判事のジョセフ・コリガンはサムナーに個人的な恨みを抱いているという。コリガン判事は既に何度か悪徳防止協会とうんざりするようなやり取りをしており、サムナーの言葉だけにもとづいた判決など下したくなかった——サムナーにはまさにそうするよう頼まれていたのだが。彼は『ユリシーズ』が「あまりに猥褻、みだら、卑猥、非道徳、不快な代物なので、そのようなものは裁判所で短く説明することも不適切で、記録に残るようなこともあってはならない」と言うのだった。

言い換えれば、サムナーは問題の表現をひとつとして挙げようとしなかったのだ。ニューヨーク・コムストック法は「猥褻、みだら、卑猥、非道徳、不快なもの、または下品な本、写真、原稿、論説を書くか、印刷するか、出版するか、口にするか、それらの契機を作った者」は罰されると定めていた。それはつまり『ユリシーズ』の一部分が猥褻なら裁判所でそれを読み上げることも、速記者に記録させることも違法だということだった。悪徳防止協会はその法があるかぎり、非難の対象とされている原稿を一切調査する必要がないと考えていた――非難すなわち証拠なのだ。サムナーの論理は決して突飛ではなかった。一八九五年、最高裁は「猥褻な文書で記録を汚す必要はない」と定めた。「非難の概要」を示すためにその文章の「猥褻な性質」を説明するだけで充分だった。

コリガン判事はそのことを前にも聞いていた（それは協会のいつものやり方だった）。しかし彼は自身で雑誌に目を通すことを主張した。クインは判事が自室で『リトル・レビュー』を読んでいるあいだに裁判所に駆けつけ、部屋から出てきたコリガンはクインに笑みを浮かべて挨拶した――たまたま彼らは古い友人だった。

こうした審理はだいたい型通りのものにすぎなかったが、コリガン判事が告訴を取り下げればジョイスの法的な問題はすべて片がついていただろう。だがそれは彼が『ユリシーズ』はまったく無罪だと判断すればのことで、そのような意外な判決を引き出すには個人的な好意が欠かせなかった。クインがより悲観的なら、彼はジョイスに忠誠を誓ったせいで自身を泥舟にくくりつけたと思っていたかもしれない。エズラ・パウンドは前年、『リトル・レビュー』に対する苛立ちから編集者を辞めていたが（それは長く続かなかった）、『ユリシーズ』の連載は続いた。クインはジョイスと雑誌が揃って沈没してしまえばいいと思っていたかもしれない。『ユリシーズ』とマーガレット・アンダーソンは、どちらも強い嫌悪感を催させつつクインを魅了したからだ。

彼らのせいでクインは、人間の体とは豊饒《ほうじょう》にして抑圧されたものだと考えるほかなくなった。ガーティ・マクダウェルが服の生地の下で体をほてらせているのは、アンダーソンの肉体的な不満に似ているように見えた。彼はアンダーソンの処女性が（もし処女だとして）「熟しすぎ、破裂している」とパウンドに書き送った。グリニッジ・ヴィレッジの「レズビアニズム」、マンハッタンの「寧丸すくみ」の海の移民、ジェイムズ・ジョイスの人間の体についての叙事詩は、クインに自身の崩壊しつつある肉体を意識させ、来たるべき破綻を思わせた。ジョイスは死と腐敗が生きた人間の中で起こりうるさまざまな方法から芸術形式を引き出しているようだ。死という運命は、いくつ芸術品を購入しようとどれだけ裁判に勝とうとクインを追ってきた。

裁判所での激しい論戦は少なくとも死の予感を遠ざけたし、猥褻罪に問われたジョイスの弁護をすることは、彼を陶酔させる洗練された法的な創造性を必要とした。クインは自身の論拠を十九世紀半ばの英国の法律に求めた。一九二〇年に英米の法学のもととなった猥褻の定義は、一八六八年の英国人判事によって定められていたからだ。「猥褻かどうかとは、その猥褻と判断された文書の性質が、それらの非道徳的な影響に対して無防備な人々を襲い、堕落させ、そのような出版物が手に入るかによる」。この猥褻の定義は「ヒクリン・ルール」として知られ、やがて猥褻法になった。猥褻出版物禁止法が定めたように「良識ある人々」に有害な本によって利益を得るポルノ作家を標的にするのではなく、ヒクリン・ルールは猥褻をその本が社会の最も無防備な読者に与える影響をもとにしていた。「不道徳な影響」に「影響を受けやすい」読者だ。法の要点はまっとうな意識を守ることから、ゆがんだ意識を封じ込めることに変わった。みだらな読者と興奮しやすい十代の娘たちは、最も洗練された文学作品を崩壊させてしまうかもしれない。

ヒクリン・ルールを参照しつつ、クインは本が理解不能か低俗、または個人で読むことに限られれば猥褻とはいえないと主張した。「ある文学を一万五千フィートの上空を飛ぶ客のいない飛行機に持ち込み、パイロットひとりに声に出して読ませたところで猥褻だということはできない。それが法の定める範囲だ」。それは誰かの意識を「崩壊」あるいは「堕落」させなければならず、判事はおおむね「崩壊」を「覚醒」と同義語にとらえた。それが意味するところは、ガーティが醜ければ――つまり彼女が何の欲情も呼び起こさなければ――彼女は合法だということだった。クインは続けた。「ある若い男が恋に落ち、彼の母親が息子に手紙を送ったら――『あなた、自分が恋をしている女の人は美しくありませんよ……汗をかくし、体臭がするし、みだらです。皮膚は変色し、息は臭く、食事のときに汚らしい音を立て、その他自然の摂理に従います』――母親は息子の道徳的なメリットのために醜い真実を綴っているのだ」。クイン曰く、ガーティ・マクダウェルは同じように男たちを貞節に駆り立てる。ジョイスはスウィフトやラブレーのようなものだ、と彼は主張した。美を崩壊させる芸術家ではない。醜い真実の芸術家なのだ。

クインが正確にガーティ・マクダウェルのどこに不快感を覚えたのかははっきりしない。

彼女はぐいと背中をそらして花火がどこにあるのか見上げそして両手で膝を抱え見上げたせいで後ろに転ばないようにしたので彼女が優美で綺麗な形の足をそんなふうに彼だけにまるまる見せたのを誰も見なかった。足は柔らかく繊細な丸みを帯びていて、彼女には彼の心臓の鼓動と荒い息が聞こえるようだった。

読者はガーティが感情的、あるいは後に判明するように足が不自由だということで、嫌悪感を覚えるべきだったのだろうか？　ジョイスらしい書き方だが、何ページもあとになってガーティが美しい脚を見せたあと、それを引きずりながら歩き去ることで、ブルームの想像は絶たれるのだった。そのせいで彼女が醜いというのなら、確かにジョイスの物語は法の下では一定の意味で猥褻ということになるだろう。

ヒクリン・ルールの一節は――クインが恣意的に無視した言葉だ――検閲を事前の作業とすることで、判事の権限を劇的に拡大した。出版社、書店、印刷業者、作家は堕落した読者だけではなく、出版物の堕落への「傾向」にも責任があるのだった。本の仮説的な影響を仮説的な読者にあてはめるという意味で、ヒクリン・ルールにおける猥褻か否かの判断は想像力の芸当だった。判事自身はそのような「不道徳な影響」とは無縁なはずだからだ。むしろ彼の仕事は、その本が自分とまったく異なる種類の人間を堕落させるか判断することだった。コリガン判事はオグデン・ブラウアーの若い娘の頭の中を覗き込み（彼女自身はガーティ・マクダウェルの頭の中を覗いている）、彼女がどのような反応をするか想像しなければいけないのだった。法律は判事にジョイスのように振る舞うことを求めたのだ。

クインはジョイスの道徳的な教訓と醜い真実について正しかったかもしれないが、それも関係のないことだった。美を汚染する危険について――それがどんな基準だとしても――何らかの基準が存在するかぎり、ジョイスの物語は違法だった。ガーティの魅力は『ユリシーズ』に猥褻の疑いをかけ、コリガン判事は『リトル・レビュー』の編集者たちを裁判にかけることにした。クインはその判断が彼の意識の猥褻さを明かしていると反論した。狡猾なコメントだった――一撃といっていいかもしれない。コリガンは自室で雑誌を読んだとき、興奮したのだろうか？　コリガンは笑みを浮かべただけで、アンダーソンとヒープの投獄の許可を出し、保釈金をそれぞれ二十五ドルに定めた。クインはしぶしぶ支払いをした。

クインは無罪評決の可能性さえ考えなかった。ジョイスには文化的な風向きについて警告していた――「最近のニューヨークでは、出版人が何人も逮捕され、告訴されている。性に関する本が山ほど出版されているのだ」。ジョイスが削除なしに『ユリシーズ』を出版しようとすれば雑誌は没収と断裁を免れず、本は郵便局にも民間の配達業者にも拒絶され、出版社は高額な罰金と実刑を言い渡されるだろう。「ナウシカア」が有罪とされたら、米国の出版社はジョイスの本に指一本触れようとしなくなるはずだ。サムナーは有罪判決を勝ち取ろうと心を決めていた。

第14章　コムストックの亡霊

ジョン・サムナーはニューヨーク市の路上を見回り、猥褻な芸術作品やウィンドウディスプレイを見つけたら所有者に撤去を命じた。彼はコムストックのような郵政省の特別執行官ではなかったが、半官僚的な権力を自認していた。郵便受けの錠を開けて違法な小包がないか調べ、家宅捜索や張り込みのときは警官に同行した。証拠を集め、逮捕状を手に入れ、文書を没収し、容疑者を逮捕し、地方検事が告訴したあとは裁判所で原告側の証人を務めた。書物が猥褻だと認められると、焚書を自身で監督した。サムナーは広くわなを仕掛けた。十四歳の子どもたちに投獄すると脅しをかけ、机の中に隠した性的な本や写真はどこで見つけたのか正確に聞き出そうとした。一九一九年、彼の部下のひとりは警官と協力し、六人の服装倒錯者の男たちと露出の激しい服の女性たちをみだらなパーティから放り出そうとした。それはタマニー・ホールのハロウィーン・パーティだった。

サムナーの仕事ぶりは都市の悪徳のネットワークの全貌を解明することしか頭にない諜報活動員のようで、最も多くの情報は郵便物、通話、非道徳的な隣人や露出症、トイレの卑猥な落書きから庭の銅像まで、匿名で寄せられる苦情から得た。人々はニューヨーク悪徳防止協会に、不倫をしている夫や妻、駆け落ちしたティーンエイジャー、上陸中の罪のない船員たちに嫌がらせをする変質者を取り締まるよう求めた。サムナーは数え切れないほどの演劇、ミュージカル、映画、風刺劇を観た。手に入るだけの疑わしい本や雑誌を買った。国内の規模の小さい風紀委員会や警察に情報を与え、上院議員、知事、市長たちに法の強化を求めてロビー活動をした。

ジョン・サムナーの偉大な功績は、アンソニー・コムストックの好戦性をプロフェッショナルな域に高めたことだった。「何年も前はさまざまな戦法が必要だった」と、就任後にサムナーは言った。「今では頭を使えばいい」。ニューヨーク悪徳防止協会はサムナーを一九一三年に副代表に選んだ。彼の穏やかな物腰が、コムストックの過剰な部分を中和すると思ったからだ。協会に加入してすぐ、サムナーはコムストックと彼自身の部下のけんかを仲裁する羽目になった。経理担当たちは鍵穴から外を覗き、上司が廊下をうろついていないか確かめていた。一九一五年に協会の代表の座に就いたサムナーは、ひとりの男の四十年に渡る遺産といまだに戦っていた――コムストック本人の亡霊と共に。

一八七二年、アンソニー・コムストックは胸板の厚い、小さな町の成金だった。大げさな頬ひげを生やし、感情を表に出さなかった。二十八歳で既に頭は禿げかかり、ニューヨークのポルノ産業をひとりで解体してしまった。ロウワー・イースト・サイドの地下の店を歩き回って、カウンターの後ろや奥の部屋の品物を手に取り、自分に近づいてきた売人やその取り巻きに関心があるふりをして、売店の雑誌や小説の山を漁るのだった。コムストックは百六十五点の本が明らかに猥褻であると主張し、警官をポルノ作家のもとへ案内して確実に逮捕されるようにした。容疑者を尋問し、入手経路を仲介業者、出版社、印刷業者、製本業者までたどり、犯罪者を見つけて在庫を破壊した。あるとき彼は鉄と銅の印刷版が山積みになったバンを止めてブルックリンの工科大学まで運転させ、教授が酸を使って処分するのを見守った。八カ月でコムストックは四十五人を逮捕した。コムストック法が一八七三年に成立した二カ月後、ＹＭＣＡの資金援助者たちはニューヨーク悪徳防止協会を設立し、アンソニー・コムストックは間もなく米国で最強の風紀委員会となる団体の長になった。彼自身の表現を借りるなら「神の庭の草刈り」になったのだ。

コムストックのような道徳強化を求める人々は、己の手でそれを行うことにしていた。ニューヨーク市警察は腐敗し、無能で、到底プロフェッショナルとは言い難かったからだ。ニューヨークには一八四五年まで警察署さえなかったが、それは独裁的な市長がこん棒を振りかざす軍隊を手に入れたらどうなるか、市民が恐れていたからだ。一八七〇年代までに不安はなくなった。やがてコムストックは郵政省の特別執行官として、また保安官代理としてポルノ作家を逮捕できるようになり、キャリアの終盤には三千件以上の有罪判決を勝ち取って計五百六十五年十一カ月二十日の実刑を言い渡していた。コムストックは自身の公正さを検証するのが好きだった。彼の計算では二百九十四万八千百六十八の猥褻な写真が焼却され、二万八千四百二十八ポンドの鉛の印刷版が破壊された。三十一万八千三百三十六の「猥褻なゴム製品」が没収され、十六人が命を落とした。処分した本の総量は五十トンだった。

だが猥褻物の根絶は驚くほど危険だった。防止協会の職員たちは殺害予告を受け、コムストック宛の小包には毒物、汚染された包帯、天然痘のかさぶたを集めたものなどが入っていた。ある日重たい箱を開けようとしたとき、コムストックは不吉なカチリという音を聞いた。箱には弾筒に入った火薬と硫酸の隙間にガラスの破片がぎっしり詰め込まれていた。箱を開けると輪ゴムによって金剛砂がマッチの端にあたり、導火線に火をつける仕組みだった。そして、爆発が起き、ガラスの破片をコムストックの胸と顔に叩きつけ、硫酸が傷口を溶かすはずだった。

一八七四年、コムストックはチャールズ・コンロイという片腕の男を三度目に逮捕した。刑務所の前で馬車が止まったとき、コンロイは上着のポケットから三インチの刃物を取り出してコムストックの頭に切りつけた。刃は帽子を切り裂き、頭をかすった。コムストックは警官バッジこそ持っていたが、そのような囚人をきちんと身体検査する術は心得ていなかったのだ。扉の掛け金を手探りするコムストックの顔にコンロイはナイフを突き刺し、動脈を切断して骨まで届く傷をつけた。コムストックは勢いよく扉を開け、後ろから囚人が飛びかかってくると自動式拳銃を抜き、相手の頭に突きつけた。看守が助けに駆けつけたとき、コムストックの顔の傷からはまだ血がほとばしっていた。

＊

コムストックやサムナーのような悪徳の狩人にとって、暴力は猥褻の生み出したカオスの象徴だった。検閲は事前にすでに行われていた――判事や陪審員はその結果ではなく、傾向によって本を発禁にしていたのだ。政府はポルノグラフィを文明社会への脅威と捉えていたからだ。ヒクリン・ルールの根底にあるのは十八世紀の法的な論文で、有害な性質を持つ言葉の禁止は「平和と正しい秩序、政府と宗教を保つために必要である。それだけが市民の自由の確固とした土台だ」とされていた。検閲は性についてだけの問題ではなかった。それは脆弱《ぜいじゃく》な社会の秩序を保つためのものだった。

強力な法制度の欠如は、猥褻をより危険なものに見せた。役人たちは都市生活の不品行を管理するために道徳的な正しさに頼っていたからだ。露骨に性的な素材は――それがジェイムズ・ジョイスの作だろうと、ナイフを振りかざした汚らしい売人のものだろうと――道徳的な秩序を脅かす。ガーティ・マクダウェルのような登場人物は若い女性たちを未婚の母という選択に惹きつけ、道徳観の欠如した子どもを育てるよう後押しするのだ。ガーティの振る舞いを雑誌で公表したら彼女のような女性がますます増え、ガーティ・マクダウェル世代は社会の土台をなし崩しにするのに充分だろう。コムストックのような道徳改革主義者は、猥褻文学との戦いを道徳的な十字軍という以上に捉えていた。彼らにとってそれは市民としての根本的な義務だったのだ。

実のところ、英米の猥褻に関する定義は非常に厳しかった。それは好色な読者の爆発的な増加を抑えつけるためではなく、ヴィクトリア朝の英国社会に広がっていた混乱を鎮めるためだった。英国議会が一八五七年に猥褻出版物禁止法を定めたあとも、英国の裁判所はまだ猥褻とは何か判断しなければならず、その機会は一八六八年の「告解の仮面を剝ぐ」と題された反カトリック冊子に関する裁判のさなかに訪れた。冊子はカトリックの神父が教区の人々に罪を告白された際、質問されるかもしれない事項について回答を与えた神学的な小冊子の抜粋だった。既婚の男女どうしが交わす視線やみだらな言葉は罪になるのか？（時には）。性交を始めたのち、夫が射精しなければ彼は永遠の罪を犯したことになるのだろうか？（互いの同意があれば構わない）。後妻と性交しながら亡き元妻のことを考えるのは罪だろうか？（罪だ）。未亡人が性交を思い出して快楽に浸るのは？（大変重い罪だ）。夫が「自分の『――』を妻の口に挿入したら」常に重い罪になるのだろうか？（意見が分かれるところだ）。

「告解の仮面を剝ぐ」が不法なセックスについての本でなかったら、誰がそのしかつめらしい文章を読んだのかどうかも疑わしい。「次いで問われることは果たして、またどのような方法で、結婚した男女が不自然な体位で性交すると罪になるのだろうか？」答えは「不自然な体位とは性交が異なる方法で行われることを指す。つまり家畜のやるように座位、立位、横臥、後方より行った場合だ。あるいは男が女に騎乗させた場合」。これらすべての体位が罪に値した。

「告解の仮面を剝ぐ」はカトリシズムの愛欲に満ちた実態の暴露で、疑いようもなく猥褻だった。ヴィクトリア朝の人間にとって、どのような形にせよ不自然な性交の方法について話し合うことは（仮に最も色気のない言葉で行われたとしても）堕落だった。一部の読者にとって、それは堕落の暴露だった――そんなものを読まなければ想像もしなかった人間が、考えを抱くようになってしまうのだ。

女王座裁判所に事件が持ち込まれると、高等法院の判事たちは即座に冊子を違法とした。その過程で首席判事のアレクサンダー・コックバーンは、説得力のあるヒクリン・ルールをかき集めた――彼自身が貞節とは言い難かったのだが。コックバーンは凡庸な判事にして遊び人、女たらしというもっぱらの評判だった（あるとき密会が発覚しそうになり、ルージュモン・キャッスルの着替室の窓によじ登って逃げたという）。一度も結婚していなかったが婚外子がふたりいて、一八六四年に首相が彼の爵位を打診したとき、ヴィクトリア女王はその名誉を拒絶したという。彼は「悪名高い不道徳者」だったからだ。だが「告解の仮面を剝ぐ」をめぐる騒動は、コックバーン卿すらモラリストに変えた。裁判の最中、弁護人はできるかぎり冊子の影響を論じるのを避けようとしたが、そのことに意味はなかった。裁判に立ち会った人間は全員、既に知っていたからだ――その結果「告解の仮面を剝ぐ」が招いたのは、大規模な暴動だった。

事件が始まったのはイングランド中部の街ウルヴァーハンプトンの警官が、一冊一シリングで売っていた金属回収業者から冊子を二百五十二部没収したときだった。売り手は「プロテスタント選挙同盟」のメンバーで、その目的は「聖書のプロテスタント性と英国の自由を守る」人間を議会のメンバーに選出することだった。同盟は扇情的なプロパガンダが得意で、最も悪名高い宣伝係はウィリアム・マーフィーという名の男だった。彼はカトリックの略奪行為を激しく非難し、行く先々でアイルランド人の群衆の怒りを買った。一八六七年にウルヴァーハンプトンを訪れるまで、政府も英国の新聞も彼にたいして注意を払っていなかった。マーフィーの初めての講演の最中、アイルランド人たちは講堂の窓から石を投げつけ、数人に怪我をさせた。講堂の周りに数百人の警官と騎兵隊、着任したばかりの巡査を置くことでマーフィーはようやく「告解の仮面を剝ぐ」についての講演を続けることができた。宗派間の緊張は許されることではなかったので、地元の役人たちは誰が「告解の仮面を剝ぐ」を販売しているのか突き止め、家宅捜索の末に冊子を押収した。

同盟が猥褻罪を争っている間に、カトリックとプロテスタントの緊張は悪化した。マーフィーはバーミンガムの住人に「カトリックの神父は誰もが人殺しで、人肉喰らいで、嘘つきで、掏摸《すり》だと証明してみせる」と言った。講義が終わるとカトリックの人々はプロテスタントの家に押し入り、家具を壊した。プロテスタントはカトリック教会を荒らして応酬し、バーミンガムのアイルランド人が住む地域に棒を持って押しかけ、家々に侵入して「リパブリック讃歌」を歌いながら家具を運び出した。暴動の一週間、同盟はおよそ三万部の「告解の仮面を剝ぐ」の冊子を売った。冊子を買うことは連帯を示す手段になっていた。

女王座裁判所で審議が行われたとき、「告解の仮面を剝ぐ」はまさに中部全域の平和と秩序に対する脅威だと捉えられていた。マーフィーのアシュトンアンダーラインでの講演はプロテスタントの暴動を引き起こし、二十軒のアイルランド人の家が荒らされ、ひとりのアイルランド人が死に、宗派間の怒りはフェニアンと呼ばれるアイルランド人ナショナリストの団体に勢いを与えた。一八六七年にチェスター・キャッスルを襲い、警官ひとりを射殺し、クラーケンウェル刑務所を爆破して十二人を殺害、五十人に怪我を負わせた団体だ。暴動と爆破騒ぎは冊子の政治的な意図を無意味にした。意味があったのはその影響のみだった。

性的に露骨な冊子がこのような騒ぎを引き起こし得るという事実は、コックバーンに識字率の高い社会での文書の扱いについての態度を決めさせた。言葉は危険で、法律は大衆が傷を負う前にその破壊的な効果を押さえなければならない。だが本の影響がそこまではっきりしない場合はどうする――表で暴動が起きていない場合は？　ヒクリン・ルールが興味深いのは、それがコックバーン卿に幅広い法的な指針を作るのを難しくもしたという点だ。マーフィー暴動が起こったあと、「有害な傾向」を見極めるのが難しいという事実は置き去りにされた。書物は人の目に留まる前に焼却されるべきだ、と主張する方が簡単だったのだ。

＊

コックバーン判事の事前検閲規定は、罪に満ちた世界の中で、純粋さを保つことへ不安を持つ信心深い人々の完璧な受け皿になった。アンソニー・コムストックとジョン・サムナーは反道徳的な本や写真を始末することに熱心になるあまり、神に仕える最も効果的な方法は罪の種が蒔かれる前に攻撃することだと信じていた。家族や地域社会が破壊される前に、危険な性向の本を潰《つぶ》すのだ。肉欲は最も有害で、罪びとを悪の道に引きずり込む最初のつまずきだった。肉欲は売春宿に、売春宿は性病に繋がる。性欲は肉体と精神を弱らせ、結婚を破壊する。詐欺を強いて、怠惰と無謀な行動を後押しする。被害者にその影響から目を背けさせ、社会を無政府主義から守る責任感を奪い取った。

性欲の破壊性に対するコムストックの態度は、英国や米国の伝統的な法に記されたものよりさらに厳しかった。コムストックは書いた。「地域社会で作用する力として、性欲以上に油断ならず、絶えず人々に求められ、強力、遠くまで影響を及ぼすものはない」。彼曰くそれは「すべての犯罪の温床」だったのだ。性欲の影響は若者に対して最も強力だった。コムストックはハゲワシが子どもたちのはらわたに急降下するところや、恐るべき怪物がベッドで眠っている子どもたちを見下ろし、目を覚ますやいなやその心に忍び込もうとしているところを思い描いた。猥褻はそこらじゅうにあり、社会で最も大切な市民たちが最もそのような空想の誘惑に対して脆《もろ》いのだ。

彼のポルノグラフィに対する恐怖は無知なだけでも、やみくもに独善的なのでもなかった。実のところコムストックは過去二世紀の知恵を当てはめようとしていたのだ。啓蒙主義以来、哲学者たちは我々が何者であるかということに対する教育と外部の影響の重要性を強調していた。人間の思考と道徳的な習慣は、外の世界に対する反応から生まれるのだ。意識とは一面の新雪のようなもので、ちょっとした跡をつけられるのを待っているのだった。人間は今日の自分の姿として生まれるのではない。大半はあとから作られたものだ。コムストックは哲学者ジョン・ロックの言葉を引用し、ささいな経験が「我らの感じやすい幼年期」に及ぼす影響を強調した。ロックは人間が河に似ていると考えた。上流でのささいな変化によって、驚くほど違う終着地点にたどり着くのだ。「子どもの思考は水そのもののように、たやすく左右されるであろう」とロックは書いた。彼の洞察は心安まるものではなかった。それは恐ろしいものだった。善と悪がただ内部から生まれるのでなければ――地域全体の影響が、それぞれの人間の良心をめぐる葛藤に寄与するのなら――己に責任があるのは自分だけではない。人は誰に対しても責任を負うのだ。それがアンソニー・コムストックの道徳的な重荷で、決して軽くなることはなかった。

ポルノグラフィの最も恐るべき面は、それが思考の能力を奪うことだった。記憶と想像力は性欲に満ちた人間を苦しめる。罪びとが徳のある生活を始めて何年経ったとしても、仕草や名前、歌といったごく小さなきっかけが、時限爆弾のように脳に埋め込まれた言葉とイメージを引き出すのだ。酔っ払いは酒を断つことができる。大食漢は断食することができる。不信心者は神を見出すことができる。だが何人《なんぴと》も、猥褻なイメージまたは物語が生み出した印象から逃れることはできない。ひとたび本を読めば、それは一生残るのだ。

一九一五年、コムストックは肺炎で死にかけていた。乾いた咳には血が混じり、話をするのはもちろん息をするのも難しかったが、速記者を枕元に呼び寄せ、後継者に対する最後の指示を口述した。ジョン・サムナーは翌朝の九月二十二日（彼の誕生日だ）、ニューヨーク悪徳防止協会の代表に選ばれ指示が与えられていたにもかかわらず、避妊具の製造業者を告訴するというコムストックの方針を放棄して協会を元の使命に戻した。みだらな本、雑誌、写真を探し出すのだ。協会のリーダーは追いかける相手のポルノ作家同様に根気強くなければならなかったが、サムナーは暴力ではなく策略を使ってそれを行おうとした。彼は新聞に公開書簡を送り、クラレンス・ダローのような相手と注目度の高い議論を交わして、大衆に訴えかけることを強調した。そうすれば理性の力で賛意を得られると考えていたのだ。それでもサムナーの良識ある行動の陰には、自身は決してそこまで認めないだろうが、彼がコムストックと同類であることを示す執拗さが隠されていた。ニューヨークを見回り、高校の生徒を脅し、政治団体の事務所を捜索し、焚書を行うジョン・サムナーの肩のあたりにアンソニー・コムストックの亡霊がのしかかっていた。

第15章　エリヤがやってくる

「私はガレー船の奴隷のように、ロバのように、獣のように働いている」と、ジョイスは手紙に書いた。「眠ることさえできない。『キルケ』挿話は私自身をも動物に変えてしまった」。一九二〇年十二月には、ジョイスはラスパイユ通りの暗いアパートの部屋でまたしても虹彩炎に苦しんでいた。術後に目の状態は悪化し、本格的な緑内障の発作を防いでいるのはただガスストーブの熱だけに違いない、とジョイスは思った。以前住んでいたホテルはあまりに寒く、肩に何枚も毛布をかけて執筆し、頭にはショールを巻いていた。痛みの発作でベッドに横になっていないときは常に執筆し、どこにいても書くことばかり考えていた。「キルケ」は一九二〇年四月に書き始められ、およそ三カ月で完結させる予定だった。十二月には九度目の書き直しに掛かっており、まだ物語の構想は膨らみ続けていた。ジョイスは次々と文章を足し、遅くまでペンを走らせ、部屋の弱い光の中で瞳孔を見開いていた。

物語はようやく真夜中まで書き進んだところだった。「キルケ」挿話でレオポルド・ブルームはスティーヴン・デダラスを追って夜の街に向かい、ティローン通りのベラ・コーエンの売春宿で複雑怪奇な幻想譚が幕を開ける。その後ブルームは英国軍兵士とけんかになったスティーヴンを救い出し、肩の泥を払い、自分の家に連れて帰るのだった。今や内に隠されたものは何もなかった――思考も、恐れも、記憶も、悪夢も、すべて売春宿の人々に見える形で表現され、売春宿がすべてを包み込んでいた。

　物語を支配しているのはホメロスの叙事詩に登場し、ユリシーズの手下たちを豚に変えてしまう魔女だった。百戦錬磨のユリシーズがキルケの館に立ち入って仲間を救い出そうとすると、神ヘルメスは魔術から身を守るための薬草を手渡す。ユリシーズを救う薬草はモリーという名だった（それは偶然ではない）。ジョイスは「梅毒《シフィリス》」という単語はキルケに由来しているのではないかと考えた――もしかしたらギリシャ語かもしれない。「スー」＋「フィリス」は「豚の愛」という意味で、男たちを激しい狂気に駆り立てる。ユリシーズがキルケを説得して男たちを人間の姿に戻したあと、キルケは丸一年に及ぶ宴会で彼らを歓待する。ジョイスは「キルケ」の挿話に予定より長い時間を掛けてしまった。物語はある地点ではカーニヴァルに、別の地点では悪夢に、または移ろう幻想に、または幻覚になる。奇跡が行われ、恥辱的な行為が行われる。性別が入れ替わる。時が踊る。蛾が話す。

　読者が日中に見たほとんどすべての出来事と人間が悪夢となって帰ってくる。ガーティ・マクダウェルはブルームを叱責する（「汚らしい妻帯者！　あたしにあんなことしてくれてとても嬉しいわ」）。ブレイゼズ・ボイランは彼にコインを投げつけ、帽子をブルームの角の生えた頭にかける（「俺はお前の奥さまとちょっとした個人的な関わりがあるんだ、わかるか？」）。ブルームは盲目の若者と握手を交わす（「兄弟以上の君よ！」）。「ブロンズの隣のゴールド」と、売春婦たちがささやく。雌ヤギがスグリの実を落として通り過ぎる。ドーラン神父が登場し、スティーヴンが六歳のとき『若き日の芸術家の肖像』の中で壊した眼鏡について彼を叱る（「自堕落で怠惰な小狡《こずる》い坊主」）。スティーヴンの母親の亡霊が、ジョイス自身の母親のように緑色の胆汁を口から垂らしながら現れる

（彼は彼女に彼女が彼を愛していると言ってほしいと言う）。何年も前に自殺したブルームの父親が「ハゲワシの爪で」息子の顔に触れる。待ち望まれたエリヤがついに到着し、判定を下し始める（「無駄口は叩かないでくださいよ」）。ブルームの息子ルーディが、幼年期を生き延びたかのように登場する。

＊

クインが緊急だと言って送ってきた「ナウシカア」の挿話に対する告訴の件について、ジョイスからは一カ月近く返事がなかった。ようやく届いた電報は暗号化されていた。

SCOTTS TETTOJA MOIEDURA GEIZLSUND. JOYCE

クインのもとで働く事務員のワトソン氏が、スコット暗号の解読本を買ってきてジョイスのメッセージを翻訳した。「私は貴殿のおっしゃる電報を受け取っていない。貴殿はこの件に関する手紙を数日以内に受け取り、その中で必要な情報と私の意見がはっきり示されているだろう。多少の遅れは不利にはならないはずだ」

クインはすぐに返報を打ち、直ちに連載を中止するべきだと主張した。運がよければ地方検事は告訴を取り下げるだろうが、運が悪ければさらに訴追が行われる。だがジョイスは『リトル・レビュー』の読者を失いたくなく、編集者や印刷業者に譲歩するのはもちろん、警察に屈することなど、なおごめんだった――たとえ弁護士に何を言われようと。クインは再びパリから電報を受け取った。

MACILENZA PAVENTAVA MEHLSUPPE MOGOSTOKOS.

ワトソンが解読した。「個人的かつ信頼にたる情報を受け取った。その号は発行された。問題は終わるだろう」

だが問題は到底終わってなどおらず、クインは計画を立てる必要に迫られた。裁判は十二月に三人の判事のもと行われる予定で、彼は陪審員裁判を求める請願を出し、手続きを遅らせようとした。変更の請願は書類に記入し、公聴会の予定を立て、多忙な大陪審員が判断を出すのを待たなければいけない。十二人の陪審員が選ばれ、雑誌がすべての審理を経て有罪と判断されるころには一九二一年の秋になっているだろう。法的な手続きが進んでいるかぎり、彼らは私家版の『ユリシーズ』を出版することができる。つまり書店で販売するのではなく、出版社が約千部の高品質な本を刷り、予約していた読者のもとに直接郵送するのだ。

事実、『リトル・レビュー』に裁定が下るまでは本は合法で、疑うことを知らない若い女性に対して売られている雑誌はともかく、サムナーと検事も個人的に流通している本を告訴することはないだろうとクインは踏んでいた。豪華版の個人用は一冊につき八〜十ドルで売れる。通常の本の約四倍の価格だ。印税は十五〜二十パーセント。ジョイスは二千ドルほどの利益を得る。ジョイスがやらなければいけないのは、法という時間の期限がくる前に本を完成させることだった。

クインはベン・ヒューービッシュを説得して『ユリシーズ』の私家版を印刷させようとしたが、相手は間近に迫る裁判のせいで弱腰だった。ヒューービッシュはジョイスにとって当然の選択肢だった。

『ダブリン市民』と『若き日の芸術家の肖像』を出版し、ジョイスの新作を高く評価していたからだ。クインは『リトル・レビュー』の裁判が始まる前に契約書に署名するよう迫り、一九二〇年十二月までにはヒューービッシュと「対決」しなければいけないと思っていた。彼はまだリスクが最小限に留まっているうちにヒューービッシュが『ユリシーズ』にオファーを出すことを望んだ。何より避けなければならないのは、裁判の詳細をヒューービッシュが新聞で目にしてしまうことだ。

対決はクインのアパートで行われ、クインが先手を打った。ジョイスは削除や変更を一切認めないつもりだとヒューービッシュに告げる。「『ユリシーズ』がこの地でテキストの変更なしに出版されれば、発禁処分にされ、あなた自身の逮捕と裁判も免れないのは事実だ」。クインは悪い知らせから始めたというわけだ。いい知らせならヒューービッシュはもう知っていた。ボニー&リヴライトは何冊か際どい本の私家版を出し、その都度告訴を免れていた。彼らの本に非難に値する抜粋はなかったものの、クインはヒューービッシュに、雑誌と本は異なる法的基準で判断されると伝えた。目立たないように回覧されていれば、それだけ告訴を免れる可能性は高くなる。それに『リトル・レビュー』の有罪判決はいいことかもしれなかった。『ユリシーズ』の連載が中止されれば、まだ陽の目を見ていない挿話を求める声が大きくなるだろうからだ。

クインは上質紙で千五百部印刷し、定価十ドル前後で売って、ジョイスには一冊につき二ドルの印税が入るようにしたかった。そうすれば『ユリシーズ』の利益は三千ドルで、最初にジョイスに告げた金額より高くなる。だがヒューービッシュは神経質になっていて、どうやら裁判の進行を知りたいらしいと察したクインは、ボニー&リヴライトに短い契約を求めることにした。だがジョイスの同意なしでは待つしかなかった。

＊

一九二一年一月にクインは陪審裁判を求める書類を提出し、駄目押しとして告訴が『リトル・レビュー』に「深刻な経済的損失」をもたらしたと演説した。郵送停止の処置が長引けば長引くほど痛手は大きくなる。『リトル・レビュー』は一九二〇年を通して不調で、サムナーがワシントン・スクエア・ブックショップに踏み込んでからは風前の灯だった。クインと友人たちは経済的な支援を打ち切り、アンダーソンとヒープは購読者とスポンサーを必死で探していた。ある晩の食事の席で、パトロンのひとりは支援を続ける見返りに性的な奉仕を求めてきた。アンダーソンは怒り心頭だった。そして『リトル・レビュー』には内容も必要だった。『ユリシーズ』が、いわば雑誌の沈没を防いでいるのだった。

ジェーン・ヒープは初めてジョイスに手紙を書いた。「ここしばらくのテキストの削除について、私たちにできるのは謝ることではありません」と、彼女は緑色のインクで書いた。「できるのは、あなたと一緒に苦しむことだけです。五月号は一部残らず郵便局の手で焼かれ、『あのような代物』を印刷するのをやめないかぎり仕事は続けられなくなると容赦なく言われました」。それから彼女は差し迫った要件について筆を走らせた。『ユリシーズ』の原稿が上がるのが遅すぎるのだ。テキストを短く切って発表していても間に合わなかった。短編や詩を送ってもらうことはできないだろうか？「今、充分な謝礼をお支払いすることはできません」と、彼女は白状した。「私たちはただ悪魔のように闘うことだけで生きているのです」

有罪判決を受けてアンダーソンとヒープは三カ月間出版を停止した。一九二〇年十二月、ふたりはワシントン・スクエアのプロヴァンスタウン劇場で上演されていたユージン・オニールの『皇帝ジョーンズ』に乱入し、『ユリシーズ』を擁護して雑誌を破産から救うために観客に対して寄付を求めた。劇場でいくら集まったかはわからないが、少なくとも十二月号を出すことはできた。編集者たちは告訴のため購読料を二ドル五十セントから四ドルに値上げする、と通告した。

その間、クインはジョイスに早く『ユリシーズ』を書き上げるよう迫っていた。サムナーと検事は手続きの遅れに苛立ちを募らせていて、いまだに同意に対して慎重なヒュービッシュは、検閲を逃れるには秋までに出版したいと思っていたからだ。ジョイスは再び暗号化した電報で、原稿の完成はあと数ヵ月だが一部につき二ドル余計に金が欲しいと言った。「次のように反論してほしい。三ドル、三ドル五十セント。直ちに同意が得られなければオファーを取り下げる」

ジョイスの理屈では、私家版の『ユリシーズ』は――既に一般的な私家版より長かった――十ドル以上の定価がつくはずだった。だがこんな交渉に「すぐさま」同意する人間はどこにもいない。仮に本が法律的な問題を抱えていなかったにしてもだ。ニューヨークの状況から遠く離れすぎていたのか、自身の執筆にのめり込んでいたのか定かではないが、とにかくジョイスはまるで心配していなかった。五日後、彼はふたたび暗号化した電報を打った。「金銭的に苦しい。契約書の完成を待たず、可及的速やかに二百ドルの送金を」

クインは仰天した。ここには電報を打つ金もろくにない赤貧にあえぐ作家がいて、その長く難解な原稿の一部は告訴されている。作品を出版している編集者たちには懲役の危険もあった。ところが何でもいいので出版のオファーを確保する代わりに――たとえ法律的な揉めごとがなくても赤字になるだろう作品の出版契約を取りつけようと、クインが奔走していることに感謝する代わりに

――ジョイスは倍近い印税と、ありもしない契約書にもとづいた前払い金二百ドルを求めているのだ。パウンドは正しかった。ジェイムズ・ジョイスにはまったく理屈が通じない。

イライノカネオクル　サイゼンツクス　ヒトツキホドシッピツニハゲメ　イゴケシテデンポウオクルナ　キミトパウンドナットクサセルドリョクシテイル　ゲンカイチカシ　クイン

『リトル・レビュー』の裁判が起きたのはこれ以上なくタイミングの悪いときだった。クインはワシントンDCとニューヨークを往復し、人生で最も重要な裁判の準備を進めていたが、それだけではなく米国は経済危機に陥ったのだ。一九二〇年を通して物価が急落したのは、戦争が終わり、米国産の商品の需要が急激に落ちたためだ。ヨーロッパの農業は誰の予測よりも早く回復し、米国の農家は余剰の商品と莫大な借金を抱えた。農家と、彼らに資金を供給した銀行の両方に打撃を与える結果になった。品物の値段は一年も経たないうちに四十六パーセント下落し、一九二一年にはクイン自身も厄介事の只中にいた。彼の最大の顧客のひとつ、全米通商銀行は数百の農業会社に融資していたが、ほぼすべて倒産寸前だったのだ。クイン自身もその年三万ドルを失い、終わりは見えなかった。「顧客も、銀行も、会社も、次々と金を失っている。清潔でしっかりしていたはずの土台が崩れ始めている。失敗、失敗、失敗だ！」倒産はあとを絶たず、とうとう会社の役員たちがパニックを起こした。クインの経験する三度目の経済恐慌で、これまでで最悪だった――「経済恐怖時代だ」

クインの部下たちも困り果てていた。年少のパートナーのひとりは辞め、もうひとりは仕事をこなせなくなっていた。家庭に問題を抱え、ワシントン・スクエアで夜更けまで過ごし、ジョイス同様虹彩炎の激しい発作に悩まされていたからだ。クインは日曜、クリスマス、大晦日にも働いた。夜通し仕事をし、個人的な付き合いをすべてキャンセルし、昼間に煙草を一服するのも控えた。『リトル・レビュー』弁護のために使う時間のせいで理性を失う寸前で、他の裁判で何千ドルも赤字を出していたのに、ジョイスのような芸術家にノーと言うことができなかった。「私の問題は」と、彼はW・B・イェイツの父に手紙を書いた。「どうにもお人好しすぎるということです」

だが戦中と戦後の恐慌のさなかもジョイスが『ユリシーズ』を書き続けられたのは、何よりもミス・ウィーヴァーのお人好しのおかげで、彼女はジョイスが自身で生み出した金銭的な危機から彼を遠ざけておこうと懸命だった。最初に資金を出したとき、ミス・ウィーヴァーのやり方は控えめだった。一九一六年には表向きは『エゴイスト』上で『若き日の芸術家の肖像』を連載するために限って五十ポンド送金した――雑誌が一年で生み出した利益のほぼすべてに相当する額だったのだが。一九一七年二月にエゴイスト・プレスはヒューービッシュの名のもと『若き日の芸術家の肖像』を出版したが、周辺の状況により勝利は色褪せた。この三カ月、ジョイスから届いた手紙は彼自身の苦悩に満ちていて、本人によると神経衰弱のため何度か倒れたという。初めて写真が送られてきて、彼女はジョイスの容姿を垣間見たが――パウンドが「恐ろしい」と呼んだ写真だ――ジョイスの両目の様子は、恐れより同情心を呼び起こした。

一九一九年までにミス・ウィーヴァーはジョイスに関する新聞記事の切り抜きを手に入るだけ集めていて、『ユリシーズ』の草稿のことを考えて眠れないほどだったが、ジョイスはまだ手こずっていた。エゴイスト・プレスの『若き日の芸術家の肖像』第二版は一年で三百十四部しか売れず、一九一八年には何度も目の発作が起き、一九一九年二月にも発作が起きた。そしてその月の下旬、ミス・ウィーヴァーは匿名の寄付者としてジョイスに五千ポンドの戦時国債を与え、年に二百五十ポンドの収入が得られるようにした。ミス・ウィーヴァーの法律事務所から手紙を受け取ったノーラはチューリヒのジョイスのもとに駆けつけ、市電のステップの上でジグを踊った。二カ月後、ミス・ウィーヴァーは自身が寄付者だと明かし、「デリカシーと恥じらいの欠如」を許してほしいと言った。

それ以降、ミス・ウィーヴァーは堂々とパトロンを務めるようになった。一九二〇年八月、彼女は再び二千ポンドの現金という贈り物をした。ちょうど『ユリシーズ』草稿と改稿の最終段階で、ジョイスはミス・ウィーヴァーの二度の寄付のおかげで年に三百五十ポンド稼いでいて（現在の一万一千ポンドに相当）、彼女は何年もそれに小さな贈り物をつけ足した。彼女は『若き日の芸術家の肖像』を読んだときに自身が味わった解放感の恩返しをしたいと思っていて、市場に縛られることなく本を書く自由をジョイスに与えたかったのだ。そして彼女の期待は実った。彼が書いている新しい作品はどうやら何にも縛られていないようで、誰の作品より野望に満ちていたからだ。彼女が投資したことで、ジョイスは懐の範囲内で生活すれば心の平穏が得られるはずだった。だが彼が一九二〇年十二月にパリに借りたアパートは年三百ポンドで、与えたられた金のほとんどを使ってしまった。高い家賃だけがぜいたくではなかった。ノーラは家族に洒落た服を着せたし、ジョイスは高級レストランやタクシー、そしてもちろん存分に酒を飲むのが好きだった。彼は鷹揚《おうよう》にチップをばら撒いた——一フランの酒に五フラン。まるで金を信用していないかのようだ。そこへ医療費を足せば、一九二一年初頭に『ユリシーズ』の前払い金を必死に求めた理由もわかるだろう。

長年の援助は既に衰えていたジョイスの現実感覚をさらに弱めた。だからこそ彼はジョン・クインが法廷で戦っている最中も『リトル・レビュー』が『ユリシーズ』の連載を続けるべきだと思っていたのだ。エズラ・パウンドはジョイスがパトロンを得たので、以前ほど『リトル・レビュー』の告訴について気にかけていなかった。パトロンを得たということは、雑誌との関わりを断つのも簡単になったということだろう。実のところジョイスに迫っている法律的な危機の重大性を理解していたのはクインひとりで、陪審員裁判の申し出が一九二一年二月に却下されてニューヨークの状況は悪化した。判事は雑誌の経済状況に関するクインの主張に同情的だったが、彼はいささか利口に論陣を張りすぎた。判事はひどく同情し、編集者たちに肩入れすることにしたのだ。陪審員裁判を却下し、三人の特別法廷の判事のもと裁判を行うことで、編集者たちはより早く結論を得て仕事に戻れるだろう。クインは二日前に通知を受け取った。『リトル・レビュー』は二月四日金曜日に裁判にかけられる。

クインは地区検察局に走り、この件を担当する地方検事補ジョセフ・フォレスターを見つけ、半ばささやき声で名乗った。先週から喉頭炎を患っていて、医者には話すことを禁じられていたのだ。彼は再び延期を求めたが、フォレスターはサムナー自身が同意しないかぎり延期はなしだとジョン・クインに告げた。司法長官パーマーは日常的に議会で証言し、国の著作権や関税の法律を変え、ほぼひとりで政府を連邦最高裁判所で守っているのだが、ニューヨーク地方検事補が、ジェファーソン・マーケット裁判所での裁判の日程は悪徳防止協会の誰かの同意がなければ動かせないと言っているのだ。

そしてサムナーは同意しなかった。既に六件の審理が先送りになっていて、彼はそれにいちいち姿を現した。この件は十月に審問が行われているべきだったのにもう二月で、我慢の限界だ。おまけにサムナー曰く、これは直ちに片がつくはずの事件だった——判事が雑誌を読めばすぐに終わるはずなのだ。こうしてクインは急いで医者の診断書を取ることになった。判事からの直接延期の許可を求めるため、喉頭炎を認める宣誓供述書を作り、裁判所は彼に十日間の猶予を与えた。

クインはアンダーソンとヒープに、証人についてよく考えるよう求めた——彼女たちの動機について語り、罰を最小限に抑える人間だ。有罪はもはや明らかだ——「一片の疑いの余地もない」と彼はアンダーソンに告げた。そしてこれまでにも法を犯した経歴があるために、彼女たちは「何度も罪を犯した極悪人のように」扱われるだろう。罰金千ドルと実刑一年が上限の州法で裁かれるのは幸いだった。運が良ければ、永久に郵送を禁じられるだけで済むかもしれない。だが裁判所で反抗的に振る舞えば刑務所行きだ、とクインは言った。

サムナーは告訴によって定期的に人々を檻の中に追いやった——被告人が『リトル・レビュー』の編集者より重要人物であった場合も。その年早く、ハーパー&ブラザーズが猥褻な本を出版したとして告訴されたときは、社長は千ドルの罰金と三カ月の実刑を言い渡された。クインはアンダーソンとヒープの五十ドルの保釈金なら払うが、彼女たちの自由のために二千ドル払うつもりはなかった。

＊

『リトル・レビュー』には『ユリシーズ』に関する怒りの手紙が殺到した。編集者たちはほとんど無視していたが、一通の封筒だけは筆跡があまりに美しかったので、マーガレット・アンダーソンはそれを開封してみた。シカゴ在住の女性が、浜辺でのミスター・ブルームとガーティの邂逅《かいこう》について意見を述べていた。

人間の頭脳の底から生み出された、軽蔑に値する、ごみのような代物で、汚濁の中で生成されたものです。どれほどうんざりしているか、たとえ曖昧にでも描写する言葉を私は持ち合わせていません。作家の頭脳ばかりではなく、精神が汚れきって、このような人間精神の糞便を量産することで世界を汚す人々を軽蔑します。そして印刷することで、この本は若い読者に届くかもしれません。ああ、その恐怖といったら……私が米国に対して抱いている幻想に悲劇的な影響をもたらしました。いったいなぜ、このような真似を?

アンダーソンは一晩中かけて、この差出人の「あらゆる芸術、科学、人生に対する根本的な無知」に対する怒りをこめた手紙を書こうとしたが、最後には拒絶の手紙を出しただけだった。「あなたがジェイムズ・ジョイスを嫌うかどうかは重要ではありません」と、彼女は返信した。「彼はあなたのために執筆しているわけではありません。自分のために書いているのです」

アンダーソンは苦難と孤立をある意味では歓迎した。クインが勘繰った通りそれは自己宣伝のためでもあったが、大部分は自立への道筋だととらえていたからだった。アンダーソンは家族と縁を切ったが、今度はスポンサー、宣伝、パトロン、外国の編集者に依存していることに気づいた。彼女はジェイムズ・ジョイスやエマ・ゴールドマンといった人々が己を超えた何かのために亡命したり、牢獄に入ったりしていることを羨ましく思った。ジョイスが自身のビジョンのために戦争、病気、苦難を乗り越えているのは——出版社、読者、ピューリタンの警察官の意見などかまうもんか——アンダーソンにとって芸術の神髄だった。自身が告訴された今、彼女はジョイスの反骨心を分かち合い、願わくば自立も共有していることを望んだ。告訴後に遅れて発行された『リトル・レビュー』の中で、アンダーソンは真の芸術がふたつの原理に依っていると主張した。「まず芸術家は社会に対して何の責任も負わない」。実のところ社会が芸術家に責任を負っているのだ。「次に」と、彼女は強調した。「偉大なる芸術家の立場は侵しがたいものだ……彼の表現を制限するか、その才能が自身にとって喜ばしいものだと媚《こ》びるかしたら、あなたに用はない」

『リトル・レビュー』は天才のために存在していた。だからこそアンダーソンとヒープは「悪魔のように」毎号闘ったのだ。後に友人に書き送ったように、アンダーソンは「人生を整え、ブルジョワジーのお気に入りの敵である俗物を打ち砕きたかった」。エズラ・パウンドは貴族社会の感触を求めていたが、マーガレット・アンダーソンは特別なものが平凡なものを支配する社会を求めていた。「その他のものはすべて、特別な人々が平凡な人々と共に苦しまなければならないということを意味します——平凡な人々の手によって」。アンダーソンにとって、『ユリシーズ』と『リトル・レビュー』の猥褻裁判は言論の自由をめぐる闘いではなかった。それは天才の自由を賭けた闘いだった。

第16章　ニューヨーク州市民 vs アンダーソン、ヒープ

法廷はマーガレット・アンダーソンの容姿に惹かれて集まった傍聴人と、「グリニッジの女編集者」に関する特ダネをつかもうという熱心な記者たちで満席だった。その前の週、判事のひとりがベルヴェー精神病院で精神科の患者を取材した別の編集者を脅したせいで、今週のショーはさらに見ものだった。アンダーソンとヒープは過激なフロイト主義、手の付けられない狂気、そしてある記者の言うところの「超過激なセックス小説」と噂される本を擁護しているとのことだ。だがクインは騒動など起こすまいと心に決めていた。アンダーソンとヒープにはふたつの責任があると告げていた――口を閉ざし、余計な人間に接触するな。アンダーソンとヒープはワシントン・スクエア族の仲間は全員、良識あふれる淑女のような服装をしなければいけない。予備審問のときに現れた女たちときたら、売春宿に警察の手入れがあったあとで裁判所に駆けつけたようなありさまだったじゃないか。アンダーソンは彼のアドバイスを守ろうと決意していたが、そのため審理の手順をますます軽蔑するようになった。

「三人の判事が入場する際は全員、起立すること」。彼女は『リトル・レビュー』の中で綴った。「私の口にする最も単純なことも理解できないような三人の男に、なぜ立ち上がって敬意を払わなければいけないのだろう?」裁判の手順に腹を立てていないときは、それで退屈するまいと努力した。「彼らが生まれ持った愚かさからわずか一インチでも脱却しようとするかと思いをめぐらせれば退

屈ではないかもしれない」

愚かな審理を取り仕切っていたのは特別法廷の裁判長フレデリック・カーノチャンとふたりの白髪の判事、ジョン・J・マキナニーとジョセフ・モスだった。地方検事補のフォレスターはひとりだけしか証人を呼んでいなかった。ジョン・サムナーだ。サムナーがしなければいけないのは、発禁に至る状況を説明することだけだった――問題を抱えた娘、怒り狂った父親、若い女性なら誰でも立ち入れる八番街の書店でのおとりの購入。ジェイムズ・ジョイスの猥褻性については自明だ。

この裁判はアイルランド人同士の混沌とした言い争いだとクインは気づいた。三人の判事のうちふたりはアイルランド人だった。判決はアイルランド人のコリガンからもうひとりのアイルランド人ジョイスに言い渡され、その真ん中ではジョン・クインが地方検事補と真っ向からやり合っているのだった。クインの目にはその男が「百三十パーセントのアイルランドの共和主義者として」クインとジョイスのような裏切り者に対してアイルランドの誇りを守っている、と見せようとしているように映った。

ジョイスはシェイクスピアやダンテ、フィールディング、ブレイクに匹敵する力量の作家だとクインは論じた。スウィフトやオスカー・ワイルドのような風刺作家で、『ユリシーズ』に含まれている「不潔」の量はブロードウェイのパフォーマンスや五番街のウィンドウディスプレイよりも少ない。最初クインはあまりに勝ち目がないので、証人を呼んで『ユリシーズ』の文学的価値を主張することさえ考えていなかったが、裁判が近づくと勝ちたいという欲求が（あるいは罰を最低限に抑えたいという気持ちが）優った。彼は判事たちに専門家の証言を聞かせることにした。英国人の講師ジョン・カウパー・ポーウィスは、会話と語り、思考と行動を合体させたジョイスのスタイルはあまりに漠然としているので、大衆は堕落することも腐敗することもないと言った――普通の読者は投げ出してしまうだろう。ポーウィス曰く、『ユリシーズ』は「どのようにしても若い娘たちの精神を汚すことなどない」。女学校で教えていた彼にはよくわかっていた。

クインのふたり目の証人が証人席に立つころ、判事たちは自称専門家たちに苛立ちを募らせていた。フィリップ・メラーはニューヨークのシアター・ギルドの創立者のひとりで、ジョイスがどのようにフロイトの心理学を応用したか、専門用語を使っても構わないか判事たちに尋ねた。ガーティとブルームの浜辺の場面は実際「無意識の発露」で、ジョイスの小説は「まったく催淫《アフロディジアック》性を備えていない」

「それは何だね？」カーノチャン判事がさえぎった。「アフロディジアック？」

クインは手助けしようとした。「僭越《せんえつ》ながら、アフロディジアックと申しますのは『アフィロディテ』という名詞から派生しました形容詞で、アフロディテとはおおむね美と愛の女神として――」

「それはわかっている」と、カーノチャン。「だが私にはこの男が何を言っているのか理解できない。ロシア語でも喋ってくれたほうがましだ」

判事たちがクインの集めた残りの専門家の証言を聞くことなく手続きを進めると、アンダーソンとヒープは『ユリシーズ』が、美と芸術に何の価値も見出さない外国に閉じ込められてしまったのだと悟った。判事のひとりは（どうやら恥じる様子もなく）言い放った――「ジェイムズ・ジョイスが誰だろうと関係ない。彼が世界で最も優れた本を書いたかどうかもだ」

それでも裁判は予想よりうまくいっているようだった。とにかく証人が出席できたのはひとつの勝利だった。猥褻裁判においてはしばしば文学的価値が無視されたが、クインは例外を主張するため一九一三年のラーンド・ハンド判事による判決を引いてきた。ハンドは一九一七年に『リトル・レビュー』に処分を下した判事のいとこだが、アンソニー・コムストックの友人ではなかった。(「あなたの話を聞きたいときは」と、彼は一度裁判所の「弱気をくじく十字軍戦士」に告げている。「私からそう申し上げる！」)そして彼はヒクリン・ルールにも批判的だった。法律家が本の隠れた性向を探ることに懐疑的で、とりわけ「誰の手に渡るか」が取沙汰されたときはそうだった。一九一三年、判事はヒクリン・ルールの定めについて書いた。「性交の扱いを子どもの図書館と同じ基準にしてしまう」。政府には価値ある文学を守るという役目があり、芸術家は人間の性質を真正面からとらえるために表現の自由を必要とする。「真実と美は、社会が気まぐれに殺してしまうにはあまりに貴重だ」。現代社会をヴィクトリア朝の価値に矯正しようとするヒクリン・ルールには、それを非道徳の道具にしてしまう傾向があった。

ラーンド・ハンドは自身の猥褻の定義を提示したが、それは四十年以上の間で初めて、連邦判事が現行の基準に疑問を呈した瞬間だった。「『猥褻』という言葉は、社会が猥褻とみなすものに照らし合わせるべきではないか？」猥褻、性的、扇情的の意味は固定化されているわけではない。それらは流動的で、地域的で、何年にも渡って社会の中で育まれるのだ。

ささやかな論点のようにも見えるが、根源的なことだった。何が読者の精神を汚すかということが時代によって変わると主張することは、何が精神にとって自然な状態か、何が堕落していない状態か、という点も変わるということだった。注意して読めば、ラーンド・ハンドの判決は猥褻を規制しただけではないとわかる。人間の性質も変わりゆくものだと指摘したのだ。だが誰も注意深く読まず、ハンドの判決は忘却の彼方に押しやられた。結局のところそれは予備審問にすぎず、巧妙な弁護人が陪審員裁判を逃れようとしたのだ。ハンドの主張に耳を傾けたのはジョン・クインだけで――彼は自身の覚え書きの中で長々と引用した――それはクイン自身も巧妙な弁護人だったからだ。

＊

判事たちが『リトル・レビュー』にみずから目を通せるように、裁判は一週間延期された。審理が再開されると地方検事補のフォレスターがいくつかの問題の箇所を音読しようとしたが、白髪の判事のひとりが止めた。室内には女性たちもいる。誰もが振り向いて、ハイカラーのコートを着た優雅な女性に目をやった。厚ぼったいまぶたの下で、澄んだ瞳がまっすぐ前を見つめている。節度ある服を着たマーガレット・アンダーソンの支援者たちが後ろに控えていた。クインは判事のほうを向いて微笑んだ。じっと聞いている前列の女性たちは『リトル・レビュー』の不潔から守られる必要はない、とクインは説明した。判事の目を引いた女性は雑誌の編集者なのだ。

判事は信じられなかった。「彼女は自分の出版しているものの重大性がわからなかったのだろう。私自身、『ユリシーズ』は理解できない――ジョイス氏はこの実験においていささか無理をしたのではないか」

「同意します」と、マキナニー判事が言った。「私には精神が混乱した者の妄言のようにしか見えない。いったい誰が、こんなものを出版したがるのか」

裁判所でのやり取りにアンダーソンは憤慨した。仮にジョイスを理解できたとしても、彼らは理屈に合わない基準を押し通そうとするのだろう。今日の服装を三人の気象予報士に判断されているようなものだった。アンダーソンはもう少しで判事たちを怒鳴りつけそうになった。「なぜ私がこの作品を、私の世代の散文の傑作だと考えているかご説明差し上げましょう。そしてなぜ、あなたがたにはその鈍重な脳みそを私の繊細な脳みそと比較する権利などないのか」。刑務所行きを逃れたいヒープはアンダーソンの脇腹をつつき、そっと声をかけた。「話さないで。あの人たちの手に落ちないで」

クインは判事たちの困惑ぶりに満足していた――彼の議論の最も重要な局面だ。ジョイスの作品が理解不能であるかぎり、猥褻とはいえない。『ユリシーズ』は「文学におけるキュビズム」で、真剣さと曖昧さのバランスを取ろうとしているとクインは言い、論点を強調するためにブルームの思考の箇所を読み上げた。

チリマツ型の花火が破裂して、音を立てながら飛び散った。ピシッ、ピシッ、ピシッ、ピシッ、ピシッ。シシーとトミーはそれを見ようと駆け出し、乳母車を押したイーディもあとを追い、ガーティの姿が岩の曲線の向こうに消えた。さてどうかな？ 見ろ！ 見ろ！ そうだ！ 振り返った。勘づいた。お嬢さん、おれは見たよ。君の。君のすべてを。

ジョイスとは混乱《カオス》の別名だった。テキストにはきちんとした句読点もなく、クイン曰くそれはジョイスの目が悪いことによる不運な結果だった。裁判所の知性を問われたことに激怒した地方検事補は顔を真っ赤にして罵《ののし》り始めたが、クインが割り込んで検事を指さした。「これが私の最良の証拠です。『ユリシーズ』は人々を堕落させたり、性的な思考でいっぱいにしたりはしません。彼をご覧ください！」傍聴人たちは無意識にそちらを向いた。「この挿話を読み上げたことで、彼は売春婦の腕の中に飛び込みたくなったでしょうか？　性的な欲望にまみれているでしょうか？　まったくそうではありません。彼は人を殺したいのです！　ジョイスを牢獄に送りたいのです。このふたりの女性を牢屋に入れたいのです。私の弁護士資格を剝奪したいのです。彼は憎悪、敵意、怒り、不寛容に満ちています。でも欲望は？　彼の全身には一滴の劣情も、一グラムの性的な欲望もないはずです。彼は『ユリシーズ』の効果に関する私の最大の証拠です」

最終弁論でクインは、この事件を論理的にまとめようとした。読者は『ユリシーズ』の挿話が理解できるか、理解できないかのどちらかだ。『ユリシーズ』が理解できない読者たちは、当然それによっては堕落しないことになる。作品が理解できるわずかな読者たちも、その「実験的、試験的、革新的」なスタイルに魅了されるか、または不快感を覚えるか退屈するかのどちらかだ。どのみちニューヨークの無防備な若い女性たちは、自分自身の純粋さによって堕落から守られるのだ。ジョイスの作品は最大限に洗練された読者にしか理解できず、それらの読者についてニューヨーク州は心配する必要がない。

「女性の下着についての話だというだけです」と、クイン。

「女性は下着を着ているじゃないか」と、判事のひとりが答えた。

クインはふたりの年配の判事たちを望み通りの場所に誘導していた――混乱し、彼の権威に従いやすくなっていたのだ。だがカーノチャン判事は違った。「彼は文化のブの字も知らない馬鹿者だが、言葉の意味はわかっている」と、クインは後にジョイスに書き送った。

判事の話し合いのあと、カーノチャンはマーガレット・アンダーソンとジェーン・ヒープが猥褻によりニューヨーク州法に違反したと宣告した。編集者たちの投獄を免れるため、クインは「ナウシカア」以上に扇情的な挿話はないと証明したが、判事たちはどれほど重い罰を下すべきかまだ迷っていた。そのうちひとりはサムナーに、これまでに雑誌に苦情が寄せられたことはあったかと聞いた。サムナーはアンダーソンにちらりと目をやった。唇にはたっぷりルージュが塗られている。質問の意義を感じ取ったサムナーは、仰々しい手つきで発禁になった雑誌を目の前の雑誌の山から引っぱり出した。「今までにはありません」

初めて裁判に臨んだからなのか、編集者たちの無知を哀れんだのか、マキナニー判事の言い渡した罰は本人にも「ひどく軽い」と言わしめるものだった。アンダーソンとヒープは十日間の実刑または百ドル払うよう言い渡された。そんな金が出せないことはほぼわかりきっている。幸運にも裁判所に集まっていた女性のひとりでジョアンナ・フォーチュンという名の裕福なシカゴ出身の女性が、代わりに罰金を払うことでふたりを投獄から救った。

新聞記者とグリニッジの住人たちが押し寄せる中、女性編集者たちは指紋を採りに引き立てられていった。人ごみの中で若い男が声をあげた。「あの挿話はちょっと不快だったな」

ジェーン・ヒープは怒鳴り返した。「不快であることは犯罪なのかしら?」

審理が終わったので、彼女たちは沈黙を破ろうとしていた。猥褻か否かの判断はサムナーのような汚らわしい猟犬ではなく「私たち専門家」に任せられるべきだとアンダーソンは記者に語った。「芸術家にモラルを押しつけてごらんなさい。彼は芸術を失います」それから彼女は言い放った。「『リトル・レビュー』は芸術家が陽の当たる場所にいられる唯一の媒体です」

法が彼女を繊細な生き物のように扱うなら、男たちも彼女の指紋を採るにあたっては繊細にならなければいけないだろう。彼女はインク台をしげしげと見つめた。もっとタオルが欲しいと言うと、男たちのひとりが急いで取りに行った。もっとましな石鹼が欲しいと言うと、彼らはどうにかして見つけてきた。爪磨きが欲しいと言うと、いったいどんな伝手があったのか、彼らはそれさえ用意した。マーガレット・C・アンダーソンがしぶしぶ両手をインク台に置くあいだ、男たちは「インクの染みはつきませんよ」と言っていた。

米国での『ユリシーズ』出版の見通しは暗く、クインは深い自責の念にかられた。彼はアンダーソンに手紙を書いた。「私はジョイスが金を必要としていることを考えていた。彼が外国にいて、ここでの状況に関与していないことと、おそらく健康状態がいいとはいえないことも。私には真剣に執筆している作家たちがこの年月、この日々、どれほど苦労してきたか覚えがある……私はベストを尽くし、失敗した」。噂によると郵政省は押収した『リトル・レビュー』を救世軍に送り、矯正プログラムの最中の堕落した女性たちが破らされているということだった。

＊

アンダーソンとヒープには運があった。『リトル・レビュー』の裁判に関わった人間は誰も「ナウシカア」挿話の最もスキャンダラスな側面に気がつかなかったのだ――この挿話の核心にある猥褻さに。ガーティ・マクダウェルが岩の上で背中をそらしてみせるあいだ、レオポルド・ブルームは自慰行為をしていたのだ。判事、記者、無垢な少女の父親、ジョン・サムナー自身も見逃したのだが、それも仕方のないことだった。仮にそれほど途方もなく、突飛で侮辱的なものを探していたとしても、見つけるのは簡単ではなかった。ガーティが足を引きずって立ち去るとき、ブルームは「濡れたシャツを整える」が、パウンドはその「濡れた」という単語を削除していた。数ページ後、原稿にはこう書かれている。「ああ可愛いひと。君のちっちゃな白いものをおれは見たよ。いやらしい娘だ。おれは粘ついた愛におよんだ」。パウンドは「おれは見たよ。いやらしい娘だ」という箇所を削り、上品にも「粘ついた愛」も消した。おかげで『リトル・レビュー』に掲載された版はより慎み深くなったが、整合性は失われた。「ああ可愛いひと。君のちっちゃな白いものおれにさせただろう困った娘だ」勘のいい読者なら数ページ前のブルームの「しゃがれた吐息」と「白く熱した」顔を結び付けたかもしれないが、もっぱら注目を集めたのは青いガーターと下着だった。

アンダーソンとヒープが知っていたら恐らく気づかないふりをしていたはずで、クイン自身もパウンドに知らされなければわからないままだっただろう。クイン曰く、ジョイスは「あらゆる肉体の秘密を書く」と主張した。たったひとり気づいたのは予備審問のコリガン判事だった。彼はクインと知り合いだったが、編集者たちを裁判にかけた。「その男が下着を汚す挿話」が違法なのは火を見るより明らかだったからだ。クインがコリガンの下品な想像力を揶揄《やゆ》したのは、真面目な判事ならそんなものは見ないという意味だった――ローマ花火の中にオーガズムを見出すのは汚れた精神のすることだからだ。

こうして「ナウシカア」の有罪宣告のあと、ジョイスは風景画をもう少しあからさまに描こうと決めた。彼は「粘ついた愛」と、もちろんブルームの濡れたシャツを復活させ、ガーティがのけぞる場面に新たな挿入を加えた。「彼の両手と表情は動いていて、ガーティは全身が震えた」。他の改訂と同様に、ジョイスは再び調整を加えていた。物語の細部を見つけられるくらいに曖昧にしたのだ。彼にはまるで子どものように、ソファの下や戸棚の中に隠れているのを捜し、見つけてもらいたいという欲求があった。読者がホメロスとの関わりに気づかないので、ジョイスは便利なチャートを書き上げた。その鍵となる指針が世間に広がり過ぎてしまいそうになると、出版社にその印刷を禁じた。

　アイルランドを去るときにノーラに尋ねた質問は、一生彼について回った。「――僕を理解してくれる人はいるのだろうか？」ボイランのポケットで音を立てるコイン、ブルームの外国名についてのガーティの想像、盲目のキュクロプスを暗示する葉巻、ブルームのしゃがれた吐息は、どれも発見を待っている秘密だった。『ユリシーズ』における意味は言おうとして言わない遊びのようなものだ。それらは半分だけ明かされ、人々を引き寄せる。『ユリシーズ』の難しさはジョイスの孤独に端を発していた。彼は感傷的で、空想に走る傾向があり、本の中に少しずつ書き込んだヒントによって読者をからかいながら手招きした。ジョイスがあの浜辺の登場人物の誰かに似ているとしたら、それはレオポルド・ブルームではなかった。ジョイスはガーティだった。

第17章 「キルケ」焚書

一九二一年四月のある夜、ジョイスは自宅のドアを必死に叩く音を聞いた。思いがけない客は「キルケ」挿話の九人目のタイピスト、ミセス・ハリソンだった。前回ドアベルを鳴らしたタイピストは原稿をジョイスの足元に投げつけ、彼が一言も発しないうちに去っていった。タイピストは清書された原稿をもとに作業をするものだが、ジョイスは清書が終わるやいなやジョン・クインに送っていた。クインは原稿を少しずつ買い上げていて、ジョイスにはその金が必要だったのだ。つまり残されたのは百ページ超の頼りない手書きの原稿で、矢印や挿入句が所狭しと書き込まれていた。四人のタイピストはそれを見た瞬間、頭から仕事を拒否した。ジョイスがシルヴィア・ビーチに語ったところによると、別のタイピストは「絶望のあまり窓から身を投げると脅した」

ビーチはジョイスが彼なりのやり方で助けを求めているのだと思い、原稿を妹で無声映画の女優シプリアンに渡した。シプリアンは夜明け前に起きてジョイスの筆跡を一行ずつ解読し、それから撮影所に行くのだった。別のロケ地に行くことになると、原稿をパリで唯一の女性弁護士レイモンド・リノシェに預けた。著名な内科医だったリノシェの父は娘が左岸の芸術家と付き合うのを禁じていた。そこで父の束縛を逃れるため、彼女は自身の才能を使って巧みに隠れた。法律学校に入学したのは勉学を隠れ蓑にするためで、ラ・メゾン・デ・ザミ・デ・リーヴル、シェイクスピア・アンド・カンパニー書店などに出入りした。『リトル・レビュー』にペンネームで五ページの「小説」

が掲載されたときは、その号を隠して二度と筆を執らなかった。それでもシプリアン・ビーチに「キルケ」の原稿を渡されると、急な病に陥った父親が療養している隣室で奇天烈な売春宿の場面をタイプした。彼女は『ユリシーズ』を敬愛したが、それでも四十五ページで断念せざるを得なかった。
　さまよえる原稿はこうしてリノシェの友人で英国大使館に勤める紳士の妻ミセス・ハリソンの手に渡った。ミスター・ハリソンは妻の机の上に原稿の一部が置いてあるのを見つけ、ダブリンの色町で繰り広げられる妄想じみた劇の場面を読み始めた。登場人物は「売春婦」、「淋病ビディ」、「カンティ・ケイト」だ。どこからともなく現れたテニソン卿は、ユニオンジャックのブレザーとクリケット・フランネルを身につけている。エドワード七世は赤いナツメヤシをしゃぶりながら登場し、けんかの判定をする。わずか数秒後、彼は浮遊している。兵士が彼のベルトを引っ張って脅す。「おれのファッ王《キング》にものを言う人間は、首をねじってやるよ」
　数ページ後、ダブリンは炎上している。その混乱の中で（戦争、断末魔の悲鳴、地獄の炎）マラカイ・オフリン神父が黒ミサを執り行う。

オフリン神父　悪魔の祭壇に登らん《イントロイボ・アド・アルタレ・ディアボリ》。

ラブ師　我が若さを楽しませたもうた悪魔に。

オフリン神父　（聖杯を手にし、血の滴る聖餐用のパンを掲げる）これが私の体《コルプス・メウム》である。

ラブ師（神父のペチコートの後ろを高々と持ち上げ、灰色で毛の生えた尻を剝き出しにする。尻にはニンジンが挟まれている）私の体。

再び兵士が叫ぶ。「奴を叩きのめしてやる。本気でやるからな！　あの腐れ男のこん畜生の糞ったれの首をねじってやるよ」

激高したハリソンは原稿を破り、火の中に投げ込んでしまった。物音を聞きつけた妻が飛んできて、まだ残っていた「キルケ」をそれ以上燃やされないように隠した。「ヒステリックな光景が続いた」と、ジョイスはクインに説明した。「家の中と、街路で」。ジョイスはミセス・ハリソンに残りの原稿をできるだけ早く回収するよう頼み込んだ。次の朝、ミセス・ハリソンが原稿を手にやってくると、ジョイスは夫がタイプ原稿に加え元の原稿も数ページ焼いてしまったことを知った。「キルケ」の唯一完全な原稿はニューヨーク行きの蒸気船に乗っていた。

ジョン・クインはベン・ヒュービッシュから『ユリシーズ』出版の契約を取り付けようと最後の努力をしている最中だった。『リトル・レビュー』の有罪判決にもかかわらず、ヒュービッシュは権利を放棄する気がなかった。クインが決断を迫ると、ヒュービッシュはようやく『ユリシーズ』が私家版であれ書店向けであれ、ジョイスが削除に応じないかぎり出版しないと言った。賢明な判断だとクインは考えた。ジョイスの作品は傑出しているが、クインはヒュービッシュに宛てた手紙の中でこう書いた――「二十冊の『ユリシーズ』を失うほうが、ひとりでブラックウェル島で三十日過ごすよりましだ」。正直さを求めるのはジョイスだけではなかった。

クインはホレース・リヴライトに電話を掛け、直ちに私家版の『ユリシーズ』出版の契約を結ぶよう言った。期待通りの結果だった。四月二十一日、ボニー&リヴライト社はクインがほぼ一年かけて引き出そうとしていたオファーを出した。だが契約の目論見は数時間で崩れた。同じ日、クインのオフィスに届いたパリからの包みには待ち望まれた「キルケ」の原稿が入っていたが、クインは愕然としたからだ。ある場面はブルームのマゾヒスティックな罰が描かれ、ベラ・コーエンの売春宿の女たちがブルームを押さえつけ(料理人も手助けにやってくる)、数ページ前で男に変身していたベラがやってきてブルームにまたがり、彼女の(彼の)尻で窒息させ、顔面に放屁する。ブルームは売春宿の小便壺を空けるか「シャンパンのように舐める」ことを命じられるが、直後に彼は女に変身し、性奴隷として競売にかけられて売られていく。誰であれ出版を試みたら——公でも、個人でも、一万五千フィートの上空でも——起訴されるだろう。彼はリヴライトに電話を掛け、『ユリシーズ』については忘れるよう言った。この本は法廷でひどい問題を引き起こすだろう。リヴライトは落胆していたが「きっと君が正しいのだろう」とクインに書き送った。「大幅に削除した版でもないかぎり、こんなものを出版したらその場で牢獄行きだ」

数日後、クインのもとに落胆しきったジョイスの手紙が届いた。元の「キルケ」の原稿は燃やされてしまったという。クインは満足していた。ハリソン家の騒動がジョイスの目を覚まさせるのではないかと期待したのだ。「私はその夫を尊敬する」と、クインは手紙に書いた。「彼は正しい行動をとった。彼女の盾となり、庇護し、守り、彼女のしていることを知り、必要とあらば反対した」。ニューヨークの裁判所での有罪判決は『ユリシーズ』出版の可能性を止められなかったにしても、キルケの呪いがそれを止めたのだ。ヒューービッシュとリヴライトが手を引き、ロンドンの印刷業者が「行儀のいい」挿話すら印刷するのを拒否している状況では、英国にも米国にも有効な出版手段はなかった。だが『ユリシーズ』の真の悪夢はこれからだった。

＊

シルヴィア・ビーチはあっさりオファーを出した。まるで彼女とジョイスがアンドレ・スピールの書斎で握手を交わした瞬間から準備され、いま出航のために必要なのは「祝杯を挙げる」ことだけだというように。落胆していたジョイスはシェイクスピア・アンド・カンパニー書店に行き、ミス・ビーチにニューヨークで「ナウシカア」が有罪宣告を受けたと告げた。「私の本はもう決して世に出ることはない」。それに対する彼女の質問は、ジョイスの口に出さない願いへの答えだった。「私が『ユリシーズ』を出すというのはどうかしら？」

「それがいい」

シルヴィア・ビーチは冊子以上のものを出版したことがなかった。新しい本のための市場調査や宣伝の経験もなく、販売店や印刷業者との繋がりもなく、印刷版や校正やゲラにも馴染みがなかった。資金もなければ、費用や金策については漠然と思いをめぐらすことしかできなかった。宣伝はチラシ、無償で手を貸してくれる新聞、口コミに頼るものだ。彼女はフランスにせよ他国にせよ、出版業界の法律的な厄介事についてはまったく無知だったし、形になる前に猥褻の烙印を押された本を手掛けることの面倒さにも気づいていなかった。ただし「キルケ」挿話が『リトル・レビュー』の中でも最も問題で、これからさらに悪くなるだろうということは知っていた。

よく考えてみればこの書店は三十四歳の米国人放浪者のもので、つい最近まで彼女は誰も見つけられない通りの小さな書店の奥の簡易ベッドで寝ていたのだ。それにもかかわらず、シェイクスピア・アンド・カンパニー書店はこの数十年で最も厄介な本を出版することになった。恐ろしく分厚く、途方もなく金がかかり、校正など不可能なはずの、宿無しの本だった。トリエステとチューリヒ、パリで書かれた謎に満ちた英語のアイルランドの小説で、ニュージャージーからやってきた書店主がフランスで出版するのだ。ジョイスの読者は各地にいた。本は曖昧模糊として挑発的で、美しさと快感は複雑で、繊細さは博識の陰に隠れ、読者を遠ざけなかったとしても、怒らせた。『ユリシーズ』はまだ完成さえしていないのに、既にニューヨークでは猥褻とされ、パリでは怒りの炎をあおっていた。

シルヴィア・ビーチにとってそんなことは関係なかった。彼女はジョイスに、そして現代文学の中心に近づきたいと思っていた。成功を収め、母親に金を返したかった。世界にパジャマとコンデンスミルク以上のものを返したかった。ビーチとジョイスはふたりで細部を詰めた。シェイクスピア・アンド・カンパニー書店は質のいい私家版を千部印刷する。ビーチが告知し、出版前に郵便での購読を募り、印刷業者には数回に分けて、金が入ってきたら払う。本が出来上がったら世界中の読者に郵送する。

彼女はクインから私家版というアイデアを拝借したが、値段はより強気に設定した。十ドルではなく、シェイクスピア・アンド・カンパニー書店は品質によって三つの異なる版を用意した。最も安い版は百五十フラン（十二ドル）だ。別のもう少し上質な紙に刷った百五十部は二百五十フラン（二十ドル）で販売する。豪華版はオランダの手すきの紙で、ジョイスのサイン入りで百部、三百五十フラン（二十八ドル）だ。特別にサイズが大きく、豪華な私家版の初版本だとしても突拍子もない値段で、今日の四百ドルに相当した。すべての版を合わせて一万四千八百ドルになり、ジョイスは利益の六十六パーセントを受け取る。どちらも契約書を作成することは考えていなかった。シルヴィア・ビーチは大きな問題に直面した。出版予定日の六カ月前、原稿は完成には程遠く、一部は燃やされ、焼け残った原稿を手にするのも困難だった。彼女はニューヨークのジョン・クインに手紙を書き、電報を打った。クインのほうから欠けているページをジョイスに送ってくれないだろうか？——駄目だ。オフィスに誰かが行って、内容を書き写しても構わないだろうか？——駄目だ。ビーチの母親がプリンストンからクインに電話を掛けた。五月にパリを訪れる予定で、欠けたページを自分の手で娘のもとに運ぶことはできないだろうか——原稿は娘が速やかに送り返す。クインは断った。出航の日、彼女は半泣きで何度も電話を掛けたが、それでも了承は得られなかった。「彼は失ったページを手に入れるだろう」と、クインは友人への手紙に書いた。「だがそれは私次第だ」。要するにそれがクインの心づもりだった。ビーチは彼が「母のようなレディに対してふさわしくない言葉を使った」のを覚えている。

ひどく苛立たしいことだったが（クインが原稿のコピーを送るまでに六週間かかった）、シルヴィア・ビーチは宣伝をするのに忙しく、テキストそのものについて気を揉んでいる暇はなかった。彼女は出版の計画を知らせるチラシを書いた。

『リトル・レビュー』連載中に四度差し止められた『ユリシーズ』の完全版がシェイクスピア・アンド・カンパニー書店から出版されます。

チラシによるとジョイスの作品は六百ページで、一九二一年秋に出版予定だった。ビーチの姉妹と友人たちは米国で読者を募った。シェイクスピア・アンド・カンパニー書店の常連のパトロンたちはすぐに申し込み、他にも購入の可能性がある人々の名前と住所を送ってきた。パリに到着したばかりの米国人作家ロバート・マコルモンはナイトクラブのパトロンから注文を取り、朝早く自宅に帰る途中で注文書をビーチに渡した。そのうち何枚かはほとんどビーチには読めなかった。ジョイスはシェイクスピア・アンド・カンパニー書店を訪れて注文を待ち、ビーチは緑色の表紙のノートに名前を書き留めていった。ハート・クレイン。W・B・イェイツ。アイヴァー・ウィンタース。ウィリアム・カーロス・ウィリアムズ。ウォレス・スティーヴンズ。ウィンストン・チャーチル。ジョン・クインは十四部注文した。ジョセフィン・ベルの逮捕にもかかわらず、ワシントン・スクエア・ブックショップは二十五冊注文した――一度の注文としては最大だ。

ニュースはたちまち広がった。シェイクスピア・アンド・カンパニー書店には人が押し寄せ、普段の二倍以上の売り上げを記録した。ビーチは母親に自慢した。「書店を開いてから二年も経たないうちに『現代で最も重要な本』を出版しようとしているのよ……私たち、有名になるわ！」ビーチとシェイクスピア・アンド・カンパニー書店についての記事が新聞の紙面にも現れ始めた。「米国の女性、当地で新奇な書店を開く」と『パリ・トリビューン』は報じた。記事にはその米国の女性の写真が印刷され、『ユリシーズ』の出版により「ミス・ビーチは米国への帰国を禁じられるかもしれない」という噂を報じていた。

ニュースを聞いて眉をひそめた人間もいた。ジョージ・バーナード・ショーは、既に『ユリシーズ』の一部を読んだと発言した。「文明のおぞましい一段階についての吐き気をもよおすような記録だ」と彼は書いた。「だが真実そのものだ」。ショーはアンソニー・コムストックの古い犠牲者のひとりだった――一九〇五年にニューヨークで『ウォレン夫人の職業』を上演したとき、出演者と裏方が逮捕されたのだ（ウォレン夫人は売春宿の女主人だった）。そう聞いたら吐き気がしようと何であろうと、彼は真実の記録を称賛すると思うだろう。だがそうではなかった。ショーはシルヴィア・ビーチが「野蛮な若い人間で、芸術の起こす興奮に酔っているのだろう。だが私は違う」と書いた。「すべておぞましいほど真実だ」。彼は幸いにもそのおぞましい島を逃れ、美しく明るい英国に渡ったが、そこでも演劇は上演を禁止された。ショーは若いダブリンの男たちにある種没入してしまう罰として『ユリシーズ』を読ませたかったが、だからと言って本を買うつもりはなかった。「私は年老いたアイルランド紳士だ」と、彼はビーチに言った。「もしアイルランド人が、とりわけ年配の人間が、本に百五十フラン払うと考えているなら、あなたは私の国の人間がわかっていない」。エズラ・パウンドはその手紙を読み、『ダイヤル』の中でショーのことを「九流の臆病者」と呼んだ――彼は真実と向き合うのが怖いのだと。

＊

熱に浮かされたようなジョイスの執筆ペースは一九二一年にいっそう加速したが、『ユリシーズ』の完結は地平線のように遠ざかるばかりだった。一九一七年には一九一八年に書き終わる予定だった。一九一八年には一九一九年の夏に片をつけるつもりだった。頭にスカーフを巻いて「キルケ」挿話を書いていたころには、一九二一年初頭に終えようと思っていた。一九二一年一月には五月か六月の書き上がりを目指していた。十月にはあと三週間あれば終わった。十一月の末にはあと五、六十時間だった。チラシと新聞の記事とは裏腹に、『ユリシーズ』が秋に出版される見込みはなかった。

それでもジョイスは自分の四十歳の誕生日である一九二二年二月二日に間に合わせようと急いでいた。

　ジョイスは最後のふたつの挿話「イタケ」と「ペネロペイア」を一九二一年春と夏に並行して書いていた。そのころには小説の視点と声はさらに増え、ホメロスへの暗示は更に拡大し、ダブリンの六月の一日は文明の縮図となり、登場人物の血と肉は神話に組み込まれていた。レオポルド・ブルームが千鳥足で午前二時に帰宅するころ、冷ややかでよそよそしい問答形式で場面が展開する。神々がオリンポスからダブリンを見下ろして語っているかのようだ。「イタケ」挿話で、夜の街での冒険のあと、ブルームは疲れきったスティーヴン・デダラスをエクルズ・ストリートの自宅に連れて帰る。


　ブルームは目的地に到着してどのような行動を取ったか？

　エクルズ通り七番地の、玄関前の等差奇数で四番目の階段で、機械的に片手をズボンの尻ポケットに入れて鍵を出そうとした。

　鍵はそこにあったか？

　鍵は彼が一昨日に穿いたズボンの同位置のポケットの中にあった。

なぜ彼は二重に苛立ったか？

なぜなら彼は忘れてしまったから。そして忘れないよう二度自身に注意を促したことを思い出したから。

では片や熟慮の上で、片や不注意で鍵なしとなったふたりにはいかなる選択肢があったか？

入るべきか入らざるべきか。ノックするべきかノックせざるべきか。

秘密はもはや小さなものではなかった。この挿話の没感情なスタイルは感傷的な内容を隠していた。父親のない息子と息子のない父親が昼間出会い、父親の家に一緒にたどり着き、鍵なしにだまして中に入り込もうとする。ふたりはパリ、友情、スティーヴンの今後の歩みについて語り合う。ブルームはスティーヴンのためにココアを作り、静かに歌うよう後押しする。スティーヴンはその通りにした。ブルームは回想する——スティーヴンは十歳のとき、ミスター・ブルームを自宅での夕食に招いたが、ブルームは丁寧に断った。今、長い一日を一緒に過ごし、ブルームは泊まっていかないかとスティーヴンを誘うが、彼は丁寧に断る。若者が家を去り、スティーヴンの手の感触と遠ざかる靴音が、一瞬ブルームをひどく孤独な気持ちにさせる。だがこれらすべては無人の部屋の壁に反響しているように語られるのだ。

最終挿話はその正反対だった。「ペネロペイア」挿話は詩的で流れるようだ。ジョイスは『ユリシーズ』をモリーからの連続の手紙で締めくくろうと考えていて、トリエステの友人にブリーフケースを送ってくれるよう頼んだ。それなしでは書けない。ゴムバンドできっちりと留められたブリーフケースは一九二一年三月に届いた。そこには一九〇九年に彼とノーラが交わした手紙が入っていた（彼女はまだ自分の書いた分を燃やしていなかった）。その姿は――大きな赤い速達の切手が封筒に斜めに貼られ、分厚いふたつ折りの便箋は両面にびっしりと文字が書かれていた。ノーラの筆跡は几帳面で句読点がなかった――それだけで離れ離れに過ごした夜を思い出すのに充分だった。

ノーラはジョイスに「後ろから犯される」のが好きでたまらないと言った。ふたりで過ごしたある夜のことを書き、それを考えながら自慰にふけってみるようジョイスに言った。「イエス」とジョイスは返事を書いた。「お前を後ろから姦り続けた夜のことをはっきり思い出せるよ。ダーリン、僕がお前を一番汚いやり方でファックしたときだな。僕のムスコはお前の中で何時間もそそり立ったままで、上を向いたお前の尻を何度も犯し続けたんだ。お前の太って汗をかいた尻を腹の下に感じ、お前の上気した頬と正気とは思えない眼を覚えているよ」。彼はノーラがその夜さまざまな音で放屁したことを事細かに書いた。「屁をこいている女を犯すのは楽しかったよ。ファックするたびに屁が出るんだ」

十二年後にそれらの手紙を読むのは、赤裸々な自分たちと再会する以上の意味を持っていた。それはジョイスが政府の検閲よりはるかに大きな危険を冒した、その瞬間に立ち戻ることだったのだ。彼は度を越して生々しく永久的な手紙を書くことで、ノーラに拒絶される危険を冒していた。その手紙の一通で、ジョイスはいつの日かふたりの肉体が消えてなくなり、残るのは言葉だけかもしれないと思い至った。一九〇九年のクリスマスの贈り物として彼はノーラに自作の詩の原稿を送り、ふたりの孫がページを繰っている姿を想像した。もしかしたら彼らの言葉が、他の何よりも残るものなのかもしれない。

汚い言葉が他にどんな役割を果たすかはさておき、それらは言葉を肉体に変える。「ファック」という言葉は人を怒らせるが、ページ上の四つの文字の集合としても怒らせる。だからこそ「f**k」と書けば、剝き出しの罵倒の言葉より印刷に抵抗がなくなるのだ。我々は言葉を文字として見るほうが、実際にそれを使うより問題だと考えるが、それは単語が単語としてのみ重要だからだ。「ファック」はその意味を想起させる以上のことをする。それはその形そのものが意味を成すということだ――アステリスクの衣服をまとった裸身なのだ。ノーラの言葉は臆面もなく肉体的だったため聖なる意味を帯びた。「汚い言葉は大きな文字で書け」と、ジョイスは彼女に言った。「そしてアンダーラインを引き、キスして、お前の熱い股に挟んでみろ、ダーリン。ドレスをまくり上げ、お前の屁をする可愛い尻の下に敷いてみろ」

『ユリシーズ』の最後の言葉はモリー・ブルームの途切れない意識の流れになるはずだった。午前三時、ブルームが妻の隣で眠りに落ちると――顔は彼女の足の近くだ――モリーは横になったまま起きている。他の箇所に登場する短く区切られた内的独白とは違い、モリーの意識は句読点なしに八パラグラフも展開する。ジョイスは彼女の声を、よく響き、容赦なく、無感情で、人間というよりは自然のようなものだと想定した――肉体だけではなく、肉体性の象徴なのだ。四方に肢体を広げた彼女は、ジョイスの頭の中でぼんやりとした姿を見せているウィトルウィウス的人体図の女性版のようで、その思考と記憶は満潮のように膨れ上がる。一九一五年にはトリエステ周辺に爆弾が落ち始めていたので、彼の物語の視点は拡大し、今現在まで広がった。パリで結末に近づくにつれ、

「ペネロペイア」挿話はジョイスが彼の小説で宇宙的に対になると考えるところまでたどり着いた。「イタケ」が宇宙の片隅から物語を語ったあと、「ペネロペイア」はモリーに立ち戻る。まるで温かい地球が宇宙の寒さの中で回転しているかのように。真夜中過ぎにスティーヴン・デダラスが家に入り込んでくることを考えているうちに、モリーの思考は何年も前の夫との会話の記憶と混じり合う。

ふたりきりになったらちょっと彼を困らせてあげるわ彼にあたしのガーターを見せてあの新しいのをそして彼の顔を赤くさせて見つめてゆうわくしてあたしにはほおにうぶげがはえてあれをなん時間もずっと引っぱり出している男の子のきもちがわかるしつもんと答えあなたはそれをするのそしてほかのことを石炭はこびとでもするの yes 司教とは yes したいわだって彼に話したのあたしがユダヤの寺院のにわでウールの編みものをしていたとき司祭ちょうか司教がとなりにすわっていたものダブリンに来たばかりなんだよそれってどこにあるのか銅像はなんてきいてあたしはくたびれてしまった励ましたら彼はもっといじわるになった君はいまだれを思いうかべているのか話してほしい誰のことを考えているのそれはだれ名まえはなにおしえてくれドイツの皇帝か yes ぼくが彼だとおもって考えてみてくれよ彼をかんじるかいあたしを売しゅんふみたいにしようとしてそんなことはぜったいさせないもうそんな年なんだからやめなきゃどんな女もだめにするそんな満ぞくはない彼がいくまで好きなふりをしてるだけ

文字が人間の体であることが可能だとしたら、モリー・ブルームの独白は群衆が集まってくるようにジョイスの小説に入り込んできた。

*

書くことへの重圧はジョイスの迷信を強めた。室内で傘を開くことや、男の帽子をベッドに置くこと、ふたりの修道女が通りを歩いているのはすべて不吉だった。黒猫とギリシャ人は幸運の印だった。彼は失明を遠ざけるため、決まった色の服を着た。数と日付は良かったり悪かったりした。ある日ジョイス家で夕食会が開かれたが、ふたりの知人が急に電話をかけてきて今から向かうと言った。夕食に集まるのは十三人になる。ジョイスは慌てふためいて急遽《きゅうきょ》客人をもうひとり呼ぶことを考え、さもなければ誰か帰ってくれないかと部屋を見回した。「ナウシカア」は案の定十三番目の挿話で、ジョイスはその年の四つの数字の不吉な合計に気づいた。一＋九＋二＋一。

迷信はジョイスに物事を管理している感覚を与えた。幸運の舵柄《かじづか》に指で触れ、ツキに見放されたかのような人生を軌道に乗せる幻想を抱いた——戸棚が空になった瞬間に金が届き、宿無しになる数日前にアパートが見つかり、前ぶれもなく訪れる目の発作にもかかわらず細かな描写が紙の上に積もっていく。世界の詳細は小説の詳細のようなものだと考えるのには安心感があった。それらには意味があり、帽子を置き直したり十四人目の晩餐の客を呼んだりするささやかな修正で変えられるというように。

ヴァレリー・ラルボーは幸運の使者のひとりだった。ラルボーは著名なフランス人作家で、シェイクスピア・アンド・カンパニー書店の常連だった。一九二一年二月、シルヴィア・ビーチから『ユリシーズ』の掲載された『リトル・レビュー』が送られてくると、彼は一睡もせずにそれを読んだ。「私は『ユリシーズ』のせいですっかり気が狂ってしまった」と、彼はビーチに言った。「他のものがまったく読めないし、他のことを考えるのも難しい」。夏にパリを離れたラルボーは、左岸のアパートを無料で貸し出すと申し出た。そうすればジョイスはもっと心地よい環境で書けるだろう。ジョイスとノーラ、子どもたちはラルボーの瀟洒《しょうしゃ》なアパートに移動した――緑豊かな中庭、使用人、磨かれた床。ジョイスの膨れ上がりつつある原稿を迎える二十二番目の宿で、旅路では最も美しい停泊地だった。希少な収集品と革張りの本のほかに、そこには何千体もの兵士があった――世界中で集めた手塗りの玩具の軍隊や戦車だ。

ロバート・マコルモンも幸運の使者だった。彼はシェイクスピア・アンド・カンパニー書店に足繁く通い、ナイトクラブで『ユリシーズ』の購読者を募る以上の働きをした。ジョイスに金を与え(月におよそ百五十ドル)、執筆の最終段階に取り組めるようにしたのだ。ジョイスはその大半を飲み代に使った。しばしばマコルモン自身がパブに一緒に行き、そこでは売春婦につきまとわれ、気の抜けたジャズが流れていて、ふたりは明け方放り出されるまで飲んだ。マコルモンはノーラが渋い顔をしていたのを覚えている。「ジム、あなた一晩中何をしゃべっているの? それであたしに酔っ払いの世話をしろと連れ帰ってくるんだから。あなたは牡蠣《かき》みたいな大馬鹿よ、ほんとにもう」

ある夜のビアホールで、ジョイスはいつも以上に神経質で、あらゆる不吉の前兆を見た――テーブルの上のナイフとフォークの位置、マコルモンがグラスにワインを注ぐ手つき。ネズミが階段を走り下りたのはとてつもない凶運だった。マコルモンはジョイス一流の奇行だと思って受け流していたが、気がつくと友人はテーブルにぐったりとうつ伏せていた――失神していたのだ。翌日ジョイスは目の発作に見舞われた。眼圧は数時間で激しく高まり、彼は痛みでのたうち回った。数週間後、マコルモンは床に伏したジョイスを訪れたが、顔を見下ろすと頭蓋骨に皮膚が張りついているようだった。その苦しむ様子にマコルモンは心底怯え、二度とこの男と酒は飲むまいと誓った。

一九二一年の虹彩炎の発作は一カ月以上続いた。両目に包帯を巻き（光そのものが痛みの原因だった）、書くことなど論外だった。ベッドに寝ていると、ラルボーの女中が隣の部屋のジョイスの娘にささやいた。「お父様はどうかしら？」「何をしているの？」「何て言っているの？」「起きるのかしら？」「お腹は空かないの？」「苦しいの？」ジョイスにはすべて聞こえた。

盲目は幸運かもしれなかった。原稿から離れて想像に浸り、距離を持って小説を見つめられたからだ。盲目になることによって物語の大きな構造が見えてきた。彼はあるかなしかのモチーフと大きなテーマに気づいた。照明を落とした部屋に横になり、キャビネットの端から突進しようとするラルボーの小さな兵士たちに囲まれ、爪楊枝のような銃剣は宙に浮かびながら。八月、痛みが我慢できる程度になると、ジョイスは十の異なる挿話を同時に見直し始めた。「ハデス」挿話は拡大した。その話をスティーヴンが中期英語で表現する「内心の呵責《かしゃく》」に沿って作り、それがリフレインのひとつになるようにした。一日十二時間の作業が目を悪化させているのではないかと思ってはいたが、どうにもならなかった。

ジョイスは「キルケ」挿話に新たな場面を書き足した。ブルームは王に変身し、アーミンの毛皮をあしらった真紅のマントを身につけ、怒りと崇拝の対象になる。マーガレット・アンダーソンまで登場した。ジョイスは『リトル・レビュー』をめぐってジョン・サムナーと対立したときの彼女の反抗的な口調を覚えていて、それを流用した。「わたしはブルーム教徒でそれを誇りに思います」。ベールをかぶった巫女はそう宣言しながら剣でみずからを突いて自殺する。彼女の死によって熱烈な信者たちが溺死、砒素《ひそ》中毒死、餓死といった自殺を次々と選ぶ。美しい女性たちが蒸気機関車の下に身を投げ、「お洒落なガーター」で首を吊る。ブルームは救世主だと誰かが言うと、彼は奇蹟を行って群衆を喜ばせる。「いくつかの壁を通り抜け、ネルソン提督の記念柱によじ登り、てっぺんの出っぱりからまぶたでぶら下がり、百四十四個の牡蠣を食べる」。顔を歪めてモーセ、バイロン卿、リップ・ヴァン・ウィンクル、シャーロック・ホームズになってみせる。数行後、レオポルド・ブルームは犬たちに汚されて火をつけられる。

第三部

「『ユリシーズ』をお書きになった手に口づけしても構いませんか?」

「だめです。この手は他のこともしましたからね」

第18章　はぐれ者の聖書

ディジョンの印刷の達人、モーリス・ダランティエールも既に過去の人間だった。古びた機械はツタに覆われた小さな印刷所にぽつりと置かれていた――名人だった父の時代からほとんど何も変わっていない部屋だ。日曜日にはダランティエールが古びた椅子に座って靴下を繕うあいだ、印刷仲間と同居人が午後の食事を作り、夕方になってもペストリーをつまんでは、コーヒーや酒を口にしていた。一九二一年秋、ダランティエールはそれらの食事の合間に仕事をしていた。シルヴィア・ビーチからは『ユリシーズ』を印刷することに伴う特殊な問題について聞かされていたが、だからといって準備ができるものでもない。何十年もの間、印刷業者たちはライノタイプを使い、テキストの一行すべてを一度に鋳造していたが、ダランティエール印刷所の植字工たちは何時間もかけて細かい金属の活字を巨大な活字棚から拾った。彼らは『ユリシーズ』を自分たちの手で、一文字ずつ組み立てていたのだ。

パリから届いたタイプ原稿は慌てて仕上げられたようだった。行が重複していたり、ページからはみ出したりしていたものもあり、タイピストが二重に打ってしまったため読めないものもあった。解読不能な箇所については、植字工たちはやむなく空白のまま残しておいたが、それは序の口だった。一九二一年六月、ダランティエールはジョイスに第一挿話のゲラを送り始めた。ゲラは八ページ分の大判の紙に印刷されており、校正用に大きなスペースを残していた。ページ番号は打たれておらず、後に上がるページごとの校正刷りよりも修正が簡単だった。印刷所でいくつか修正を入れる程度だろうと思っていたが、ジョイスは矢印と挿入、新たな段落や文章でゲラを埋め尽くした。それは校正ではなかった。ジョイスはまだ書いていたのだ。ダランティエールはシルヴィア・ビーチに、追加はひどく時間が掛かるので費用も高くなると、繰り返し警告した。作家が一行追加したいと望めば、それに続く数行と数ページを動かさなければいけないかもしれない。たったひとつの追加が雪崩《なだれ》のような変更を生むのだ。

　ダランティエールは校正に取り組む代わりに、ゲラばかり送り返すようになった。それはすなわち、ひとつのゲラが三校あるいは四校になるということだった――ビーチはダランティエールに、ジョイスが欲しがるだけゲラを送るように言った。ジョイスは複数のゲラを一度に要求し、それぞれ異なる追加事項を書き込むことで話を厄介にした。ジョイスの一歩先を行くために、植字工たちは行間あるいは段落の下に空白を挿入し、ジョイスの追加事項がゲラに用意されたスペースに収まるようにした――別のページにあふれ出すと、作業がさらに増える。

　それからダランティエールはページごとの校正刷りを送り始めた。作家はそれに対してコンマの欠落や誤植など細かなミスを修正するものだ。戻ってきた原稿を見たダランティエールは「膨大な数の修正」がページ一面に殴り書きされているのに腰を抜かした。その時になってもまだジョイスは書いていたのだ。ひとつの挿話のゲラを修正しているうちに、その前の挿話のゲラの修正が届いた――『ユリシーズ』の印刷は動いている物体を捕まえようとするのにも似ていた。そしてさらにダランティエールの小さな印刷所は、文学史上最も実験的な散文に施される滅茶苦茶な修正よりもさらに大きな問題を抱えていた。『ユリシーズ』の活字を組んでいた職人たちは、英語を話すことさえできなかったのだ。

費用が重なるにつれてダランティエールの不安は増した。最初彼は本の購読者が集まるまで支払いを待つと約束していた。そこまで鷹揚《おうよう》だった理由はアドリエンヌ・モニエとの友情が半分と、本の珍しい背景が半分だった――長年の執筆、ニューヨークでの裁判、印刷業者たちの反対、怒れる夫たち。ダランティエールは本の問題だらけの状況と同じくらい、米国人女性の熱心さに惹きつけられていた。だが彼に、その創作過程の一部になる心の準備はできていなかった。

ダランティエールは十二月に五千フランを要求した。それはシェイクスピア・アンド・カンパニー書店の通常の一カ月の利益より多かったが、ミス・ウィーヴァーに助けを借りてビーチは支払いを済ませた。ジョイスは四校まで要求し、『ユリシーズ』の全ページにつきページごとの校正刷りも五校まで求めた。彼は「ペネロペイア」挿話の半分近くを含めて小説の三分の一ほどをゲラ上で書き上げ、その年の暮れには修正だけでおよそ四千フランかかった。『ユリシーズ』が今の形で存在するのは、シルヴィア・ビーチがジョイスの要求をほとんど呑んだからだ。彼女は本を出版しただけではない。成長の余地を与えたのだ。

ノーラは修正について友人たちに愚痴をこぼした。「あの人の最大の狂気だわ。終わりが見えないの」。ジョイスの要求はますます理不尽なものになっていった。彼は濃い青の表紙に白い活字を求めたが、その青はギリシャ国旗と同じでなければならなかった。ダランティエールはわざわざドイツに足を運んでその通りの色合いを見つけた。ジョイスは一九二二年一月三十一日まで最後の校正刷りを送り返さなかった。シルヴィア・ビーチとの約束を守るため、ダランティエールは最後のふたつの挿話について二日もかけず活字を組み直し、印刷しなければいけなかった。そしてダランティエール印刷所の最も面倒な仕事がようやく終わりを迎えようとしていたころ、パリから電報が届いた。ムッシュー・ジョイスはあとひとつ単語を追加したいと望んでいるのだった。

＊

一九二二年二月二日の朝、シルヴィア・ビーチはリヨン駅に行き、ディジョン＝パリ間の急行列車がホームに滑り込んでくるのを待った。ドアが開くと、膨らんだ包みを抱えた車掌が朝のせわしない通勤客の群をかき分けて歩いてくる。昼ごろ、ジョイスがアパートのドアを開けると、シルヴィア・ビーチが誕生日の贈り物を手に誇らしげに立っていた――『ユリシーズ』の最初の二部だ。

ビーチはそのうち一部をシェイクスピア・アンド・カンパニー書店のショーウィンドウに飾った。出版の遅れについて新聞で書きたてられていたせいもあり、ジェイムズ・ジョイスの『ユリシーズ』がついに完成したというニュースは一夜にして広がった。次の朝、群衆がウィンドウの前に集まって偉大なる一冊を見つめた。それは威風堂々とした本だった――鮮烈な青の表紙、七百三十二ページ、厚さ三インチ、重さ約三・五ポンド。人々は終盤の噂される場面について想像を膨らませるしかなかった。ビーチが書店を開けると人々が駆け込み、待ちに待った本を手に取ろうとした。『ユリシーズ』はまだ出版されていない、たった二部印刷されただけだとビーチは説明しようとした。しかしそう言うと誰もが窓の中に飾られた一部を欲しがった。その熱意を見ていたビーチは彼らが本を背表紙から破り取り、自分たちで分け合うのではないかと心配になった。そこで彼女は小説をひったくり、奥の部屋に隠してしまった。

二月から三月にかけてディジョンから本が少しずつ届き始めると、ジョイスは百部の豪華版にサインし、ビーチたちが宛名を書いて梱包するのを手伝った。「アイルランドの読者に一刻も早く郵送してしまいたい——本が流通しているとお偉方に気づかれる前に」。彼はビーチに宛てた手紙に書いた。道徳を標榜するダブリンの風紀委員会と新しい郵政大臣のもとでは「次に何が起きるのかまったくわからない」。焦って作業するうちにジョイスはラベル、テーブル、床、自分の髪を糊まみれにしてしまった。

一九二二年三月五日の日曜、ロンドンの『オブザーバー』紙に『ユリシーズ』の最初の書評が載った。「ミスター・ジェイムズ・ジョイスは天才である」と、シスリー・ハドルストンは宣言した。その本は「通常の基準に従えば、あらゆる文学の中で最も下品な代物ということになる。だがその猥褻自体がなぜか美しく、魂を揺さぶる」。六週間の沈黙のあと（これはボイコットかとジョイスは思った）、『ネイションン・アンド・アテナウム』誌に書評が現れた。ジョイスの自由を求める旅はヘラクレスのそれに似ていると書かれていたが、書き手は疑念を持っていた。『ユリシーズ』は「天才がみずからの身を割いたもので、半ば脳をやられた天才が自身を引き裂こうとしているのだ」と、J・ミドルトン・マレーは書いていた。ジョイスは地上的、また霊的な美しさに敏感だが、この本は含んでいるものが多すぎる。「ミスター・ジョイスは彼の意識のすべてを空にするために超人的な努力をした」。『ユリシーズ』にはひとりの人間に可能なあらゆる思考が含まれていた。それはあふれ出す寸前で、その内容が形式をむしばんだ。『ダブリン市民』と『若き日の芸術家の肖像』のかっちりとした散文のあとで、ジョイスは「自身の混乱の犠牲になった」のだった。

翌週現れたアーノルド・ベネットの書評はジョイスを「鮮烈なほど独創的。人生を俯瞰《ふかん》する代わりに細部を見通している」と評した。最後の挿話は彼がそれまで読んだどんな本よりも素晴らしかったという。『ユリシーズ』はポルノグラフィではない、とベネットは強調したが、それでいて「公にポルノグラフィとされる本の大半より恥知らずで、猥褻で、スカトロジーに満ち、反道徳的」なのだった。ベネットは「『ユリシーズ』は天才の作だが、ただし自身の才能をコントロールできなくなった作家による作だ」と評し、それが一般的な評価となっていった。ジョイスが自分の力を支配できれば「これまで存在した最も偉大な作家のひとりとなっていた」とベネットは嘆いた。

それ以上の書評は望めなかった。最初の書評が現れた次の週、ビーチのもとには三百件近い注文が寄せられ、一日に百三十六部注文が届いたこともあった。三月末までに十二ドルの『ユリシーズ』は売り切れ、残りもそれから二カ月で払底した。パリの書店は——どこもシルヴィア・ビーチの価格設定に憤激していた——何とかして本を入手しようとしたが、遅きに失した。物が手に入らないことでジョイスの小説は伝説的な立ち位置を固めた。自分で『ユリシーズ』を持っていなくても知人の誰かが持っていて、その一部を読んだかもしれないし、青い鳥が天蓋《てんがい》から舞い下りたかのように誰かの本棚の上のほうに収まっているのを見ただけかもしれない——だがそれさえ、友人と酒を飲みながらの話題になった。ジェイムズ・ジョイスはパリの新たな文学的有名人だった。人々の目が集まるので、ジョイスは行きつけのレストランで食事をするのを避けた。

反動は遅かれ早かれやってきた。ロンドンの『スポーティング・タイムズ』紙の一面を見出しが埋めた——「『ユリシーズ』のスキャンダル」。後に自身が印刷できないほど破廉恥な小説『チャタレイ夫人の恋人』を書くD・H・ロレンスでさえ、最終挿話は「これまで書かれた作品の中で最も汚らしく、みだらで、猥褻だ」と語った。記者たちはミス・ビーチの父親が何と言ったか知りたがった（彼女は一度も尋ねなかった）。ある新聞は『ユリシーズ』を「奇人の産物」と銘打った。別の新聞はジョイスによるモリー・ブルームの意識の表出を「悪魔の予知能力、黒魔術」と呼んだ。また別の新聞は「我々の時代にしても、それ以外の時代にしても、これほど狂気に満ち、汚らわしく、憎むべき本は他にない——芸術性の欠片もなく、整合性がなく、引用できないほど汚い。犯罪者を集めた精神病院から生まれるとしか思えない本だ」とこき下ろした。精神病院のイメージはジョイスの批評における定型になった。『ユリシーズ』に最も不快感を覚えた人々にとって、スキャンダルは孤立した狂人とは何の関係もなかった。五月、ロンドンの『サンデー・エクスプレス』紙の著名な編集者ジェイムズ・ダグラスは、自分にできる限りの辛辣な文章を書いた。

あえて念を押すが、これは過去においても現在においても、最もおぞましく猥褻な文学だ……すべての悪の汚物が想像することもできない思考、イメージ、ポルノ的な言葉に集結している。その汚らしい狂気はキリスト教という宗教と、キリストという名に向けられた無残で吐き気を催すような冒瀆に上塗りされている——その冒瀆はこれまで悪魔崇拝と黒ミサの最も堕落した熱狂と関係を持つものだ。

ダグラスは『ユリシーズ』が「既にこの国、または他の文明国の亡命者やはぐれ者の聖書となっている」ことを証明できると主張し、それが彼らを刺激していると言った。ジョイスがそれほどまでに悪徳である理由は、いわゆる知識人が定評ある雑誌で彼を天才と称えているためだった。「我が国の批評家たちは彼の無政府主義を擁護している」と、ダグラスは言った。彼らは読者を「文学のハイエナと狼男」たちの群に投げ入れることで社会的な責任を放棄しているのだ。ダグラスのような人間にとって『ユリシーズ』の登場は西洋文明の苦闘を象徴していた。悪魔的な無政府主義が、神の啓蒙的影響に対抗しているのだ。

悪魔の使徒か神の使徒か、悪魔主義かキリスト教か、道徳による制裁か、芸術による無政府主義か、我々は選ばなければいけない。キリスト教の型を破ろうとする芸術家は犯罪者と同等に扱われるべきだろう。これは正しい結末を迎えるまでやめてはならない戦いなのだ――ヨーロッパの魂を、警察と郵政省の庇護に委ねるわけにはいかない。

『ユリシーズ』が不愉快だという箇所を総合すると、それは「猥褻」という単語でカバーしきれるものではなく、適当な言葉を見つけるのが難しかった。ふたりの批評家はジョイスの小説を「文学におけるボリシェヴィキ」と痛罵したが、一部の読者はおそらく本能的にそれが無政府主義だと考えた。ロンドンの『デイリー・エクスプレス』紙の記者はジョイスを「爆弾を抱え、ヨーロッパの残りかすを空に吹き飛ばすことができる男だ……彼の意図は、もし社会的な意図があるならば、完全に無政府主義だ」と評した。戦争中に経済面でジョイスを支援したエドマンド・ゴスは、『ユリシーズ』を機に彼が過激思想を持つとみなすようになった。「この作品は無政府主義の産物で、スタイルも雰囲気も、すべてがおぞましい」

アイルランド国内での反応も芳しくなかった。『ダブリン・レビュー』紙は小説の「悪夢まみれ」を激しく非難し、本を処分するよう政府に強く求め、バチカンにそれを発禁処分とすることを要求した。『ユリシーズ』を読んだだけで聖霊に対する罪であり、それは神の許しを超えた唯一の罪だ。元アイルランド人外交官は『クォータリー・レビュー』の中で『ユリシーズ』のせいでアイルランド人作家は英語を忌み嫌うようになるだろうと言った。それらの作家の一部は、文学におけるクラーケンウェル刑務所爆破事件（ヴィクトリア朝時代にアイルランド独立を目指したフェニアン団の象徴的な攻撃）を企てるようになるはずで、「しっかりと守られ、建てられた古典的な英文学という刑務所」に穴を開けてしまうのだ。だがこれらの文学的テロリストは、自分たちは遅きに失したと思ったほうがいい。『ユリシーズ』出版によって「爆弾は爆発した」のだから。

ジョイスの家族さえいい顔をしなかった。叔母のジョセフィーンは郵送されてきた本を隠し、読むべきではないと娘たちに言った。家が汚染されないよう、彼女はやがてその本を人にあげてしまった。兄と何年も会っていないスタニーは「キルケ」挿話が文学の歴史において最も恐ろしい瞬間として記憶されるだろうと予想した（彼はまだ「ペネロペイア」を読んでいなかったようだ）。そして兄に詩作に戻るよう勧めた。「こうして肥溜めを覗き込んでしまった今、兄さんには自尊心を回復する何かが必要になるはずだ」

最も痛烈な反応はノーラの無関心だった。彼女の存在に敬意を表して、ジョイスは千部目の本をディナーパーティで贈呈したが、彼女はすぐにそれを売ると言った。十一月、ジョイスはノーラがまだ「表紙を含めて」二十七ページしか読んでいないとこぼした。修正版が世に出ると、ジョイスは彼女のためにペーパーナイフでページを切った。ある時点で彼女は最後の挿話を読んだが、ジョイス文学の批評における金字塔を打ち立てた。「この人は天才だと思うけれど、ずいぶんと汚らしい頭をしているのね」

＊

『ユリシーズ』に対する最も重要な批評は同業者たちから届いた。ウィリアム・フォークナーは――『響きと怒り』は、ある程度ジョイスのテクニックを米国風に応用した作品と言ってもいいだろう――こうアドバイスした。「ジョイスの『ユリシーズ』に対しては文字の読めないバプティスト派の説教師が旧約聖書に接するようにすればいい。すなわち信仰を持ってそうするのだ」。F・スコット・フィッツジェラルドも同意見だった。彼はシルヴィア・ビーチに『グレート・ギャツビー』を一部渡し、表紙をめくったところにジョイスの足元に跪《ひざまず》いている自画像を描いた。ジョイスは聖なる光輪と巨大な眼鏡という姿で表現されていた。フィッツジェラルドは一九二八年にとうとうジョイスと対面を果たし、『ユリシーズ』にサインをもらい、忠誠心を示すためにジョイスにそう命じられたら窓から飛び降りると言った。「あの若者はどこかおかしいに違いない」と、ジョイスは言った。「自身を傷つけるのではないかと心配だ」

ジューナ・バーンズは『ユリシーズ』に圧倒された。「私はもう一行だって書きません」と、彼女は宣言した。「この本のあとで、そんなことをする度胸のある人間がいますか?」まるで小説の時代が終わったかのようだった。エズラ・パウンドは文明の時代が終わったと考えた。パウンドは一九二一年十月末の真夜中、ジョイスが最後のふたつの挿話の下書きを完成させたとき『リトル・レビュー』の中で「キリスト教の時代は明らかに終わった」と書いた。彼はその決定的な変化を称えるためにユリウス暦を書き換えた。「ユリシーズ暦一年」は十一月に始まり、それは今やヘーパイストス月だ。十二月はゼウス月、一月はヘルメス月、など。時間の切れ目はローマの政治家から神々に移行した。彼はマーガレット・アンダーソンに、一九二二年以降の秋号には必ずそのカレンダーを掲載するよう言った。

『ユリシーズ』の巨大な影響は、パウンド自身の人生にも及んだ。一九一四年の冬以降、イェイツがジェイムズ・ジョイスの名を象徴主義者のひとりと口にして以来、ジョイスは世界を変えるような小説を書き——パウンド曰く「ヨーロッパの精神を根底から変えた」小説だ——パウンドは自身の長編連作詩『キャントーズ』にほとんど手を付けてもいなかった。彼が利他的な人間なのは確かだが、他の作家を手助けするのは自身の執筆から逃れる手段でもあった。そこでパウンドは自身の死を偽装することにした。アンダーソンとヒープはパウンドの妻から『リトル・レビュー』に宛てた手紙を受け取ったが、そこにはパウンドが既にこの世の人間ではないと書かれていた。手紙には彼のデスマスクの写真が添えられ、雑誌に掲載してほしいとのことだった。パウンドは手紙を聖金曜日に送り、彼の再臨を表したつもりだった。彼は「ユリシーズ暦」の時代を「パウンド時代」にしたかったのだ。

T・S・エリオットも新しい時代について語り、『ダイアル』に『ユリシーズ』は「芸術のために現代世界を存在させる第一歩」（重要なのは、その逆ではないという点だ）と書いた。『ユリシーズ』は秩序を作り、「現代の歴史である実りのなさと無政府主義という巨大な風景に形と重要性を与える」からだった。『ユリシーズ』を理解不能だと思う人間がいる一方で、パウンドは新たな理解の様式を見出していた。語りの方法は手詰まりで、ジョイスはそれを「神話的な方法」に置き換えていたのだった。

ヴァージニア・ウルフは、自宅にやってきたT・S・エリオットがジョイスに賛辞の嵐を注ぐのを聞いて驚いた。そんなエリオットを見るのは初めてだった。「あの最終挿話のような天才の産物を成したあと、また筆を取ろうとする人間がいるだろうか？」と、エリオットは言った。エリオットは長年『ユリシーズ』の重要性をウルフに納得させようとしていた。「この作品は十九世紀をそっくり破壊したんだ」と、エリオット。「ジョイス自身、もう書くこともなくなった。すべての英語のスタイルが無益であることを提示した」。『ユリシーズ』は近代性を首尾一貫したものにしたが、エリオットはその影響を解放的であると同時に恐るべきものだと感じた。それは「我々全員借りがあり、誰も逃れられない本」だった。

ヴァージニア・ウルフはそこまで感銘を受けていなかった。ハリエット・ウィーヴァーのために冒頭の挿話を印刷するのを拒否してから四年経っても、まだ懐疑的だった。それでも一九二二年の夏の終わり、彼女は自分で見定めようと決めた。プルーストの第二巻を脇に置き、四ポンドという驚くべき値段で手に入れた『ユリシーズ』を読み始めた。八月、二百ページ読んだところで彼女は日記に「最初は面白く思い、刺激を受け、魅了された」がやがて「困惑し、退屈し、苛立ち、不愉快な大学生が吹き出物をいじっているのを見るように幻滅した」と書いた。彼女の嫌悪感は美的な不快感やショック以上のものだった。それは個人的なものだった。「無知で下品な本に見える。この本を書いたのは独学の肉体労働者で、彼らがどれほど悲惨な存在かは誰もが知っている。エゴイスティックで、しつこく、粗野で、鼻っ柱が強く、結局のところ吐き気を催すような存在だ」。まるで読者と作家の間のエチケットを心得ていないかのように、ミスター・ジョイスはテーブルに座って手で食事をしたのだ。ウルフは彼を哀れんだ。

ジョイスの実験は失敗に終わったのだ。「数え切れないほどの小さな弾丸が飛んでくるような気がした」と、彼女は日記に書いた。「けれど致命的な傷を真正面から受けた人間はいない」。しかし『ユリシーズ』の何かが彼女の頭脳を侵食した――何千もの固い粒子が眠りの中で積み上がっていくかのように。『ユリシーズ』とはとうに手を切ったと思っていたころ、ウルフは気がつくとその作品のことを考えていた。キャサリン・マンスフィールドが言ったように――「まるで読んだあと、心が震え続けるみたい」。W・B・イェイツも一九一八年の『リトル・レビュー』で『ユリシーズ』を読み続けていて、当初の感想は「気が狂ったような本だ！」だった。後に彼は友人に白状した。「私は大変な間違いを犯した。あれは恐らく天才の作だ」。著名なスイス人心理学者のカール・ユングも、同じような意見の変遷を経験した。初めて『ユリシーズ』の一部を読んだときはジョイスが統合失調症だと思ったが、数年後に再読したときは「新しい、全世界的な意識が抽出された錬金術の実験室だ」と叫んだ。

ヴァージニア・ウルフの意見も変わった。『ユリシーズ』を読了した数日後、レナードが彼女に見せた批評には、その本は『オデュッセイア』のパロディで、三人のまったく異なる人物の意識から紡ぎ出されたと書かれていた。「いくつかの挿話をもう一度読み直さなければいけない」と、ウルフは日記に書いた。現代文学は顔面への致命傷とは違うのかもしれない。細かな弾丸にも意味があるのかもしれない。事実彼女は、数年前にジョイスを読んだときにそう言っていた。私たちの上に「絶え間ない原子の嵐が、金属のような鋭さを持って」降り注ぐような印象を受けた。だが一九二二年、『ユリシーズ』をすべて読み終わると、それらの固い原子はあまりに数が多すぎて筋の通った何かを成すことはできないように思えた。降り注ぐ原子の中に立つことは、人間の精神あるいは現代小説を覆う原理をすべて忘れることなのかもしれない。

エリオットやパウンド同様、ウルフは『ユリシーズ』の奥に分け入ろうとしていた。数カ月経ってから、彼女はジョイスを読む前に書いていた短編の執筆を再開し、やがて長編小説に作り変えていった。もっと野心的に書くことができるし、たとえ美しく描くことはできなくても、現実の「安っぽさ」と人生の「中心的なものごと」にアプローチする方法はあるとウルフは気づいた。二年後の一九二四年、ウルフはロンドンでの一日を舞台に、三人の人間の意識に分け入る小説を完成させた。彼女はそれを『時間』と名づけようかと思ったが、最後には『ダロウェイ夫人』にした。ジョイスの小さな弾丸はヴァージニア・ウルフの血管に入り込み、彼女を完全になぎ倒したのだ。

＊

ほぼ一世紀経った今では、『ユリシーズ』へのこうした反応は過剰にも思えるだろう——似たり寄ったりの考え方をする友人たちの過剰な宣伝や、部数を稼ごうとする記者たちの大げさな言葉のようだと。今となっては『ユリシーズ』は時代を変えたというよりエキセントリックで、ジョイスの小説が（他の誰の小説であっても）なぜ革命的だったのか理解するのは難しいかもしれない。それはつまり、あらゆる革命は反対側から見ると生温いからだ。それらは人々の視点をすっかり変え、おかげでその革新性もやがてつまらないものになってしまう。人々は古い世界の姿を忘れ、ものごとが違っていたかもしれないことさえ忘れてしまう。だが世界は違っていたのだ。ジョイスの作品がどれほど完璧に社会通念を打ち壊したか理解するには、その通念がどれだけ厳しかったか思い出すのがいいかもしれない。モリー・ブルームは夜中に横になって、ブレイゼズ・ボイランに「ファックされるの yes しっかりファックされるあたしの首のあたりまで」と考える。その十年前、ジョイスは『ダブリン市民』の一部を出版することができなかった――「忌々しい《ブラディ》」という単語を使ったせいで。

『ユリシーズ』が書かれる以前の世界が文章表現に対する規制でがんじがらめで、今それが奇異に映るのは、我々がもうそうした世界に住んでいないからだ。印刷はある考えが文化の血管に入り込む手段で、文学に対する禁止令は文化に危険な主題や概念を吸収させないためだった。禁止令は漠然としていたので（検閲は口に出せない言葉のリストというほど単純ではなかった）、それが文化に与える影響はぞっとするほど大きかった。ヘンリー・ヴィゼテリーがエミール・ゾラを出版したことで刑務所に入れられた記憶や、執筆中の作家が検閲に抑えつけられる可能性は、本が本になる前にそれを窒息させてしまうことになった。

『ユリシーズ』が革命的だったのは、それが限界まで大きな自由を求めるに留まらなかったことだ。それは完全な自由を求めた。それはすべての沈黙を一掃した。夜の街での怒れる兵士の脅し（「あの腐れ男のこん畜生の糞ったれの喉ぶえを締め上げてやるよ」）、モリーの想像上の要求（「あたしのうんちをなめて」）、ブルームのおぞましい死海の光景（「灰色の落ちくぼんだ世界のワレメ」）は、これから先口にできない思考はないし、思考の表現にも規制はないという宣言でもあった。だからこそ「ファック」という単語を印刷するのは小学生の男の子の悪戯などではなかった。「彼はすべてを語る――すべてを」と、アーノルド・ベネットは感嘆した。「社会の規範は粉々に砕かれた」。『ユリシーズ』はすべてを可能にした。

汚い言葉は規範を叩き潰して自由を手にするほんの一部の手段でしかなかった（なにしろ『ダロウェイ夫人』は『ユリシーズ』が必要だとしても、卑俗になる必要がなかったのだ）。『ユリシーズ』

が壊した規範は概念的なものだった。沈黙からの解放を超えて、『ユリシーズ』は恐らく文体の独裁とでも呼ばれるものからの解放を提示した――テキストを知らず知らずに支配する書き方、決まりごと、スタイルから。芸術としての小説はずっと前からスタイルの独裁を打ち壊そうとしてきたが、『ユリシーズ』は誰もが取り去ることなどできないと思っていた語りの要素を取り除いたのだ。ひとりの語り手が物語を通して読者を導いていくという方法はなくなった。読者が出来事を理解するための構造は取り去られた。思考と外界の明確な区別はなくなった。カギカッコは消えた。文章もなくなった。スタイルの代わりに残されたのは借りてこられた声と一時的な様式で、すべてがかりそめで、エリオットがウルフに語ったようにスタイルを「無意味な」ものにまで縮小するためのものだった。

だが、それがどうしたというのだろう? スタイルの終焉はフェニアン団の爆弾と文明の崩壊からはかけ離れているように見えるが、それでも批評家たちは小説の無謀さを捉えようとしていた。スタイルを無益なものにしてしまうことは、すべての土台を無に帰すことだと捉えられたのだ。アルフレッド・ノイズという著名な詩人は一九二二年十月に王立文学協会で講義を行ったが、彼は『ユリシーズ』の前代未聞の猥褻さについてお馴染みの批判を繰り返してみせた。だがノイズを最も苛立たせたのは、ジョイスの出現が英国の根幹を成す価値の低下を意味していたことだった。文学批評家は英国の最上の文学的伝統を放り捨て、モダニストを名乗る狂人たちを称えているのだった。まるで文明全体が自身を忘れようとしているようだ。

英国的な価値に無関心でいることは、ノイズにとって過去を失うことではなかった。それは彼にとって現実の手がかりを失うことだった。「文学の中に現実が、基準が、耐性のある基盤が存在するという確信がないことには致死的な影響がある」と、彼は語った。土台を持たない文学批評は若い世代の頭に「カオスの要素」を持ち込んでいるのだった。

ノイズの言い分にも一理あった。語りは我々が世界を理解する手段だ。人間は出来事に視点を持ち込み、原因と結果というシークエンスを編み上げる。制御と変数を比較している科学者や熱いストーブで火傷をした子どもは、どちらも語りを通して世界を理解しているのだ。小説が重要なのはその基本的な思考の枠組みを芸術に変えるせいだ。美しい語りは周囲の理解不能な出来事にも意味があると思わせてくれる——だからこそ『ユリシーズ』はカオスの道具で、無政府主義的な爆弾だと思われたのだ。語りの方法を破壊することは、ものごとの秩序を破壊することだった。ジョイスは現実に関心を持たないように見えた。それを捨てているように見えたのだ。

モダニスト、すなわちものごとの秩序など既に失せていると思っている人々は違う考え方をした。T・S・エリオットは批評の前提に反対することで『ユリシーズ』を擁護した。世界が戦争をしている時代の人生は、既に語りの方法を素直に受け入れるようなものではない。だが『ユリシーズ』は語りだけが秩序を作り出すものではないと示した。存在とは層になっている。シークエンスの代わりに、世界はエピファニーとなった。伝統の代わりに、文明は一日の出来事になった。現代世界のカオスは、この世界を理解するために新たな思考の方法を要求した——芸術を可能にする人生のために。そしてそれこそが『ユリシーズ』がもたらしたものなのだ。

第19章　本密輸業者

　ほぼ八年に渡る執筆を経て『ユリシーズ』はとうとう世界を旅していたが、次に何が起こるのかは誰も知らなかった。小説は一年前にニューヨークで有罪判決を受け、パリでの出版は英国の新聞の一面でスキャンダルだと批判された。ガーティ・マクダウェルが安手の雑誌ではなく高価な本の中に封じ込められていたら、米国の役人たちも目をつぶっていたかもしれないが、モリー・ブルームと言語道断の「キルケ」挿話はジョイスの作品を新たな場所に追いやった。猥褻法は非常に曖昧に取り決められていたので、初版分が無事に普及したのは『ユリシーズ』が暗に認められたのか、単に当局が気づかなかっただけなのかはまったくわからなかった。仮に役人たちが『ユリシーズ』を取り締まるとして、いつ、どのように行われるかは誰にもわからなかった。役人たちは読者に本の押収を予告することはできたし、法的な問題はないにしても、処分するか不運な書店を起訴することもできた。春ごろ自由に販売されていた本が秋には回収されることもあった。英国の役人たちは米国の役人が騒がなくても手を下すことができたし、法的な対応はどこでも――アイルランドの税関職員でも、オハイオ州の警官でも、ロンドンの郵便検査官でも――地球上のあらゆる国で発禁にすることができた。法廷で『ユリシーズ』をめぐって闘う金はシルヴィア・ビーチにもジョイスにもなく、ミス・ウィーヴァーにはその意思がなかった。

　だがそれでも一九二二年春には、ジェイムズ・ジョイスの分厚い青色の本はパリから「書籍」と記された荷物として米国入りを果たしていた。ジョン・クインは三月、四十番ストリートのドレーク書店で『ユリシーズ』を初めて手にした。何カ月も原稿を受け取り続けていたクインは、手製のページの繊細な手触りを感じ、しぶしぶだがシルヴィア・ビーチが美しい本の出版に成功したことを認めた。『ユリシーズ』の需要は前代未聞だった。ドレーク書店はシェイクスピア・アンド・カンパニー書店の十二ドル版を二十ドルで売ったが、それは序の口だった。ニューヨークの大手書店のひとつブレンターノはそれらを三十五ドルで売っていた。三月下旬になると、本が五十ドルで売れたという話がクインの耳に入り、十月にはニューヨークで売られている最も高価な版の値段はおよそ百ドルだと噂になり、ロンドンではなんと四十ポンドだった。誰もが『ユリシーズ』を話題にしていた。

そして、それこそが問題だった。ジョン・サムナーとニューヨーク悪徳防止協会はたちまち『ユリシーズ』が米国にたどり着いたことを知った。アンダーソンとヒープは『リトル・レビュー』に『ユリシーズ』の全面広告を出していたが、サムナーと郵政省が雑誌に目を光らせているのがほぼ間違いない状況では、その宣伝は相手を馬鹿にしているようにも映っただろう。協会は国を席巻しようとしている猥褻の波——とりわけ海外から輸入される「汚染の純度の高いもの」——に対して弾圧を強めていた。サムナーは米国の主要な港の郵便検査官と税関に電話を掛け、見つけた書籍はすべて押収するよう強く促した。クインはシルヴィア・ビーチのような人間が『ユリシーズ』を出版できたという事実に感嘆した。「アマチュア故の無知とまでは言わないが、恐れ知らずの彼女は非常に難しい仕事をやってのけた」と、彼はジョイスに書き送った。「米国の連邦法と州法を打ち破るという仕事を」。だが小説の出版は最初の壁にすぎなかった。読者のもとにそれを届ける闘いは始まったばかりだった。

ジョン・クインは一九一三年に猥褻法で起訴された際に弁護したミッチェル・ケネリーに連絡を取った。ケネリーは、本を国内に密輸入してくれる太西洋航路の定期貨物船の船長を知っていたからだ。だが『ユリシーズ』を不法に持ち込むといった仕事の場合、発覚を避けるために本は少しずつ送らなければならない――一カ月に二十冊から三十冊。シェイクスピア・アンド・カンパニー書店がパリからロンドンに大量の本を船便で送り、ケネリーは受取人たちから金を受け取り、本を民間の配達業者の便で読者に送る（郵便配達人の手には一切触れさせない）。そして金をビーチに送るのだ。本のサイズを考えると隠し通すのは至難の業だった。計画の鍵は税関が見逃す可能性を高くするために本を貨物で送ることだった。ケネリー曰く、もし見つかったら焚書にされる代わりにロンドンに送り返されるだろう。彼はその仕事を小売価格のわずか十パーセントで引き受けた――クインへの好意として。

通常ならクインはそんな計画に手を染めなかっただろうが、『リトル・レビュー』の裁判と本がすっかり注目を集めてしまったので、他に手段はなかった。クインはシルヴィア・ビーチに説得の手紙を送り、この計画の圧倒的なメリットを強調した――ケネリーは彼女に代わって連邦法と州法を破り、逮捕の危険を冒しても構わないと言っているのだ。もし彼が逮捕されたら「ケネリーが保釈される可能性は万にひとつ、億にひとつ、兆にひとつもない」。実際クインは彼女に、密輸計画が完成するまで彼の注文した十四部を送らないよう言った。

クインはミス・ビーチが恐らく理解できる言葉で、違法とされる本を販売することの困難を説こうとした。密輸には「ドレスをフィッティングし、縫い上げるのと同じくらいの注意力が必要とされる」。クインの裁縫の比喩が鮮烈だったのかもしれないが、ビーチは既にその困難に気づいていた。一九二二年八月には、彼女は『ユリシーズ』をニューヨーク以外のすべての地に無事送り届けていた。ニューヨークでは「悪徳防止協会の怪物サムナーの顎」が待ち構えているのだった。だが彼女は残りの本をどうやって送るか考えつかず、四月以降ずっとニューヨーカーたちから怒りの手紙を受け取っていた。

あるミッドタウンの書店は十七部の到着を待っていた。サンワイズ・ターンはイェール・クラブの下のハイエンドな書店で、アーモリー・ショーに参加した芸術家の手による精巧な木製のインテリアを誇っていた。コレクターズ・アイテム専門の書店で——古い、または希少な本はやはり芸術家たちのデザインした包装紙でラッピングされて客に渡された——そのビジネスモデルは五十人の安定したパトロンが毎年五百ドルを本代とすることに依存していた。『ユリシーズ』のような特別なタイトルを販売するのは書店の生き残りと評判にとって非常に大事だった。五月にはサンワイズ・ターンはシェイクスピア・アンド・カンパニー書店に、二月に三千フラン以上支払ったのにまだ領収書も本も届いていない、と手紙を送った。「非常に懸念しています」。念のため彼らは、商品の受け取りに手を貸す準備のある個人の名前を挙げた。それらは全員、女性だった。

七月末までにサンワイズ・ターンはさらに二通の手紙と電報をシェイクスピア・アンド・カンパニー書店に宛てて送ったが、梨のつぶてだった。書店の共同経営者のひとりメアリー・モーブレー・クラークはすっかり苛立っていた。「『ユリシーズ』をめぐる貴店の我々に対する処置は、どのように考えても理解できるものではありません」。ニューヨークには何カ月も、何十冊という『ユリシーズ』があったが、彼女の書店は手ぶらのままだった。シルヴィア・ビーチが注文主の金を懐に入れ、初版分をすべてロンドンの取次人に売ってしまったという噂もあった。サンワイズ・ターンはその突拍子もない話が真実ではないことを願った。

シルヴィア・ビーチはジョイスの小説の出版に遅かれ早かれ違法な活動が必要になることに気づいていて、ミッチェル・ケネリーに連絡までしたが、何らかの理由で（おそらく費用だろう）他の選択肢を探した。八月、彼女は最も高価な本を十冊、イリノイ州の古くからの友人に託した。その地の税関はそこまで細かくなかったようで、その月の終わりには六冊がイリノイ州からサンワイズ・ターン書店に届いた。モーブレー・クラークの記録では、二重に梱包された小包は「ページが剝がれ落ちた電話帳のようで、明らかに郵便配達人の目に留まるようになっていた」

だが郵便配達人の目はもはや第一の問題ではなくなっていた。税関は十部のうち二部を押収していた。その夏が終わるころ、全米の役人は『ユリシーズ』探しに着手していたが、まだ四十部がニューヨークに送られる予定だった。その時になってシルヴィア・ビーチはヘミングウェイの影の組織の手を借りることにした。

＊

一九二一年末にパリを訪れたとき、アーネスト・ヘミングウェイは二十二歳だった。フランス語はできなかったが、新婚の妻ハドリーに大西洋を渡る蒸気船の上で教えてもらい、右ポケットには幸運の印のウサギの足を入れていた。シカゴでは誰彼かまわず作家になるのだと話し、それを実行するにはフランスが一番だと言った。ヘミングウェイは『トロント・スター』紙のために次々と記事を書き、最上の素材は小説のために取っておいた。パリに着いた彼は金の計算をした。ホテルの部屋は一日約一ドル（長期で借りればその半分で済む）。ステーキとジャガイモを二・四〇フラン（約二十セント）で提供するレストランを知っていて、ワイン一瓶は六十サンチーム（五セント）で買える。ひとり千ドルあればパリで丸一年暮らしていけると彼は踏んだ。ヘミングウェイにとって出費を抑えるのは必要というより鍛練だった。新聞社からは充分な支払いがあり、ハドリーの信託基金からは年三千ドル入った。夕食を作らせるための女中とスイス・アルプスでスキーをしながら休暇を過ごすのは決してボヘミアンな生き方というわけではなかったが、ヘミングウェイは苦難こそよりよい芸術家を作ると信じていた。彼は空腹に耐えることでセザンヌを理解したと考え、性行為を控えることが自分の作品をよりよいものにしたと信じた。

ウサギの足の効き目がなかった場合に備えて、ヘミングウェイはシャーウッド・アンダーソンの手紙を携えていた。これでパリの正しい人脈と繫がるだろう。一通の手紙はミス・シルヴィア・ビーチに宛てられていた。到着から一週間も経たないうちに、ヘミングウェイはリュクサンブール公園を出発して細いフェルー通りを上っていた。石造りの教会の周りを歩き、木製の扉の横で天を指さす洗礼者ヨハネの像の脇を通った。オデオン通りを右に曲がると、通りの向こうに吟遊詩人の絵が描かれた看板が見えた。それは靴屋や楽器屋などの間にある塗りたての店の正面に吊るされていた。シェイクスピア・アンド・カンパニー書店は昨夏オデオン通り十二番地に移転していた。英語の本の書店にして貸本屋は今やそのフランス版姉妹店、モニエのラ・メゾン・デ・ザミ・デ・リーヴルの向かいにあった。オデオン通りはより人の行き来が多く、広いスペースは規模が拡大しつつある貸本屋に都合よかった。

シェイクスピア・アンド・カンパニー書店に足を踏み入れるのは誰かの居間に入っていくような

感覚だった——釣り合わない絨毯、ちぐはぐな家具、金魚。ラルボーの玩具の兵士の小さな一団が入り口横のキャビネットに並び、壁にかかった作家の写真は家族用のアルバムから持ってきたスナップ写真のようだった。ヘミングウェイは尻込みし、シルヴィア・ビーチの魅力にも圧倒された。ウェーブした髪はベルベットの上着の襟にこぼれ、きちんと仕立てたスカートを穿いている。おかげでヘミングウェイは彼女の足の下のほうを眺めることができた。

会話は自然に始まり、いつしか彼は戦争の話（お気に入りの話題）を始め、イタリアの病院で療養するとはどういうことなのか話していた（これまたお気に入りの話題だ）。塹壕でチョコレートを配っていたら隣で爆弾が爆発したのだ。二百を超える金属が下半身に突き刺さり、右脚全体に傷痕が残った。「ご覧になりますか？」ヘミングウェイは右の靴と靴下を脱ぎ、ズボンを膝までたくし上げた。まだ傷の癒えていない肌を目にしたミス・ビーチはいたく感銘を受けていた。

一九二二年は『ユリシーズ』とT・S・エリオットの『荒地』が出版された年で、モダニズムが成人した年とされている。それはアーネスト・ヘミングウェイが大人になった年でもあった。後世では彼が二月に出会ったガートルード・スタインに薫陶を受けたことが注目されるが、彼を文学の世界にいざなったのはスタインよりもシェイクスピア・アンド・カンパニー書店だった。同じ二月、ヘミングウェイはビーチの書店で偶然エズラ・パウンドに出会い、一週間も経たないうちにパウンドは彼の原稿を読み、パリと米国で彼についての話を広めていた。それからの年月、パウンドはヘミングウェイの散文のうち六つを『リトル・レビュー』に送り、一九二三年春に掲載の運びとなった。その年の後半、ビーチはロバート・マコルモンにヘミングウェイの第一作を出版するよう言った。

ヘミングウェイはパウンドに会って数週間のうちにジョイスにも出会い、いくらも経たないうちに目を輝かせた若い米国人は偉大なるアイルランド人作家と酒を飲むようになった。ヘミングウェイは恐らく戦争中に救急車を運転した話をしただろうし、ジョイスが金銭的な苦労について愚痴をこぼすのを半信半疑で聞いたはずだ。ある夜、ジョイスは誰かの酒の席での振る舞いに腹を立てたが、ほとんど見えない相手と口論していることに気づいた痩せぎすの作家は胸板の厚い友人のほうを向いて怒鳴った。「やってしまえ、ヘミングウェイ！　片づけてしまえ！」ヘミングウェイはジョイスをノーラのもとまで送っていくことで彼を片づけた。「あらあら、作家のジェイムズ・ジョイスのお帰りね！」と、ノーラは玄関で言った。「またアーネスト・ヘミングウェイとしこたま飲んできたのかしら」

彼は『ユリシーズ』が出版されると、モダニズムの巨匠たちと会った。ヘミングウェイは予約を取ろうとするシェイクスピア・アンド・カンパニー書店の騒ぎを恐らく目にしていただろうし、左岸を駆け巡った興奮と、自身の野心を覚えていただろう。彼は『ユリシーズ』を数冊注文して、シャーウッド・アンダーソンに手紙を書いた。「ジョイスはとてつもなく素晴らしい本を書きました」。恐らく初めて書店を訪れたときに『ダブリン市民』を買い、ジョイスの短編に大きな影響を受けたはずだ。『ダブリン市民』は彼に簡潔に書くことを教え、最も重要なことを言わずに済ませることも教えた。『武器よさらば』が一九二九年に出版されると、ヘミングウェイは検閲された罵り言葉を丁寧に手書きした本をジョイスに渡した。「ジム・ジョイスは生ける作家で私が唯一尊敬した人問題もあったが、私が知っている他の誰よりいい作品を書いた」と、彼は後に語った。

ヘミングウェイには生徒としての天賦《てんぷ》の才があった。大学を出ていなかったので、シェイクスピア・アンド・カンパニー書店を通じて高等教育を受けた――大半の生徒が四年かけて書くことを学ぶところを、わずか数カ月でそれ以上に学んだのだ。貸本屋で最初に手に取ったのはD・H・ロレンスとツルゲーネフで、貸出の上限は二冊だったが、ビーチは彼にそれ以上持って行かせた。彼はトルストイの『戦争と平和』、そしてドストエフスキーの『賭博者』を選んだ。数年前、ヘミングウェイの贔屓《ひいき》の作家はラドヤード・キプリングとO・ヘンリーだった。シェイクスピア・アンド・カンパニー書店の会員になって彼はフローベールとスタンダールを発見した。パリに向けて出立する前は、恐らくジェイムズ・ジョイスとエズラ・パウンドの名前を聞いたことさえなかっただろう。シェイクスピア・アンド・カンパニー書店に足を踏み入れた二カ月後、ビーチはそのふたりをヘミングウェイの師匠にした。

周囲の優しさがヘミングウェイをよりよい生徒にした。ガートルード・スタインは彼にありがた迷惑なアドバイスを与え（「最初からやり直し、集中しなさい」）、シルヴィア・ビーチは彼に食べ物を与えた。ご多分に漏れず、彼女の書店は彼の郵便局となり、またアドバイスとゴシップの主たる水脈となった。ビーチは彼の悩みに耳を傾け、金を貸してやった。「私にこれほど親切にしてくれた人間を他に知らない」と、彼は後に語った。パウンドも同様に気前が良かった。ヘミングウェイは彼が危険な量のエネルギーを秘めていると思った。（「あんなに早く食事をしなければもっと長生きするだろう」とヘミングウェイは書いている）。だがそれ以上に印象的だったのは、信頼を寄せる作家へのパウンドの親切ぶりだった。「彼らが攻撃を受けたら擁護し、雑誌掲載の手助けをし、刑務所から出す。金を貸す。写真を売る。舞台を企画する。記事を書く」。リストは続いた。パウンドは利他的で、理念があり、聖者のように怒っていた。ぼさぼさの髪と強い言葉によって、彼は荒野の声となり、洗礼者ヨハネとなったのだ。

パウンドはヘミングウェイに形容詞を信頼しないよう教え、ジョイスは彼にわかりにくく書くことを教えた。彼は一緒に酒を飲むことでジョイスに報い、パウンドにはボクシングのやり方を教えた。ウィンダム・ルイスはヘミングウェイがパウンドのアトリエで上半身裸になり、青白い胴体に汗を光らせていたことを覚えている。ヘミングウェイはパウンドの左ジャブを落ち着いて手のひらで受け、ほとんどエネルギーを無駄にせず、反撃する代わりに場所を変え、手製の家具と日本画を巧みによけていた。英国の邸宅でW・B・イェイツにフェンシングのやり方を教えた詩人は、左岸のアトリエで若いアーネスト・ヘミングウェイにボクシングを教わることを嫌がらなかった。パウンドはスタンスを広く取り、左のパンチを磨く必要があった。彼は拳を突き出して、闇雲に腕を振り、攻撃を繰り出した——ヘミングウェイは汗をかくためにラウンドの合間にシャドーボクシングをしなければいけなかった。たちまちそれは彼の習慣になった。彼はパリの街路を飛び跳ねながら歩き、ジャブを繰り出し、身をかわし、目に見えない相手への挑発をつぶやき続けた。

ヘミングウェイは周りのほとんどの人間より若く、教育の程度も低かった。マチズモはそれを埋め合わせる手段だった。自分がラテン語やギリシャ語を決して身につけられないことを知っていて(フランス語さえほとんど学習しなかった)、そのため肉体を磨きあげた。あるとき彼はシルヴィア・ビーチとアドリエンヌ・モニエを連れて、街の場末にある荒っぽい地区で行われたボクシングの試合に行った。ヘミングウェイはリングにたどり着くため誰かの裏庭を横切り、リングではふたりの選手が、胸に血が滴り落ちるまで殴り合っていた。彼なりの恩返しだった。彼はスキーのためスイスに行き、闘牛のためスペインに行き、釣り、リュージュ、ボブスレーもした。ジャーナリストとして夜の歓楽、政治家の会議、希土戦争のおぞましいその後を取材した。ムッソリーニには二度インタビューした。『トロント・スター』の記事を書いていないときにはカフェで短編を書き、クロワ・ド・ゲール勲章を身につけた手負いの男と戦争について語った。彼は酒を飲み、息子のおむつを替え、競馬や競輪をした。ヘミングウェイはあらゆることに関わっているようだった。

＊

シルヴィア・ビーチはふと思いついた――ヘミングウェイが密輸のやり方について何か知っているかもしれない。ジョン・クインは『ユリシーズ』をまとめてカナダから密輸入し、サムナーの手下から遠く離れたデトロイトかバッファローに送る可能性について口にしていた。ヘミングウェイにはカナダからの密輸を手助けできる知り合いがシカゴにいるのではないか？　その通りだった。「二十四時間ほしい」とヘミングウェイはビーチに頼み、戻ってくると、カナダに繋がりのある友人がシカゴにいると言った。まさにうってつけの人物だそうだ。ヘミングウェイはその男の名前と住所を教え、直接細部を詰められるようにした――彼自身の名前は決して出さないでほしいとのことだった。ビーチは密輸業者バーネット・ブレイヴァーマンに手紙を書き、共通の友人がシカゴにいると言った。ジェイムズ・ジョイスの新作を十数冊、カナダの国境を越えて運び込みたいのだった。それらはアルフレッド・クノッフやベン・ヒュービッシュといった重要な米国人読者に届けられる予定だった。自身で出版し、流通させる度胸はない出版社の人間だ。ブレイヴァーマンは個人からの最大の注文についても責任を負うことになる。この本の犯罪の歴史が始まったワシントン・スクエア・ブックショップに二十五部届けるのだ。

ブレイヴァーマンはヘミングウェイの予想ほど連絡を取るのが簡単ではなかった。ビーチは二カ月近く待ってようやく短い電報と（「マエバライデホンオクレ」）カナダの住所を受け取った。彼女は返報しなかった。ブレイヴァーマンは数週間後に手紙を寄こし、自分の計画を明らかにした。彼は今デトロイトに住んでいて、ビジネスのため定期的にオンタリオ州ウィンザーとの国境を横切っている。本はまとめてカナダの住所に送ればいい。自分の職場で保管するのは論外なので、ウィンザーに一カ月小さな部屋を借り、一冊ずつ川を越えてデトロイトに運び込むことにする。そうすれば両岸の国境警察官も気づく可能性が低いからだ。手間のかかるやり方だったが、ブレイヴァーマンが「正確に」それをやってのける人々を知っていた。本が米国に到着したらブレイヴァーマンが小包にして、郵政省を避けるため民間の配送会社で送る。船代、関税と部屋代はビーチが払う。その仕事に対して報酬を求めない。

シルヴィア・ビーチは返事をするまで四カ月かけたが、最初にシカゴの税関で本が押収されたあと、赤の他人を信じて『ユリシーズ』に国境破りをさせるのがベストの選択肢だと決断した。こうして彼女は同意し、返事を書いた。だがもしブレイヴァーマンが捕まったら自分で何とかしてもらうしかない――合衆国や州に彼女が金を払うわけにはいかないのだ。そして捕まる可能性は高かった。彼の計画は本が燃やされる危険性を低くはしたが（国境警察官は本を見つけたときだけ押収できる）、『ユリシーズ』を一冊抱えて国境を越え、ミシガンで発送のために本を所持し、州境を越えて本を送るたびに法を破ることになる。五千ドルの罰金と五年の実刑というリスクを負っていたが、とにかくやり遂げる気でいた。彼は三十五ドルでウィンザーに部屋を借り、大家には出版業に関わっていると曖昧なことを言っておいた。

カナダの税関職員はブレイヴァーマンの最初の試練だった。押収については心配していなかったが（カナダがこの本を発禁にするまで二年かかった。禁止が解けるのは一九四九年だ）、高い輸入税については気にしていた。輸入本の関税は小売価格の二十五パーセントで、シルヴィア・ビーチには払えなかった。本の郵送に必要なのは三百ドルだったが、検査官がその本の価格をどの程度と見積もるにしても、ブレイヴァーマンは話術で逃れた――サイズや手すきの紙については気にしない。本に価値はないのだ。

駆け引きをすれば本が詳しく調べられる危険性は高まる。カナダで『ユリシーズ』は発禁になっていなかったものの、検閲はしばしばこのようなお決まりの検査から始まっていた。だがブレイヴァーマンの賭けは成功した。カナダの税関はパリからやってきた巨大な包みは米国で六十五セントで売られると納得した。何百ドルも払うのではなく、ブレイヴァーマンは係に六ドル五十セント払った。シェイクスピア・アンド・カンパニー書店の荷物を手に、ブレイヴァーマンは本をトラックに積んで走り去り、国境を越える前に禁制品を置いておく、他に何もない部屋に積み上げた。

数日後、ブレイヴァーマンはウィンザーの部屋のドアを開けて、密輸に同意した本の山を見つめた。それを一冊ずつ運ぶと考えると、荷物の量が重くのしかかってきた。自身も読んだこともない『ユリシーズ』のために、毎日毎日、なぜ一カ月以上も逮捕の危険を冒さなければいけないのだ？

世紀の変化の波は、ブレイヴァーマンのような人間を『ユリシーズ』に引き寄せた。十九人のティーンエイジャーによる政治的抗議が一九二〇年代の文化的抗議に拡大すると、戦前の反逆者たちはジョイスの偶像破壊、冒瀆、大胆な性表現に憧れた。『ユリシーズ』は波打つ抵抗の空気をうまく利用したのだ。自由を標榜しながらその販売や配布を拒絶する国に芸術作品を密輸入するのは、政治的なクーデターが不可能にも見えた時代の文化的な一撃であり、ブレイヴァーマンのような人間にとってその機会は逃すことができなかった。彼は密輸業者でも、密造酒の輸入業者でも、犯罪者でもない。広告会社に勤めるコピーライター兼営業マンで、自由時間には芸術家かつ過激主義者だった。

*

かつてシカゴにいたころ、ブレイヴァーマンはヘミングウェイと知り合いで、『プログレッシブ・ウーマン（進歩的な女性）』と銘打たれた雑誌の編集者をしていた。彼は社会主義者を勧誘する講演を行い、緊急のチラシを刷った（「婦人参政権論者よ、狼に気をつけろ！」）彼は貧困と、女性を週わずか六ドルでこき使う工場を批判した。「女性であるということは、産業界で最も安い部品であるということだ」。投獄と、ハンガーストライキに踏み切った婦人参政権論者に強制的に食事をさせる英国のやり方を非難し、ウィルソン大統領の就任演説の際に行進をした婦人参政権論者が襲撃されたことに怒った。その激しい攻撃は、国中の家庭で妻や娘たちが直面していた虐待を大衆があらわにしたものだった。彼は資本主義と、それによって生まれたいびつな政府を非難した。「合衆国憲法は商人、銀行家、弁護士、密輸業者、その他の文化人を気取る連中によって作られたのだ。一般大衆には関係ない」

ブレイヴァーマンにとって、悪徳防止協会は資本主義の生ける偽善の証拠だった。彼らは社会の最も弱い人間を選んで攻撃するシステムの手先なのだ。正当な標的を見つけたにしても、彼らは真の原因である貧困ではなく悪徳を槍玉にあげた。ブレイヴァーマン曰く、この国には三十万人の資格を備えた売春婦たちと百万人を超える非合法な売春婦たちがいる。本当に人々が道徳的な生活を送ることをモラリストたちが望んでいるのなら、猥褻な本を読んでいる若い女性ではなく、飢えと搾取によって体を売ることを選んでいる若い女性たちを助けることに力を注ぐべきだろう。「悪徳反対を叫ぶ連中に括目《かつもく》せよ！　愛しい者たちよ！」とブレイヴァーマンは書いた。コムストックとサムナーは悪徳の経済的な原因を見ることができない。彼らの視野は資本主義のイデオロギーですっかり曇っていて、のん気なことに自身ではまったく気がつかないか、裕福な連中に支えられているのだろう。J・P・モルガンやサミュエル・コルゲート、ヴァンダービルトやカーネギーといった連中に無視するよう命じられているのだ。ビジネスに携わる男たちは猥褻な本を差し止めようとする一方で、女性の従業員に生きていくための給金を払うことを拒否した。

ブレイヴァーマンの記事は激動の一九一〇年代を背景にしたものだった。一九二二年には婦人参政権論者たちは合衆国憲法修正十九条によって押さえつけられ、労働運動はパーマー・レイドに妨害され、ブレイヴァーマンの人生も平凡になった。彼は過激な雑誌の編集者から資本主義の担い手に転身した――つまり広告会社でキャッチコピーを作るようになったのだ。彼は米国とカナダの国境近くにあるカーティス・カンパニーのふたつの事務所を行き来し、一九一〇年代の熱気は彼方に追いやられていった。こうしてパリの女性から手紙が届き、資本主義の社会では許されない本を密輸入できないかと頼まれると、彼はミス・ビーチに「米国のおぞましい法律」なら喜んで破ると返事したのだった。「共和国とメソジストのうす汚い猟犬をあざむいてやる」準備はできていた。

ブレイヴァーマンは借りていた部屋から『ユリシーズ』を一冊持ち出し、ウェレット・アベニューのつきあたりの木製の桟橋まで歩いて行き、毎日仕事のあとするようにデトロイト行きのフェリーに乗った。人生で最も長い十分間のフェリーの旅の間、デトロイトの地平線に浮かぶ煙突群が少しずつ近づいてきた。税関の列をのろのろと進み、彼は制服を着た係官の前に立った。相手は彼の持っていた包みを開けるよう命じる。係官は本にちらりと目をやり、ブレイヴァーマンに返し、先に進むよう身ぶりで示した。簡単だった。だが翌日には、同じことを一からやらなければいけなかった。次の日も、またその次の日も。同じことの繰り返しに気力をくじかれ、デトロイトの国境警備兵が不自然なほど大きな本に目をやるたび、ささやかな不安は積もり積もっていった。彼らはジェイムズ・ジョイスの『ユリシーズ』に関心を抱かないだろうか？　ブレイヴァーマンには彼らが疑惑の目を向け始めているように思え、そのため緊張したが、緊張ほど国境警備兵を警戒させるものはなかった。

一九二二年の警備兵は特に監視が厳しかった。密造酒の業者がデトロイト川越しにウィスキーやジンを持ち込んでいた時代だったからだ。ウィンザーとデトロイトを結ぶ最新のフェリー「ラ・サール」号は、禁酒法時代の最大の密造酒船だったはずだ。定員三千人で、古いフェリーより規模の大きな船では密輸人たちは群衆に紛れてしまうことができた。ラ・サール号は船内に七十五台の車を収容でき、それは密輸人たちの機会を何倍にもした。彼らは燃料タンクの中に酒を入れておく区画を作った。あらゆるものを上げ底にした——車の座席、動物のケージ、弁当箱まで。自分の体にくくりつけた湯たんぽの中や、コートの裏張りに縫い込んだりもした。

幸運が去っていくのを感じたブレイヴァーマンは、ウィンザーの部屋の賃貸期限が残り数日になった時点で友人を呼び寄せ、残りの数冊をできるだけ早く密輸入するのを手伝ってもらった。彼らはズボンの中に『ユリシーズ』を二冊入れ、使っていないベルト穴できつく締め、フェリーの渡り板を何食わぬ顔で上り下りした。晩秋の気候のおかげで彼らの分厚いコートも不自然ではなかった。

密輸は順調に進んだが、ブレイヴァーマンと友人たちはひとつのリスクを冒していた。警備兵は見つけられなかった本を調べることはないが、この手の上着とぶかぶかのズボンが『ユリシーズ』の隠し場所になるのなら、アルコールのボトルを数本隠していると思われてもおかしくない。もし警備兵がふたりのどちらかを検査し、腹のふくらみが三・五ポンドの本だとわかったら、どう言い訳すればいいのだろう？

　幸運にもふたりは誰にも呼び止められなかった。おとなしげな外見で、童顔に髪をなでつけていたブレイヴァーマンは、どう見ても密輸業者ではなかったのだ。過激主義者にも見えなかった。だが実際はそうだった。彼は最初の『ユリシーズ』密輸人で、預けられていた本を一冊残らず持ち込むことに成功した。翌年彼はパリに行き、ジェイムズ・ジョイスのサイン入りの『ユリシーズ』を一冊手に入れた。

第20章　王の煙突

『ユリシーズ』完成後、ジョイスの人生は崩壊した。一九二二年四月、ノーラは子どもを連れてゴールウェイの家族に会いに行ったが、いつ帰るか言わず、パリを出発したのはちょうどアイルランドが紛争に突入する時期だった。一九二一年に英国議会との間で交わされた条約によりアイルランドは連合王国内の自由国となった（アイルランド議会は王への忠誠を誓うものとする）。その条約によってアイルランド共和国軍内では自由国への合意を支持する者と完全な独立を求める者の間に大きな亀裂が入り、ノーラと子どもたちは過激化する暴力に巻き込まれた。自由国軍がホテルの部屋に押し入って窓辺にマシンガンを構え、ノーラ、ジョルジオ、ルチアはゴールウェイの町を走り抜けてダブリン行きの列車に飛び乗らなければいけなかった。

パリのジョイスは無力で、孤独だった。ノーラはアイルランドに留まることを考えているようで、彼女を取り戻そうとジョイスは必死の手紙を書いた。お前は僕のもとを去ろうとしているのだろうか？　金が必要なのか？「ああ、我が最愛なる者」と、ジョイスは書いた。「お前がただ僕のほうを向き、この胸の中の心臓を打ち砕いた恐るべき本を読み、お前の望むことを僕にさせてくれるなら！」ノーラにとって「ジム」の一部は一九〇四年で止まったままで、子どもたちと自分は前進を続けていた。アイルランド行きは彼の人生を支配してしまったあの恐るべき本から彼を引き離そうとするノーラなりのやり方だった。自分はモリー・ブルームの声以上の存在だ、とノーラは気づかせようとしていた。

ジョイスはひとりではうまくやっていくことができなかった。ろくに眠れず、食べられず、シェイクスピア・アンド・カンパニー書店の店内で失神した。いくつも歯の膿瘍ができ、虹彩炎は今までにないほど悪化した。ノーラと子どもたちが帰ってきて一週間も経たないうちに（ノーラは決してジョイスを捨てたりしない）、左目に緑内障を起こした。痛みが耐えられないほどになると、眼科医は左岸の小さなホテルに助手を送り込んできた。若い助手はドアを開け、かの有名なアイルランド人作家が毛布にくるまり、食べ残しの鶏の入ったシチュー鍋の置かれた床に座り込んでいるのを見つけた。ノーラは反対側にうずくまっていて、部屋全体が散らかっていた。ふたつの部屋にはちぐはぐな家具と半分空になったワインボトルがぎっしり置かれていた。服と化粧品がテーブルの上やマントルピース、椅子の上に投げ出されていた。使い込まれたトランクは開けっ放しで、まだ最近の家族旅行の後始末をしていないようだ。ジョイスが鶏の残骸から目を上げた。

助手は手術が必要だと告げ、ジョイスは医者に二度と彼を送ってよこさないよう言った。数日後、医者はジョイスの左目を検査し、すぐに虹彩切除の手術が必要だと強く言った。放っておけばおくほど、視力は悪化する。ぞっとするような見通しだった。ジョイスの左目は「いいほう」の目だった——まだメスを入れていないし、読み書きのときに必要な目だ。たとえ手術が成功しても視力には影響が出るし、失敗したら見えなくなるかもしれない。ジョイスは五年前のチューリヒでの手術がすっかりトラウマになっていたので、メスを握りたがらない医者を見つけようと心に決めた。彼は動揺もあらわな電報をミス・ウィーヴァーに送った。手を貸してくれないだろうか？　彼女の医者はパリに来てくれるだろうか？　今度の手術は作家生命を絶つとジョイスは思っていた。電報には必死の言葉が綴られていた。「ヘンジモトム　イッコクアラソウ」

駆けつけたシルヴィア・ビーチはノーラがジョイスの両目に冷えた湿布をして、腫《は》れを取ろうとしているのを見つけた。もう何時間もそうしていると言う。「痛みがあんまりひどくなるとこの人、立ち上がって歩き回るんです」。ビーチは彼をルイス・ボルシュのもとに連れて行くことを決めた。ボルシュは米国人の医者で、シェルシェ・ミディ通りとルガール通りの角で安い診療所を開いている。立地はよさそうだが、診療所そのものは胡散臭かった。外観はみすぼらしく、待合室には木のベンチが所狭しと置かれ、診療室は小太りの医者が振り返るのもやっとという大きさだ。ジョイスは彼のヤンキー風の発音を面白がった。「あんた、目がいかれちまって残念だなあ」と、彼は無残な目を覗き込みながら言うのだった。それでもボルシュ医師はジョイスの頑固な虹彩炎を「体から毒素を排除して和らげる」ことができると思った。手術の代わりに医師は目薬（中身は明らかにコカインだった）と、さらに冷たい湿布、睡眠薬そして「血液を浄化する」薬を処方した。ボルシュ医師は全身の健康状態を改善するようジョイスに強く言い、シルヴィア・ビーチがミス・ウィーヴァーに説明した言葉によれば「もっと快適で健全な暮らし」をするよう言った。

＊

一九二二年、ジョイスは『ユリシーズ』の出版を可能にしたもうひとりの女性に会うことにした。ミス・ウィーヴァーには彼の病状が回復するのを何カ月も待たせていたが、ボルシュ医師の治療はどうやら効果を挙げているようだった。八月には、ジョイスは海峡を渡る旅ができるほど回復したと思った。しかしこれまで回復したときと同様、結果は急激な病状の悪化だった。彼は数え切れないほど目薬を差して目を濡らし、パリの医者たち同様、断固として手術を行おうとするロンドンの医者たちに抵抗した。医者たちはあらゆる点において意見が一致しているようだった。「ミスター・ジョイスのパリでの生活は非常に不健康だ」と、ミス・ウィーヴァーの主治医は彼女に言った。彼は毎夜痛みの中で過ごし、ひどく汗をかき、眠れなかった。毎朝ホテルでノーラは氷を入れたバケツに冷湿布を浸して、小さな枕ほどの大きさのコットンの束と一緒に目に当てた。湿布を取ったあと、ジョイスはベッドの足元の真鍮のノブを見つめた。その弱々しい輝きだけが、無限の闇を照らしていた。

だが作家とパトロンはついに会うことができた。ミス・ウィーヴァーはミスター・ジョイスの午後の訪問に備えて新鮮な切り花をアパートに飾った。七年間、彼女にとってジョイスは頻繁な文通相手で、写真の中の問題児で、『若き日の芸術家の肖像』に登場する成人を迎える繊細な青年で、多彩な声を操る『ユリシーズ』の著者だった。今、彼は生身の人間で、身ぎれいにし、文句のつけようのない振る舞いで、度の強い眼鏡をかけていた。だがその眼鏡の奥にあるものはミス・ウィーヴァーをおじけづかせ、客人をまっすぐ見るのをためらわせた——気おくれのせいではなく、気まずかったのだ。ジェイムズ・ジョイスの左目には瞳孔がなかった。瞳の中心の暗い窓と虹彩の網目はもやに覆い隠され、生来の青い色は青みがかった緑色に変わっていた。彼の話し声を聞くだけでもミス・ウィーヴァーには集中力が要った。彼はミス・ウィーヴァーを楽しませようとジョークやからかいを口にしたが、見つめ返す瞳は顔に埋め込まれたうつろな大理石のようだったのだ。

ミス・ウィーヴァーは手紙を通して何年間もジョイスの苦痛を想像してきたが、今やその恐るべき実像と対面していた。ジョイスに繰り返し虹彩炎を起こしているものが何であれ、毛細血管を破裂するまで広げてしまったのだ。血液は目の中の液体に浸透し、死んだ細胞や膿と混ざり、それらすべてが目の中を何カ月も漂った。血と滲出液は何カ月もそこにあったせいで「組織化」するようになった——粘着性の液体が固い皮膜になり、瞳孔を覆ってしまったのだ。ミスター・ジョイスの顔を見つめるのは迫りつつある失明の恐怖を感じることで、瞳の繊細さ、見るということの恐るべき複雑さを実感することだった。

＊

ミス・ウィーヴァーはエゴイスト・プレスから英国で最初の『ユリシーズ』を出版することに決めた。ダランティィエールの誤植を直し、ジョイスの収入を支援しようと固く決意していた——彼は費用を差し引いた全体の利益の九十パーセントを受け取ることになる。本は二千部印刷し、シェイクスピア・アンド・カンパニー書店同様、エゴイスト・プレスも書店を通さず直接読者に販売することで権力の目をごまかす。シルヴィア・ビーチは宣伝用の素材をまとめ、配布する手伝いをしたが、パリにいながらできるのはそれが限度だった。ミス・ウィーヴァーはロンドンでただひとつ、ペリカン・プレスに接触した。最初の十の挿話を読んで、非公式ながら『ユリシーズ』の印刷を引き受けた業者だった。だが、残りの挿話を読んで、彼らは気を変えた。

ミス・ウィーヴァーは自分の犯そうとしている法的なリスクをよく理解していなかった。彼女の弁護士は、猥褻だと判断された本はそれが販売や配布のために保管されるならどこででも（書店でも、編集部でも、自宅でも）没収されると言った。せっかくの創造的な提案にもかかわらず、エージェントを通して販売したり、さまざまな業者に分割したりすることに大した違いはなかった。私家版の唯一の法的な利点は、判事に対して出版社は本の入手経路を制限するつもりだったと主張できることだけだった。あるいはヒクリン・ルールに沿って言うなら、出版社は「その書物を手にする」人々のタイプを制限したのだった。

だがそれはたいした利点ではなかった。シェイクスピア・アンド・カンパニー書店の本が示すように、書店はいずれ本を再販するようになるし、警察の捜索で押収された一冊の本はすべての本に影響を及ぼすからだ。「私家版」であろうとなかろうと、『ユリシーズ』は今や注目の本だった。完全版が出版され、怒りに満ちた書評が英国全体で公表され、プライバシーの衣は剝ぎ取られた。ウィーヴァーとビーチは、敵意を持った読者が本を注文して警察に送る可能性を検討した。たとえば『サンデー・タイムズ』紙の編集者は、「はぐれ者の聖書」を焚書にすると心に決めているようだった。

ミス・ウィーヴァーは別の解決策を思いついた。ジョン・ロドカーという名の『エゴイスト』の古くからの寄稿者がオーヴィッド・プレスの名のもと限定版の書籍を出版していたのだ。彼女は戦争中にエズラ・パウンドの夕食会でロドカーに会ったことを思い出した。彼は良心的兵役拒否者として刑に服し、ハンガーストライキのおかげで釈放されてから夕食会に参加したのだ。ロドカーはパウンドの仲間と付き合いを続け、自分の信念のために法を犯すのを厭わないのは明らかだった。ミス・ウィーヴァーはロドカーに、パリで彼女の代理人になってくれるか尋ねた。エゴイスト・プレスは印刷と経費を負担するが、宣伝と販売、流通はパリで行われる。ロドカーはディジョンのダランティエールから二千部受け取り、出版を告げるチラシを配り、注文を集め、梱包して世界中の読者に向けて発送するのだ。ミス・ウィーヴァーはその仕事に対して二百ポンド払う。話はシンプルだった。

ロドカーはすぐ最初の問題に突き当たった。『ユリシーズ』が高額なため、海賊版が出てきたのだ。誰かが元のシェイクスピア・アンド・カンパニー書店版の偽造版を作ろうとしているという噂が聞こえてきた。印刷にはもっと安い紙を使い、不正でもいいから『ユリシーズ』のような希少な作品を手に入れたいと思っている書店に流して、利益を懐に収める。ジョン・クインも同じ噂をニューヨークで耳にした。彼はミス・ウィーヴァーに手紙を書き、「ギャング」が都市近郊で一千部刷り、海賊版を三十ドルで売ろうとしていると警告した。海賊版に対して法的な差し止めを求めるのは金がかかるし、結局のところ効果がない。あるギャングに対して禁止命令が出されても、ただ印刷版と残りの本が別の州にいる誰かのもとに渡るだけだ。国中の海賊版業者たちを探し出し、次々と禁止命令を発しなければいけない。いたちごっこだ。

クインはより効果的な選択肢を考えていたが、それは彼にとって屈辱を意味した――ジョン・サムナーに助けを求めるのだ。ニューヨーク悪徳防止協会なら喜んで本を追跡し、『ユリシーズ』のチラシを郵送する人間を誰であれ逮捕するだろう。もちろんそれはコムストック法の処罰の対象で、サムナーなら海賊版が行きわたる前に彼らを止められるかもしれない。彼はミス・ウィーヴァーに手紙を書いた。「皮肉なことじゃないか？　この私が――猥褻だというサムナーの告訴に対して法廷で反対した人間が、猥褻だという理由で海賊版の発禁を求めなければいけないのだ」。皮肉だろうが何だろうが、クインは海賊版を止めるために法律を利用するのをためらわなかった。

海賊版に関して一番問題となったのはそのタイミングだった。もしエゴイスト・プレス版が世に出る前に登場したら、買い手は露と消えるだろう。ロドカーはできるだけ急いで売らなければならず、つまりテキストの誤植を直している時間はもうなかった。こうしたわけでエゴイスト・プレス版は実のところシェイクスピア・アンド・カンパニー書店版の二刷といった趣になり、正誤表だけが挟まれた。そうして急いだおかげで、ロドカーは支払いを受けながら発送を担当する誰かを探さなければいけなかった。運のいいことに、ミス・ウィーヴァーはエズラ・パウンドの夕食会からもうひとりの協力者を見つけ出した。アイリス・バリーは二十二歳で、元婦人参政権論者、空襲を避けながら会に加わっていた。『エゴイスト』を熱心に読みながらバーミンガム近郊の農場で育った女性で、一九一五年にロンドンに引っ越したのはエズラ・パウンドの強い勧めもあってのことだった。一九二二年、バリーはボンド・ストリートで秘書の仕事をしていたが失職したところで、ミス・ウィーヴァーは彼女が毎週風呂に入り、しっかりとした食事を取れるように支援していた。ミス・ウィーヴァーとロドカーがジェイムズ・ジョイスの初の『ユリシーズ』英国版の出版を手伝ってくれないか頼むと、彼女は快く引き受けた。

ロドカーはすべてを一カ月以内に整えた。友人の書店の倉庫を借りてチラシを郵送し、注文を受け、パリ左岸の安宿の地下室を借りてアイリス・バリーが『ユリシーズ』を受け取り、保管し、発送できるようにする。ロドカーとバリーはパリに渡り、一九二二年十月十二日、ダランティエールの荷物が届いた。ロドカーは『ユリシーズ』が二ギニーで手に入ると宣伝した――シェイクスピア・アンド・カンパニー書店版の一番安い本と同じだ。本は四日で売り切れた。ロドカーが注文を受ける一方、アイリス・バリーはオテル・ヴェルヌイユの地下の円天井の小さな部屋で作業をした。机は茶色の包み紙と、何百枚もの宛名ラベルでいっぱいだった。周囲では青い書物の山が一冊ずつ梱包され、発送されるのを待っていた。彼女は四、五冊を抱えて近くの郵便局に向かった。

海賊版の噂が流れ、ニューヨークではサムナーという名の怪物が口を開けている状況では、米国行きの書物はふたたび本が流通していると役人に気づかれる前に発送しなければいけなかった。バリーは最初の米国からの注文百部を急いで郵送したが、本が発送されるたびに、パリの消印のついた本に目を光らせている税関の職員に発見される危険は高まった。米国からの注文があまりに多かったので、ミス・ウィーヴァーは没収を恐れて一部の注文を拒否した。ロンドンには数十冊取り置いておいた。

最大の注文は米国の仲介業者から届いた。『ユリシーズ』を熱望している書店に販売しようというのだ。それらの注文を拒否することはできないが、個別に発送することもできなかった。何百部もの書物をまとめて送ることはもちろんできない。税関職員が買収されていたり、無能だったりしないかぎり必ず目に留まるだろう。それらはひそかに輸出しなければいけないが、ブレイヴァーマンのような人間の手には余った。ロドカーはもっと大胆な計画を温めていた。本をパリからロンドンに送り、卸売業者が背表紙の糸をほどいて一冊ずつばらばらにしたのだ。解体した本のページは新聞紙の間に忍ばせ、積み重ねて発送した。米国の商船の一等航海士は英国の大量の新聞のふりをした何百部もの書物を密輸入することに同意した。それらはニューヨーク周辺で突然需要が高まったラグビーのスコアや、議会の風刺画の需要を満たすためのものなのだ。作戦はうまくいき、新聞に隠された英国版『ユリシーズ』は無関税で上陸した。

ロドカーの船が北大西洋を渡って本を運び、アイリス・バリーが米国やフランス、その他の国の読者に本を送るあいだ、ミス・ウィーヴァーはロンドンでの注文を自身でさばいていた。ロドカーは民間の配送会社に本を託し、書店がエゴイスト・プレス版をこっそり注文してくると、彼女は配送会社から本を引き上げて自身で届けた。ミス・ウィーヴァーはロンドン市内のどの書店に行っても普通の客のように見えたが、名前を名乗って店主と面会を求めると、店員は帽子にリボンをつけた居心地の悪そうな女性が、待ち望んでいたエゴイスト・プレスの代表だと気づくのだった。そして彼女が脇に抱えている包みが「あの」本だとわかった――彼らが素早くカウンターの後ろに隠したあの本だ。

ミス・ウィーヴァーは弁護士の助言に反して、数冊を自身のオフィスに残しておいた。それがますます法的な危険を冒すことになるとわかっていても、数冊をアパートに持ち帰り、大きなヴィクトリア朝式の戸棚の奥に隠した。いずれ起きるだろう警察の捜索からできるだけ多くの本を守りたかったのだ。本は何カ月もそこに隠され、彼女は警官が自宅の玄関に現れ、捜索するのを何カ月も待っていた。彼らがやってきたら辛抱強く待ち、芸術作品を没収するためレディの私物を漁るほど厚顔無恥か見守ろう。

家族は彼女の不安に気づいたが、何も言わなかった。文学的な仕事に関して娘が口をつぐむのには慣れていた――とりわけジョイスが絡んでいるときは。そして、そのほうがよかった。『エゴイスト』の婦人参政権論や避妊の主張は、筋の通った信念だったのできょうだいにも許せたが、ジョイスとの関わりは話が別だった。一部の家族はわざわざ『ユリシーズ』を読み、ハリエットがなぜこんな不潔なものを支援するのか、その上出版にまで関わるのか首をかしげた。義理の兄は憤激と困惑の混じった表情を見せた。「どうしてこんなことを？　どうしてこんなことを？　謎だ、謎だ！」

＊

第二版の密輸入は順調に進んでいるようだった。分解された何百枚ものページは新聞紙に挟まれてニューヨークの税関職員の目を盗んで運び込まれ、卸売業者が綴じ直した。だが一九二二年末になると本の紛失の報告が届くようになった。エゴイスト・プレス版とまだカナダからの密輸入が続いていたシェイクスピア・アンド・カンパニー書店版の両方だ。大西洋のどちら側の政府からも公式な通達はなく、没収の通告も、焚書のニュースもなかった。パリやロンドンに荷物が送り返されることもなかった。密輸業者や貨物船の船員が逮捕されることもなかった。米国郵政省や税関からの警告さえなかった。折に触れて『ユリシーズ』が文字通り消失するだけだった。トラブルの明らかな兆候はたったひとつだった。十一月上旬、『ユリシーズ』を二、三部ずつロンドン市内で送り始めたとき、ミス・ウィーヴァーは窓の外から探偵が覗いているのに気づいたのだ。ミス・ハリエット・ウィーヴァーは警察の監視下にあった。

一九二二年十二月になると、米国の役所が片っ端から『ユリシーズ』を押収していることははっきりしていたが、細部は曖昧模糊としていた。米国政府が一切記録をつけなかったか、記録が紛失したかどちらかだ。いずれにしても消えた『ユリシーズ』が捜査当局の手に落ちているのは確かだった。十一月にボストンで行われた捜索の結果、輸入された数冊の本が見つかった。他の本は三十四番ストリートにあるニューヨークの中央郵便局に積み上げられており、ワシントンの判断を待っているところだった。役人を仕事に駆り立てたのがジョン・サムナーか、辛辣な新聞の批評か、あるいは誰も仕事に駆り立てなかったのかはわからない。どちらにせよ、ニューヨークの税関職員はこの件の裁定を郵政省の法務官に託した。分厚い本をめくり、税関職員が印をつけたページに目を留めた法務官は、『ユリシーズ』がギリシャ古典とは何の関係もないことに気づいた。これはアイルランドについての本だ。法務官は『ユリシーズ』が「明確に猥褻」だと言い、記録のため自分の事務所に一部残しておいた。

法務官の判断が下ると、ボストンとニューヨークの郵便局の役人は秋いっぱいかけて集めた五百部近い『ユリシーズ』をまとめ、台車に乗せて地下室の薄暗い廊下を運び、焼却炉のある部屋に置いた。本の山は焼却炉の黒い扉とカタコンベのように狭く低い棚の列の前に並べられた。男たちは丸い鋳鉄のふたを開け、ジェイムズ・ジョイスの『ユリシーズ』を投げ込み始めた。紙は石炭より明るく燃える。七年に及ぶ執筆、何カ月もの修正と活字組み、何週間もの印刷と何時間もの梱包と郵送は数秒で灰と化した。

＊

『ユリシーズ』の焚書は難しい判断ではなかったはずだ。ニューヨークでこの本の一部に対して有罪宣告が下っていたというだけで、手ぬるい役人でさえ『ユリシーズ』は国のどこでも違法だと説得できただろう。ミス・ウィーヴァーがどこから押収と焚書のニュースを聞いてきたのかははっきりしない。連邦法では政府による押収を通告し、法廷でその決定に反対する機会を設けることが定められていたが、その種の通告が『ユリシーズ』を待ちわびる個人や卸売業者の元に届いたかといえば、証拠は一切残っていない。わかっているのは『ユリシーズ』が燃やされたとき、ミス・ウィーヴァーはジョン・クインにも自身の弁護士にも調停を依頼しなかったということだ。彼女は自宅に隠した本を動かさなかった。燃やされた本について嘆いたり、調査をしたりもしなかった。代わりに印刷を重ねた。数日の間に、ミス・ウィーヴァーはディジョンのダランティエールに五百部追加で注文を出した――灰になった本に代わる第三版だ。ロドカーが英国まで船で送り、そこで以前と同じ手順で密輸する――本をばらばらにして、新聞のふりをして敵対的な米国に上陸させるのだ。だが間もなく明らかになるように、『ユリシーズ』は英国への上陸も禁止されることになった。

英国で『ユリシーズ』を発禁にするという決断は一九二二年三月、あるひとりの困惑した市民が最初の書評を内務省に送ったとき始まった。「猥褻だろうか?」と、ロンドンの『オブザーバー』紙は問いかけた。「そうだ。これは疑いようもなく猥褻な本だ」。内務省は政府の主たる機関で、法の執行にまつわるすべてを担っていた。苦情を受けて内務省の役人は内務次官に連絡を取り、『ユリシーズ』を販売しているあらゆる書店の名前と住所を要求した。ミス・ウィーヴァーを見張っていた探偵はおそらく次官の命令のもと動いていて、ロンドンの書店に本を運ぶ彼女を尾行していたのだろう。

『ユリシーズ』について政府は一九二二年十一月末まで沈黙を貫いていたが、そのときになって内務次官は『クォータリー・レビュー』誌の十六ページに渡る書評を入手した。その中で『ユリシーズ』は英国文学という城を爆破するフェニアン団の爆弾に例えられていた。その書評を要約し、次官は『ユリシーズ』を「読むこと不能、引用不能、書評不能」と評した。二日後、彼は指示を出した――郵便ポスト内で見つかった『ユリシーズ』はすべて押収する。その判断は暫定的なものだった。結局のところそれは一市民の苦情とふたつの書評をもとにしているにすぎなかったからだ(片方の書評は好意的だった)。次官は本そのものにちらりと目をやることもなかった。なぜ彼がそんなことをするのだろうか? 『ユリシーズ』は入手が困難だったし、値段は信じられないほど高かったからだ。この件の性質を考え、次官は公訴局長官アーチボルド・ボドキン卿の公式見解を求めた。

公訴局長官として、アーチボルド卿は公訴局のトップを務めていた。アーチボルド卿が最初に着任した一九二〇年、組織は形が定まっていなかったが、一九三〇年に退任するころには将来の業務を支える前例を作っていた。彼は死刑にあたるすべての犯罪を起訴し、中央政府や警察、検察官に助言を与えた。扇動、治安妨害、偽造、司法妨害、汚職、猥褻を含む重罪を裁き、毎年、二万三千件について指示を出していた。

内務次官の『ユリシーズ』についてのレポートがそれほど忙しい男の注意を引いたとは考えにくいが、報告は上層部にまで行き、当局はロンドンのクロイドン空港で『ユリシーズ』を一部押収した。十二月、ある税関職員は乗客がパリから持ち帰った大きすぎる本に目を留めた。句読点のないテキストが溢れかえる終盤のページをめくると、七百四ページに目が釘付けになった。

yes 彼がずっと吸っていたせいでちょっとかたくなったと思うわあたしのどがかわいちゃった乳首ちゃんって彼はいうのよねついわらっちゃったわ yes とにかくこっちの乳首はかたくなるから彼にはそれをさせておこう卵をあわだててマルサーラをいれてのんで彼のためにおおきくしようあの静脈やらなにやらはなんのためにあるのかしらふたつあるのがふしぎねふた子みたいにおんなじ美じゅつかんの銅像みたいに美のしょうちょうだといわれるのよねかた手でひとつかくそうとしているのもあるそんなに美しいのかしらもちろん男にくらべたらふたつの袋がいっぱいでもうひとつだらんとたれ下がっているか立っているんだから帽子かけみたいにキャベツの葉っぱでかくすのもあたりまえよね

職員は乗客に、税関は『ユリシーズ』を一八七六年の関税法四十二条にもとづいて猥褻だとして没収すると告げた。持ち主は没収に抗議し、『ユリシーズ』は高名な作家による重要な芸術作品だと主張した。それはロンドン中の書店で販売され、『ネーション』、『イングリッシュ・レビュー』、『クォータリー・レビュー』十月号といった著名な雑誌に書評が掲載されていたのだ。

市民の抗議を受けて税関は本を内務省に送り、その法的正当性について至急回答するよう求めた。その件は内務次官補シドニー・ハリスのもとに回され、彼は几帳面に七百五ページに目を通した。「彼はあたしに一かいさせたうしろから指であたしをくすぐりながらあたしは彼に足をまきつけて五ふんくらい感じていたおわってから彼をだきしめなきゃならなかったおお神さまあたしはあらゆることを叫びたかったファックとかうんちとかなんでもぜんぶ」。ハリスは『ユリシーズ』についての内務省の分厚いファイルを受け取った。こうした箇所が猥褻かどうか疑問はあるにしても、市民は内務省が猥褻の証拠として取っている『クォータリー・レビュー』とまったく同じ記事を使って『ユリシーズ』を擁護していたのだ。ハリスはこの件について公訴局長官と直接話をした。

アーチボルド卿は辣腕《らつわん》の法廷弁護士で、戦争前に婦人参政権論者を告訴することで脚光を浴びた。「あいつは野獣だ」と、ある人物は、注目を浴びた有罪判決のあとに言った。婦人参政権論者は法廷で彼に腐った果物を投げつけ、誘拐や放火の脅迫が行われるようになり、ロンドン警視庁ではボディガードを雇って彼と自宅を守ることにした。だがアーチボルド卿は動じなかった。彼は揺るぎないヴィクトリア朝式価値観の持ち主で(一九五〇年代に入っても自動車を忌み嫌っていた)、あまりに熱心に働いたため顔は土気色になり、目の下には疲れによるたるみができていた。珍しく下品なジョークを口にするときも、非難するような目つきで言うため面白みはまったくなかった。

アーチボルド卿は『ユリシーズ』の最終挿話を読み、一九二二年十二月二十九日に英国法のもとにおける正当性について意見を送った。

恐らくおわかりになるように、私にはこの本を読み通す時間も意欲もなかった。だが六百九十ページから七百三十二ページまで読んだ。これらのページが小説全体とどのように関連しているのか、あるいは実にこの小説自体が何の話なのか、私にはまったく理解できない。ストーリーは見つからず、その目的を解き明かす鍵となり得る序文もなく、上で触れたページはあたかも字の読めない淫乱な女が書いたようなもので、全体の流れから切り離されている。私の意見では、ここにあるのは単純な卑俗や低劣さではなく、不潔と猥褻だ。

彼は税関職員に『ユリシーズ』を没収して焼却する全面的な権利を認めた。そのような焚書に対して市民から抗議の声が上がるなら「この本は不潔で、不潔な本は我が国に持ち込むことがかなわないと答えればいい」

一九二三年一月一日、アーチボルド・ボドキン卿の意見は英国の正式な見解となり、ハリスは内務省にこの決定が実行されるよう記したボドキンの助言を送った。もし『ユリシーズ』が流行になったらどうする？　ハリスの言葉を借りれば、内務省は「他の悪名を愛する病的な作家連中が、類似する本を書くのではないか」と恐れていた。このような本に英国の港を席巻させるわけにはいかない。始まる前に終わらせるのだ。

一月、アーチボルド卿の決定の数日後、五百部の『ユリシーズ』がロンドンに向かっていた。ニユーヨークで焼却された本の代わりに分解して密輸されるのだ。本を載せた貨物船が英仏海峡を渡るころ、フォークストンの港では税関職員が待ち構えていた。税関はエゴイスト・プレスに、彼ら所有の品が関税法四十二条に抵触するため没収されると通告していた。内務省がその本は明らかに猥褻だと認めたからだ。エゴイスト・プレスには政府の決定に反対する機会もあったが、ミス・ウィーヴァーは世間の耳目を集めるのを嫌った——彼女の弁護士も、間違いなく反対したことだろう。裁判で勝訴できるかどうかは疑わしく、たとえエゴイスト・プレスが本を取り戻したとしても、ニューヨークの港にこっそり持ち込むチャンスはかつてなく低かった。申し立ての期間が過ぎると、税関はそれらの本を「王の煙突《キングス・チムニー》（ファルマスの波止場にあった禁制品の焼却場）」で燃やした。そして焼却の記録を燃やした。

第21章　薬のデパート

一九二〇年代はジョイスにとって過酷だった。彼の作品の愛好者にとって、英国と米国での焚書は二十世紀の異端の犠牲者としての彼の立場を確固たるものにした――嘘偽りない真実を語ったことで正義の権威から迫害された犠牲者となったのだ。他のモダニストも検閲あるいは削除という運命を味わったが、誰もここまで呪われた芸術作品ひとつに我が身を捧げた人間はいなかった。焚書は米国版の出版というわずかな望みもかき消し、英国の他の出版社がハリエット・ウィーヴァーに続くということもなくなった。ただ単に出版を停止したり、出版社に罰金を科したりするのではなく、ある版をすべて焼却するという驚くべき行為は、出版社、作家、書店に明らかなメッセージを送っていた。本の焼却は――たとえ密かに行われたとしても――本の普及を抑制するのに充分だった。意欲ある読者はそれでも『ユリシーズ』を探し出すことができたが、高値と数の少なさのせいで潜在的な読者のほんの一部にしか届かないことになってしまった。

焚書の最も残酷な一面は、ジョイスの孤立を深めたことだった。検閲は熱心な支持者の間では彼のオーラを強めたかもしれないが、こうして増した名声は彼を無口に、用心深くした。彼は写真撮影を許したが、インタビューに応じることは一度もなく、徐々に狭い友人の輪の中でおそるおそる会話をするようになった――傍若無人に踊っていた日々は過去のものになりつつあった。ジョイスの社会的また文学的な孤立は、彼が二十年代に経験した、より根本的な孤立を深めた――急速に悪化しつつある視力だ。

　緑内障、白内障、角膜混濁、目の手術は人々の共感を集めたかもしれないが、やがてその耐えがたい苦痛は他の人間との間の隔たりを広げる、言葉では言いつくせない試練となった。じわじわと進む失明は、もともとうまく扱えなかった著名人としての立場をいっそう増大させた。記者たちは定期的に電話を掛けてきてミスター・ジョイスの目の状態を尋ね、彼はパリに島流しにされて疲れ果てた海賊のように、術後につけた黒い眼帯のおかげで有名になった。目の問題は彼自身を隠す新たな手段になった。ジョイスは一九二二年十一月に最初の眼帯をつけたが、手術のためではなく、虹彩の見苦しい白濁を隠すためだった。彼はひとつの方法だけで検閲されていたわけではなかった。

　一九二三年四月、何カ月も急激な悪化と改善を繰り返したあと、ジョイスは先延ばしにしてきた手術に臨んだ。それからの数年間、彼は手術の決まった動作に慣れることになった。ボルシュ医師のアシスタントであるピュアール看護師がジョイスの下まぶたを引っ張って目から引きはがし、血管を剝き出しにする。目にたっぷりコカインを塗り、すっかり麻痺させてから、数滴のスコポラミン――アトロピンの同類でより効き目がある――を点眼するのだった。看護師は彼の目を閉じ、綿棒で睫毛を拭いた。十五分後、虹彩を縮小させる筋肉が拡張する。数時間経てば目は焦点が合わなくなった。こうして患者の準備が整うと、ボルシュ医師は太い指でランセットの柄を握り、角膜に刃を突き立てるのだった。医師は素早くナイフを引き抜き、虹彩が金属に張りつかないようにし、刃を傷口から引き抜いた。傷は三ミリから四ミリだった。

　ボルシュ医師は虹彩用に刃先の反った鉗子を持ってくるように言い、切開した中に押し込んだ。小さな刃がジョイスの閉塞した瞳孔の縁に近い虹彩に刺さり、医師は中の部分を外に強く引っ張った。ピュアール看護師が虹彩用のはさみを渡す。彼は動かしている器具をそれ以上開かないよう注意しながら、刃を閉じたまま目の中を鉗子にそって斜めに動かし、切開した部分に差し込んだ。二度の動作で医師は虹彩の内側のへりを細かく切り取り、引き出した。こうして残った空間がジョイスの新しい瞳孔だった。ボルシュ医師はそれから内側の空間にフックのついた器具を押し込み、ゆっくり慎重に、虹彩をそのうしろにある水晶体に張りついているところから引き剝がした。時には組織がすぐに癒着することもあった。

虹彩切除術はあらゆる手術の中でも最も難しい技術で、ジョイスの場合たいていの患者よりさらに事情が込み入っていた。ボルシュ医師は最初の手術を一九二三年四月に行った——左目に九度の虹彩炎の発作を起こしたあとだ。一九二四年、医師はさらに二度手術を行った。六月に虹彩の完全切除、十一月に白内障の処置。一九三〇年、ジョイスは十二度目の手術に臨んだ。

何十年にも渡る虹彩炎は二次的な目の問題を引き起こした——緑内障、癒着、白内障、結膜炎、強膜炎、眼瞼炎。網膜は委縮した。両目から出血が起き、硝子体液が失われた。一九二四年、ジョイスはシルヴィア・ビーチに自分の視力が「だんだんと消滅に向かっている」と告げたが、誇張ではなかった。眼鏡をかける人間なら、小数点以下二、三位まであるレンズの度数の処方箋に馴染みがあるだろう。一九一七年、プラス六・五だったジョイスの視力は一九三二年にはプラス十七だった。彼は近視ではなかった。遠視だったのだ——読み書きが何より彼の目に負担をかけた。

ジョイスは強度の遠視だったが、それは弱りつつある視力のひとつの証拠だった。より大きな問題として、遠視による目の状態は閉塞隅角緑内障の危険を高め、発作が起こるたびに彼の視野は狭く暗いトンネルのようになっていった。硬くなりつつある滲出液のせいでできた白濁のためにトンネルの向こうにいる人や物がミルク色の霧の中から現れるように見えた。手術を行って白濁を取り除き、白内障や緑内障による視力の悪化を和らげようとする試みは（虹彩の一部を切除し、人工の瞳孔を入れ、水晶体を切除する）、別の意味で彼の視力を弱らせた。どんな手術に耐えようと、どれほど矯正用の眼鏡が強力だろうと、彼の視界には靄《もや》がかかり、斑点が浮き出て薄暗かった。一九三〇年、ジョイスの右目の視力は通常の三十分の一しかなかった。左目は事実上の失明状態だった。本来の八百分の一から千分の一でしか機能していなかったのだ。術後、ジョイスは子ども向けの本に刷られた大きな活字を読むことで自身を慰めようとした。この状況では、少しでも見ることができることとさえ驚きだった。

毎日が痛みと緩和の繰り返しで、誰もがジョイスの度重なる虹彩炎について自説を持っていた。ミス・ウィーヴァーは自身の医者に聞いた通り「生活習慣」、とりわけ飲酒癖を責めた。シルヴィア・ビーチは良質の食事と戸外での運動、家族から離れている時間が必要だと考えた。新聞はジョイスが『ユリシーズ』執筆の負担のため視力を失いつつあると報じた。ジョイス自身は天気のせいで視力をなくしたと言った。彼はパリ、ニース、チューリヒ、ロンドン、トリエステの気候、あらゆる季節の雨、風を非難した――ヨーロッパ全土の天気は陰謀でもあるかのようにひどい。

疑わしい原因の数と同じほど、治療法はさまざまにあった。ジョイスはサウナ、泥風呂、発汗用の粉、冷湿布、温湿布を試した。一カ月に渡ってヨウ素の注射を受けた。シンソールという名のフランス製の薬でこめかみをマッサージしてもらった。エズラ・パウンドの友人のひとりが甲状腺を刺激する「内分泌療法」を施した。彼は何度も電気療法を受けた――恐らく、電極を両まぶたに設置するという方法で。医者は目の周りに何匹ものヒルを置いた。

ジョイスはいくつもの薬を試した――目薬の種類だけで驚くべきものがある。目の混濁を取り除くためにエチルモルヒネを差し、殺菌のためにサリチル酸とホウ酸も使った。コカインを摂取して緑内障と殺菌剤からくる痛みを和らげようとした。アトロピンとスコポラミンを差して瞳孔を広げ、癒着を改善しようとした。そのふたつのせいで長年に渡りせん妄と幻覚が出るようになったので、ピロカルピンを差した。一九二四年、彼はミス・ウィーヴァーに宛てた手紙の中で、部屋が呪われていると言った――周りのものは次々と滑り落ち、あちこちに転がっていく。彼はスコポラミンを飲んで神経を鎮めようとしたが、過剰な摂取には逆効果があり、躁うつ状態に陥った。一九二八年には少なくとも一度「目まいの発作」があり、ある晩ノーラがビストロからの帰宅途中にタクシーを呼び止めようとすると、ジョイスは無人の道路に駆け出していき、両腕を振り上げて叫んだ。「いや――俺は自由だ。自由だ！」そう叫んでから、乱暴に操られている人形のように暗い路上を踊りながら走って行った。一九三三年には電車の中でパニックの発作に襲われ、夜も幻覚に悩まされたあと、ジョイスは朝早く雪の積もった路上に飛び出していき、自分は危険にさらされていると隣近所の友人たちに告げた。ジョイスは酒を飲み、睡眠薬を口にして、薬から逃れる最後の手段を試した。

一九二〇年代初頭、医者たちはジョイスの目の問題が彼の歯と関係あるということで一致した。当時認められていた感染症の説によると、病原菌は体のある部分を汚染すると別の場所に移動するのだった。虫歯は感染症の主たる原因だと考えられていて、確かにジョイスの口内は悲惨な状態だった。どれだけ目の治療に励んでも、歯医者が口から流れ込む細菌を封じなければ意味がないだろう。ジョン・クインもそう信じていた。ミス・ウィーヴァーに語ったところによると、ジョイスは自身の歯より天気のほうによほど注意を払っているのだ。「アイルランド人の大半は科学的思考をまるで欠いている」。クインの意見は誰もが認めるところで（アイルランド人についてではなく、歯について）、一九二三年四月、医者はジョイスの歯を十本抜き、七つの膿瘍と嚢胞《のうほう》をひとつ取り除いた。数日後にはさらに七本歯を抜いた。

人生全般を支配する痛みと弱りつつある視力が、ジョイスの意識の理解に与えた影響はどれほど強調してもしすぎることはない。痛みは世界を崩壊させ、人間の意識をおのれの苦しむ体に集中させる。そして彼の苦痛を取り去る邪魔をする、視力が見せる世界というものの代わりに、ジョイスは常にそれを意識するようになった——靄のかかった世界だ。押し寄せる痛みの波の中、意識だけが唯一の救いで、目のうちから寄せてくる圧力は一秒を押し広げた。『ユリシーズ』を読むのは時の拡張を感じることだった。読者はゆっくりと登場人物の思考に分け入っていく——そして最も繊細な精神の働きにたどり着くのだ。ジョイスが人間の体についての叙事詩を書いたのは、己の肉体を超えるのがあまりに困難だったからだ。だが彼はそれをやってのけた。

片目あるいは両目に包帯を巻いて横になり、薬で朦朧《もうろう》としながらもジョイスは意識の奥底を探った。まだ一九〇四年だというように、いつもダブリンのオコンネル・ストリートの店の前を想像の中で歩いた。「私の目はほぼ毎夜、私に何かを見せてくれる」と、彼はミス・ウィーヴァー宛ての手紙に書いた。たとえ目が見えないときでも——書くことが余計に視力を悪化させていると医者に言われても——彼は子どものように、大判の紙に鉛筆で大きな文字を書いた。それは『フィネガンズ・ウェイク』の始まりだった。失明に向かっているのではないと確信を持つために、彼は壁紙の縞の本数を数え、コンコルド広場の街灯を数えた。何百という詩行を暗記した。シルヴィア・ビーチはウォルター・スコットの『湖上の美人』を彼の枕元に持っていって目に留まった行を読み上げ、顔を上げるとジョイスは次の二ページを誤りなく暗唱するのだった。まるで迷信のように、これらの習慣のおかげでジョイスは自分の人生をコントロールしていると思った。だが実はそうではなかった。フランク・バッジェンが一九二三年にパリのジョイスを訪ねると、戦中の友人は青白い顔をして息も絶え絶えだった。あたかも自分の肉体が崩壊するのを防ぐかのように、気をしっかり持とうとしていたのだ。

一九二三年の手術のあと、ジョイスはボルシュ医師の診療所の二階にある小さな部屋で静養した。そこでは波打つ窓とゆがんだ壁が、不可能な角度で向き合っていた。ニンニクが窓辺で育てられていた。ピュアール看護師が日中彼にスコポラミンを与え続け、部屋の向こうの小さな台所で食事を作った。ノーラは隣の部屋で寝泊まりし、目の周りにヒルを置く手伝いをした。看護師はのたくる虫を折りたたんだ紙ナプキンでつまみ、その口をジョイスの目頭に置いた。瓶の中には数匹のヒルが入れられていて、一匹ずつ彼の顔にへばりつき、目の中の血をすいとるのだった。ノーラは彼女の呼ぶところの「生物」が血をすい終わりベッドの周りの床に落ちると拾い集めた。夕方から夜、明け方まで、ジェイムズ・ジョイスは眠れず悲鳴を上げていた。

第22章　悪の輝き

英米での没収と焚書にもかかわらず、シルヴィア・ビーチは『ユリシーズ』を第八版まで出版した。だがジョイスの本は公式にも非公式にも、およそすべての英語圏の国で違法とされており、シェイクスピア・アンド・カンパニー書店は九年間でわずか二万四千部しか売ることができなかった。純文学にしても数は少なかった。F・スコット・フィッツジェラルドの『グレート・ギャツビー』は一年でおよそ二万四千部売れたが、それは惨憺《さんたん》たる期待はずれとされた。

ジョイスのファンは少数だったが熱心だった。シェイクスピア・アンド・カンパニー書店は育ちつつある「ジョイシアン」の巡礼の終着地となり、何人かはミス・ビーチに、パリに引っ越すので店を手伝わせてくれないかと言った。ある夜帰宅した彼女は、泥酔した若者が書店の前の石段に座り込み、頭を抱えているのを見つけた。彼はジェイムズ・ジョイスを探していて、シェイクスピア・アンド・カンパニー書店が閉店しているのに気づき、今度はシルヴィア・ビーチの自宅を見つけようとしていたのだ。オデオン通りのホテルマンたちは全員で彼をつまみ出し、背後でドアに鍵をかけた（彼は入り口で放尿したようだ）。ビーチは若い米国人の隣に腰を下ろし、彼が泣いているのに気づいた。机の中に入れておいた『ユリシーズ』が見つかったことで中西部の高校を退学になり、故郷の街でも孤立しているという。ジョイスの助手になろうとパリにやってきたのだが、ひとたび到着すると彼に会うという現実に圧倒され、神経を鎮めるために酒を飲んだらしい。

『ユリシーズ』はある種の人々にとって強烈な魅力を持っていた。それを読むと、自身のことが言い当てられているようだった。それは美的、哲学的、性的な大胆さの旗印だった。それは読者をモダニズムの新時代にいざない、仮にそれがはぐれ者の聖書なら、それを読めば世界中に広がるはぐれ者の共同体の一員になれるのだった。シルヴィア・ビーチは南米、インド、バルカン半島、南アフリカ、ボルネオから注文を集めた。北京の図書館は十冊注文してきた。米国の高校生を含む多くの人間にとって、『ユリシーズ』は持っていることだけで反逆の証だったのだ。税関を通そうとするのは犯罪だった。印刷、販売、配布は刑務所行きの危険がある罪だった。『ユリシーズ』を一冊でも輸入する手助けをした役人は五千ドルの罰金および最長十年の懲役の可能性があった。危険は熱狂を呼んだ——政府から隠さなければいけないということになると、本との関わり方は変わる。

読者はジョイスの小説に『小さな子どものための楽しいおはなし』や『シェイクスピア大全』、あるいは聖書の表紙をつけて密輸した。一冊はユリシーズ・S・グラントの伝記に見せかけて持ち込まれた。法的なトラブルのせいでシルヴィア・ビーチはみずからの手で米国に郵送するのをためらうようになっていたが、カリフォルニアにいる姉ホリーが友人のために一冊欲しがると、しぶしぶ首を縦に振った。彼女はこう返信した。「もし無事に届いたならどこで、どのようにして手に入れたのか、口をつぐんでいるようミセス・バリスに伝えてちょうだい」。本は届かなかった。代わりに届いたのは短い手紙だった。

一九二六年十二月十六日

マダム

一冊の猥褻な本『ユリシーズ』を梱包した包みがあなたに宛てられておりましたが、関税法三百五条違反のかどで没収されました。この法は猥褻および反道徳的な文学の輸入をすべて禁止しています。（没収番号五二一七）

同封の没収同意書に署名してご返送いただければ、この件についてこれ以上こちらからの措置はありません。

合衆国財務省　税関長　L・H・シュワーブ

ジョン・クインは自身の十四部をどうやって国に持ち込もうか何カ月も頭をひねり、一九二二年五月、本を隠すのではなく注目を集めようと決めた。パリの美術商が一冊ずつ紙に包み、特注のケースに入れ、ねじを止め、ケースを大きな美術品の輸送箱に入れた。ニューヨークに到着した船荷の申告書には漠然とこう書かれていた。「書籍十四冊、三千四百フラン」。クインは税関の職員に、荷物を彼のアパートであらためるよう求めた。クインが個人的に知っていた職員は（彼は誰とも知り合いのようだ）、ケースを開けて何枚かの絵の間に入れられた本の紙包みを発見した。物思いにふける道化、母と子、石から切り出されたような三人の女性、農村に影を落とす山の絵。クインの『ユリシーズ』は、三枚のピカソと一枚のセザンヌと一緒に持ち込まれていた——奇妙な絵画は、本から目をそらすためのものだった。その計画はジョン・クインの最後の勝利のひとつだった。二年後、彼は肝臓がんでこの世を去る。

＊

『ユリシーズ』の放つ悪の輝きは本物だった。英国では内務省が普及を食い止めようとあらゆる手を尽くした。本は告訴こそ免れたものの、裁判になったらますます注目が集まるという理由のためだけだった。英国の港の税関職員は国に持ち込まれる『ユリシーズ』を一冊残らず没収するように言われた。英国の主要な都市の警察署長は自分たちの地域で販売された『ユリシーズ』を追跡し、内務大臣はようやく一九三三年には郵送される本を没収する許可を出した。許可はいわば法的な拘束だった。一九〇八年に制定された法律により、英国政府には既に許可なしに不審な荷物を開ける権限が与えられていた――役人がしなければいけないのは、受取人に立ち会いの機会を与えることだけだった。

監視の目は郵便と港の外にも及んだ。著名なカタログ『クリーク』が『ユリシーズ』をリストに掲載すると、内務省はその本を削除するよう命じ、今後の冊子では購読者に注意を促すよう言った。アーチボルド・ボドキン卿はユニヴァーシティ・コレッジ・オブ・ロンドンにジョイスの名前を図書館学校の文書から削るよう命じた。一九二六年にはロンドンのイーストエンド、労働者階級の暮らすステプニーの役人が内務省に手紙を書き、市の図書館に『ユリシーズ』を置く許可を求めた。ロンドン市警察の副本部長は刑事を派遣して調査させ、秘密の取り調べの結果、ステプニー在住で要求を出してきたジョイス信者の名前と住所を突き止めた。その男は「真っ赤な社会主義者」だと判明した。

英国の公共メディアも同様に敵対的だった。一九三一年、元英国外交官ハロルド・ニコルソンはBBCで放送するラジオ番組「変わりゆく世界」を企画し、その中で台頭しつつある二十世紀の文学手法について検証することにした。BBCの上司はニコルソンに、ジョイスに関する放送をジョン・ゴールズワージーに変えるよう強く求めた——変わりつつある世界の象徴とは言い難いのだが。数日後、番組のディレクターはニコルソンに『ユリシーズ』にさえ触れなければジョイスについて語っても構わないと言った。BBCの放送禁止をかいくぐろうと、彼はジョイスの小説についての本を取り上げることにした。放送の朝、BBCの上司はニコルソンを番組に出すことを拒否した。シリーズを打ち切ると脅すと、ジョイスについてわずかばかり語ることを許されたが、ニコルソンはリスナーに告げた——「私はBBCにより、ミスター・ジョイスの最も重要な作品の題名を口にすることを禁じられています」

自由な社会における検閲の異様なところは、遅かれ早かれ政府の目的が好ましくない本の発禁に留まらなくなるという点だ。それはその本が存在しないかのように振る舞い始める。可能なら発禁そのものが秘密に留まるべきで、つまり理想の検閲とは沈黙の誘発なのだった。ハロルド・ニコルソンはその後BBCのスタジオにはもはや歓迎されなくなった。

内務省は若きケンブリッジ大学講師F・R・リーヴィスを、沈黙という検閲に対する最も重大な脅威のひとつとみなした。リーヴィスは後に二十世紀で最も有力な文学批評家に名を連ねる人物だ。世紀の半ばまでにリーヴィス派を名乗る学者の一団がつくのだが、一九二六年夏にギャロウェイ&ポーター書店に足を踏み入れ、自分の新しい講義のため『ユリシーズ』を一部取り寄せるよう書店に求めたときは、まだ博士号を取ったばかりの若手だった。講義は「現代における批評の問題」と銘打たれていた。彼はその本を大学図書館の棚に置き、生徒に見せたいと思った。リーヴィスは書店がパリから本を難なく入手すると信じて疑わなかったが、書店の考えは違った。リーヴィスが店を去ったあと、書店は内務大臣に連絡を取り、内務省が本の輸入を許可するか尋ねた。

五日後、書店をケンブリッジの警察官が訪れ、本を注文した客の名前を尋ねた。警察署長のピアソンがリーヴィスの名前を出し、どのような手順で進めるか内務省に尋ねると、内務次官はその本が「大学生の男女」にふさわしくないと言い、内務省に「講義が始まらないよう積極的に働きかける」ことを勧めた。

その件を聞いた内務次官補のハリスは数年前の『ユリシーズ』騒動を思い出した。「これは驚くべき話だ」と、ハリスはファイルに書きつけた。「ケンブリッジ大学の講師が、この本をさまざまな背景を持つ学部生の教室でテキストに使おうとしている。この男は危険人物だ」。念のため、内務省はふたたび公訴局長官の意見を求め、アーチボルド卿は同意した。「この本の最後の四十ページが『文学』と呼ばれるのなら、それと同じものがブロードムアの庭で毎日枯れていっている」（ブロードムア精神病院のことだ）。大学講師が本気で『ユリシーズ』を講義に使おうなどと考えているのだろうか？　アーチボルド卿は書きつけた。「気の毒な書店は冗談の犠牲者に違いない」。彼はケンブリッジの警察署長に、禁止が取り下げられることはもちろんなく、それ以上にジョイスに関する講義はすべて止められるべきだと伝えた。アーチボルド卿はケンブリッジ警察に「エマニュエル・コレッジのF・R・リーヴィス博士とは何者か」調べて内務省に報告するよう命じた。

数日後、ケンブリッジ大学副総長はリーヴィスをみずからのオフィスに呼んだ。シーウォード副総長はダウニング・コレッジの部屋の机越しに、リーヴィスに数ページに渡る資料を渡した。書類はジョイスの本の評価で、リーヴィス自身の情報も盛り込まれていた。内務省はフランク・レイモンド・リーヴィス博士の自宅を把握し、コレッジにおける彼の研究室の詳細を記していた。そこには犯罪に値する証拠も載っていた――「現代における批評の問題」のシラバスのコピーだ。その講義は「男女どちらも参加可能」で、彼に代わって書店が『ユリシーズ』を輸入する注文書も添えられていた。ケンブリッジ警察はリーヴィスの身辺を探り、彼の要求が冗談などではないと突き止めていた。

アーチボルド卿は副総長に慎重な手紙を送った。「私は監視する気はない」――彼は「監視」という単語を消した。

文学というものの批評家を気取るつもりはないが、七百三十二ページに及ぶ『ユリシーズ』は異様なるものの産物で、世俗的な表現を使うなら、私には何が何だかさっぱりわからない。だがこの本の中には猥褻で、男女どちらの性の注目を引くにもふさわしくない箇所が多々ある。本書の末尾にはアイルランド人の女中じみた箇所があり、その多くは下劣でみだらだ。

アーチボルド卿は副総長がその本に馴染みがないだろうと察し（彼の専門はジュラ紀の植物相だった）、クロイドン空港で押収して彼自身が丹念に書き込みをした本を貸し出そうと言った。続いてアーチボルド卿は、『ユリシーズ』がケンブリッジの誰かの手に渡るような状況にあったら大学を「直ちに告訴する」と告げた。書店はジョイスの小説を売らないよう重ねて警告され、地元の警察も目を光らせていた。だがアーチボルド卿は、副総長に『ユリシーズ』の流通を止める以上の働きを求めた。この小説に関する講義をすべてキャンセルするよう求めたのだ――本の存在が学部生に知られるといい、いうだけで彼には不愉快で、そんなことになったら好奇心旺盛な学生たちは入手しようとするだけだろう。

リーヴィスは副総長に、学生たちは望むなら自由に読んでいいはずだと告げ、ケンブリッジ大学の女子学生の純潔を勇敢にも守っているつもりなら公訴局長官は間違っていると言った。「私はたまたま知っているが、ガートンとニューナム・コレッジでは本が回覧されている」。実のところリーヴィスは文学と道徳の両方に寄与していたのだ――彼は学生たちの中に存在する「熱狂を支える秘匿という魅力」を消したいと思っていた。「そこには確かに熱狂があった」と、リーヴィスは後に主張している。いかがわしい本の仲介業者に連絡を取ればいつでも本は入手できるはずだった。「君がそれをしなくて良かった」と副総長は告げたが、その声音はリーヴィスが望んでいたより不吉だった。「郵便物は没収される」

リーヴィスが部屋を去ったあと、副総長は公訴局長官に『ユリシーズ』がケンブリッジ大学で学問に使われることはないと保証した。念のためシーウォードはリーヴィス博士について二、三の質問をし、英文学教授陣の中で噂が広まり始めた。F・R・リーヴィスは後に広く尊敬を集めるが、本人曰くその噂は決して消えなかった。数十年後、ケンブリッジの新しい教授陣はリーヴィス教授を取り巻く「好意的ではない何か」について尋ねた。答えは一様だった。「我々は彼が学部生に与える本を好まないのだよ」

第23章　現代の古典《モダン・クラシック》

モダニズムの作家の作品を出版したのは風変わりな趣味の巨大な文化的門番か、若い作家や性的な原稿をあえて扱いたいと考えるギャンブラーだった。ホレース・リヴライトはギャンブラーだった。『ユリシーズ』こそ手に負えなかったものの、『アフロディテ』、ジョージ・ムーアの『語り部の休日』、D・H・ロレンスの『虹』といった本を出版していた。彼は戦後の出版界の変化を体現する人物だった。高校を中退したアルコール依存症患者だったが、才気煥発で冒険心に富み、いち早く新しい才能に目を留めた。リヴライトは一九二〇年にエズラ・パウンドの作品を出版するようになり、ヘミングウェイ、フォークナー、ドロシー・パーカーの最初の作品を世に送り出した。他の人間と違って彼は宣伝に力を注ぎ、チラシにはハリウッドスターの推薦や、派手な活字が躍っていた。

一九二〇年代、出版は国内で台頭しつつある著名人文化の中心に近いところにあり、そこに置いたのはリヴライトの功績だった。出版記念パーティを考え出したのだ。著名な作家には客を集める力があり、ボニー＆リヴライト社の著者たちは――気難しいセオドア・ドライサーや、奔放なユージン・オニールなど――女優や芸人、密造酒業者たちが集まった事務所に難なく溶け込んだ。事務所でのカクテルパーティは午後の早い時間に始まった。編集長のトミー・スミスは街のあらゆる人間と知り合いだった――俳優、慈善家、売春宿の女主人。彼はペルノを目に染みるような密造酒に混ぜたが、あまりに度数が高いのでグラスのふちに載せられた砂糖もほとんど飲み干す役には立たなかった。経理担当のアーサー・ペルはわざと間違った数字を報告し、その厳しい数字を見ればリヴライトも散財をやめるのではないかと期待した。ボニー&リヴライト社はブレーキを欠いた会社だった。

副社長は二十四歳だった。ベネット・サーフは右も左もわからない新人で、ボニー&リヴライトの刺激的な環境はまさに彼が出版業界で探し求めていたものだった。一九一九年にコロンビア大学を卒業したのち、サーフはウォール街の株式仲買人になったが、出版への思いを捨てられなかった。大学時代の友人リチャード・サイモンがボニー&リヴライトを辞めてマックス・シュースターと自分の会社を立ち上げることになり、サイモンはサーフを推薦してもいいと言った。

リヴライトはベネット・サーフのビジネスの経験を求めていたわけではなかった。彼の金が欲しかったのだ。サーフの母親は煙草で財を成した一家の相続人で、彼が十六歳のときに亡くなり、十二万五千ドルを遺していった。おまけにサーフ自身、株式市場を泳いでひと財産作っており、一方のリヴライトは資金を必要としていた。会社は印税の支払いが滞っていて、リヴライトはブロードウェイ向けの脚本を書いて金を作ろうとしていた(下手なギャンブルのひとつだ)。一九二三年にサーフと会ったとき、会社には急成長の余地があると彼は若者に言った。「君が望むなら少しビジネスに投資してもいいんじゃないか」。二万五千ドルの投資で、ベネット・サーフはボニー&リヴライト社のスタイリッシュな副社長として出版のキャリアを始めた。

サーフにとってボニー&リヴライトは「モダン・ライブラリー」で、大学で見つけた『白鯨』『緋文字』といった本を通して知った出版社だった。「モダン・ライブラリー」はアルバート・ボニーの発案だった。彼とリヴライトは著作権にかかるコストを削ることで安価なシリーズ本を出版しようと思い、ボニーは著作権が切れた古典を上質な本の第二版と組み合わせようと考えた。売れ行きが滞り、今では安値で著作権を買い上げられるような本だ。一九一七年に出版されたモダン・ライブラリーの最初の十二冊のうち（その中にはラドヤード・キプリング、フリードリヒ・ニーチェ、オスカー・ワイルド、ロバート・ルイス・スティーヴンソンの本があった）、存命の著者は四人だけで、大半のタイトルは米国の版権がなかった。彼らは少ないが、何年もかけて確実に売れる可能性のある本を探した。結果として、そうした本は山ほどあった。戦争のあと、本の価格は六十セントから九十五セントに跳ね上がったが、モダン・ライブラリーは多くの読者にとって懐に優しい選択肢のままであり続けた。一九二〇年代半ばには、そのシリーズはボニー＆リヴライト社の生命線だった。

サーフが新しい仕事を始めたころ、リヴライトはモダン・ライブラリーを無視して世間の耳目を集めるベストセラーに集中していた。ゼーン・グレイ、ピーター・カイン、アーサー・スチュアート＝メンテス・ハッチンソン――これらの作家を超えることはできない。シリーズは年数が経つにつれて魅力を失った。リヴライトが『ユリシーズ』の出版を断ったあと、あまり熱意もなく『若き日の芸術家の肖像』を獲得しようとすると、ジョン・クインはためらった。『肖像』は現代的すぎる。モダン・ライブラリーに加えられるのは作家の力が落ちている証拠だ、とクインは言った。「陽の当たる場所から文学的絶滅という暗闇の夜への変化」。リヴライトは気分を害した。彼はクインに、モダン・ライブラリーは現代を代表する作家の作品を出版しているのだと言った――マックス・ビアボーム、グスタフ・フレンセン、アンドレアス・ラツコ、アルトゥル・シュニッツラー。それらの名前はジョン・クインの主張を裏付けていた。

＊

ベネット・サーフは出版社の事実上の編集者となり、いくらも経たないうちにそこを経営することを考え始めた。機会は予想より早く訪れた。一九二五年五月、サーフは二十六歳の誕生日を祝うためにロンドンとパリ行きを計画した。彼の日記にも書かれていたように、それは「長年夢見てきた旅行」だった。出発の前にホレース・リヴライトはサーフをミッドタウンの潜り酒場に呼び出した。リヴライトは既に何杯か飲んでいて、緊張したようにスコッチのグラスを握りしめていた。サーフが後に回想したところによると、リヴライトは義理の父親に難渋させられていたという。出版社の創業資金を一部、彼に借りていたのだ。リヴライトには数人、贅沢をさせている愛人がいて、どうやら不満を溜めた義理の父親がどんな脅しを掛けてくるのか怖れているようだった。「ああ、義父《ちち》に金を渡して追い出してしまいたい」

「それには簡単な方法がある」と、サーフは言った。「僕にモダン・ライブラリーを売ることだ」。サーフはリヴライトが一笑に付して愚痴を続けるかと思ったが、彼は尋ねた。「いくら出す気がある？」半分酔ったリヴライトが主たる安定した収入源を売ることにしたと知ると、他の幹部たちは激昂した。リヴライトはそのシリーズを最高値で売ったと言い張った（一九二五年には二十七万五千部売れた）。サーフはその契約を生かし、契約書に署名するため、船が午前一時に出発するまで幹部全員と戦わなければならなかった。最終的にリヴライトが説得し、モダン・ライブラリーはベネット・サーフのものになった。

彼らは復刊のシリーズとしては当時最高の二十万ドルで同意した。ただひとつの問題はサーフが金を持っていないことで、契約では三週間で用意するよう取り決められていた。旅行から戻ってきてすぐだ。出発の時間が迫る中、サーフはコロンビア大の友人ドナルド・クロファーに電話をかけた。父親のもとダイヤモンド加工ビジネスで働くのを忌み嫌っていた男だ。サーフはドナルドがリヴライトの要求額の半分を出せるのなら、残りは自分の遺産で支払うと言った。

「いったいどこに十万ドルがあるというんだ?」

「それは君の問題だ」と、サーフ。「現金で用意してほしい」

＊

ベネット・サーフとドナルド・クロファーは四十五番ストリートのビルに社員六人のオフィスを構えた。机は互いに向き合っていて、何年間もひとりの秘書を共有することになった。サーフはカリスマ的な交渉人で、クロファーは口やかましく、かつ忍耐強かった――サーフは彼のことを「この世で最も善良なる人間」と評していた。ふたりは二年間、モダン・ライブラリーのために不眠不休で働き続け、東海岸の書店に実際足を運び、新しい買い手を見つけ、本の表紙と製本、ロゴマークのことまで、あらゆるものを刷新した。毎月新しいタイトルをカタログに足し、一九二六年にはイプセンとジョイスを紹介していた。新刊本が冒険的だった一方、モダン・ライブラリーは全体として「古くなって」いった。新旧両方向に伸びていったので、リストは十年間で倍になった。

だがサーフとクロファーは既刊本以外のものを求めていた。ちょうどボニー＆リヴライトのように、新しい原稿の集まる出版社を夢見ていたのだ。ふたりは著名な商業作家であり画家、ロックウエル・ケントの前でそれとなく構想を語っていたが、ふいにサーフは適当な名前を思いついた。

「僕たちはアット・ランダムに数冊の本を出版すると言ったな。ランダムハウスと名乗ろう」

　ケントはその名前が大いに気に入り、のちに世界中の何百万冊の本を飾る素朴な家のロゴを描いた。一年目にランダムハウスはモダン・ライブラリーの豪華版を再版し、急成長をしていた。高価な限定版の市場に参入したのだ。メルヴィルの『白鯨』やヴォルテールの『キャンディード』に挿絵をつけ、上質紙に刷り、高価な表紙をつけて、番号を振り、翻訳者あるいはケントのような著名なイラストレーターがサインをした。豪華版は大幅に値上げをして本の収集家に売られるのだった──シルヴィア・ビーチが『ユリシーズ』の初版で使った手法が新たなビジネスモデルだった。もともと猥褻な本が警察の目をかいくぐるためだった手法が、ウォール街の最盛期には出版業界の主力のやり方となっていた。

　一九二九年までにランダムハウスは何十冊もの豪華限定版を出版していた。一九二九年版のウォルト・ホイットマン『草の葉』は定価百ドルだったが、たちまち売り切れた。その時になっても、まだサーフとクロファーは自分たちがどれほど有利な立場にあるか気づかなかった。金融市場が崩壊したとき、モダン・ライブラリーの九十五セントの古典はランダムハウスが大恐慌を乗り切る支えになっただけではなく、市場のシェアを増やす手助けとなったのだ。ふたりは一九三〇年に百万部売り（初年度の四倍だ）、毎年利益を出した。サーフとクロファーが二十万ドルで買った会社は一九六五年に四千万ドルで売却された。

＊

モダン・ライブラリーは一九五〇年代にペーパーバック革命の嵐が吹き荒れるまで市場を席巻していたが、それはひとえに高価なものに手を伸ばしやすくするためだった。サーフは「最も重要で興味深く、思考を刺激する現代文学のコレクション」と宣伝した。その宣伝文句は国内の変わりゆく読者層に合わせて作られていた。一八九〇年から一九三〇年までの十年ごとに米国の大学進学者数は倍増し、学生は安価で長持ちするモダン・ライブラリー版を講義のために買った。だが事は学生数だけではなかった。それは彼らの読み方だった。サーフがコロンビア大学の学生だったころは、「グレート・ブックス」運動が大学の文学部に生まれていた。ジョン・アースキンのような教授が西洋古典を二年間で概説する構想を練っていて、それが一九二〇年に実行されると大学はこう謳った。「詩、歴史、哲学、科学の傑作を読む」。リーディングリストにはホメロス、プラトン、ダンテ、シェイクスピアの作品が載っていた。一般的なやり方のようにも思えるが、生物学専攻の学生たちに文学的な訓練の制約の外で古典を読ませることは（それは沢山あった）、一九二〇年まで大学では一般的に行われていなかった。

アースキンは「イリアス、オデュッセイア、その他の古典を最近の本のように扱う」ことを考えた。これらの本は世紀を越え、現代の暮らしに直接影響を及ぼすのだ。古典を読めば、現代社会のカオスが人間文明のより大きなパターンの一部だということがわかる。「グレート・ブックス」運動は言い換えるなら『ユリシーズ』の学生版だった。人々は大学の内外で、ある種の本は人間の変わりない性質を照らし出すと考えるようになった。それらは専門知識を要求しなかった――誰も古典ギリシャ語を話したり、『国家』から学ぶためプラトンの全作品を読んだりする必要はない。求められたのは、アースキンの表現を借りるなら、ただ「座り心地のいい椅子と適当な照明」だった。

ベネット・サーフは学生時代、偉大な本を現代のテキストとして読むという考え方に浸かって過ごし、現代英国作家を扱った一年生向けの講義に触発された（ラドヤード・キプリング、アーノルド・ベネット、H・G・ウェルズ）。その講義は偉大な文学の流れを現代まで繋いでいた。モダン・ライブラリーのシリーズは、ある面ではサーフの学部生時代の教育へのオマージュだった。

そして、これは彼らにとっていっそう好都合だった。モダン・ライブラリーは大学時代を懐かしむか、大学の提供する教養を求める活動的な世代（ベネット・サーフやホレース・リヴライトといった人々）に出来合いのカリキュラムを差し出したのだ。モダン・ライブラリーは商品化された特権と自立という幻想を売った。読者は組織化された教養を組織なしに享受できたのだ。十二冊の安価な本を買うだけで大衆に差をつけることができた。サーフはモダン・ライブラリーのロゴを、僧帽をかぶり机に向かう僧の絵からたいまつを高く掲げてしなやかに跳躍する人間に変えた。古典を読むのは学問をすることではない。それは自由と、個人の光が世界を照らし出すことができるという約束だった。

偉大な本を読むという特権は、西洋文明の行く末を不安に思い、自分たちをその文明の担い手だと考えている戦後世代の琴線に触れた。米国人読者はちょうど国家が世界の舞台に踊り出ようとしているのと同様に、現代米国人作家の作品が西洋の古典に入ることを願った。モダン・ライブラリーはウィリアム・フォークナー、ドロシー・パーカー、シャーウッド・アンダーソンがアイスキュロス、ミルトン、セルバンテスと肩を並べる場だった。カタログは文学を世界的かつ愛国的にする役割を果たした。

すべてが計算されていたわけではなかった。モダン・ライブラリーは巧妙な仕掛けとして始まったのだった。一九一五年、アルバート・ボニーは小型本の『ロミオとジュリエット』を模造皮革で装丁し、ホイットマンズ・チョコレート社に送り、悲劇の愛の物語を菓子の箱に入れて売ったらどうかと提案した。ホイットマンは一万五千部の注文を出してきた。小型本は目新しいアイテムで、ボニーはチョコレートなしでも送れることに気づき、雑貨店のウールワースでこの「リトル・レザー・ライブラリー」を一冊二十五セントで売り始めた（一セット三十冊で二ドル九十八セント）。彼は一九一七年にリヴライトとビジネスを始め、ふたりでシリーズを拡大し、判型の種類を増やし、定価を上げ、名前を「モダン・ライブラリー」にした。一九三〇年までに、シリーズは年百万冊以上売れていた。

ベネット・サーフは「グレート・ブックス」運動を通してボニーの新機軸に触れた。リストを成立させていたのは版権料の安さではなかった。それは本に共通する現代精神だった。「ほとんどの本は過去三十年間に執筆されている」と、サーフのカタログは謳い、古いタイトルは「本質的に新しく、出版社はこれらの本がシリーズの照準と目的にきちんと一致していると思っている」。古かろうと新しかろうと、彼らの本は「モダン・クラシック」だった。

コンセプトは素晴らしかった。ベネット・サーフは「モダン」という言葉を使い、世界的な伝統に連なる考え方を喚起した。読者はもともと出版された何十年もあとになってモダン・クラシックを買い、それでもまだ古びていない――買おうと思ったときが、ふさわしいときなのだ。モダニズムの指針は――作家たちは国や世紀を超えて呼応し、芸術家は古いスタイルを書き換え、古典は我々がこうして話すのと同時に書かれている――モダン・クラシックというブランドに織り込まれた。ベネット・サーフはモダニズムを市場戦略に変えたのだ。パウンド、ジョイスとエリオットは大衆市場に従うのを好まなかったが、ベネット・サーフは市場を彼らに従わせる方法を見つけた。

＊

当時の出版に関してなんとも奇妙だったのは、名声と刑務所を隔てる溝が非常に狭かったことだ。アルフレッド・クノッフは法廷で懲役刑を言い渡され、より慎重に振る舞うようになった。リヴライトとヒュービッシュは『ユリシーズ』の出版を拒絶することで、収監という不快な未来をあからさまに避けようとしていた。ニューヨークでは連邦刑務所はウェルフェア島（旧ブラックウェルズ島、現在はルーズベルト島）に、天然痘の療養所と精神病院の並びに建てられていた。廊下は囚人たちの気勢を削ぐように設計されていた。鉄格子が狭い廊下を独房の列にそって囲い、囚人たちが上を向くと天井は大聖堂の身廊のように遠かった。独房の扉には金属の棒が渡され、小さな郵便箱並みのサイズの鍵がつけられていた。一九二八年、サミュエル・ロスという名の男が独房の中で自身の出版帝国を築き続ける方法を考えていた。

ロスは南刑務所で石炭を採掘する作業をしていて、出版されなかった自伝によると、彼が出版者だと聞いた周りの男たちは笑った。

「お前、ここに馬車で来たんだろう？」

「それ以外に方法があるのか？」

「何にもわかっちゃいねえな！　女優のメイ・ウェストが去年ここへ来たときは見ものだったぜ。お前のとこはちっちゃな出版社なんだろうな」

誰に聞いてもサミュエル・ロスは一九二〇年代を代表する巨大な海賊版のボスだった。彼は合法的な本も、半ば非合法な本も非公式な版として出版し、流通させたが、当時それは非常に競争の厳しいビジネスだった。彼はだいたいヨーロッパの刺激的な小説を売買していた――『パリのスクールライフ』、『オンリー・ア・ボーイ』、『ロシアの皇女』。安い紙に刷ってさらに安い製本で、高騰していた闇市の価格で売った。時代がいいときは（一九二〇年代は特によかった）、偽名と地下の出版社を使った彼はシカゴだけで週に七百ドル以上稼いだ。そしてそれは性的な本にかぎらなかった。サミュエル・ロスは誰からもむしり取った――ジョージ・バーナード・ショー、オルダス・ハクスリー、アンドレ・ジッドなど。海賊ロスはすばらしく目利きだった。彼は先鋭的なモダニスト文学と猥褻なパルプ小説への愛を合わせることで、出版業界に自分の場所を見つけた。T・S・エリオットの『闘技士スウィーニー』の一部を盗んだとき、彼がそれを選んだ理由の少なくとも一部は検討段階での仮題「ベイビー、家に帰りたいか？」だった。

ロスの最大の成功は『チャタレイ夫人の恋人』と『ユリシーズ』の海賊版で、彼は『リトル・レビュー』に掲載された作品を熱心に読んでいた。『ダブリン市民』は人間の性質についての真剣な研究、『若き日の芸術家の肖像』は奇怪で未完成な才能のきらめきだと思った。だが『ユリシーズ』には、後に彼が綴ったところによると「あらゆる人間、世界、都市、ダブリンの一日の変化がひとつにまとめられ」ていた。彼はジョイスの小説を敬愛し、それを盗むことに決めた。

海賊版の出版について一番都合が良かったのは、多くの場合においてそれが違法ではないことだった。英語で書かれた本でも、国内で組まれた活字で印刷されていなければ米国の著作権保護の対象にはならなかったのだ。ロスに必要だったのは、まだ国内の出版社が手をつけていない英国やヨーロッパの本を刷り直すことだけだった。ロスは法的に曖昧なエリアで働くことを好んだ。時には著者の許可を得て再版することもあり、たまにはほんのわずかだが金も支払った。だが許可を得たといっても猥褻な本が清潔になることはなく、少なくとも五カ所の刑務所に二十五年以上服役した。

最初のポルノ本は一九一九年に出版された。彼は八番街に小さな書店を開き、ニューヨーク・ポエトリー・ブックショップと名づけた。それはアパートの地下にある巨大な部屋で、地上と同じ高さに窓があった。ロスは真夜中まで店を開け、決して宣伝しなかった。書店はグリニッジ・ヴィレッジでは無名だったが、数十人の安定したパトロンがいて、自分の好きなことをして何とか食べていけるだろうと計算した。彼はマンハッタンを歩いて掘り出し物や古本を探し、自身の本屋を充実させ、やがてパーク・アヴェニューの地下に書店を見つけた。そこは痩せた年寄りの男がやっていて、その男は現代詩とポルノの専門家だった。ロスは男の店に定期的に通い、ある時、店に南京錠がかけられているのを見つける。年老いた書店主はジョン・クレランドの『ファニー・ヒル』を覆面捜査官に売ったとしてウェルフェア島で九十日間服役していた。ロスは彼の服役中、週二ドル送り続けた。

釈放されたのち、年老いた男は国を去り、パリから偽のタイトルを表紙に印刷した非合法な本を送ることでロスの支援に対して報いた。ロスは怖気づき、その本を誰も手を出そうとしない高価な初版本の棚の裏に隠した。彼は隠したものについて不安を抱え続けていたが、クリストファー・ストリートの編集者が一冊五ドルで買うと言ってきた。その種の本なら同じ金額を払うと言われ、ロスは老人に追加で送るよう求め始めた。数回の取り引きののち、彼は百三十ドルを手に入れた。こうして本の販売はひとりの男を裕福にしたのだ。

発禁になった本の山を不法に売買するだけでは足りなくなり、サミュエル・ロスはみずから出版を始めた。彼は出版業界で大きな存在となることを目指していて、米国の出版社が触れようとしない性的な本に突破口を見出した――あるひとつの市場がまるごと放置されていたのだ。だが出版業界に乗り込むだけの資本がなかったので、別の可能性を探り始めた。当時はふたつのビジネスモデルが有力だった。公に流通することのできない豪華限定版、または『ヴォーグ』、『スマート・セット』、『ヴァニティ・フェア』といった派手な雑誌だ。ロスは両者を合体させることにした。一九二〇年代半ば、ロスは『トゥー・ワールズ・クォータリー』という名の雑誌を創刊する。のちにそこから『トゥー・ワールズ・マンスリー』と『カサノヴァ・ジュニアズ・テールズ』が生まれた。

それらは限定版の雑誌で、郵便ではなく鉄道を使って読者のもとに届けられた。ルイス・キャロル、ボッカチオ、チェーホフの作品が生ぬるいエロチカと肩を並べた。イーヴリン・ウォーの版画とふくよかな美女の裸体の漫画がページを分け合い、美女にはゴブリンがかしずくか、魔法使いが巨大な布を広げていた。ロスの雑誌のいくつかは三ドルから五ドルした――駅の売店で売られている通常の二十五セントから五十セントの雑誌より高いが、クノッフとリヴライトの『五彩のヴェール』や『語り部の休日』の私家版の値段、十ドルから十二ドルよりは安かった。ロスは新たな値段の落としどころを見つけた。自身の帝国を拡大するため、派手な表紙に写真を満載し、お洒落なアール・デコ風カバーをつけた雑誌を出版した。名前は『美《ボー》』といい、国内初の男性向け雑誌だった。

ロスは『ボー』が正当な出版業界への鍵になると思ったが、印刷には高い金がかかり、それが売店に定着する時間を稼ぐためには金が必要だった。彼は『トゥー・ワールズ』に全面広告を打って出資者を募った。「ミスター・ロスは全米で最も有力な雑誌グループを立ち上げようとしています」。誰もなびかないので、ロスはネフザウィの『匂える園』の再版を売り出すことにした。その本には翻訳者の表現を借りるなら二百三十七の「甘美な気晴らし」の形が描かれていた。ロスにはこの本に三十ドル出したがる大勢の読者の姿が見えていて、その金は『ボー』の一年間の資金になるはずだった。

一九二七年、ふたりの郵政省の検査官が『匂える園』の宣伝チラシを郵送したばかりのロスを逮捕した。初犯だったため、五百ドルの罰金と二年の執行猶予のみを言い渡されたが、ロスにとっての最大の問題はいまやジョン・サムナーのブラックリストに載ってしまったことだった。アンソニー・コムストックはサムナーに、道徳狩りの効率のよさを教えていた――性的な本を流通させる連中を摘発するのは金の掛かる仕事だが、ひとり見つけてしまえば芋づる式に逮捕できるのだ。ロスの裁判の四カ月後、サムナーは三人の刑事と令状を携えて書店に乗り込んできた。刑事たちは狙い通り、猥褻な絵画を入れた箱を発見し、書店内を捜索して難なく非道徳的な本を見つけた。

法廷でロスは、絵画はサムナーの部下のひとりが置いていったものだと主張した。地方検事補はたったひとつ質問をするだけでよかった。被告人は既に『匂える園』を宣伝したことで有罪を認めていたのではなかったか？　サミュエル・ロスが頷くと、彼は連邦の法律を繰り返し破る人間として扱われた。こうして彼はウェルフェア島の作業所に三カ月送られることになったのだ。一九二八年の末には、出版帝国は影も形もなかった。ウェルフェア島に連行されたころには、サミュエル・ロスは前代未聞の国際的な批判の標的になっていたからだ。

＊

ロスは一九二一年の『リトル・レビュー』裁判のころから『ユリシーズ』を意識していて、一九二二年には『トゥー・ワールズ』の展望について綴った手紙をジョイスに送っていた。「その他もろもろと共に、我々は完結した小説を毎号掲載する予定です」。彼は『トゥー・ワールズ』の創刊号にジョイスの小説のひとつ（希望としては『ユリシーズ』だったが、そう言わなかった）を載せたいと思っていて、百ドルと創刊号の売上の十五パーセントを渡すと申し出た。

ロスは派手なレターヘッドの便箋を作り、そこには雑誌の目的が細かく綴られていた――「確立された作家たちに対し、彼らの意見を発表する場を作り、迫害者から逃れる場を作る」。残りの説明はページの左右の端にあふれ出し、ロスの巨大な野望に火をつけた。「毎号には完結した小説、戯曲、短編、詩、書評、当代の劇評が掲載される」。ミス・ウィーヴァーはジョイスに代わって丁重に断り、シルヴィア・ビーチに「針の頭ほどの活字を使うつもりだったのかしら」と冗談を言った。

だがロスは引き下がらなかった。彼は一九二二年六月にエズラ・パウンドに手紙を書いたが、それは『ユリシーズ』の版権を獲得する意思を示し（相手はジョイスの『リトル・レビュー』の編集者だった）、パウンド自身を出資者として確保するためだった。ジョイスはほぼロスを無視していたが、パウンドは『トゥー・ワールズ』の編集者に山のようなアドバイスを送った。彼には適当な詩と翻訳作品、雑誌に掲載する記事の用意があり、『トゥー・ワールズ』が最初の五号で特集すべき見込みのある芸術編集者のみならず芸術家まで提案した。

パウンドの預かり知らないことだったが、彼は提案がそのまま口頭での契約になるロスの曖昧な世界に足を踏み入れていたのだった。アドバイスをした作家は見たこともない雑誌の「寄稿編集者」として名前を出された。パウンドがロスに、コムストック法を迂回できる計画ならどんなものでも歓迎だと伝えると、ロスはそれをジョイスの作品を丸ごと掲載する許可と受け止めた。ほんの気持ちだけ正当に行うため、ロスは小切手を一枚と四枚の約束手形を計千ドル弁護士に送り、正式に『ユリシーズ』を掲載する許可が出るまで持っているよう伝えた。八百ドルの現金は、彼が口座に金を用意したらすぐ使えるようになるとロスは言った。一九二五年、最初のひらめきの四年後、ロスは『トゥー・ワールズ』の創刊号を出版した。表紙に自分の名前を発見したエズラ・パウンドは裁判を起こすと脅したが、その時点でロスは彼に毎号五十ドル払うと提案していた。彼の詩、あるいは特徴的なエッセイを出版するのだ。「好きなだけ長く書いてください。すべての文字を大切に扱います」

　一九二六年七月、ロスは『ユリシーズ』の各挿話の印刷を始めた――そして物議を醸しそうな箇所を割愛した。放尿、自慰行為、淋病に関する文章を削ったのだ。彼は「灰色の落ちくぼんだワレメ」を「灰色の落ちくぼんだ穴」に変えた。新聞配達が「奴はおれの高貴なアイルランドの尻《アース》にキスしていいんだぜ」と怒鳴る箇所は、『トゥー・ワールズ』では行儀よく「高貴なアイルランドのおば《アント》」になっていた。ロスは悪徳防止協会の機嫌を損ねまいと最善を尽くした。これまでの多くの出版社と同様に、彼は自身の真摯な目的をジョン・サムナーに伝えて説得しようとした。雑誌を売るために『ユリシーズ』の非道徳的なオーラを利用したかったが、監獄に行くのはごめんだ。

　だがヘミングウェイがシルヴィア・ビーチにロスの海賊版について知らせたことがきっかけで、ロスは法律的な問題を次々と抱えるようになった。一九二六年のある夜、ロスはニューヨークのカフェでヘミングウェイと顔を合わせた。ヘミングウェイは短編を売り込もうと街に来ているところだった。ヘミングウェイが珍しく沈黙していたことで（待ち合わせに現れた彼の顎は腫れ上がっていた）、ロスは自慢する機会を得た。『トゥー・ワールズ』には八千人の読者がいて、出版の大黒柱はジェイムズ・ジョイスなのだ。ロスはジョイスの名前を出せばヘミングウェイも安値で同意すると思ったが、ふたりは結局同意できなかった（どちらにしてもロスは彼の短編を掲載した）。

ある時点で『トゥー・ワールズ』の購読者は五万人とも噂され、つまり何万ドルという利益が失われているということだったが、シェイクスピア・アンド・カンパニー書店は著作権侵害でロスを訴えることができなかった。それは意外なことだった。『リトル・レビュー』は散々な運命をたどったが、ニューヨークで印刷された分の『ユリシーズ』については米国での著作権を守った、とジョン・クインは誰もに言っていたからだ。クインは少なくともふたつの点で間違っていた。裁判所はおそらく単純に猥褻な作品の著作権の執行を拒むだろうし、仮に判事のひとりが『リトル・レビュー』の著作権を保護しようとしても、その効果は『ユリシーズ』の連載には及ばなかったからだ。著作権はあくまで雑誌全体だった。それ以上に『ユリシーズ』は、一九二六年の時点で著作権保護の対象にならなかった。米国法では英語で書かれた本について、米国で組まれた活字で原書の出版から（最長）六カ月の間に印刷することを求めていたからだ。書評がスタンドで売られているにもかかわらず、米国版がない『ユリシーズ』はパブリック・ドメインということになった。サミュエル・ロスは気の向くままに再版し、性的な記述を割愛し、変更し、内容をゆがめることができた。米国政府の見解では、誰も『ユリシーズ』を所有していなかったのだ。

クインは著作権保護に関して誤っていたが、海賊版については正しかった。連中に法的な闘いを挑んでも無駄だ。パウンドはジョイスに、ロスを紙上で非難するか、「ガンマンの集団を雇ってロスの腰をぬかすようにさせることができる」と言った。「この種の問題には肉体的な恐怖しか効果があると思えない（強欲の強い力と、大胆さをもって）」。シルヴィア・ビーチは著作権侵害のかどで訴えることができず（そしてガンマンは彼女の趣味に合わなかった）、創造性を発揮するしかなかった。五十万ドルの訴訟を起こすと脅したあと、ビーチはニューヨーク州裁判所に連絡を取り、ロスがジェイムズ・ジョイスの名をあらゆる宣伝や印刷物で使うのを禁止することを求めた。

だがそれでも足りなかった。ビーチは小説家と弁護士の友人ふたりにロスの無認可版『ユリシーズ』に正式に抗議する文書を書くよう依頼した。正式な方法で海賊版を止められないのなら、サミュエル・ロスを文学界から排除するのだ。公に抗議がされれば誰も彼に原稿を渡さなくなり、編集者も宣伝スペースを与えなくなり、良心ある書店も自分たちの愛する作家から盗みを働いている出版社に利するようなことはしなくなるだろう。抗議文では、サミュエル・ロスは米国でジェイムズ・ジョイスの財産を盗みながら、骨抜きにして歪めたテキストを出版していると糾弾した。ロスは泥棒にして虐殺者なのだ。

抗議側の唯一の武器は恥辱で、ビーチはそれを最大限強化したいと思っていた。彼女はヨーロッパ中の作家の連絡先を洗い出し、それぞれに個人的な手紙を送って、抗議文に署名をして支持してほしいと訴えた。反響はすさまじかった。大多数の作家が海賊版の被害に遭っていたが、誰も今まで一致して、明らさまな盗みに対する国際的な抗議を試みたことがなかったのだ。ビーチのもとには百六十七名分の署名が集まり、それはヨーロッパを代表する作家の集まりだった――イェイツ、ウルフ、ヘミングウェイ。トーマス・マン、E・M・フォースター、ルイジ・ピランデルロ、ミナ・ロイ、H・G・ウェルズ、レベッカ・ウェスト、ジュール・ロマン、サマセット・モーム。ジョージ・バーナード・ショーまで署名に同意した。ジョイスはアルベルト・アインシュタインの署名を見てとりわけ喜んだ。ビーチは米国だけでも九百の出版物に抗議の手紙を送った。

一九二七年二月に抗議活動が新聞で取り上げられると（ビーチは最初の記事がジョイスの誕生日に現れるよう念を入れた）、シェイクスピア・アンド・カンパニー書店に応援の手紙がどっと舞い込んだ。多くの人間が怒りに震えていた。「このような度し難い商売が行われていると考えると気分が悪くなります」と、ひとりの愛読者は書いた。「連中に対する嫌悪を筆で表すことはできません……今、世界が必要としているのは新しい『毒』です。これらの卑怯者に力を与えたウイルスを死滅させる毒を。だが、なんと性質の悪いウイルスであることか！」『トゥー・ワールズ』の購読者たちは困惑していた。「あなたが『ユリシーズ』の海賊版を出したとして道徳的な罪に問われるのなら」と、ある読者は書いた。「絞首刑になるべきだ」。ロスは紙面で反論しようとしたが、遅きに失した。ロスの言うところの「強い力を持つ諮問機関」郵政省の検査官たちは、運送業者が彼の出版物に触れないようにしていたのだ。『トゥー・ワールズ』と『ボー』、『カサノヴァ・ジュニアズ・テールズ』の売上は急落し、書店はそれらを売り場から引っ込めた。

もう少しだけ道徳的で節度があれば、サミュエル・ロスは一九二〇年代後半を高尚なモダニズムと性的な出版物の独特な融合という中道を行くことでやっていけたかもしれない――数畳しかない独房で無為に時間を過ごすのではなく。便所は『ニューヨーク・タイムズ』を敷いた上に置かれた白いバケツだった。ロスは自分の不在の理由を九歳と十歳の子どもたちに説明しなければならなかった。「愛するかけがえのない我が子たちよ」と、彼は書いた。「父さんは政府の決めた奇妙な理由のため、少しだけ家から離れていなければいけない」。彼は息子に、優れた本に対する忠誠心だけが人生で必要とされるものだと説いた。「それらを愛し、ひとりで何度でも読むのだ。そうすれば物語だけではなく、段落、文章、単語までもがお前の血肉となるだろう」

海賊版で得た金は失ったものの埋め合わせにはならなかった。一時的に儲かりはしても、ビジネスは危険で気まぐれな代物だった。ロスが帝国を欲しがったのには金以上の理由があった。一九一三年、十九歳のとき、ロスはニューヨーク公共図書館で来る日も本を読み、夜は公園やアパートの廊下で寝ていた。コロンビア大学で彼は『リリック』という名の詩の雑誌を編集し、戦争中にアンナという女性と出会った。彼女はブルックリンの実家で暮らしていたので、夜になるとロスはそこを訪れ、二階にある彼女の部屋に忍び込み、ベッドに横になった彼女の枕元に座るのだった。彼はキーツやシェリー、スウィンバーンを読んで聞かせ、時には自作の詩を朗読することもあった。アンナは彼の週給四ドルという暮らしに不安があると言った。週に四十ドル稼ぎがあったら話はまるで違ったのに、と言われたことをロスは忘れなかった。彼女は結局、週給八十ドルの歯科医と結婚した。

ロスは自身が詩のために尽くす運命にあると考え、爪に火をともすようにして金を貯め、アンナが歯科医のために捨てた詩の小冊子を出版した。彼はそれを『最初の贈り物』と呼んだ。詩作ではどう頑張っても請求書が支払えず、本を売ることだけが彼の幸せになった。著名な著者や出版社がロスの書店を訪れ、彼はマックス・イーストマン、ベン・ヒュービッシュ、トマス・セルツァー、ミナ・ロイと知り合いになった。ロイはニューヨークの文学界では有名ではなかったが、存在感はあった。ジョン・クインは彼のことを「変人詩人」として知り、相手は恐らく「愚か者か野獣」のどちらかだろうと見当をつけた。ロスは詩作とノンフィクションの原稿をハーコート社、ダットン社といった定評ある出版社に送ったが、一様に断りの手紙が返ってきた。一九二一年、レナード・ウルフはミスター・ロスに手紙を書き、あいにくホガース・プレスの出版リストは追加の出版を受け入れる余地がないと告げた。

ウルフが既に『ユリシーズ』を拒絶していたとロスが知っていたらどうだっただろう。それを出版しようとしていた時期――そして『リトル・レビュー』裁判が始まる二日前――ロスはジョイスにファンレターを書いた。「現代のヨーロッパのあらゆる作家の中で、あなたは最も私の心に強く訴えかけました」。手紙を郵送する直前、彼は今さらの質問を走り書きした。「なぜ『ユリシーズ』はまだ本になっていないのですか?」

＊

一九二九年に『ユリシーズ』を所有している読者は自慢してもよかった。本の扉はそれが一九二七年のシェイクスピア・アンド・カンパニー書店版だと示していた。それはジョイスの小説の第九刷で、まだ入手が困難だった。大半の人々はパリに行って入手したが、それはカウンターの奥や、ゴサム・ブックマートといった信頼ある書店の倉庫の奥に隠されていた。値段はおよそ十ドルで、一般的な読者の本棚に並ぶどんな本より高かったが、それでもお買い得だった。本には有名な青い表紙がつき、最後のページには正しく「ディジョン・ダランティエール」と記されていた。

だが見る目のある読者なら、何かがおかしいと気づいただろう。青い表紙は本来のものより少しだけ色が濃かった。文字は問題がなさそうだったが、イタリック体は明らかにシルヴィア・ビーチの本と異なっていた。紙はつるりとしてやや重く、余白は広かった。パリ版と同じような厚さだったが、少しだけ縦長だった。カバーにはハードカバーの厚紙を入れる折り返しがなく、綴じ方は一度読み通せばばらばらになるような代物だった。ジェイムズ・ジョイスの他の著作を列挙したページが欠けていて、他の出版社を記したページには誤植の先陣を切るものがあった。「ジョンハサンハ・

ケープ（ジョナサン・ケープ）」。そして背表紙。シェイクスピア・アンド・カンパニー書店版には著者名と書名がきちんと印刷されていたが、この本の背表紙は空白だった。

サミュエル・ロスは既に雑誌から手を引いていた。最初の収監から一九二九年に釈放されたあと、彼は海賊版の出版を始め、一九二七年に出版した『ユリシーズ』は悪くない出来だった。ロスは細部に目を通し、十七番ストリートのルーウィンガー・ブラザーズに金を払って活字を組ませた。それはつまり米国での『ユリシーズ』の著作権を主張するなら、持ち主は彼になるということだった――ロスの呼ぶところの「シルヴィア・ビッチ」に対する完璧な復讐だった。

収監と文学界からの追放はロスの見通しを暗くした。出版社は強欲な資本主義者の犯罪組織にすぎず、連中は文学に洟もひっかけないのだ。一方のロスは勇敢だった。クノップフやリヴライトがニューヨーク悪徳防止協会の圧力に屈したのに対して、ロスはみずからを芸術表現を求める誰にも止められないアウトローだとみなした。誰も『ユリシーズ』のような本を米国社会に紹介する度胸を持たなかったのだ。

ウェルフェア島での服役とシルヴィア・ビーチの抗議活動ののち、ロスは自分のビジネスを書店、マスコミ、郵政省から遠ざけた。オフィスは不法な出版活動を行う倉庫と切り離した。彼の「出版社」はしょっちゅう名前と印刷業者を変え、ぎりぎりになって家族に告げては引っ越すのだった。海賊版を大量に売るということは、書店が大半のリスクを引き受け、彼が姿を消したあとも一冊ずつのその後について気を揉むということだった――ロスは二度と姿を現さなかったが。不法に本を売って回る業者は家を訪ねて回るセールスマンを雇い、ブリーフケースをさげて家を回るか、目立たないトラックで書店を回らせた。運転手は書店に入り、『アフロディテ』あるいは『結婚愛』が何冊必要か聞き、トラックの荷台を漁って本を渡し、定価の半分で売るのだった（支払いは現金に限る）。その次にトラックがやってくるときは、運転手は別の人間だった。

　釈放後のサミュエル・ロスはとりわけ痕跡を残さないよう気をつけていたので、一九二九年十月、ニューヨーク悪徳防止協会は彼を捕らえようとしたとき、兄弟を通じて尻尾をつかんだ。マックス・ロスは猥褻な本の見本をブリーフケースに詰めてロウワー・ブロードウェイの家々を回っていて、運悪くサムナーの協会の協力者にそれを売りつけようとしてしまった。次の日の午後、指定された時間にマックス・ロスがふたたび事務所を訪ねると、ジョン・サムナーと警官、そして郵政省の検査官が隣の部屋で仕事をするふりをしていた。ふたりはマックスのセールストークの最中にさりげなく近寄ってきた。ラリーという警官が『ユリシーズ』と『チャタレイ夫人の恋人』、『ファニー・ヒル』を計六十ドルで買い、金を受け取るやいなやマックスは逮捕された。彼がサミュエル・ロスの兄弟だと判明すると、捜査の手は五番街のゴールデン・ハインド・プレス社に伸び、そこで悪徳の狩人たちはサミュエルとセースルマンたちを捕まえ、三百冊の猥褻な本を押収した。

　それだけではなかった。マックスがたまたま大きな鍵束を持っていたことから、サムナーは彼が倉庫を借りていることを知り、書類に記されていた五番街に行って扉を開けた。倉庫には宣伝用の資料、梱包と国中への出荷のための設備、そして何千冊もの本があった――大半は『チャタレイ夫人の恋人』と『ユリシーズ』の海賊版だった。捜査令状がなかったため、警官がひとり夜を徹して倉庫を見張り、証拠の品を確保した。

　マックス・ロスは全国にジョイスの海賊版を広める片棒をかついだかどで六カ月から三年の実刑判決を受け、サミュエルも一年も経たないうちに刑務所に舞い戻った。六カ月後に釈放されると、刑務所の入り口で新たな逮捕状を携えた刑事が待っていた。ロスはペンシルヴェニア州に移送され、ふたたび『ユリシーズ』販売のかどで有罪判決を受けた。ニューヨークで六カ月、フィラデルフィアで三カ月だ。それでも彼は止まらなかった。

＊

サミュエル・ロスはモダニズムの影の分身だった。マーガレット・アンダーソン同様、芸術の至高性に捧げる大胆な雑誌を求めていて、「創作を出版し、他のどんな基準にもよらずただ文学としての基準のみで判断される」のが芸術家の権利だと主張した。エズラ・パウンド同様、彼はばらばらに活動していた作家たちをまとめたかった。『トゥー・ワールズ』という雑誌名は新旧の世界をひとつにするという意味を持っていた。

実のところロスとベネット・サーフは、かなりの部分が似通っていたのだった。ふたりは一九一六年にコロンビア大学で机を並べていて、どちらもありきたりの生徒ではなかった。ロスは一年間の奨学金を受けながら結局卒業しなかった。サーフは高校の卒業証書を持っていなかったが、ジャーナリズム大学院へと進んだ——そこは彼の持たない外国語の単位を要求しなかったからだ。どちらも組織の文化に内側から親しみながら、アウトサイダーとしてそれを変えたいと願ってコロンビア大学を去り、どちらも文学を民主化しようとしたと主張した。ロスは自身の雑誌を「これがなければごく限られた大衆にしか届かない、多くの芸術家の唯一の表現の手段」と呼んだが、それはサーフがモダン・ライブラリーを宣伝したときの台詞だった。

海賊が妻と子に愛情を注ぐ反面、定評ある出版社社長は結婚制度にそこまで敬意を払っていなかった。長年、ベネット・サーフは密会の予定を小さな黒い手帳に「取り引き」と記していた。「真夜中の取り引き」(四月二十二日)、「マリアとの取り引き」(十二月八日)、「マリアンとの取り引き」(五月十三日)。彼は四月二十九日と三十日、五月五、六、十三、十四、二十八日、六月四日にも取り引きをしていた。すべて週末だった。彼は多くの女性に電報を打ち――ロザモンド(ウツクシキオマエ)、フランシーヌ(オマエノ　カラダニ　アットウサレタ　ハヤクキテクレ)、マリー(オマエガホシイ　ヤリタイ　モドルヒヅケシラセロ)。マリアンという名の女性に宛てた数通の電報があった。「サビシイ」「マテナイ」「オマエヲオモッテイル　アイヲコメテ　ベネット」。マリアンとはマリアン・クロファー、すなわちドナルド・クロファーの妻だった。

ロスの方はそれほど女性にだらしなくなかった。彼は自分の欲望をはっきりと口にした。揺るぎない個人主義者になり、文学的な殉教者になり、ジョイスのように愛されたい。ロスはジェイムズ・ジョイスとエズラ・パウンドが得ていた敬意を求めていた。彼らの名前が『トゥー・ワールズ』の編集者として、自分の名前の下に書かれるのを見たかった。ある意味において、彼はレターヘッドを作ったことでそれを実現したのだ。だが他人のやり方とは違い、ロスはそれを盗むつもりだった。マーガレット・アンダーソンは自身が出版した何十という寄稿者から刺激を受けた。パウンドとエリオットは古い詩を書き直して新しくした。ジョイスはパトロンを受け入れ、好意と金を求め、他の大勢の作家の作品をみずから執筆する際に取り入れた。それでも彼らは他人に借りがあることをよく理解していた――相手が生きていようと、死んでいようと。一方ロスは、およそすべての永続的で普遍的なものは彼自身の所有物で、文化的な革命とはみずからの帝国を築く機会だと思っていた。ジョイスを敬愛していたのは確かだが、彼は『ユリシーズ』から多くを学ばなかった。

第24章　トレポネーマ

ジョイスは『ユリシーズ』を書いたあとの年月を、より濃密で曖昧模糊とした小説に深く潜り込むことに費やした。『フィネガンズ・ウェイク』はうねる夢の言語で書かれている。言葉は定義の枠を超え、語法は土手をやぶる川の水のようで、言葉遊びは愉快であると同時に破壊的だった。ジョイスは自身が英語という言語の果てに到着したように感じた。

世の中みんなが必要に迫られて文字もじ手紙を書いている。（…）世の中みんなが文字もじ手紙を運びたがっている。宝物についての猫から王への文字もじ手紙。男たちが手紙を文字したためたくなるとき。十人男、柔軟男、筆まめ男、洒落まめ男、梯子のぼりに行ったとさ。洞窟男、偏屈男、色白男、面白男、めんどり男、ぶんどり男、頭領やつけに行ったとさ。（柳瀬尚紀訳）

これでもまだ明快な一節のひとつだ。『フィネガンズ・ウェイク』はノーラから眠りを奪った。「ジムが小説を書いているの」と、彼女は友人に語った。「あたしがベッドに入ったあと、あの男《ひと》は隣の部屋で机に向かって、自分の書いたものを読んでげらげら笑い続けるのよ」。彼女はベッドを出てドアを強くノックするのだった。「ねえジム、書くのをやめるか、笑うのをやめてちょうだい」『フィネガンズ・ウェイク』を気に入る者はほとんどいなかった。一九二六年に原稿の一部に目を通したエズラ・パウンドは言った。「何のことだかさっぱりわからない。今のところ私にはまるでピンとこない。これが神の視点の獲得または淋病の新たな治療法でもなければ、周辺をさらに周辺化するような小説に価値はないだろう」。その手紙の最大の侮辱は「親愛なるジム」という挨拶だった。ミス・ウィーヴァーでさえ『フィネガンズ・ウェイク』には眉をひそめた。「あなたが言葉遊び工場から何を出荷しようと私はさほど関心がありません。わざと混沌とした言語を使い、漠然として理解不能な文章を書こうとすることにも。あなたは天賦の才を無駄にしているのではないかしら」。ミス・ウィーヴァーが不満をあらわにした時点で、ジョイスはみずからの才能を五年も浪費していた。「パウンドが正しいのかもしれない」と、ジョイスは一九二七年二月に書いた。「だが後戻りはできない」。彼はそれから十二年も『フィネガンズ・ウェイク』を書き続けた。

ジョイスはみずからの長所に足をすくわれつつあった。その集中力とのめり込む性質のせいで彼の孤立は深まった。反骨心に裏打ちされた利己主義は自己陶酔に変わり、その文章は秘匿《ひとく》と暴露のバランスを失った。十七年間、彼は『フィネガンズ・ウェイク』という題を秘密にしていて、それが何なのか皆に当てさせようとして喜んでいた――書くことはカモフラージュになっていた。執筆に集中するあまり、周りの人間はすべて文学上の目的の道具となり、やがてそれは戦意喪失を進めてしまうことになった。ジョイスは『ユリシーズ』出版後はすっかりミス・ウィーヴァーの支援に頼っており、検閲が続いているせいで、その状況は変わらなかった。一九二三年、目の手術後に彼はミス・ウィーヴァーから一万二千ポンドを受け取り、これで寄付の総額は二万五百ポンドになった（現在の百万ポンド超に相当する）。税金の支払いを除くと（現在の四万ポンド超）、ジョイスの手元には利子として年八百五十ポンド残った。だがそれでも足りなかった。一九二七年、ジョイスは元金に少しずつ手を付けるようになり、おかげで毎回収入は減った。大恐慌が始まると、さらに金を引き出すようになった。

ジョイスを優れた作家にした資質は彼を耐え難い人間にもした。最も被害を受けたのはおそらくシルヴィア・ビーチだろう。手紙を書き、請求書の支払いを済ませ、本を回収し、薬を依頼し、出版は何カ月も先の『ユリシーズ』の印刷のための前払い金を渡す。ロスの海賊版の問題が起こるとジョイスに代わって前代未聞の国際的な反対運動を率いたが、それだけではすまなかった。ジョイスはビーチが米国に行って直接止めることを求めたのだ。ビーチは彼の要求を穏やかに受け止めていたが、『トゥー・ワールズ』問題の最中に予想もしていなかった二百ポンドの請求書が届き、ついに我慢の限界を超えた。「真実はといえば、あなたに対する私の愛情と敬意には底がありません」と、彼女は書いた。「あなたが私の両肩に乗せる仕事も底なしです。あなたが目の前にいないとき、私のもとに届くのは命令ばかり。あなたに代わって絶え間なく仕事をする報いは、あなたがいらいらして不満を言うのを聞くことです」。あたかもどれだけ対処できるか試すかのように、彼はビーチに容赦なく仕事を与え続けた。「それは人間的といえますか?」

数カ月後の一九二七年六月、ビーチの母親がパリで逮捕された。つまらない万引きの告発を無視していたことが理由で、保釈された彼女はジギタリスを大量に服用した。シルヴィア・ビーチは最後まで母親の死が自殺だったことを父親と姉妹から隠していた。彼女はロスを相手取った裁判から身を引き、ジョイスとも距離を置くようになっていった。

＊

ジョイスの人生は崩壊の一途だった。『フィネガンズ・ウェイク』にこれほど手間取った理由のひとつが、娘の抱える問題への対処に時間をとられたことだった。一九三二年、ジョイスの五十歳の誕生日に、ルチアは母親に椅子を投げつけた。数カ月後、愛してもいない男性との婚約を祝うパーティの直後に（彼女は一九二九年以降ジョイス宅を訪れていたサミュエル・ベケットに恋をしていた）、ルチアは緊張病を患うようになった。やがて統合失調症との診断を受け、それが精神病院での人生の始まりだった。ジョイスは長いこと娘にはどこも悪いところがないと言い張り、その不可解な発言は千里眼的なもので、父親を超えるジョイス家の偉大なる天才なのだと言い続けた。「私に備わった何らかの輝きあるいは才能がルチアに受け継がれ、それが頭の中で燃えているのだ」。娘は自身の言語を創造しているところで、それが自分には理解できるとジョイスは言った。ジョイスの考える治療とは娘に毛皮のコートを買ってやることで、それは医者たちの治療と同じくらい効果がなかった（ひとりは海水を飲むことを勧めた）。一九三二年、二度目の入院の最中にジョイスは娘をこっそり連れ出した。父親が見舞いに来ないと彼女は伝言を残した。「私はクロスワードパズルだと言って。クロスワードパズルを見るのがいやでなかったら、ここへ来てほしいの」。とうとう真実から逃れられなくなり、ジョイスは自分を責めた。

ルチアの病気は夫婦の間に緊張感をもたらした。ジョイスの暴飲暴食と浪費癖は年月が経つごとに手に負えないものになっていき、深刻な口論の果てにノーラは家を出て行くと脅した。ある友人はノーラが荷物をまとめるのを手伝ったのを覚えている。ジョイスは行かないでほしいと泣きつき、君がいなければ到底やっていけないと言った。妻なしの人生が現実のものになってくるにつれて、彼女への依存度は高まっていった。一九二八年、子宮がんを患ったノーラは二週間の放射線治療を受けるため入院したが、ジョイスは隣の部屋に泊まると言い張った。数カ月後に子宮摘出術を受けたときは隣のベッドに腰かけ、回復までの間ずっとそばについていた。ノーラは思ったよりよく病気に耐えた。治療の最中、ジョイスはミス・ウィーヴァーに手紙を書き、緊急治療室の中で怒鳴り合う看護師の声や表で荒れ狂う嵐の音を聞くと眠れず、既にぼろぼろの神経がいっそう刺激されると訴えた。

四十代後半にもなるとジョイスは老人だった。ダブリンを闊歩する若い独身男が振っていたトネリコの杖は、パリで盲目の男が使う杖になった。通りすがりの人間に道路を渡るのを手伝ってもらい、家の中を歩いているときも家具にぶつかった。紅茶にミルクと砂糖を入れるのもノーラに頼るほかなく、表を歩くときジョイスは妻の腕につかまった。彼は一九三一年を通してミス・ウィーヴァーを訪ねなかったが、それは色つき眼鏡をかけた姿が恐ろしい犯罪に走って変装をしているように見えるのを恐れたからだ。「当然の報いだ」と、彼は手紙に書いた。「私の多くの不道徳に対する」ジョイスは芝居をしていたわけではなかった。白状しようとしていたのだ。不正行為の本質はよくよく目を凝らさなければわからないものだったが、それ自体は目に見えるものだった。ジョイスの虹彩の層の間には幅一ミリにも満たない柔らかな肉芽腫性の病変が複数あり、その中にはらせんのような形をした薄い色のバクテリアのコロニーがあって、身をくねらせながら虹彩の筋肉や繊維に侵入しようとしていた。ジョイスの目を侵したバクテリアは梅毒トレポネーマという名だった。ジェイムズ・ジョイスは梅毒のせいで視力を失おうとしていたのだ。

＊

梅毒を引き起こすバクテリアは全身のあらゆる場所を破壊する。初期の病変は皮膚に現れて数週間で癒えるが、梅毒トレポネーマは血流に乗って体内をめぐりながら居場所を探すのだ。バクテリアは血管、骨、筋肉、神経に寄生する。心臓、肝臓、脊髄、脳にはびこることもある。トレポネーマの環境適応力の高さはすなわち梅毒の症状が定着した臓器によって異なることを意味していた。他の性病と異なり、梅毒は関節炎から黄疸、動脈瘤からてんかんまであらゆる症状の引き金になる。だが売春婦のもとを訪れ、あとに醜い病変を発見した人間がとりわけ恐れたのは梅毒性精神病への感染だった。梅毒のバクテリアが中枢神経を冒した結果として起こり得るのは精神病、せん妄、病的な気分の上下に加えて全身あるいは部分的な麻痺だ。ジョイスは梅毒が人間に何をもたらすか怯えながら育ってきた。響きそのものが幽霊物語めいた震えをもたらすかのように、彼は夜になると「麻痺」とつぶやいた。

梅毒にはとりわけ目を好む習性がある。ジョイスは梅毒に端を発する多くの感染症を患ったが──結膜炎、上強膜炎、眼瞼炎──最も一般的かつ致命的な目の症状は虹彩炎だった。これまで何度も発作に見舞われたのは、梅毒がバクテリアの成長と休眠を通じて進行するからだ。突然の発作に続いて平穏無事な時期が訪れるが、結局また発作が起きるのだった。症状とその持続性、深刻さは人によって劇的に異なる。ノーラはほぼ間違いなくジョイスから感染していたはずだが、おそらく気づかないほど軽かったのだろう。病気の三段階をすべて経験するのは梅毒患者の三分の一にすぎない。不運にもジョイスはそのひとりだった。記録に残る中では一九〇七年、まだ二十五歳のときに最初の虹彩炎の発作に見舞われ、それから十四年のあいだに十二回の発作があった。一九二〇年代後半にもなると、両目は二十年に及ぶ感染で無残な状態だった。

今では梅毒もペニシリンの注射で治癒するが、それが薬として出回るようになったのは一九四二年、ジョイスの死の翌年だった。ペニシリンが登場するまで進行した梅毒に対する有効な治療法はほとんどなく、ジョイスが厄介な患者だったために、それも効果がなかった。医者の指示を守らず、予約をすっぽかし、自分の欲しい答えをくれる医者を探してばかりいるのだ。一九二二年から彼を診ることになったボルシュ医師は、どうにかなだめすかして言うことを聞かせようとした。一九二三年には括約筋切除術に同意させようと、何ということはない処置だと言った。実際のところ虹彩切除術と変わりなかった。

より大きな問題は、ジョイスがサルバルサンという名の薬を拒否したことだった。当時梅毒に効果のある唯一の薬だったが、彼には拒否するだけの理由があった。サルバルサンは商品名で、実際は砒素を加工したアルスフェナミンといい、要するに少量の毒だったのだ。そのせいで死んだ患者もいたし、聴力を失ったりこん睡状態に陥ったりした患者もいた。ジョイスにとってサルバルサンの最大の脅威は別のところにあった。散文の口述筆記を拒絶した作家として、仕事を続けるためにはわずかに残った視力を死守しなければならなかったが、ボルシュ医師は医師の義務として、サルバルサンの副作用で失明するかもしれないと告げたのだ。四十人にひとりの割合で、薬は視神経に悪影響を及ぼした。サルバルサンを拒否されたあとでは、ボルシュ医師は原因の治療ではなく症状の緩和に努めるほかなく、ジョイスの視力は確実に悪化していった。

一九二八年、ボルシュ医師は困り果てたようだ。診察室に現れたジョイスは危険なほど痩せていた——身長百七十八センチに対して体重は六十キロにも満たない。その体重減少ぶりと目の多彩な症状、不可解なだるさと右肩の「巨大ないぼ」を見たボルシュ医師は必死でサルバルサンの代わりを探した。両目を危険にさらすことなく、患者の体を破壊しつつあるトレポネーマを抑える治療法を見つけなければいけない。

　彼はたまたまひとつ知っていた。知名度の低いフランス製の薬「ガリル」だ。ボルシュは恐らく、戦時中に軍医を務めていたときにそれを使ったのを覚えていたのだろう――フランス軍はガリルを何千回も梅毒患者の兵士たちに打った。それは敵国ドイツのサルバルサンに代わる愛国的な薬だったのだ。ガリルも砒素を加工した薬だがアルスフェナミンではなくフォスファルセナミンで、砒素とリンを化学的に混合したものだった。単体では非常に危険だが、ふたつ一緒にするとサルバルサンより毒性は低い。考えるほどにボルシュ医師はガリルが最善の選択肢だと確信したことだろう。サルバルサンは視神経に悪影響を及ぼすという情報はなく、ガリルの副作用はむしろ好ましいものだった――食欲を増進するのだ。ジョイスは是非とも体重を増やす必要があった。

　ガリルにはサルバルサンほどの効き目がないので、複数回の注射が奨励されていた。こうして一九二八年の九月と十月、ジョイスはボルシュ医師の診療所の寒々しい裏階段をのぼり、袖をまくり上げたのだった。医師は緑灰色の粉の入ったガラスのアンプルの封を切り、炭酸ナトリウムと水、そして半グラムに満たないガリルを混ぜて、三週間に渡って一日おきに患者の血管に打った。変化はなかった。第一次大戦後の医者たちはほとんどガリルを使わなかったが、それは単純に効果が見込めなかったからだ。ただひとつよかったのは、注射のあとジョイスが猛烈な食欲に襲われたことだった――彼はタフィー、クリーム入りの菓子、ターキッシュ・ディライト（トルコ風ゼリー）を食べ始めた。十年に渡る梅毒の症状は残念ながら改善しなかった。

　中にはジョイスの目の問題の元凶に気づいていた人間もいたかもしれない。ペニシリンが登場する前、梅毒は繰り返し起こる虹彩炎の最もありふれた原因だった。ジョン・クインとエズラ・パウンドは疑いを抱いていたが、何も言わなかった。一方ボルシュ医師は疑っていなかった。彼は知っていたのだ。梅毒を患っていない人間が、何十年にも渡って定期的に虹彩炎を繰り返す可能性がどれだけあるというのだろう？　ほとんどない。ボルシュ医師が梅毒を見逃す可能性などあったのだろうか——ジェイムズ・ジョイスの目を覗き込んで、その症状を見逃すことが？　ほとんど考えられない。梅毒による症状はほとんどどれも明白だ——見た目、内側に溜まる水、大量の滲出液、虹彩のどこに溜まるか。ボルシュ医師は何を見たらいいのかよくわかっていた。

一九二八年にジョイスの梅毒の治療に当たるころ、ボルシュ医師はパリで二十年医者を務めていた。ここは梅毒の巣窟だった（あるパリの病院は一九二〇年だけで一万件の梅毒を治療し、続く十年でその数は倍加の一途をたどった）。それ以上に、彼のような医者にとって梅毒の診断を下すのは難しいことではなかった。ボルシュ医師は医学の学位をふたつ持っており、ふたつ目は眼科医の訓練場所として世界最高といわれていたパリ大学医学部で獲得したものだった。万にひとつ自信がなかったとしても血清検査を行うことができただろう——ジョイスが受けた可能性のある検査の結果はすべて失われているが。実のところ、ジョイスのカルテはほぼすべて紛失あるいは処分されている。

ジョイスとノーラは病気を秘密にしていたが、『フィネガンズ・ウェイク』の題名を当てるように彼は人々に発見してほしがっていた。ミス・ウィーヴァーやシルヴィア・ビーチに症状を事細かに描写し、愚痴をこぼしていたのは——目がどんどん見えなくなる、しこりや膿瘍ができる、白濁、鈍痛や激痛に襲われる、目の痛みの発作が起きる、シェイクスピア・アンド・カンパニー書店を初めて訪れたときに図解してみせた目の手術の繰り返し――あたかも同情を求めているかのようで、実のところある程度まではそうだった。ジョイスは結局彼女たちの助けを必要としていて、同情はそれを確実なものにした。ジョイスの嘆きはヒントをまき散らす彼独自のやり方だった。

「私は自分の不正行為への報いとしてすべてを引き受ける」――それは誇張の仮面をかぶった真実だった。ジョイスに愛想を尽かした人間なら安手のドラマのようだと思っただろうが、彼はミス・ウィーヴァーに対して、ここ何年もの手紙の中から細部を拾って繋ぎ合わせるよう強く求めていたのだ。これから三週間砒素とリンの注射を受けると告げることで、ジョイスは新たなヒントを落とした。なんといってもガリルは症状に見合う唯一の薬だったのだし、梅毒専用の薬だった。「リン」は彼女にとって何の意味も持たなかったかもしれないが、「砒素」は当時の性病の治療法について常識程度に知っている人間ならピンときただろう。あいにくミス・ウィーヴァーはその種のことに無知だった。ジョイスが自分の症状の複雑さを暴露していたとき、ミス・ウィーヴァーは『ブラック医学辞書』で「緑内障」という単語を引き、飲酒の影響についての小冊子を読んでいた。

ジョイスは一九三〇年にようやくその単語を口にした。「ある若いフランス人眼科医によれば」と、彼はミス・ウィーヴァーに宛てた手紙に書いた。「私の目の問題を解決しようと思うなら、その原因を先天性梅毒に求めるしかないとのことだ。それは治る病気で、私はある治療を受けるべきだと言うが、それが何か忘れてしまった――」。ジョイスにとっては珍しい物忘れだった。それから彼はボルシュ医師の助手に「その治療を受けないよう強く迫られた」ことを明かし、助手と医者が「その可能性について既に話し合い、医者が発作の性質において、また治療の方法について、一般的な目への影響において治療法から除外した」と記した。

既に読み流すことは不可能になっていたはずのミス・ウィーヴァーにとって肝心な質問は、医者たちが何を話し合い、何の可能性を排除したかだった。あるいは言い換えるなら——手紙を文法のパズルとして扱うなら——ボルシュ医師が下した「それ」は何を受ける代名詞なのだろうか？　医者たちは無条件にその診断を排除したのか、治療を回避したのか——「先天性梅毒」あるいは「治療」を？　ミス・ウィーヴァーはより深刻な選択肢を恥ずかしい読み間違いとして片づけたのかもしれない。というのもジョイスは自身の診断が軽かったことを明かし（彼の梅毒は後天的なもので、病理学的にまったく異なる）、フランス人が梅毒にとり憑かれているようだと笑いに紛らせてしまったからだ。

だがそれは冗談ではなかった。何日もベッドに横になり、時には両目に包帯を巻いた状態で、ジョイスは一生に及ぶ痛み、手術、投薬、目薬、電気治療とヒルに耐えなければいけないのかと思ったことだろう。口の中を荒らした膿瘍と肩の大きな「いぼ」も、梅毒の症状だったと見て間違いない。梅毒は一九〇七年に彼の右腕を「動かなくさせた」。スタニーが兄の体に塩を混ぜた悪臭のするローションを塗ったが、それは恐らく梅毒による病変を癒すためだったのだろう。ジョイスの梅毒は神経には及んでいなかったはずだが、治療と心理的な負担のせいで時々失神し、不眠に陥り、「神経衰弱」を起こした。

これらのことを経験しながらジョイスは不可解に思っていたことだろう——なぜ、自分が？　ノーラはどうやら健康なようだった。あるいはダブリンとトリエステでひどい栄養失調だったせいで、夜の街で出会った女から感染しただろう梅毒トレポネーマに、弱った体を思いのままに食い荒らされてしまったのかもしれない。ジョイスは一九〇四年に淋病に感染したことを知っていて、恐らく同時に梅毒にもかかっていた。その場合彼は恐らく症状が消えたのを治ったと誤解しただろうが、それは初期の梅毒の休眠期間だった。その夏彼はノーラと出会い、秋にはふたりでアイルランドをあとにし、そのころ症状が再発した——そして悪化した。彼は現実を悟ったことだろう。いつ感染したにせよ、真実は一九〇七年に症状が悪化するに至って明らかだった。ダブリンでのジョイスは梅毒のような病気を神の報いではなく「不運な性病」だと思っていたが、一九三〇年代になってから自分の人生を振り返ったとき、何十年にも渡る痛みと視力障害が、会ってはいけない娼婦とのただ一度の不運な夜から発生したとは思えなかったことだろう。「すべて重要なるものの中心を貫く」芸術家の人生がバクテリアに左右されるとは。神の裁きでさえもう少し緩やかなものではないか。

カトリシズムがジョイスにとってどれほど嫌悪すべきものだとはいえ、それは羨ましくなるような説明の手段でもあった。梅毒は夜の街の冒険を超えたあやまちに対する神の怒りだったのかもしれない。ノーラと結婚することを拒否し、彼女に梅毒を移し、口にできない性癖を抱えたこと、神を冒瀆したこと、異端者を英雄と称えたこと、母親の死の床で祈りを拒否したことへの罰かもしれないのだ。そしてそれは彼の頑迷な生き方のせいで深まる罰だった。一生を通してあやまちを認めなかったこと、神を否定する言葉を熱心に口にし、冒瀆や猥褻を『ユリシーズ』に込めたこと。永遠に続く痛みや、じわじわと進行する視力障害は、少なくとも道徳的に大きな意味を持っていたかもしれない。

だがジョイスは罰を与える神の存在を認めなかったし、神の怒りがさらに厳しい現実に目を向けさせたとも思わなかった。彼の病気はただそうなった《ヽヽヽヽヽ》だけなのだ。これほど巨大な苦しみが宇宙の道徳的秩序の一環でないなら、その苦しみはただ凡庸というだけだった。無意味なバクテリアに唯一代わるものがあるとしたら天罰だった。ジョイスは一生を通してその無意味さに意味を見出そうとし、病原菌の帝国を通してエゴイズムと和解しようとした——その教訓は、深遠すぎて、おそらくエピファニーにはならなかった。怒れる神を受け入れない一方、彼はその神を失おうとしなかった。スティーヴン・デダラスとレオポルド・ブルームの欠点と醜い真実は、ある程度までは空想を装った彼自身の告白で、罪の許しを見つけるために書かれた悔恨の言葉なのだ。ジョイスのキャリアを形作った個人主義はカトリシズムの影を抜け出すことがなかった——彼が知るかぎり最も硬直した、序列的な権力構造だ。何年も『ユリシーズ』を書き続けたのち、出版の数日前に彼がダランティエールに急ぎ電報で伝えた単語は「贖罪」だった。

第25章　捜索と押収

合衆国憲法修正第一条は『ユリシーズ』を守ることができず、これまでに政府が焚書にしたどの本の保護に対しても無力だった。米国人が民主主義の土台となる権利とみなす言論の自由は、二十世紀になるまで本当の意味で効力を発揮しなかったのだ。権利章典が議会を通過したとき、修正第一条は市民を「事前の抑制」から守るものだと捉えられていた——連邦政府が出版の前に口出しをするのを禁止していたのだ。つまり政府は一般読者に対して「良からぬ影響」を持つあらゆる出版物の流通を禁じる権利を維持し、問題となる思想（事実の主張も含む）が公の場で発言あるいは出版されれば、それを違法にすることができた。仮に発言に問題がなくても、判事たちは修正第一条の効力の範囲が連邦政府だけだと捉えていたから、ニューヨークやオハイオといった州では禁止が可能だった。合衆国憲法が連邦政府と州政府の両方の介入から言論の自由を守るという考え方は、一九二五年になるまで広まらなかった。

修正第一条は諜報活動取締法に呼応する形で姿を変え始めた。一九一九年に最高裁で下された反戦的な内容の冊子をめぐる二件の判決において、オリヴァー・ウェンデル・ホームズ判事は間接的に修正第一条の範囲を広げた。つまり彼は保護されない言論を漠然とした「良からぬ影響」のある発言から、社会に対して「明白かつ現在の危険」とされる発言に縮小したのだ。ホームズ判事はエイブラムス対合衆国の判決でより強力な反対意見を述べた。

時が繰り返し信念をめぐる闘いを覆してきたことを思えば、究極的に望まれる善は彼ら自身の行動の基礎を信じるよりも思想の自由なやり取りを通して達成されるのがいいと彼らはますます強く信じるだろう。真実の最も優れた試金石は思想の力が市場の競争に受け入れられるかということであり、その真実が彼らの願いが安全に実行される唯一の土台なのだ。

＊

言論の自由が合衆国憲法で保障されるのは、それが真実を発見する状況――いわば思想の自由市場を作るからだ。だがホームズは自由市場があらゆる思想を含むとは考えなかった。修正第一条の関与する範囲とは、社会の究極的な向上を旨とする明らかに政治的な発言だった。言論の自由とは動乱の時代が信念への闘いを覆すとき、社会が安定を見出す最善の方策だ。しかし言論の自由そのものが信念の闘いではない。むしろそれは政治的な疑念に立ち向かうための方法だったのだ。『ユリシーズ』のような小説を擁護するために修正第一条を持ち出すのは――仮にそれが猥褻ではなかったとしても――間違いなく滑稽だった。

『ユリシーズ』が米国で合法であるべきだと考えた数少ない人間のひとりが、人権派弁護士のモリス・アーンストだった。だが修正第一条の助けがないのなら、『ユリシーズ』が思想の自由市場でささやかな価値を持つと政府を納得させるだけでは足りないだろうと考えていた。『ユリシーズ』が現代の古典だと認めるよう、政府を納得させなければいけない。

アーンストはユダヤ系チェコ人の移民の息子で、首に親戚の住所を記した札を掛けて米国に到着した。アーンスト一家は運命に翻弄された。モリスは子ども時代の一部を最も荒れていた一八九〇年代のロウワー・イースト・サイドで過ごした。その後家族はハーレムに引っ越し、さらにアッパー・イースト・サイドに移った。裕福だったころのアーンストはホーレス・マン校で大学入学に備え、ハーバード大学の入試に失敗したのでウィリアムズ大学に行った（彼は不合格通知を大事にとっておいた）。卒業後は思いつきでニューヨーク・ロースクールの夜間講座を受講し、生活のために家具を売った。これまた思いつきで小さな法律事務所をふたりの友人と共に始め、数十年続けた。

アーンストは理論家というよりは直観的な人間だった。ふたりの共同経営者が法律的な調査のほとんどを引き受け、アーンストは辣腕の訴訟弁護士だった。フットワークが軽く、弁舌巧みで、理想に燃えていた。最高裁のブランダイス裁判官から薫陶を受け、彼は弁護士を天職だと思った。一九二〇年代に米国自由人権協会の共同法律顧問になり、人権に関わる事件を無報酬《プロ・ボノ》で引き受けた。米国法曹協会への誘いを受けたとき、彼は協会がアフリカ系の弁護士を受け入れているか尋ねた。協会からの返事にはミスター・アーンストが「ニグロ」だと気づかなかったことへの謝罪が綴られていた。

アーンストの波乱万丈の前半生は、法律についての彼の哲学を育んだ。彼はホームズの提唱する自由市場での自由な人間と思想の混合こそ、この国の最大の財産だと考えた。だがホームズが言論の自由を安定の源だと考えた一方、アーンストは文化が混じり続けるための道筋だととらえた。検閲とは民主主義に固有の不安定さを抑圧するために権力が生み出した戦略で、ニューヨーク悪徳防止協会のような組織は道徳面での道具なのだ。検閲とは現状に満足している政界の黒幕が、社会とは絶えず崩壊の危機にあると考える道徳主義者と手を結んだときに起きる。

書物の自由のために闘うのは、独立戦争を誘発した自治の原則のために闘うことだった。アーンストにとって、政治的な思想と性的な思想を隔てる厳密な壁はなかった——焚書は文化全体に寒々しい風を送ったからだ。彼曰く、検閲には「個人の精神の無意識の奥底に侵入するような影響力がある」。検閲は国家が科学や公衆衛生、心理学、歴史に向き合う姿勢を変えた。視野の狭いヴィクトリア朝式の精神のみが、ローマ帝国は道徳の退廃のため滅んだと考えるのだ。

検閲制度の最も恐るべき部分とは、それが耐えがたいほど気まぐれな点だった。何年間も出版されていた本が警告なしに発禁になることがあり、税関職員が合法だと判断しても郵政省が独自の禁止令を出すことがある。判事や陪審員はある本を今日無罪とし、明日には有罪とすることができる。法令の文章そのものが混乱の源だった。ニューヨーク州法は非合法な文学をアーンストの言う「六つの致死的な形容詞」で表現していたが——猥褻、みだら、性的、不潔、不道徳、醜悪——立法者たちは法律を更新するたびに単語を足していった。形容詞を増やすのはそれが指定する内容の曖昧さを覆い隠すためでもあった。「猥褻」と「性的」の違いは何なのか？　ある判事が「みだら」と認めないような場合、検事はそれが「醜悪」だと主張することができる。そしてこれらの形容詞のどれもが主観的だった。予測不可能な基準のおかげで猥褻法は実際の法令以上に威力を持った。告訴の危険を冒せない作家や出版社は合法的な範囲内に留まろうとしたからだ。思想の自由市場は曖昧という名の独裁によって押しつぶされようとしていた。

アーンストはその独裁に対し、まず避妊を擁護することで戦いを挑んだ。一九二八年、彼はメアリー・ウェア・デネットが書いた『人生のセックスという側面』という、全国的に需要のあった教育的な手引書を擁護した。デネットのもとには学校、公衆衛生局、ＹＭＣＡから注文が届いた。

『人生のセックスという側面』は十年近く出回っていたが、郵政省がコムストック法にもとづいて一九二六年に発禁にしたのだ。デネットはその決定が、郵政省の人間をおおっぴらに批判したことへの報復ではないかと疑い、米国自由人権協会の共同法律顧問アーサー・ガーフィールド・ヘイズのもとを訪れて介入を依頼した。ヘイズは修正第一条の解釈を広げるのにやぶさかではなかったが、第一次大戦中の判決を考えると、裁判所が禁止を撤回しないのは明らかだろうと言った。

二年後、協会の役員でもうひとりだけ「非政治的な」発言を弁護する意思のある人間が無報酬でミス・デネットの弁護を引き受けた。モリス・アーンストは世間の人々に、メアリー・ウェア・デネットが検閲といういびりの犠牲者であることを知らしめたかったのだ。政府のおかげで仕事は簡単になった。アーンストが弁護を引き受けた直後、郵政省の検査官が『人生のセックスという側面』の郵送を求めるおとりの手紙を送ってきたのだ。本を入手すると、政府はミス・デネットを猥褻罪で告訴した。連邦裁判所で有罪が言い渡されると抗議の声が上がり、一九三〇年に控訴裁判でアーンストが勝利するころには社会はすっかり怒っていて、米国自由人権協会は言論の自由を守るために新たな戦線を設置した。モリス・アーンストはそのリーダーのひとりだった。

翌年、アーンストはマリー・ストープス博士の著書二冊についての二つの猥褻裁判に関して勝利をもぎ取った。『結婚愛』という結婚生活への手引書と、『避妊』と題された医者向けの小冊子だ。アーンストは絶好調だった。ただひとつの問題は、合衆国憲法で保障された自由を勝ち取っているのではないことだった。修正第一条は個人が性に関する書物を世に送り出す自由を保障しているとアーンストが主張するたびに、判事たちは頭から却下した。妊娠や性交のしくみに関する本は修正第一条と何の関係もないばかりか、アーンストの憲法に関する議論は暗に連邦と州におけるコムストック法を否定しているではないか。制定されて何十年も経った今、それは神聖不可侵なものだった。

そこでアーンストは思想の自由市場に関して別の手を講じることにした。修正第一条を拡大解釈するのではなく、「猥褻」という言葉の法的な意味を矮小化することで検閲をなし崩しにしたのだ。だがこの時点での勝利も充分ではなかった。重要な勝利ではあったが、この国で既に受け入れられている考え方を再確認しただけだった――曰く、性教育は猥褻ではない。アーンストは米国の検閲制度を少しずつ削り取っていたが、本当に求めていたのは一撃で粉砕することだった。

一九三一年八月、『避妊』裁判に勝利したわずか数週間後、アーンストにその機会が訪れた。自身の法律事務所の共同経営者アレクサンダー・リンデーが、ジェイムズ・ジョイスが『ユリシーズ』の米国出版社を求めていると聞いて、シルヴィア・ビーチの姉ホリーに接触したのだ。アーンストとリンデーのタイミングは絶妙だった。ジョイスはひどく金に困っていたし、シルヴィア・ビーチはサミュエル・ロスがまたジョイスの小説を出すという噂を聞いていたのだ。今回は二万部の予定らしい。非合法な本が市場に溢れ、海賊版によって利益がかすめ取られるというのはひどく腹立たしいことだ。

『ユリシーズ』は『リトル・レビュー』裁判の十年後でもまだ違法とされていたが、それでもいくつかの出版社には法廷でこの本を擁護する意思があり、モリス・アーンストの事務所も積極的な支援を申し出た。リンデーがアーンストに宛てたメモ書きには興奮がにじんでいた。「これは法と文学の歴史において最大の猥褻裁判だ。全身全霊でやってやろう」

＊

だが裁判を起こすのは容易ではなかった。アーンストに無報酬で引き受ける気はなかったし、報酬を支払うつもりのある出版社たちは、こともあろうにシルヴィア・ビーチ本人に邪魔されていたのだ。一九三〇年、ジョイスはビーチに『ユリシーズ』を全世界で出版する権利を託したが、それはサミュエル・ロスの海賊版と闘うために必要とされる法律的な支払いの負担を逃れるためだった。しかし『ユリシーズ』の出版を目論む出版社たちは、その契約をいとも簡単に無視した。彼らにとってシルヴィア・ビーチは出版社でも『ユリシーズ』の著作権者でもなくジョイスの「代理人」で、誰も版権使用料をオファーしようとしなかった。

ビーチは腹を立ててヘミングウェイにアドバイスを求め、おかげで以降の返答には彼の生意気な口調をともなうようになった。彼女はジョイスが定価の二十パーセントおよび前払い金五千ドルを受け取ることを求めた。また『ユリシーズ』出版に際しては二万五千ドルを設定した。彼女曰く、それは「『ユリシーズ』が私にとってどのようなものであるかを控えめに見積もった」金額だった。だが馬鹿げた金額でもあった。出版社には外国の本にその半分も支払う余裕がなく、ましてや法的な悪夢である十年前の本に支払うなどもってのほかだった。最も真剣に検討していた出版社のひとつカーティス・ブラウンは、十パーセントの印税という条件を出してきた。ジョイスが序文を書くなら十五パーセントだ。五千ドルの前払い金の代わりに千ドルを申し出て、シルヴィア・ビーチの支払いについては頭から無視した。

ビーチの要求に関する噂が広まると、オファーはぱたりと止んだ。アーンストは最も可能性のある出版者ベン・ヒュービッシュと一九三一年十月に面会し、この件を進展させようとした。彼は弁護料として千ドルを求め、この件が最高裁までもつれ込んだら法的な負担は最大で八千ドル近くなると警告した。十二月、シルヴィア・ビーチに折れる気がないことが明らかになると、ヒュービッシュは『ユリシーズ』を断念した。版権によりよい条件を出すどころか、米国の出版社は彼女に何も提案せず、ジョイスは自身が要求した契約によって身動きがとれなくなってしまった。

だが最後にひとつ、揉め事に足を突っ込む心づもりのある出版社があった——ランダムハウスだ。ヒュービッシュが引き下がるやいなや、ベネット・サーフはモリス・アーンストに連絡を取り、裁判の可能性について話し合いたいと言った。米国で初の正式な『ユリシーズ』を出すことができたら、ランダムハウスにとっては大成功だろう。後にサーフは「最初の真に重要な一般向けの出版」と表現する。パリから届く版を政府が焼き捨てるようになって以来、『ユリシーズ』の話題は絶えなかった。その小説はサーフが求めるすべてを備えていた——商業的な成功の保証と、偉大な文学という価値だ。その上世間の耳目を集める裁判は、本をますます有名にし、売り上げを伸ばす以上の効果があるだろう。ランダムハウスのブランドを世間に知らしめ、創業六年の出版社が業界で立ち位置を確保する手助けとなるのだ。

問題はシェイクスピア・アンド・カンパニー書店だけだった。ベネット・サーフはアーンストに手紙を書いた。「シルヴィア・ビーチがあのような無理難題を吹っかけ続けるつもりなら、どうしたらいいのかさっぱりわからない」。サーフには恐らくある程度の印税を支払う用意があったが、何カ月も交渉していたヒュービッシュからその金額を聞き、彼女と取引をするのは不可能だという結論に達した。そこで彼はビーチを無視した。

結果的にサーフは交渉する必要もなかった。ベン・ヒュービッシュの撤退は、ジョイスの絶望を屈辱感に変えたのだ。彼はビーチに金を受け取ってほしかったが、彼女が途方もない要求をしたせいで『ユリシーズ』は出版業界の性差別の犠牲となってしまった。六カ月ほど好転を待ったあと、版権を取り戻す頃合いだろうとジョイスは思った。だが自分ではできなかった。そこでダブリンの古い友人のひとり、パドリック・コラムがシェイクスピア・アンド・カンパニー書店を訪れ、版権を手ばなすようミス・ビーチを説得した。彼女はそのときのやりとりの詳細を自伝に綴っている。

「『ユリシーズ』に何の権利を持っているというんだ?」と、コラム。

「でも契約はどうなるのかしら? 契約は存在しないんだよ」

「契約なんてない。そんな契約は存在しないんだよ」

契約は恐らく間違いなく存在していた、と彼女は告げた。

コラムは最後に言った。「おたくはジョイスの足を引っ張っている」

十年におよぶ尽力の末の非難にビーチは言葉を失った。コラムが店をあとにすると彼女は電話に向かい、あの分厚い青い本は好きになさったらどうぞ、とジョイスに告げた。そしてあらゆる要求を引っ込めた。シルヴィア・ビーチは入ったときと同じように『ユリシーズ』の世界から出ていった——素早く、非公式に、ジェイムズ・ジョイスのおずおずとした命令のもと。

＊

ランダムハウスは一九三二年三月にジョイスと契約を交わした。ジョイスは千ドルの前払い金を受け取り、出版後は十五パーセントの印税を受け取る。そのころには『ユリシーズ』の未来は、本の将来の出版社と弁護士の関係に懸かっていた。ある意味において、ベネット・サーフとモリス・アーンストが手を組むのは当然だった。ふたりとも野心的な冒険家で、宣伝の重要性をよくわかっていたのだ。だがそれでも軋轢はあった。アーンストはサーフが自分に好意的ではないのではないかと思った――恐らく、自身の提案が抜け目なかったせいで。猥褻裁判の費用についてのサーフの不安をやわらげるため、アーンストはもしランダムハウスが自分に印税を支払うなら『ユリシーズ』をただで弁護すると言った。彼はすべての一般向けの版の五パーセント、廉価版の二パーセントを求めた。両者にとって賭けだった。裁判に負けたらアーンストは痛手を負う。勝ったらランダムハウスが金を払う。駆け引きだった。

アーンストの任務は困難だった。連邦政府は彼にその姿勢を問われる前に『ユリシーズ』を回収しようとしていて、ここ最近の勝利と裏腹に、時が経つにつれてコムストック法は厳しくなっていくようだった――最高裁は繰り返し、州をまたいで郵送される出版物を管理する政府の権限を認めた。『ユリシーズ』の発禁は十年以上続いており、そのようなものが郵政省の許可を得る可能性は皆無だった。

そこでアーンストは、最初からコムストック法に対抗しないことに決めた。全米に『ユリシーズ』を郵送する代わりに、ランダムハウスはジョイス読者が一九二二年から続けてきたことをしたのだった――他の国から輸入することで州法を破る。コムストック法と対決する代わりに、猥褻本の輸入を禁止する関税法を犯すのだった。それならサーフとクロファーは『ユリシーズ』を一冊も印刷する必要がなく、処分される危険もない。必要なのはパリから一冊だけ輸入し、政府が押収するのを待つことだった。目標は法廷でジョイスの小説が合法だと認められることで、たった一冊が千部に相当する合法性を証明するのだった。

関税法を破るこの方法はいくつかの問題を解決したが、最も重要なのはランダムハウスの関係者が誰も投獄されないことだった。法は対物的な裁判を認めており、つまり輸入した人間ではなく本そのものが被告になるのだった。技術的な利点もあった。コムストック法が「猥褻、みだら、性的、不潔、不道徳あるいは醜悪」なものすべてを禁止したのに対し、関税法は「猥褻な」本の輸入のみを禁じていた。六つの致死的な形容詞ではなく、アーンストはたったひとつを相手にするだけでいい。

だがそれでも計画は一筋縄ではいかなかった。仮に『ユリシーズ』が関税法のもとで合法とされても、郵政省がコムストック法に訴える可能性は残る。政府には一冊の本をふたつの異なる法律のもとで裁いてきた長い歴史があった。アーンストは『ユリシーズ』を合法とするという法廷の決断が、あらゆる猥褻法からの解放となることに賭けていた。勝つだけでは足りない。全面的な勝利でなくてはだめだ。

＊

アーンストの議論の要は『ユリシーズ』が現代の古典で、古典が猥褻であるというはずはないという点だった。ジョイスの性的な表現を擁護する代わりに、議論の土俵を変えようとしていたのだ——猥褻裁判は文学の価値に関する裁判になる。だがそうするためには文芸批評家の意見を証拠として認めさせなければならず、それはほぼ不可能だった。米国の法廷の見解は、本の文学的な価値はその猥褻に関する疑念と関係ないという点から変わっていなかった。法廷において本は市場と同じように裁かれなければいけない——それ自体として。

アーンストの意見では、本とその価値に関する批評家の意見を切り離すことはできなかったが、法廷は耳を貸さず、アーンストは高い代償を支払ってそれを学んだ。一九二七年の最初の猥褻裁判において、判事は彼が問題の小説を擁護するため用意した証人全員を拒否した。アーンストは陪審員の前で擁護の意思のある人間の名前を読み上げることしかできず、敗北した。翌年、彼は再挑戦した。何十人の学者、医者、社会福祉に携わる人間を揃えて『人生のセックスという側面』を擁護する証言をさせた。この時も判事はそれらの証言をすべて却下した。

ある時点で彼は思いついた。文学に関する意見が本の中に入っていたらどうだろう？　政府が押収した『ユリシーズ』から称賛を取り除くことが物理的に不可能なら、それはランダムハウスの税関での押収裁判の証拠品として扱われるだろう。批評家による称賛が法廷に忍び込むのだ。仮に判事がその意見を読まなかったとしても、アーンストは門前払いを食うかわりにそれをもとにした議論を展開することができる。裁判が始まる前に、その内容を掌握できるのだ。こうしてベネット・サーフはパリにいるジョイスの助手ポール・レオンに詳しい指示を送った。『ユリシーズ』最新版を一部購入し、著名な批評家による賛辞の書評を見つけ、表紙をめくったところにそれを貼りつけてほしい。

ブレーメン号に積まれた違法な『ユリシーズ』の小包は一九三二年五月三日に到着する予定だった。その前日、アーンストの法律事務所はニューヨークの税関に手紙を送り、フランスから不法な荷物が届くと知らせた——中身が関税法を犯す可能性があるかどうか、徹底的に調べたほうがいいだろう。だが手紙では足りないかもしれない。『ユリシーズ』が次の二週間のうちに押収されなければ、夏までに裁判が始まらず、また出版の機会が無駄になるとサーフは危惧していた。ブレーメン号がニューヨーク港に入港する前日、アレクサンダー・リンデーは税関法務部のハンドラー氏に電話を掛け、船で何が届くか具体的なことを知らせた。ハンドラーはその情報に礼を言い、気をつけて見ていると約束した。

だがブレーメン号は巨大な船だった。乗客がどっと下船すると、サーフが自伝で振り返ったように、税関職員は仕事をさばくのに手いっぱいで検査に神経を使っていなかった。荷物と乗客を可能なかぎり早く送り出そうと、目に入ったものすべてに判を押していた――トランク、箱、ダッフルバッグ。嬉しそうな旅行者に「早く行って。さっさと」と、声を掛けながら。その日の他のものすべてと同様に『ユリシーズ』は税関を通過し、五十七番ストリートのランダムハウス社の編集部に無事到着してしまった。

サーフから話を聞いたアーンストは憤慨した。『ユリシーズ』を関税法違反のかどで裁判に持ち込む準備に何カ月も費やしていたのだ。アーンストは封を開けていない小包を持ってニューヨークの税関に足を運んだ。港に向かいながら、彼は途方に暮れていた。ハンドラーの奴、どうしてこんなことになってしまったんだ？　そしていったいどうしたら、税関職員に荷物を検査するよう強要できるのだろうか？

アーンストは職員のひとりに近づき、自分の持ってきた小包の中身を責任者があらためるよう求めた。職員にはよく聞こえなかった。アーンストは声を張り上げた。「どうやら問題のあるものが入っているようだ。検査をしてもらいたい」

そんな要求は前代未聞だった。小包にははっきりと「ブレーメン号」と書かれており、数日前に届いたものだった。職員はそこに立って中身を見ようと荷物を開けているアーンストを横目で見た。「おやおや！」と、アーンストは大きな声を上げた。これで事態も動き出すと思ったのだ。ジェイムズ・ジョイスの『ユリシーズ』じゃないか！　検査をしてよかった！　だが税関職員は冷めていた。

「あのねえ、こんなもの誰でも持ち込むでしょう。我々も構っちゃいられないんですよ」

アーンストは頭に血がのぼった。「それを押収しなさい！」

もう充分だ。職員は上司に合図をした。「こちらのお客さんが本を押収しろというんですがね」。上司はいくぶん皺の寄ったスーツを着て顔を真っ赤にしている男に目をやり、問題の本を見た。その本は紙を挟んで膨れ上がっていた。英語、フランス語、ドイツ語の小冊子や記事のようで、チラシやサミュエル・ロスに対する国際的な抗議の署名もあった。それらの紙は乱雑に折り畳まれ、本の四方からはみ出していて、すべて表紙と裏表紙をめくったところに何枚ものセロハンテープで貼りつけられていた。まるで慌てて仕上げた休暇中のスクラップブックだ。上司はその本と冊子類をすべて押収することにした。

ベネット・サーフとモリス・アーンストは裁判の機会を手にした。

＊

数日後、副税関長は押収され、机の上に置かれた本を読みたくないとはっきり思っていた。幸いにも彼にその必要はなかった。財務省の関連記録を探ると、一九二八年にミネアポリスの税関職員が『女性の美徳』、『アフロディテ』、七冊の『ユリシーズ』を含む四十三冊の本を押収していたことがわかったからだ。関税裁判所の判断ははっきりしていた。「これらの本にわずかに目を通すだけでわかるが、最悪にして最低の猥褻に満ちている」。話は決まった。税関長は決められた通り猥褻本をニューヨーク南部地区連邦検事に送り、一九三〇年の関税法三百五条(a)にもとづいた「喪失、押収、処分」を始められるようにした。ひとたび猥褻と決定されたら、法律では「処分の指示が出され、処分される」ことになる。
サム・コールマンも本を読むのに気が進まなかった。彼はニューヨーク南部地区首席連邦検事補だった。知的かつ温和で、三十八歳にして若い検事のひとりだった。政府が『ユリシーズ』を法廷に持ち込むか、すべて無視するかの判断は彼にかかっていた。一カ月後、コールマンは半分ほども読んでいなかった。厄介な状況だとアーンストとリンデーに連絡すると、ふたりは学者による注釈を送ると申し出たが、コールマンは独力でなんとか読み進めることを選んだ。六週間ほどして、彼はやっと最後の挿話にたどり着いた。

あの人たちはなんでもぜんぶ口にいれたがるのよ女から男たちがひき出したい楽しみ彼の口をかんじるお神さま体をのばさないと彼がここにいたらいいあるいはほかのだれかでもいいあたしをいかせてまた感じさせるあたしの中で火がかっかともえてるさもなければ夢にみたい彼はあたしに二かいさせたうしろから指であたしをくすぐりながらあたしは彼に足をまきつけて五ふんくらい感じていたおわってから彼をだきしめなきゃならなかったおお神さまあたしはあらゆることをさけびたかったファックとかうんちとかなんでもぜんぶただみにくくみえるのはいやそれかむりなしせいをしたからしわができるのもいやあの人はどういうふうにおもったかしら男のやりかたを感じたい彼みたいなひとばっかりじゃない神さまありがとうそっとそっとやりたい人たちもいる彼のやりかたと無くちなところはずいぶんちがうあたしは彼を見てあげたころげまわったおかげで髪のけはちょっとみだれていてくちびるのあいだから舌を彼のほうへあのやばんなけだもの木金いちにち土ようでふつか日ようでみっかああ神さま月ようびが

モリー・ブルームは浮気をしている。コールマンはリンデーに電話を掛け、『ユリシーズ』は文学における傑作だと伝えた。事務所の人間にもその本を見せ、「職員を文学的に教育する唯一の手段」だと冗談を言った。そして彼は『ユリシーズ』が連邦法のもとでは違法だと結論づけた。本の文学的な重要性を考えると、ひとりで告訴の判断をするのは彼の手に余ったので、彼は上司のジョージ・メダリーに最終的な判断をあおいだ。

当時メダリーはニューヨーク州の上院議員になるため共和党の指名を受けようとしていた。彼は強請りと密輸業者を追跡することで有権者の支持を集めていたが、選挙の直前に著名な本の猥褻裁判を起こすのは難しい判断で、アーンストが関与しているせいでますます慎重になった。米国自由人権協会の弁護士には前年、ストープス博士の『避妊』が政府の検閲に値しないとされた件ですっかり恥をかかされていたからだ。恥の上塗りをなんとか避けようと、メダリーは選挙が終わるまで先延ばしすることにした。ランダムハウスは質問状を送り、『ユリシーズ』の価値について図書館、書店、作家、ジャーナリスト、学者の意見を募っており、判断するにはそれらすべてに目を通さなければいけないとメダリーは言った。十一月中旬、全国的な民主党の大勝により選挙に敗れたあと、地区検察局はモリス・アーンストに政府が『ユリシーズ』を法廷に持ち込むつもりだと伝えた。メダリーはサム・コールマンと同意見だった――『ユリシーズ』は重要な作品だが、それでも法的な対応をする。

ベネット・サーフはすぐにでも裁判を始めたかった。九百通の質問状を送り、『ユリシーズ』に関する世論を集めようとした。図書館や書店への郵送は好都合にも宣伝を兼ねていた。『ユリシーズ』の猥褻裁判が間近だという話が広まると、ランダムハウスには刊行日についての質問が殺到した。映画会社もこれに注目した。ワーナー・ブラザーズがユリシーズの映画化権について、ジョイスに接触してきたのだ。それこそサーフが求めていた反応だった。没収される『ユリシーズ』がブレーメン号に乗って航海していた五月上旬、サーフは夏のどこかの時点で自分たちの版を持って新聞社に行くことになると思っていた。だが一九三三年の十一月になっても裁判の予定は決まらず、アーンストの予測も腹立たしいほど曖昧だった。裁判は「今から三月までの間のいつか」に始まる予定だった。それまでに世間の関心は失せてしまうぞ、とサーフは警告した。

だが裁判に勝たなければ、本を一冊も売ることがかなわない。アーンストは地区検察局を焦らせたくなかった。というのもそのころサム・コールマンは彼らの立場に同情的で、それを変えたくなかったからだ。あまり催促すると、コールマンはすべての挿話を陪審員に読んで聞かせる政府の権利を行使すると言うかもしれない。アーンストは判事がたとえ一語でも音読することを望まなかった。それを言うなら陪審員などひとりも欲しくなかった。彼の経験によると、陪審員は潔癖さを求めるのだった。路上で好きなように罵倒の言葉を吐いていた人間が、見知らぬ十二人のひとりになると突如としてそれらに腹を立てているふりをするのだ。猥褻裁判に当たる陪審員には他の人間の道徳観が大きく影響した。本の影響は彼ら自身の感覚ではなく、一般的な感覚で裁くものとされていたので、架空の人間を想定することになるのだった——陪審員席の誰よりも堕落の危険性がある人間を。

アーンストは判事がこの件に決着をつけるのを望んでいて、自分たちに好意的な判事を見つけようと決意していた。適当な判事を見つける旅は何カ月も遅れた。敵愾心《てきがいしん》を向けてくる判事を避け、何度も予定を変更するニューヨーク南部地区連邦地方裁判所に付き合わなければならなかったからだ。ボンディ判事は保守的にすぎる。カフィー判事も似たり寄ったりだ。一月から二月にかけては敵対的な判事が担当で、アーンストは好意的な人物の登場を待つつもりだった――パターソン判事か、恐らくノックス判事。

だがアーンストが本当に求めていたのは、猥褻な出版物に対してリベラルな判決を下してきた実績のあるウルジー判事だった。実のところ、マリー・ストープス博士の『結婚愛』と『避妊』を合法と判断したのはウルジーだったのだ。最初の判決のあと、新しい友人を作るのに熱心なアーンストは、猥褻法についての自身の「著書」にサインをして差し出した。それは贈り物の形を取った一冊の本に匹敵する文書だったが、仮に判事が読んだとしても完全に説得されることはなかったようだ。ウルジーは合衆国憲法修正第一条に関するアーンストの議論をはねつけた――それも二度。だが彼は教養人かつ読書家で、文学の価値を理解し、言葉を愛する人間だった。『結婚愛』裁判で「猥褻」という言葉の意味が問題になったとき、アーンストは判事がヒクリン・ルールに触れなかったことに気づいた。判事はまっすぐ『オックスフォード英語辞典』に手を伸ばしたのだ。

だが日程の方は非協力的だった。一九三三年三月、地区検察局はウルジーとノックスが「何カ月も到底手が空かない」とアーンストに告げた。四月から五月にかけて裁判に当たっていた判事はおおむね敵対的で、五月末にコックス判事は詳細不明な「技術的な理由」で審理に臨むのを拒否した。何カ月にも渡る不運に耐えるのには辛抱だけでは足りなかった。それにはサム・コールマンの協力が必要だった。ふたりが法廷で顔を合わせるのはこれが初めてではない。アーンストがストープス博士の次作『たゆまぬ情熱』を弁護したとき、政府側に立っていたのはコールマンで、彼はアーンストの勝利に納得していたようだった。一九三三年、コールマンとアーンストはほとんど友人ともいえる仲で、アーンストはその友情を試そうとしていた。

六月上旬のある日、コールマンは『ニューヨーク・タイムズ』紙の見出しに目を留めた。「『ユリシーズ』の発禁をめぐる闘いふたたび」。記事では裁判の概要およびランダムハウスとベネット・サーフのことがまとめられていた。すべてはニュースのふりをした宣伝で、コールマンは裁判の前にランダムハウスがそれを仕掛けることを予測していた。だが記事の奥深くに彼は本当のニュースを発見した。「昨日判明したことだが、サーフ氏は本を一冊入手したことで勝利を収めた。それは一九三〇年の関税法の例外ということだ」

コールマンは憤慨した。その法には財務省が古典と認めたら発禁にされた本の輸入が許可されるという例外があった。関税法に付随していた古典についての例外は、アーンストが『ユリシーズ』の文学としての価値にこだわる理由でもあった。猥褻に関する判断では文学的な賞賛のみが意味を持つとアーンストは確信していた。最近更新された関税法がそう定めていたからだ。ではアーンストはどのようにして更新を知ったのだろう？　彼自身が書き換えたからだ。政界に繋がりがあると役に立つ。

その年の二月、アーンストとリンデーは『ユリシーズ』を追加でもう一冊ニューヨークに送り、免責事項にもとづいて認めるよう財務長官に請願を出した。「我々はいわゆる古典の他に『現代の』古典というものが存在することに気づいた。どのような言語で書かれたどのような本であれ、真に『現代の古典』の名に値するのは『ユリシーズ』だけだ」。財務長官は同意し、おかげで本に挟まれた称賛の意見には政府の声が加わることになった。コールマンは不意打ちを食らったような気だった。地区検察局が何カ月もかけて、弁護団が判事を引き止めるのを手伝っている間、アーンストとリンデーは背後で請願を出していたのだ。法廷に足を踏み入れることもなく、アーンストはまた地区検察局を虚仮《こけ》にするのに成功したのだ。

三日後、コールマンはアーンストに電話を掛け、六月末までふたたび審理を延期したいと告げた。彼は明確な理由を口にしなかった。アーンストとリンデーはコールマン判事（サム・コールマンと関係はない）が審理に当たることを知ったが、ふたりともそれが誰なのか知らず、予備審問を手掛けた人間が判決まで見届ける。周囲に聞いて回ったふたりは、コールマン判事が「ごりごりのカトリック」で、弁護団として対決するにはこれ以上なく悪い相手だと知った。

リンデーが連邦裁判所に連絡を取ると、コールマン判事はカレンダー上で何カ月も遅らされていた予備審問が始まるのをじりじりしながら待っていて、二週間の延期を頭から拒否した。すると担当はコックス判事になるが、彼は二カ月前の「技術的な理由」を明かすのを拒否する一方、『ユリシーズ』裁判は担当したくないと他の判事たちにはっきりと言っていた。では翌週はどうか、と検察局が提案すると判事はカレンダーに目をやり、それもできないと答えた。その週の担当はパターソン判事だが、彼には負担だろう――肺炎がようやく治りかけたところで、子どものひとりがひどく体調を崩してもいたのだ。そこでコールマン判事はみずから予備審問を次の空いている日、八月二十二日に延ばした。その日の担当をリンデーが尋ねると、ウルジー判事とのことだった。

八カ月の待機ののち、モリス・アーンストはついに望みの人物を手に入れたのだ。政府は判事に権利を委託することで同意し、米国における『ユリシーズ』の合法性を認める裁判は判事の前で行われる論戦に懸かることになった。ウルジー自身が『ユリシーズ』の運命を決める。

大事な瞬間が訪れるのを前に、人々は再び吉兆を求めた。シルヴィア・ビーチは最近、ローマ教皇が祈禱書の下に隠されていた『ユリシーズ』にそうとは知らず祝福を送ったと聞いていた。それが吉兆なのかどうかはわからない。一方ランダムハウス社には不吉な予兆があった。サーフとクロファーの耳に入った噂によると、五番街の「恐るべき海賊版出版社」が裁判を利用して迅速かつ手軽な版を世に出すつもりだということだった。その本は事前とは言わないまでも『ユリシーズ』が勝訴した日に世の中に出るだろう。サーフはアーンストに尋ねた。「そいつに手紙を書いて、禁止命令を出すと脅すことはできないか？　出版されるやいなや、『ユリシーズ』をすべて回収するんだ」。そして海賊版の脅威だけでは足りないかのように、ランダムハウスには怪しげな手紙が届き始めた。

紳士諸君――

私宛に貴兄たちの本の一覧を送ってくれないだろうか。『デカメロン』やその他の猥褻な本が載ったものだ。私は貴兄の会社で出している最も猥褻な本に関心がある。個人名で送ってほしい。

クロード・F・ブラック

それはコムストックのおとりの手紙の下手な物まねのようだった。ポルノ本狩りの罠にそっくりで、それ以外には考えられない。冗談だろうか？　法的な襲撃だろうか？　ブラック氏の要求に応えて一覧を送るのは、ランダムハウスが猥褻本の出版社だと認めるに等しく、政府が『ユリシーズ』

を糾弾する材料にもなるだろう。考えすぎといえなくもないが、誰かが罠を仕掛けているという印象は拭えなかった。ベネット・サーフは即座に返事を書いた。

親愛なるブラック様

貴兄の要求にお応えして猥褻本の一覧を送ります。以下が私どもの推薦です。

『ツァラトゥストラはかく語りき』ニーチェ
『ベンジャミン・フランクリン自伝』
『ヘンリー・アダムズの教育』
『不思議の国のアリス』ルイス・キャロル
『ピクウィック・クラブ』チャールズ・ディケンズ

ベネット・A・サーフ

相手が誰にせよ冗談は通じなかったか、打撃を与えなかったようだ。その人物はランダムハウスの猥褻本一覧に対する礼状を寄こし、自身で目を通すため一冊送るよう要求した。今度のサーフは冗談抜きで応じた。「『モダン・ライブラリー』役員の間にて、これは専門家によるからかいではないかという疑念が広がっております。以降やり取りが続くようでしたら、次の手紙に貴兄の写真を添えてお送りください」。ブラック氏の返信には、送るような写真はないと書かれていた。猥褻本の収集はあくまで彼の趣味で、秘密にしたいという。「これらの本が私個人のもので、他に関与している人間はいないと保証します」。ランダムハウス社はブラック氏の手紙への返信を打ち切った。

第26章　合衆国 vs『ユリシーズ』

ウルジー判事は丘の上に建てられた夏の別荘の書斎にこもり、葉巻かパイプを吸うのが好きだった。一九三三年、彼はマサチューセッツ州ピータースハムに長期滞在し、活気に満ちた季節の終わりに葉が色を変えるのを目にした。ウルジーは妻とテニスを楽しみ（彼はネクタイを締めて試合に臨んだ）、昼の休憩のときに弁護士たちは野原に散ってブルーベリーを摘んだ。判事の丘の上の書斎は法廷も兼ねていた——広々としたホールの片側には判事の席があり、協議のためのテーブルも置かれていた。

暑い季節、ウルジーはマンハッタンを逃れてピータースハムで彼の連邦裁を招集するのを好んだ。そこでは議論の最中に夏の鳥がさえずるのが聞こえ、軍艦コンスティテューション（憲法の意味）の船体から彫られた彼の小槌はたいていはそのまま飾りとして置いておけばよかった。書斎はかつてプレスコットの市役所だった。ウルジー一家は建物をそっくりピータースハムに移築し、家の裏手の丘の上に建て、コロニアル風の装飾を施したのだ。審理中だったり判決文を書いたりしていないとき、判事は暖炉のそばの布張りの肘掛け椅子に座って読書をした。肉付きのいい足の下で床板がきしみ、判事はゆっくりと過ごした。

ウルジー判事は酒でも飲みたかったかもしれない。自身が飲むようではアルコールを販売した人間を投獄するわけにはいかないと、最後に飲んでから十年以上経っていた。禁酒法時代が始まってからというもの、マンハッタンのアパートには百年物のシェリーが置かれていたが、彼が耐えてきた年月を思えば有罪判決を受けた密造酒の売人でさえ腹を立てなかっただろう。ウルジーは何百人というカトリックの神父から三百万ドルをだまし取った会社の詐欺事件を裁いていた。道徳的な価値のあるハリウッドのトーキー映画の資金に充てられるという名目だった。それは米国史上最も長い裁判の例となった。九十八人の関係者による証言は一万五千ページの資料になった。裁判は一九三二年のクリスマスの前に始まり、七月四日の独立記念日を過ぎても終わらず、ようやく片がついたときウルジー判事は陪審員に同窓会を作るべきだと言った。

一九三三年秋のピータースハムへの小旅行は休暇が目的で、彼は数週間をゆったり過ごし、『ユリシーズ』に関する議論を聞く準備を整えるつもりだった。そのころには猥褻裁判に慣れていて、現代の古典と称される本にその法律を当てはめるのは愉快な作業になるはずだった。書斎に腰を下ろして足を組み、時代遅れのニッカーボッカーを穿いた膝の上で本を開くのは人生のさまざまな楽しみを合わせたようなものだった。だがそれは自分が足を突っ込もうとしているものの正体を知るまでだった。後に彼は『ユリシーズ』を読むのが「およそ自分の人生で最も難しい二カ月だった」と語る。数週間経っても最初のいくつかの挿話さえ読み終わっていないありさまで、審理を一カ月延期した。モリス・アーンストは彼に注釈書を送り、本の理解を助けようとした。その中にはポール・ジョーダン・スミスの『ジェイムズ・ジョイスの「ユリシーズ」を読み解く鍵』、ハーバート・ゴーマンの『ジェイムズ・ジョイス——最初の四十年』があった。アーンストはスチュアート・ギルバートの『ジェイムズ・ジョイスの「ユリシーズ」』も送るつもりだったが、ウルジー判事は自分で持っていた。

ウルジーには何千冊もの蔵書があった。もちろん法に関する著作が沢山あったが――『特許概説』『海事法判例』『不正競争防止法および商標法』――彼は詩と小説を愛してもいた。ブラウニングにテニスン、サッカレー、フィールディング。翻訳者と挿絵画家のサインが入った『オデュッセイア』の限定版も持っていて、サミュエル・ジョンソンの初版本は可能なかぎり入手し、アンソニー・トロロープの小説の熱心な読者でもあった。『フィニアス・フィン』『秘密』『彼女を許せるか』。判事はそれらすべてに目を通すつもりだった。

ウルジーは手当たり次第集めていた。コロニアル風の家具や白目製品、古時計、古地図、パイプ、タバコを集めていた。文化という装飾品で人生を埋めるのは彼の名にふさわしいことだった――まるで自分の祖父の靴に詰め物をして歩くかのように。ジョン・マンロー・ウルジーの新世界初の祖先は一六二三年にニューアムステルダムに到着し、イースト・リバー沿いで居酒屋を経営した。ウルジー一家は一七〇五年から代々イェール大学で学び、判事自身も例外ではなかった。彼はイェールの創立者、代々の学長、そして罪びとたちに堕落について説教をした牧師ジョナサン・エドワーズの子孫だった。「地獄の穴の上にあなたがたをかかげる主は、蜘蛛や憎むべき虫を火の上にかざしている人間のように、あなたがたを忌み嫌っている」

彼がその裁判を担当すると新聞で報じられて以来、ウルジーのもとには手紙が引きも切らず届いていた。ある男は『ユリシーズ』が「自分の魂に強く焼きついている」と言い、別の人間は「人生で最も大切なもの」と言った。法的にいえば、判事はそれらをすべて無視しても構わなかった――手紙、『ユリシーズ』の解説本、押収した本に貼りつけられていた書評。実のところ、連邦検事が猥褻だと非難した箇所のほかは読む必要さえなかったのだ。判事にはみずからの裁量でテキスト全体を扱うのではなく、判断を本の疑わしい箇所に絞ることができた。引用部分だけを裁くのは怠慢ではなかった。それは法が規定する猥褻についての理論的な結末なのだった。ヒクリン・ルールは本の歓迎されざる影響について最も影響を受けやすい立場の人々を守るために作られ、リベラルなラーンド・ハンドさえ指摘したように、「問題はこれらの箇所だけに注意を払う人々で、それらの設定、全体の中での位置づけを忘れてしまう」人々なのだ。判事や陪審員は子どもが本を読むように読んだ。

だが猥褻罪によって読書をする際の視野を狭めるために、判事や陪審員にヒクリン・ルールは必要なかった。猥褻法の性質そのものが、断片的に読むように仕向けるのだ。猥褻は人を不快にさせる。それは異常で、耳障りなものとして読まれ、全体の文脈からちぎり取られる――そしてその不快感によって、我々は文脈を和らげることができなくなってしまう。「陰部」や「ファック」はページの中で目立つ。感情を害した読者たちは語りの全体的な機能においてその意味を考えることもなければ、登場人物の深化の上でどんな役割を果たすかも考えない。彼らは単語そのものに集中する。猥褻裁判の判事は狭い読み方をする読者の筆頭だ。

ウルジーは『ユリシーズ』を隅から隅まで読み通すと決めていた。それは普通の小説と同じように始まった。「堂々として肉づきのいいバック・マリガンが、泡立つ石鹼水を入れたボウルを手に階段口から現れた。鏡と剃刀が十字に置かれている」。ひとりの英国人が、アイリッシュ海を望む岸辺に建てられた元軍隊用の古い塔に住むアイルランド人ふたりを訪ねる。舞台設定は適切だった。最初のいくつかの挿話には力強い会話と、いくつかの内的な独白が登場する。引用符の代わりにダッシュが使われたが、それに慣れるのは難しくないだろう。だがそのうち物語は遠ざかり始める。

登場人物を描写し、背景や状況を明かす語りに代わり、短い印象がダブリンの街の描写に途切れることなく忍び込む——道路脇の広告、杖で道を叩く盲目の男、川岸の空腹のカモメ。互いを隔てるものは何もない。引用符が懐かしくなってくる。

何百人という登場人物がページに現れては消えていく。誰に注目したらいいのだろう？　重要なのは何だ？　重要でないのは？　誰も名前を知らないレインコート《マッキントッシュ》姿の男が参列する葬式の場面がある。だらだらとした会話、『ハムレット』に関する飛躍した仮説、政治的な意見の不一致。大半の読者は八十ページ前後で手が止まるだろうが、その中に身を浸し、何もかも知らなくてもいいことに慣れてしまえば楽になる。新聞の編集部のそれぞれの光景に見出しをつけた箇所がある。別の箇所はサミュエル・ジョンソンを含む何十人もの作家をパロディにしていて、ウルジーは喜んだことだろう。そして売春宿での奇妙な出来事が突如語られる。物語を語る方法はいくつあるのだろうか？　あるひとつの挿話は丸ごと、実体のない傍観者ふたりによる問いと答えで、まるで宣誓か審問でも行っているようだ。レオポルド・ブルームとスティーヴン・デダラスは真夜中、ブルームの小さな裏庭に足を踏み入れる。

各人は出口である戸の前で何をしたか？

ブルームは床に燭台を置いた。スティーヴンは頭に帽子をかぶった。

どのような生物にとって、出口としての戸は入口としての戸でありうるか？

猫のために。

どのような光景が彼らを迎えたであろうか？　最初に主人、続いて客人が黙ったまま現れ、喪服のためいっそう黒くなったふたつの影が、家の裏口から仄暗い庭へと足を踏み入れた際には？

湿った夜の青い色の果実をつけた星々の神樹。

これはトロロープではなかった。最終の挿話に取り掛かった判事は、切れ目のないテキストに行き当たった。モリー・ブルームの声はすべての句読点から自由だった。思考は恐らく流れる水のようなものだったが、コンマとピリオドがないことで反対に効果を持っていた。ウルジー判事の読む速度は落ち、そうでもなければ見逃していた単語に集中することを余儀なくさせた。テキストは読者に彼女のフレーズの形を想像すること、間と呼吸を与えること、その言葉を口にすることを求めていた。

yes あたしがランプをつけたとき彼は三回か四回いったはずよあのばかに大きくてまっかなけだものみたいなものであたしは血管とかなにかがはれつするんじゃないかと思った彼の鼻はそんなに大きくないけれどどねブラインドをおろして着ているものをぜんぶぬいでからあたしはなん時間もかけて着かざったり香すいをつけたりくしをいれたりしたのにあれがアイロンかふと

いかなとこみたいにずっとつっ立っていたわ彼はきっと牡蠣でも食べたんでしょきっと何ダースもね彼はすばらしい歌うようなこえあたしはこんなにあたしをいっぱいにしてくれる大きさのひとはうまれてはじめて彼は羊をまるまる一とう食べたのねあたしたちの真ん中にこんな大きなあなをあけたのはどういうことかしらまるで種うまがつっこんでくるみたいにそれだけが彼らの求めるものあのゆるぎない容しゃない目つきであたしは半分目をとじていたでもかれにはしるがそんなになかったあたしはひき抜かせてあたしの上にだすようにいったあんなに大きいのだから洗えていないところがあるかもしれない最後のときはあたしの中にさせてあげた

猥褻は予想外のときに訪れ、さっさと去っていった。読者はよくその意味がわからなかったように足を止め、引き返して読み直すのだ。判事は女の視点と欲望を理解していることを自負していた。だからこそ彼の意見では、『結婚愛』は結婚生活の重要な手引書なのだ。だがストープス博士の著作を読んだあとでも、女性の視点は抽象的だが重要で、公平にかかわるもので、健全な結婚生活のために考えるべきものだった。モリー・ブルームの思考は抽象的ではなく、その結婚生活も健全とはいえなかった。

あたしはいちばんいい服をきて彼にすてきなながし目を送ってあげるわそうしたら彼の坊やも立つはずそうしてほしいならおしえてあげるあんたの奥さんはファックされてるの yes 首までファックされてるの五かいも六かいもあんたと別の男にきれいなシーツに彼のみるくのしるしがのこってるわアイロンだってかけるつもりもないもの彼をよろこばせようとして信じない

ならあたしのおなかをさわってごらんあたしが彼をそこへ立たせてじぶんの中に入れたっていうんじゃなければなにもかも話してやりたいわあたしの目のまえで彼にやらせてやるの彼の間違いにはとうぜんのむくいよもしあたしがみだらな女ならそれはみんなあの人のせいよ

余白には黒々とした×印がぎっしりと書かれていた。この種の表現は本のわずか一部にすぎなかったが、『ユリシーズ』をようやく読み終えて全体について思いをめぐらせると――ウルジー判事がそうだったように――耳に残るのは彼女の声だろう。彼は印のついた箇所を数回読み直した。これが猥褻でないなら、いったい何が猥褻だというのだろう？　『ユリシーズ』の一部は芸術的で、輝かしくもあった。他の部分は不可解あるいは単純につまらなかった。判事は『結婚愛』（無罪）や『ファニー・ヒル』（有罪）を判定する術は心得ていたが、これは難問だった。本の大半はセックスと何の関係もなかったが、実際に関係のある箇所は、彼が今まで読んだどんなものよりひどかった。

ウルジー判事は解説書と表紙裏に貼りつけられた書評にざっと目を通した。どちらも詳細に検分するつもりだった。彼は文学に心を砕いていて、だまされたくなかったからだ。一部の暴露記事を読んでジェイムズ・ジョイスが確かにポルノ作家であること、『ユリシーズ』を文学の仮面をかぶったポルノ本として読んでいたとしたら悪夢だっただろう、と後に語っている。ウルジーは自身の体面を捨ててまで――彼の判断とその名前も――ポルノかもしれない本を支援するか、自由をめぐる闘いに誇りを抱くこの国で天才の作品を発禁とするか、選ばなければいけなかった。彼はふたつの暗い未来像に動揺した――ウルジー家の先祖と何世代もの子孫の顔に泥を塗るのだ。彼にはシェリーより強い何かが必要だった。

＊

一九三三年十一月二十五日、四十四番ストリートの法曹協会の建物の六階にある小さな楕円形の法廷は満席だった。ウルジーが混雑を避けるために予備審問を土曜の朝に動かしたとしたら、結果に失望していただろう。ウルジーはそれでも、週末の朝だというおかげで彼らはゆっくりすることができた。ウルジーは法曹協会で何週間も審理に携わっていて（判事にしては驚くべきことだが、彼は法廷に満足していなかった）、設備の整った空間を好んだ。白髪のアフリカ系の廷吏がドアのところで判事を出迎え（ウルジーの運転手でもあった）、彼が法廷に歩いて行くと群衆は静まり返った。金のネクタイが黒い法衣の襟足で目立っていた。証人が呼ばれることはなく、原告と被告の双方が意見を述べることになる。判事は席に着くとその件についての資料に目をやった——「アメリカ合衆国対『ユリシーズ』」

サム・コールマンは柄にもなく慌てて、開廷直前にアーンストに声を掛けた。

「政府は勝てないぞ」と、コールマン。

「なぜだ？」

「この件に勝つとしたら、ジョイスが使った大量の卑俗な言葉に触れるしかない。判事は驚くだろうし、本は発禁にされるだろう。だが私にはそれができない」

「なぜだ？」

「この法廷には女性がひとりいる」

アーンストは振り向き、前列の記者たちに混じった妻のマギーの姿を見つけた。彼女は学校を休み、夫が何カ月も予行演習していた議論を聞きに来たのだ。アーンストはコールマンに、妻の感情を害することについては心配しなくてもいいと言った。彼女は学校のトイレの壁に毎日書き殴られる「アングロサクソン式」表現に慣れていたのだ。実のところマギーは、コールマンが自分の前では口にしようとしない単語の語源を紐解くのを手伝っていた。

審理が始まるとウルジー判事は、自身が『ユリシーズ』に疑念を抱いていることを述べた。「十八歳や二十歳の娘がモリー・ブルームの独白を読んだとしよう」と、彼はアーンストに投げかけた。「それが彼女を堕落させる可能性は高いのでは？」

「我々がそれを基準にするべきだとは思わない」と、アーンストは答えた。「本法律は大人の文学が子どもだましの物になることを求めていません」

アーンストの議論はヒクリン・ルールを排斥することに懸かっていた。彼は猥褻の定義を求めることで、モリー・ブルームを想像上の若い読者から守ろうとしたのだ——その逆ではなく。そのために彼はラーンド・ハンド判事の一九一三年の猥褻の定義を引いてきた。「猥褻」という言葉は「現在社会が到達した率直さと恥辱の間の妥協点」なのだ。ハンド判事は猥褻を「生ける基準」とした——アーンストがつけ加えたように地域が更新を続ける法律として。『ユリシーズ』が一九二二年の時点で猥褻でも、一九三三年には合法になっている可能性があった。アーンストが指摘しているように、何しろ当時は基準の変更が相次いでいたからだ。女性はかつて浜辺でも長袖に長いスカートという姿だった。今から二十年前、彼女たちは膝を出し始めた——そして一九三〇年代のいわゆるサンスーツに想像の余地がほとんど残されていなかったことはあらためて説明するまでもない。

ウルジーがこれらの変わりやすい基準を好まなかった場合に備えて、アーンストはもうひとつ確固たる原則を提起した。ハンド判事の宣言によれば、「真実と美」は単純な読者のために犠牲にするにはあまりに貴重で、それはつまり政府が文学的な価値に一目置いている証拠だった。もし『ユリシーズ』が財務省の言う通りのものなら――現代の古典なら、あるいは真実と美を与えていたら――思想の自由市場で保護するに値するだろう。アーンストはあえて憲法修正第一条を持ち出さなかったが、議論の核心はオリヴァー・ウェンデル・ホームズと同じだった。社会を真実に導く本は絶対必要だ。

だが文学は猥褻ではありえないとウルジーが認めたところで充分ではなかった。アーンストは『ウェブスター大学英語辞典』の「古典」の定義を引き、人を堕落させる猥褻が同時に「その素晴らしさを認められる」ことはないと言った。判事は選択を迫られた。

ウルジー判事は辛抱強く聞いていた。「ミスター・コールマン」と、彼は検事に呼びかけた。「あなたは猥褻の要件とは何だと考えますか?」

「私の考えでは、猥褻とは世俗の言葉を使ったもので、それが平均的な読者に及ぼす影響です」。猥褻は社会の基準によって測られるもので、影響を受けやすい子どもによるものではない――モリス・アーンストが望むなら。実のところコールマンはアーンストに代わって議論をしていたのだ。彼は『ユリシーズ』を称賛した。その文体は「新しく、驚くべき」ものだった。『ユリシーズ』は「人間を人間と引き合わせる新たなシステム」を提供していたのだ。ジョイスの小説は科学的であると同時に詩的だった。「それが一冊の百科事典であるのは皆知っている」。政府は声明の中で述べた。「細密にして明確、ふたつの状態を保ち、それは身体的にして精神的、外面的にして内面的。それは深い人間研究で、ごく目立たない登場人物でさえその大きなキャンバスの上ではっきり形を与えられている」。政府は『ユリシーズ』を弁護側より雄弁に擁護していた。

サム・コールマンは愚かではなかった。彼はアーンストの議論がジョイスの小説の文学的価値を定着させることに大きく依存しているのに気づいていた。アーンストとリンデーのふたりは、国中の学者、聖職者、図書館司書、作家の声明の束を抱えて法廷にやってくるだろう。『ユリシーズ』の賛辞をパリの美術商から（「ほぼ完璧」）、著名な作家（「堂々たる天才」）、テキサス州の女性司書（「素晴らしい」）、ノースダコタ州（「古典風に素晴らしい」）、取り揃えてくるのだ。アーンストが秘伝の歴史の中から「本全体」の基準を繋ぎ合わせることもわかっていた。賛辞の言葉を挟み込んだ本を用意したり、財務省が「古典」とみなしていることを持ち出したりという確かに天才的な戦術を駆使することもわかっていた。アーンストの弁論趣意書の第Ⅲ節Aには財務長官の同意が踊っていた。「連邦政府はこの偉大なる作品に敬意を表する」。アーンストはこれ以上ない出来で、ウルジー判事も共感するだろう。こうして『ユリシーズ』の文学的価値を議論する代わりに、政府はあっさり同意した。

「何人も本書の価値を疑うことはないだろう」と、コールマンは言った。だが称賛したあと、彼は本の印刷不可能とされた単語に焦点を当てた――もちろん、列席している女性のために言葉はぼかした。最もリベラルな判事でさえ、芸術家の芸術性が「無限の」不潔さを許容できるとは思わなかったのだ。政府に必要だったのはウルジー判事が既に知っていることを確認するだけだった――『ユリシーズ』の不潔さは、どんな法廷が許容してきた範囲も越えている。

サム・コールマンと連邦検事補のニコラス・アトラスは最近猥褻の判定を免れた本をすべて研究し、それらの言語がモリー・ブルームより遥かに無色であることを発見した。『モーパン嬢』も『カサノヴァの帰郷』も、あからさまな言葉を使わなかったのだ。『女性』も問題はなかった。「時々、一般的に不快とみなされる単語が登場する」と彼らは言ったが、当時の基準からしても猥褻ではなかった。『女と人形』には猥褻な単語がひとつも登場しなかった。クレメント・ウッドの『肉体』が最も猥褻だったが、それにしても汚い言葉は出てこなかった。一方の『ユリシーズ』には猥褻および「際限のない冒瀆」が含まれている。他の本のどこにも『ユリシーズ』のような内容は登場しなかった。

モリス・アーンストとウルジー判事が望むなら、猥褻を「生きた基準」としても構わないだろう。コールマンの反論は、米国の基準が――ショッキングなサンスーツはひとまず脇において――モリー・ブルームの思考を合法とするようには変化していないと言うことだった。テキストがその証拠だった。「あたしはおしりをぎゅっとしめていやらしい言葉をいくつか言うわくさいおしりうんちをなめてそうじゃなければ最しょにあたまにうかぶめちゃくちゃな言葉」。判事の先ほどの質問に答えてコールマンは言った。「猥褻が性的な感覚を刺激することだけに限定される必要はありません」。言語がみだらあるいは不快なら本は発禁に値する。今一度『オックスフォード英語辞典』を紐解いたら判事も納得するだろう。『ユリシーズ』の争点は個別の猥褻な箇所ではなかった。コールマンはそれが現代の古典で、全体として判断されるべき一個の芸術作品であると認め、その上でアーンストの主張をひっくり返そうとした。『ユリシーズ』が発禁にされなければいけない理由は、まさに最上の技巧を持って猥褻が織り込まれていたからだ。それはどこまでも猥褻で、どこまでも傑出した小説だった。

＊

アーンストにとって政府の戦術は腹立たしくもあり、この上なく愉快でもあった。コールマンは昨年、電話で交わしたのと同じ論法で難を逃れようとしていた。コールマンは法廷にいる女性の前で汚い言葉を口にしようとしなかったが、アーンストの予想より深く踏み込んできた。恐らく財務省のやり方に嫌気がさしていたのだろう。地区検察局は最後の数カ月になって足踏みするようになっていた——アーンストは直接ウルジーに連絡し、裁判の日付を聞き出さなければならなかった。ランダムハウスの審理の日が決まり、アーンストは政府の「卑俗な言葉」についての議論に触れなければならず、それを避けて歩くつもりもなかった。

「裁判官、『ファック』という言葉についてですが、ある語源辞典はそれが『植える』という意味から派生したとしています。アングロサクソンの農業における使用法です。農夫は種を地面に『ファック』するのです」。アーンストは実際口にすることでその言葉の神話性を引き剝がしたいと思っており、また歴史的な文脈を与えることで脅威を減らしたかった（仮にその歴史が誤っていたとしても）。自分はその言葉が気に入っている、とアーンストは言った。それを使うときは用心していた——友だちを作る役には立たない。だがその一音節の言葉には力と率直さがあった。「判事殿、この単語はまったく同じ行為を表そうとして日々現代の小説で使われている曖昧な言葉より誠実です」

「例を挙げられますか、ミスター・アーンスト？」

「そうですな——『ふたりは一緒に寝た』というのはどうでしょう。同じ意味です」

ウルジーはその言い回しが面白いと思った。「弁護士殿、確かにまあそうだ」

アーンストはウルジー判事に対して一時間近く自説を述べ、その大半はジョイスの価値を讃えることに充てられていた。彼曰く、ジェイムズ・ジョイスは読者や記者から離れ「厳格なオリンポス山の神々のように」、「隠遁的な生活を」送っていた。彼のテキストは恐るべき精度で構成されている。各挿話に独自のスタイルがあり、ホメロスの『オデュッセイア』へ対応しているだけではなく、独自の色彩、象徴、体の器官が与えられていたのだ。この小説は本能頼みではなかった——最初に性的な含みのある場面が登場するのはいくつかの挿話が終わってからで、猥褻な要素を求める読者はそれまでに読むのをやめていただろう。全体として、ポルノ文学に似てさえもいなかった。刺激的な題名もついていなかった。本は非常に長く、挿絵ひとつ入っていない。そしてランダムハウスはポルノ業界と無縁だった——ナサニエル・ホーソーン、エミリー・ブロンテ、ロバート・フロストを出版しているのだ。それでも納得されなかったときのために、アーンストは米国地図を取り出した。図書館司書が『ユリシーズ』購入に興味を示したすべての都市に赤いピンで印がつけてある。『ユリシーズ』を許容していた「地域」はまさに米国すべてだった。議論の要点は「直感的な反応」だった。人々はポルノを目にしたらそれとわかるが、この作品はそうではなかったのだ。

『ユリシーズ』は結局のところ不可解な作品だった。ひとつの猥褻な言葉に対して、理解不能な言葉はどれだけあるだろうか？　アーンストとリンデーは謎めいた言葉を何十と拾い出して一覧にしていた。「四段櫂船《カドリレーム》」「最終態《エンテレケイア》」「両性具有《エピシーン》」「週務者《ヘブドマダリー》」彼らが知るかぎり、いくつかは猥褻だった——そしてそこが肝心だった。猥褻だとしたら、問題にならないのだ。猥褻は定義上、人を堕落させるものだ。「理解できる言葉のみが人を堕落させることができるということは明らかです」と、アーンストは論じた。「中国語で最悪の猥褻語も、その言語を理解しない者には何の意味もありません」。『ユリシーズ』はそれが理解できるインテリには高尚な芸術で、道徳的に弱い人々にとっては意味不明な羅列なのだった。彼らは理解不能な一節を引用して（スティーヴン・デダラスの「逃れがたい様相」を含む）ウルジー判事を困らせようと試みた。ジョン・クインが生きていたら喜んだことだろう。

最初ウルジーはアーンストに同意していた。ピータースハムで『ユリシーズ』を読んだ経験について彼は語った。「一部はあまりに曖昧で理解不能だったので、それを理解することなど到底不可能だった。地に足をつけず歩き回るような気分だった」。彼は椅子に座りなおし、長い象牙のシガレットホルダーにはめたタバコを吸った。「本件は簡単な裁定ではない」と、ウルジー。「すべてのものは市場で機会を与えられるべきだと思う。私個人としては検閲に反対だ。密造酒が出まわればすぐにそれを取り締まるということもわかる。だが――」

彼はふと口をつぐみ、地区検事長が下線を引いた箇所のいくつかを思い起こした――「ファックされてるの yes 首までファックされてるの五かいも六かいも」。「だが、最後の挿話の独白に関しては確信が持てない」

判事はアーンストの小説への理解について知りたがった。「君、本当にすっかり読み通したのかね？　大変だっただろう？」

アーンストは十年前に読もうとしていたが、昨夏まで読み通すことができなかった。裁判の準備をしていたとき、ジョイスの技巧について洞察の瞬間が訪れたのだ。アーンストはそれが意識の流れではなく、二重の意識の流れだと言った。毎日、我々が気づかないまま内面的な日々を形作っている意識だ。

「判事、本件の勝利を目指して論戦を張っている最中、私はこの本のみに集中しているつもりでしたが、あなたの前で自説を述べているとそのネクタイリングに目を留めてしまいます。どうもその法衣は肩が合っていないようですし、判事席の背後にはジョン・マーシャルの絵がある」

判事は表情を緩め、机をコツコツと叩いた。「私はこの本の後半部分について懸念しているし、できるかぎり熱心に耳を傾けてきた。だが白状するが、君の話を聞いているあいだ、背後のヘップルホワイトの椅子が気になってしまうのだ」

アーンストは微笑んだ。「判事、それこそ『ユリシーズ』の本質です」

痩せて眼鏡をかけた弁護士は「人間の頭脳で起こる奇妙な現象のあらまし」について語り続け、ウルジーは同時性が本当にこの本の奇妙な力の源泉なのかと首をひねった。同じような話として、べっこう縁の眼鏡はレオポルド・ブルームに自分が幼いころ毒を飲んで死んだ父親のことを思い出させるが、ヘップルホワイトの椅子の曲線はウルジーにサウスカロライナの自宅の椅子に座っている母親を思わせたかもしれない。綿花の摘み手のおんぼろの小屋が窓の向こうに見える。その家から引っ越して数年後、夫のもとを去ったジョン・ウルジーの母親はブルックリンの建物から飛び降りた。

『ユリシーズ』の何かが自分を「苛立たせ、刺激し、不快な感覚を呼び起こす」とウルジーは言った。今になっても、いくつかの一節は思いもかけない形で彼を動かした。モリー・ブルームの最後の言葉は――本の最後の言葉は――彼の中に残った。

ああああのふかい急ながれああああの海あの海ときにはまっ赤でかがやかしい夕やけアラメダ公園のいちじくの木々yesそしてたくさんのちいさくておかしな通り桃いろや青やきいろの家々そしてばらの庭ジャスミンとゼラニウムとサボテンそれからジブラルタル若いころあたしは山にさく花だったyesあたしがアンダルシアの娘みたいにバラを頭にさすときあるいは赤いのをつけようかyes彼はムーアの城壁のしたであたしにキスをしたあたしはもひとりと同じくらい彼でもいいと思ったそしてまなざしでたずねたyesすると彼はあたしにお願いしたyesぼくの山の花そしてあたしはまず両うでを彼にまわしたyesそして彼を引きよせたそうしたらあたしの胸にふれて匂いを感じられるからyes彼のしんぞうははげしく鳴っていたあたしはyesと言ったyesとYes

ウルジー判事はふたたび弁論をさえぎった。「この本には確かに文学的に美しく、力と価値に満ちた言葉がある。だがいくつかの部分を読んでいると正気を失いそうになる。最後の部分、独白の部分は、この種の女性の感情を表しているのかもしれない。それが私を困惑させる。私には理解できるようなのだ」

＊

ウルジー判事が『ユリシーズ』の合法性について検討を始めたころ、いくつかの連邦裁訴訟では既に判決が下っていて、それらは闇雲な上に知名度は低かったが、寛大な判決の土台になってもおかしくなかった。ラーンド・ハンドの一九一三年の判決が最も大胆なものだったが、どの判例もその後二十年それを引用していなかった。ハンドにとってはヒクリン・ルールを無視するのもたやすく、賭けているものが少ない中では真実と美を擁護するのも簡単だった。彼はみずからの基準を特定の本に当てはめたわけではなく、モリー・ブルームの夜の夢想が「率直と恥の妥協」の基準を揺さぶったかどうか考える必要もなかった――妥協という考え方そのものがウルジーには奇異に映っただろう。『ユリシーズ』において、率直さと恥の関係はむしろ闘いに似ていた。政府がこの本の価値を認めたのは、その価値が不潔さを和らげることは一切ないという点においてのみだったので、ウルジーは文学の美徳と猥褻の悪徳を並べて勝者を決めなければならなかった。彼にはモリーの卑俗な言語をまとめて合法とする気はなかった。『ユリシーズ』が米国で合法とされるなら、この小説は超越的なものだとしなければいけない――不潔を芸術に変えたものだと。

『ユリシーズ』の審理のあと、ウルジー判事はいつも土曜の昼に通っているセンチュリー・アソシエーションに足を運んだ。法曹協会をあとにした彼は孤独感を覚えていたかもしれない。彼が得意としている特許、著作権、海事法の判決にはもっとはっきりとした判例があった。だが何十年にも及ぶ猥褻の判決を経ても、審理を進めながら判事が決めていくという方法は相変わらずだった。本が一般の読者の性的興奮を刺激するなど、どうしたらわかるのだろう？　アンケートを取らなければいけないのだろうか？

そこでウルジーは気づいた。センチュリーの常連にジョイスの小説をどう思うか聞いてみたらいいだろう。彼はセンチュリー・アソシエーションの文学委員会のメンバーふたりに尋ねてみた――出版社勤務のチャールズ・E・メリル・ジュニア、もとイェール大学文学部教授にして『サタデー・レビュー・オブ・リテラチャー』誌創刊者のヘンリー・ザイデル・キャンビーだ。「一般の」

集まりとは言い難かったかもしれないが、ある種の客観性は得られるだろう。ウルジーはふたりにできるかぎり客観的であることを求めた。おそらくそれぞれを委員会の読書室の片隅にでも連れて行った。ジェイムズ・ジョイスの『ユリシーズ』は性的あるいは肉欲的な感情を呼び覚ましたか？（彼はもちろん、法という目的のために尋ねていた）。

キャンビーは文学におけるモダニズムが好きではなく、「ピューリタン的検閲」という言葉を肯定的に使った全米でも数少ない批評家のひとりだった。一九二〇年代、彼はジョイスの「燃えるような、あるいは倒錯した性への執着」が『ユリシーズ』から一貫性を奪ったと批判した。他のエッセイでは、この小説を書ききったということのみがジョイスの正気を保障すると言った。だがキャンビーは他の人間同様、やがてこの小説について意見を変えた。彼とメリルはおのおのウルジーに、『ユリシーズ』の過剰なまでの内容は性的なものと関係ないと言った。もしそれが何かと問われたら「どこかしら悲劇的」で「男女の内面に力強く言及したもの」だった。

感謝祭の朝八時、ジョン・ウルジーはひげを剃りながらまだ『ユリシーズ』裁判について考え続けていた。彼の判断には自惚れもあった。ジョイスと同様に彼は手書きで下書きをし、何度も書き直した。『ユリシーズ』の判決文の下書きに取り掛かるころには、彼は自身の法的な伝統を作ろうとしていた。ウルジーはハンド判事の猥褻の定義を引くつもりはなく（ふたりは仲が悪かった）、他の判例にも形ばかりに触れる程度だった。「本判決において踏襲しているのは」と、彼は序文に書いた。「私自身の判決〈合衆国 対『避妊』裁判〉だ」。そしてウルジーの『避妊』の判決はストープス博士の避妊マニュアルが「私の判断した〈合衆国 対『結婚愛』〉の判決にもとづき猥褻あるいは非道徳的という範疇に含まれない」とされていた。ウルジーに始まり、ウルジーに終わるのだった。

ウルジー判事のレキシントン・アヴェニューの自宅の時計は（壁掛け式、九フィートのマホガニーの像）正確に時を告げた。上下二階の角部屋に並べられた絨毯と肘掛け椅子のクッションが響きを吸収し、洗面所のドアがさらにその音をくぐもらせていた。ウルジーが、鏡に映る石鹸を塗った顔の上を見ると、晴れ晴れとした青空が見えた。彼は何十年も前のニューハンプシャーで迎えた陰鬱な感謝祭のことをよく思い出した。雨のせいで一日中、友人の家から出られなかったのだ。ふたりは夕食後に屋根裏を探検した。丸めた新聞紙と共に放置された不用品の箱の中には古い詩集があった。ページをめくっていると、十八世紀の詩の一連にたどり着き、彼はそれを要約して書きとめるほど気に入った。「わたくしは貴方がこれらの主張を淑女らしくないとお考えになるのではないかと恐れておりますが、わたくしたちは自然の法則に従って愛しあうことになっているのです。貞節の規則によりしばしば隠すことを余儀なくされてはおりますが」

ウルジーは詩の中の女性が、自身で作り上げることもなかった貞節の規則と葛藤し、もとはといえば日々の習慣から生まれた慣習法に立ち向かっているところを想像した。それはウルジーにとって法についてのエピファニーで、長年に渡って自身に語りかける本質だった。自身が屋根裏から救い出したことでより切実なものとなった。法とは単なる規則の集合で、自然の法則という動かしがたいものに抗うものだ。そして折れてしまわないように曲げるべきものなのだ。ひょっとして法律にはそれを曲げる真摯で非道徳的な女性が必要なのかもしれない。彼は女性らしさとはかけ離れた無精ひげを剃り、剃刀から目を離して青空を眺めた。空は万華鏡のようにさまざまな表情を見せていた。

ウルジー判事は急いで机に向かってペンを握り、左手に水の滴る剃刀を持ったまま判決文を書き始めた。

ジョイスの試みは――私が見るかぎり、それは驚くほどうまくいったようだ――万華鏡のように移り変わる印象を運ぶ、人間の意識をいかに見せるかということだった。まるで上書きした羊皮紙、パリンプセストのように。それは身の回りにある実際のものを人はどのように見るのかという焦点にだけではなく、過去の境界線上にある残滓の中にもある。そのうちいくらかは最近のもの、いくらかは無意識の領域から出てきたものだ。

その判決文はジョイスの真摯さから生まれたものだった。ウルジー判事はテキストをじっと眺め、半ば盲目の芸術家ジェイムズ・ジョイスは自然に導かれてすべてを語ろうとしており、その礼儀作法も含めてすべては彼の計画に従おうとしていると想像した。ジョイスは攻撃され、誤解されてきたが、「自身の技法に忠実であり」、また「登場人物が考えていることすべてを正直に描こうと」したのであって、結果までは考えていなかった。それらの思考の一部は性的だったが、「彼の舞台はケルトで、季節は春だったことを常に覚えていなければならない」。ウルジーは指摘した。

ウルジーはジョイスの本を合法化する以上の働きを見せた。推薦者になったのだ。「『ユリシーズ』は驚くべき力作で、自身で設置したこれほど難しい目標を超えることで大きな成功を手にした」。彼はサム・コールマンの議論の説得力もひとまず考慮に入れた。

多くの箇所は醜悪にも思え、先に述べたように多くの言葉は低俗だが、低俗のために低俗であろうとする箇所は見つけられなかった。小説の単語ひとつひとつはジョイスが読者のために設計しようとしている絵のモザイクのような役割を果たす……このような言葉の偉大な芸術家が（ジョイスがそれであったことに疑いの余地はない）、ヨーロッパのある街の下位中産階級の真の姿を描き出そうというとき、米国の市民がそれを合法的に見てはならないということがあるだろうか？

「それゆえに『ユリシーズ』は」と、判事は結論づけた。「米国で出版を許可されるべきだ」

＊

判決文の鍵となるフレーズは――「没収および焚書という政府の動きは却下される」――アーンストの議論が効果的だったことを反映していなかった。文学的な価値が法の下で保護されたのではなかった。それは進んで守らなくてはならないということだったのだ。『タイム』誌はウルジーの意見を「その権威、説得力、米国の将来の出版に対する影響において歴史的」と評した。本が出版されると『タイム』は眼帯その他を身につけたジョイスを表紙に載せた。

先週、米国の空を眺めていた人間は彗星や天に浮かぶ前兆を目にしたわけではなかっただろう。マンハッタンで祝福の紙吹雪がブロードウェイのオフィスの窓から投げられることも、市庁舎の前に人々が詰めかけることもなかった――だが事情のわかっている市民は、文学の歴史が新たな節目を迎えたことを悟っただろう。先週、長旅に耐えた旅人が――世界的な名声を得ながらも長きに渡って異邦人だった――米国の岸辺に無事到着したのだ。その旅人の名は『ユリシーズ』という。

パリのジョイス宅の電話は鳴りやまなかった。「こうして英語圏の世界の半分が降伏する」と、ジョイスは言った。「残りもついてくるだろう」。祝福の電話が止まないので、ルチアは電話線を切ってしまった。

一九三三年十二月七日朝十時十五分、判決が出たわずか数分後、ドナルド・クロファーはアーンスト・ライシェルに電話を掛けて言った。「進めてくれ」。ランダムハウスは自社の『ユリシーズ』の表紙デザインをライシェルに頼んでいた。まだウルジー判事がピータースハムで本を読んでいるころのことで、合法とされた瞬間から出版の準備が始められるからだった。美術史の博士号を持っているライシェルはすべてを自身で手がけた――製本、表紙、カバー、中面――そうすれば『ユリシーズ』のすべての部分が一貫することになるからだ。多彩な書体やフォーマットを試すには二カ月かかり、それからやっと彼はバスカヴィルの作業所で見本を作った。

それはランダムハウスが求めていたものだった――大胆にして簡潔、不快なほど現代的。「堂々として、肉付きのいいバック・マリガン」という一文は象徴的な大文字のSで始まった。ランダムハウスから電話を受けた五分後、彼のチームは第一挿話を刷り始めた。ふたたび政府が告訴しようとしたときのために、彼らはウルジー判事の判決文も印刷した。ウルジーの賛辞は証拠になるだろう。それは何十年もランダムハウス版に掲載され、恐らく米国の歴史において最も読まれた判決文となった。

『ユリシーズ』は五週間後に梱包され、出版社に届けられた。ランダムハウスは初版一万部の予定だったが、出版日が訪れると（一九三四年一月二十五日）既に予約は一万二千冊を超えていた。「この時代において、三ドル五十セントの本の売り上げとしては驚異的だ」とサーフは述べた。そんな数字が出るのは何カ月も先だと思っていたのだ。四月までに売り上げは三万三千部に達し、サーフはパリに行って七千五百ドルの小切手をジョイスに渡した。『ユリシーズ』はこれまで十二年かけて売った冊数を三カ月で上回った。一九五〇年にはモダン・ライブラリーの売り上げ第五位を記録した。問題はひとつだけだった。ランダムハウスが印刷のためライシェルに渡した本は最新のシェイクスピア・アンド・カンパニー書店版ではなかったのだ。それはサミュエル・ロス版だった。米国で最初に合法的に発行された『ユリシーズ』は、海賊版のテキストによるものだった。

第27章　掟《おきて》の銘板

ロンドンの内務省は海外での状況を注意深く見守ってきた。長年英国市民はフランスから個人用の『ユリシーズ』を輸入する許可を求め続けていて、ウルジー判決のあとではそれを断るのは難しかった。一九三四年一月、そのころはフェイバー・アンド・フェイバー社の顧問の座に就いていたT・S・エリオットは内務省に『ユリシーズ』の英国版出版について打診した。その時点で当局は可能なかぎり長く「発展を阻止する」ことで合意した。

同じ月、デズモンド・マッカーシーという名の文芸批評家が――二十年近く前、ヴァージニア・ウルフの応接間で『ユリシーズ』を物笑いの種にした男だ――王立研究所でジョイスについての講義を行うので本が一冊必要だと申し出た。内務省はマッカーシーの要求を聞き入れたが、講義に出席した人々がどうやって彼がそれを手に入れたのか尋ね、さらに注文が増えることを恐れた。内務省が何を基準に判断していたのか、質問が出るのは避けられないだろう。ある役人は言った。「その本が猥褻か否か判断するのは受取主による」。それがまさに彼らの姿勢だった。

だが内務省は『ユリシーズ』に関して一貫した方針を取りたいと思っており、米国の判決が後押しすることを望んでいた。英国の役人たちはウルジーの判決を詳細に検討し、米国政府が控訴するかどうかを待った。ウルジーの判決の一週間後、フランクリン・D・ルーズベルトは唐突にジョージ・メダリーを解任して、自身の親しい友人であるマーティン・コンボイを後釜に据えた。コンボイはジョージタウン大学の卒業生にして評議員で、カトリック・クラブ・オブ・ニューヨークの元会長だった。教皇ピウス十一世は彼に大聖グレゴリウス勲章を授けていた。コンボイはニューヨーク悪徳防止協会の元弁護士でもあり、ルーズベルト政権の新しい司法長官に、最高裁の手前で第二巡回区連邦控訴裁判所にこの件を持ち込むよう言った。一九三四年五月、『ユリシーズ』事件はマーティン・マントン判事、ラーンド・ハンド判事、オーガスタス・ハンド判事（ラーンドの従兄弟）が裁くことになった。

サム・コールマンが政府との件を巧みに解決したのに対して、コンボイは鈍かった。「本書は猥褻です」と、彼は判事たちに言った。「冒瀆から始まり、歪んだ性についてひとしきり語り、言葉では表せない不潔と猥褻で終わります」。彼はモリス・アーンストが猥褻について記した『純潔なる者たちに』に触れ、ジョイスの小説と同じくらいおぞましいと主張した。アーンストは猥褻の存在すら否定したのだ。弁護人を資格停止にしてもいいほど馬鹿げている。コンボイはヒクリン・ルールの長期的な影響力を論じ、文学的な価値も、ランダムハウスの動機も、ジェイムズ・ジョイスの才能もすべて無関係だと言った。ジョイスの率直さと真摯さ、細部まで描かれたダブリンのモザイクも関係なかった。「ある猥褻な本が、その問題となる中身が真実味に溢れているからといって猥褻ではなくなるということはない」。ウルジー判事の意見は的外れもいいところだ。「理性ある人間が正式に法を解釈し、『ユリシーズ』が猥褻だという結論に達しないのはおかしい」

コンボイは五十三ページに及ぶ「不貞かつ肉欲に満ちた」箇所のリストを作り、顔を赤くしてつっかえながら残らず法廷で読み上げた。判事たちはそれぞれリストを手に、下を向いてペンを構えていた。十分後、ひとりの女性が息苦しそうな声を上げて法廷を出て行った。もうひとりの女性は最後までその場に残るつもりのようだった。

「全編読み通すつもりですか？」と、ラーンド・ハンドが尋ねる。

「いえ、私は大まかな例を挙げただけです」昼食後、彼は四十分読み続けた。その翌日も音読は続いた。

それは米国で最も注目を集めた猥褻裁判だった。オーガスタスとラーンド・ハンドはウルジーの判決のせいでメディアの興奮状態がひどくなっていることが不快だった。ラーンドが後に語ったことだが、ウルジーは自身を「文学的な」人間だと思っており、それは「判事としては非常に危険」だった。ふたりのハンドは当たり障りのなくかつ引用も不可能な判決を求めていた（「本の宣伝効果を最低限にとどめるために」）。だが当然ながら、裁判からは多くの引用がなされた。予備審問の覚え書きによると判事たちはモリー・ブルームの独白が「エロティック」だという点で一致した。ラーンド・ハンドはいくつかの表現が若者と普通の大人の「性的な感情をかきたてる」とまで言った。自身の一九一三年のリベラルな判決さえ覆しそうな勢いだ。マントン判事は『ユリシーズ』に激しく反発した。「本書の猥褻性を疑う人間がいるものだろうか。指摘されたページを読むと、その意見に注釈をつけるのもはばかられるほど不道徳だとわかるのに」。マントンは文学が「疲れた者を癒し、悲しみの中にある者を慰め、凡庸な者を勇気づけ、世界に対する人間の関心と生きる喜びを高める」ために存在していると言った。『ユリシーズ』は文学の崇高なる道徳的目標をまるで満たしていない。マントン判事は法廷の全員の注意をうながした。傑作を生み出すのは「師匠のいない人間ではない」。（数年後、マントンは賄賂を受け取ったとして投獄される）。

マントンの意見は異議申し立てだった。ラーンドとオーガスタス・ハンドは協力して『ユリシーズ』を米国で合法化しようとしていた。ふたりはウルジーのやり方にためらいを感じたが、その中身については同意していた。「『ユリシーズ』が猥褻のために猥褻を扱ったのだとは思えない」とオーガスタスは予備審問の覚え書きに書き、ラーンドも同意した。だがその結論に至るには、猥褻な表現から一歩離れるほかなかった。ラーンドは抜粋をもとに評価するという方針を廃止したいと考えていた。判事は読者の精神が汚染される危険性と芸術表現の自由を天秤にかけるべきで、そのためには全体を読んで判断する必要がある。彼はただ不潔の存在ではなく「全体における関係性」こそ猥褻の法的根拠となるべきだと考えた。

巡回裁判所は『ユリシーズ』の特定箇所が「卑俗で、冒瀆的で、猥褻」だと述べたが、それだけではなかった。「エロティックな箇所は全体の中に埋め込まれ、よって効果は薄い」。オーガスタス・ハンドが法廷で述べた意見は、ウルジーの賛辞を慎重に言い直したものだった。ジョイスは「一種の優れた職人」なのだ。彼は「『ユリシーズ』が文学に大きな功績を残すことはないだろう」と述べたが、同時に「ある種の現代の古典」になったことを認めた。ジョイスの小説は真摯にして芸術的だ。時に「混乱して不安にさいなまれ、あさましくも志を持ち、醜悪にして美しく、憎しみと愛情に満ちた」男女の姿を捉えた小説だ。ふたりのハンドとマントンはひとつの点で同意した。『ユリシーズ』の読者は癒しを得るのではなく、人間という生き物の「混乱、哀れな姿、堕ちた姿」を突きつけられるだろう。だがそれでも無垢な精神を堕落させるのは許されない一方、哀れで堕ちた姿はまったく合法なのだった。

ロンドンでは公訴局長官が（アーチボルド卿の後継者エドワード・アトキンソンだ）判決に目を通し、その件を報じた『ニューヨーク・トリビューン』紙の記事も読んだ。論戦と「それらが巧みに行われたこと」は非常に興味深かった、と彼は言った。マーティン・コンボイが最高裁に上告しなかったことで、とうとう英語圏の半分が降伏した。残りの半分は一九三六年秋、ロンドン警視庁が内務大臣に、スティーヴン・ウィンクワースという男がロンドンの書店から『ユリシーズ』英国版が近々出版されるという手紙を受け取った、と報告するまで何もしなかった。

ウィンクワースは愕然としていた。彼はそのチラシをロンドンの警察署長に送り、「禁止という措置が取れないか」と打診した。英国版に関するニュースが新聞に登場し、税関には怒りの手紙が届いた。「私がこの本をロンドンのどこででも買えるのなら」と、あるひとりの男は書いた。「いったいどのような根拠にもとづいて、国内では禁止されているというのか……それは明らかに矛盾している」。新聞は出版者のジョン・レーンが内務省に連絡を取ったと報じたが、その記録はどこにもなかった。新版は歓迎されざる驚きで、政府にはもはやそれを抑止する特権がなかった。

内務次官はアトキンソンと会談し、弁護人の主張の内容を予測した。「ペネロペイア」挿話は「小説におけるフロイト」で、モリス・アーンストを踏襲する形でヒクリン・ルールは支持できないと言い、この国の読書水準を子どもに合わせるべきではないというだろう。ジョン・レーンの高価な版は安泰だった。それが堕落の危険性のある読者の手に渡ることはないからだ。内務次官はアトキンソンに「限定版が成功すればより安い版が世の中に出る」と警告した。政府は『ユリシーズ』の大量流通を認めるか、直ちに出版社を告訴するしかない。

こうして一九三六年十一月六日、内務次官は公訴局長官および法務長官と会談に及んだ。その席で法務長官はヒクリン・ルールが「不充分だ」と述べた。猥褻とは人を堕落させる本の傾向のことだけではない。政府はその本の目的と文脈を調査しなければならない――本の性質は予測できないのだ。原則としてあることとは、「原則がない」ということだった。こうして役人たちは『ユリシーズ』に関して「これ以上の行動を起こさず」、税関や郵政官僚にも対応の必要がないことを知らせた。これにて十五年の闘いは終了した。泣きごとと共にではなく、ちょっと肩をすくめる格好で。

＊

「僕を理解してくれる人間がいるだろうか？」ふたりでアイルランドを去る前、ジェイムズ・ジョイスがノーラ・バーナクルに投げかけた問いは、老年になるとますます答えが難しくなった。一九三〇年のある秋の午後、ジョイスは助手のポール・レオンに支えられてパリの街を静かに散策していた。するとラスパイユ通りである若い女性が勇気を振り絞ってアイルランド人作家に近づき、彼の本を称賛した。その時点で既にジョイスの目はほとんど見えていなかった。両目に白内障を発症していたのだ。先日スイスの外科医が左目に人工的な瞳孔を作ったところで、さらなる手術が控えていた。何カ月にも渡って、彼には自分の書いているものがよく見えなかった。ジョイスは女性から顔をそらして空を見上げ——太陽の光はほとんど見えなかった——育ちつつある幹に網を巻きつけられた街路樹を見つめた。「この空や、これらの気の毒な木を見ていたほうがいい」。透明さにはそれ自体の美があった。

ジョイスの遅ればせながらの勝利は、彼自身ではなく読者の本質を明らかにするものだった。『ユリシーズ』の合法化は文化の変容を意味した。米国と英国の政府が数年前までそろって焼き捨てていた本は今や「現代の古典」で、西洋文明の遺産の一部なのだ。『ユリシーズ』が公に認められたこと、それが米国の著名な判決で、かつ閉ざされた扉の奥で行われたことは一九一〇年から二〇年代の文化――実験と過激主義、ダダイズムと戦争、小規模な雑誌と避妊――が一時の錯乱ではなかったことを示している。それは少しずつ根付いていたのだ。より正確に述べるなら、根付いたという信念自体が幻想であると示していた。

『ユリシーズ』がたちまち発禁本から古典に変化したという事実以上に問題だったのは、どんな猥褻にも前提があるわけではないのが明らかになったことだった。すべては文脈によって変化するのだ。『ユリシーズ』を承認することで英米政府は、ささやかながら重要な尺度において哲学的無政府主義者になった。彼らは文化に不変の抽象性などないと認め、永続的な価値もなければ「古典」と「不潔」、伝統と堕落を隔てる消えない印もないとした。絶対的な権力も、社会を見る唯一の視点も、我々の前にそびえる決定的な概念もない。なぜなら最も精密な設計図と最も危険な本は、洪水のような細部、過ちと訂正、ノートの中の挿入、展望の中の盲点、血管の中の細菌、夜小さな裏庭に立って宇宙を見つめている人々のささやかな瞬間に包み込まれる形で存在するからだ。宇宙とは湿った夜の青い色の果実で、すべてを振り落とす言葉は「イエス」だからだ。

エピローグ

「言え！　お前の罪の一生を通して
最も唾棄すべき猥褻とはなんだったか？
すべて言ってしまえ。吐き出せ！
この一度は正直になれ」
――『ユリシーズ』

猥褻は一八七三年同様、今日でも違法だ。何が変わったかといえば、それが定義される方法だろう。法的な変化はウルジー判事が（そして続く巡回裁判所が）悪徳と美徳を並べて検討した瞬間に本格的に始まった。堕落の印を探すのではなく、美と対置して猥褻の度合いを測るようになったのだ。芸術が国家の関心事になると、正義の秤は少しずつ芸術に与する方向に傾いていった。二十世紀半ばの合衆国連邦最高裁は猥褻を「淫乱」で、「社会における価値にまったく寄与することがない」ものと判断した。一匙《さじ》の美徳が一ポンドの悪徳を合法化できるのだった。

『ユリシーズ』以前の世界において、俗悪な言葉あるいは性的なエピソードは汚染物質のように扱われていた――どれだけ量が少なかろうと、全体を毒してしまうのだ。ジョイスの小説は不潔なものの価値を追求することで読者の猥褻への理解を変えたが、それは読者の自身に対する理解を変えることで猥褻さそのものも変えた。『ユリシーズ』に従うなら、読者は世界に毒される空白の石版ではない。我々は何千年も昔からの定型と物語を生まれながらに負っていて、人間はそこまで清純でなければ不道徳もそれほど恐ろしいものではないようなのだ。『ユリシーズ』以降、小説が読者を「堕落させ、腐敗させる」可能性は低くなったようだ。それどころか、それらの小説は、最も恐るべきフィクションとは我々の無垢だと知らしめたのだ。

　猥褻というものが法的な範囲の中で劇的に縮小されたことには――合衆国憲法修正第一条の保護のもと言論の自由の幅は拡大された――汚い言葉でも印刷できる自由以上の意味があった。すなわち真実について議論するすべての言葉の力が保障されたのだ。猥褻に関する判定は無意味な言論に対する良識的な禁止という形をとっていて、判断は議論の枠外で行われた。異議を唱える中で『ユリシーズ』の引用を拒んだマントン判事も、大げさに振る舞っていたわけではない。法令によって、彼は自身が排除したいと思っていた内容の名前を挙げるのを拒否できたのだ。沈黙は猥褻を裁き、それを解決する方法だった。だが、かつて口にすることすらかなわなかった猥褻を合法化するのは、沈黙を議論と議論可能性に置き換えることだった。それは深く広範囲に渡る不安を招いた。道徳の基準を変えるのは、それまで自然だとして受け入れてきたものをひっくり返すことだからだ（ものごとは変わらないという確信ほど権力構造を支えるものはない）。そして不快あるいは猥褻といわれるものほど――より本能的で議論の余地がなく、論理やアカデミックな研究の接近を許さない――自然に見える表現の形態はひどく少ないのだ。猥褻が変わるのなら、何でも変わる。『ユリシーズ』の出現は、一見自然なカテゴリーがどれほど曖昧なものか読者に知らしめた。イーディス・ウォートンはジョイスの小説を「派手なポルノグラフィの横溢《おういつ》」と呼んだが、実際に読者の神経を逆撫でするのはテキストのほんの一部だった。多くの読者が登場人物たちの前代未聞の複雑さを良質の作品の証ととらえる一方、E・M・フォースターはそれを「宇宙に泥を塗りたくろうとする頑固な試みで――地獄への関心をもとに人間の性質を単純化したもの」と評した。

ハート・クレインのような若い作家たちは天の啓示と受け止めた。「ユリイカ！　と叫びたい気分だった。間違いなく当代の叙事詩だ」。そこに含まれた真実があまりに耳障りなものだったので、クレインは「この小説で語ったすばらしいことを理由に、どこかの異常者がまもなくジョイスを殺すだろう」と言った。地獄への関心がもとで書いたにせよ、そうでないにせよ、ジョイスは後に続く作家のために道を整えた。たとえばウラジーミル・ナボコフの『ロリータ』は『ユリシーズ』なしには不可能だっただろう。「ああ、そうか」と、ナボコフは言った。「私をジョイスと比較したいと言うのならまったく構わない。だが私の英語はジョイスの王者の試合運びに比べれば子どもの球遊びだ」。ヘンリー・ミラーの『北回帰線』は一九六〇年代に法廷闘争となり、米国政府による猥褻な文学の糾弾に終わりをもたらしたが、彼は『ユリシーズ』の結末を「ヨハネの黙示録」と比べた。「これ以降、呪いはなくなるだろう！」と、彼は書いた。「罪も、罪悪感も、恐怖も、抑圧も、切望も、別離の痛みもなくなる。終わりが成し遂げられた――人間は子宮に戻るのだ」

＊

わずか数十年のうちに『ユリシーズ』は発禁本から権力構造に変わった。学問の世界におけるジョイスは一九六〇年代にブームを迎え、それ以降も拡大している。『ユリシーズ』に一部あるいは全部を捧げた出版物は本が約三百冊、論文が三千件以上あり、そのうち五十冊は過去十年に書かれたものだ。膨大な研究は時に啓蒙的、時に偏執狂的になる――一九八九年、ふたりのジョイス学者が誰も見つけることのできない『ユリシーズ』の構想を記したノートを再現しようとした。出版されたテキストの文字通りの内容でさえ論議の種なのだ。ジョイスの果てしない訂正、特異な書き方と誤植に満ちた一九二二年版は、どの版が決定的かをめぐって学者たちのけんかを招いた――博士号取得者のみに可能な激しさの剝き出しになったけんかだった。ライバル同士の版をめぐる論争は前置詞、文字の入れ替え、アクセント記号の欠落に関する熱を帯びたやり取りを生んだ。一九八〇年代、争いは盗まれ、認められていない作品への非難という形に発展し、誰に資格があるのか、編集の協定を破ったのは誰かという話になり、すべては学会での裏切りや中傷合戦という形で噴き出した。今日に至るまでランダムハウスはふたつの異なる版を出版し、学者たちの乱闘を避けようとしている。多くのジョイス学者は両方の版に不満を持っている。

　だがジョイスの小説について驚くべきは、それがすべての争いや分析を超越していることだ。ナボコフが語ったように、それは「神の手による芸術で、象徴の集合やギリシャ神話に変えてしまおうとする学者のナンセンスにかかわらず生き続ける」のだ。初版から九十年以上経っても『ユリシーズ』は年におよそ十万部売れている。二十カ国語を超える言語に翻訳され、その中にはアラビア語、ノルウェー語、カタルーニャ語、マラヤーラム語もある。中国語には二種類の翻訳がある。読書グループが個人の家やパブに集まり、共に『ユリシーズ』を読んで意見を戦わせている。何十年も昔の本にしては珍しいことだが、『ユリシーズ』は今日さらに生命を得ているのだ。

　毎年の六月十六日、世界中の人間が「ブルームズデイ」を祝いに集まってくる。彼らはスティーヴンやモリー、レオポルド・ブルームに扮して朝食に臓物を食べ、昼食にはブルゴーニュ・ワインとゴルゴンゾーラチーズ・サンドウィッチを口にするのだ。それぞれ作中の場面を演じ、『ユリシーズ』に登場する歌を歌い（何百曲とある）、この日のために再現された夜の街を散策する。愛好者たちはジョイスに影響を受けて作られた芸術作品、詩、舞踊、映画、演劇を楽しむ——メルボルンでは二〇〇二年にジョイスの模擬裁判が行われた。東京、メキシコシティ、ブエノスアイレスでもブルームズデイの祝祭が開かれたことがある。ブラジルのサンタマリアでは二十年連続で祭りが開かれた。六十カ国の二百の都市がジョイスの小説を祝した。これほどの文学的イベントは類を見ない。年に一度、フィクションが現実に忍び込み、世界中の人々は実際に起こらなかった出来事を再現するのだ。

山高帽に黒の喪服姿のとあるレオポルド・ブルーム氏は、地下鉄一号線に乗ってアップタウンに行こうとしてニューヨーカーに挨拶されたのを覚えている。「やあ、ブルーム。ブルームズデイに乾杯！」一九八二年以来、役者たちはニューヨークのシンフォニー・スペースに集まり、最長で十六時間近くかかる朗読を行ってきた（街で一番古いアイリッシュパブの寄付によるビールを囲んだバックステージでの祝祭も同じくらいかかる）。夜の十一時ごろモリーが舞台に姿をあらわすと、主催者は国中のラジオに耳を傾けている人々に、猥褻な言葉を聞く準備を整えるよう注意するのだった。こうして女優がひとり登場し、「ペネロペイア」挿話を朝二時近くまで朗読し、聴衆——タクシー運転手、旅行会社、『ユリシーズ』を一度も読んだことのない人間と、何年も研究してきた人間——は眠気をこらえながら、暗さを増す劇場の中でモリー・ブルームの思考の川に耳を傾けるのだ。

ブルームズデイのメッカは当然ながらダブリンだ。一九五四年に初めて行われたブルームズデイの祝祭では五人の男が登場人物を演じ（そのうち四人は作家だった）、二台の馬車に乗って小説に登場する街の風景を訪れようとした。記念行事はどうしたわけか、一行が小説に登場しないパブに漂着したところで頓挫した。一九七〇年代にもなるとブルームの足跡を追う人々が交通の邪魔をするようになった。二〇〇四年にはジェイムズ・ジョイス・センターが一万人に朝食を振る舞った。帽子をかぶり、縞のスーツを着た男たちや、フリルのついた襟や足首までの長さのドレスといった姿の女性たちがらせん階段を上ってサンディコーヴ・タワーの胸壁に詰めかけ、スティーヴン・デダラスとバック・マリガンの早朝のやり取りを聞こうとした。ある年、参加者たちは「ハデス」挿話のパディ・ディグナムの葬式を再現し、馬に引かれた霊柩車が用意され、ジョイスの甥の息子のひとりが死体を演じた。グラスネヴィン墓地に向かう途中、彼は棺からひょいと顔を出して様子を確かめ、周りで見ていた子どもたちをすくみ上がらせた。愉快な騒ぎの途中、墓地の角を曲がるところで霊柩車は縁石に乗り上げ、生者も死者も一緒くたに放り出された。

『ユリシーズ』を現代の生活の貧しさを浮き彫りにする本として読むのは易しい。戦うイタケの王は孤独で、妻を寝取られた広告取りで、小説を書いた反逆的な天才は外国の路地を杖で突きながら歩く痛ましさだ。本の検閲でさえ、政府の役人がおざなりにちらりと目をやった程度で苦心の作が蹴散らされる例となる——執筆には何年もかかったが、発禁は昼食前に決まった。本の検閲は簡単だ。ただ出版の危険を増し、出版社にとってリスクが高すぎるようにすればいい。本の出版はそれだけで無謀な冒険になるのだ。出版の矛盾のひとつが、その強度と持続的な力が内在する弱さと切り離せないことだ。『ユリシーズ』のように文化遺産として重要とされる本にしても、陽の目を見なかったかもしれない——ニューヨークの警察裁判所に引っぱり出されるか、世界大戦に巻き込まれていたかもしれないのだ——何人か強く心を打たれた人間がいなければ。ジョイスの小説はその複雑さと子どものような冒険心、計算され構成された一ページずつにより、我々に待ち望んだものを与えてくれる――より広い世界に船出し、外の庭に出て、初めて見るように満天の星を眺め、計り知れないものの前で自分たちの小ささを肯定するのだ。その肯定が揺れ動くことこそ、たとえ不行儀に映ったとしても、それをより強いものにする。

ジョイスが幼い少年だったころ、おやつの時間の合図があると彼は乳母の手を握って階段を下り、一歩進むごとに両親に呼びかけるのだった。「僕、ここだよ！　ここにいるよ！」

謝辞

筆者がジョイスに似ているとしたらただひとつ、あちこちに借りを作ることだろう。代理人のスザンヌ・グラックのサポート、エネルギー、信頼、および長年に渡る一貫した良きアドバイスには感謝している。編集者のギニー・スミスにはその直感と、草稿の山に注意を払ってくれた点で大きな借りがある。本書は彼女なしには出来上がらなかった。構想段階でのニック・トラウトワインの信頼には励まされ、本書の可能性を見極める手助けとなってくれた。また本書はマシュー・パールの当初からの励まし、擁護、サポートがなければ完成しなかっただろう。コーヒーあるいはもっと賑やかな飲み物を飲みながら交わした会話のおかげで困難を乗り越えることができた。ペンギン・プレスの皆さんにも心から感謝している――ケイトリン・フリン、ソフィア・グループマン、パトリシア・ニコレスク。マーリーン・グレイザー、エミリー・コンドリン、カレン・メイヤーには法的な助言をもらった。ウィリアム・モリス・エンデバーの皆さん、常に手を差し伸べてくれたイヴ・アッターマンとキャロライン・ドノフリオにもお礼を言いたい。

何人かには親切にも草稿に目を通してもらい、原稿が形になっていく過程での彼らのコメントやアドバイスは有り難かった。ボブ・キーリー、J・D・コナー、アラン・フリードマンには原稿あるいは抜粋を読んでもらい、それぞれ前向きな言葉をもらった。ウィリアム・モリス・エンデバーのエリック・イドゥスヴーグ、ミシェル・シバ、そしてサマンサ・フランクには丸ごとの草稿以上に付き合わせてしまった。ルイス・メナンドにはずいぶんあとになってからも原稿に対する貴重なアドバイスや提案をもらった。

数々の図書館司書、公文書保管人、学芸員にはリサーチを通して力になってもらい、非常に感謝しているが、中でも特に名前を挙げたい数人がいる。トマス・ラノンとタル・ナダンにはニューヨーク公共図書館の膨大なジョン・クイン・コレクションをめぐる質問に答えてもらい、またふたりには痕跡の追いにくい資料を探す上で大変助けてもらった。タルサ大学のアリソン・グリーンリーとニコラス・ガイガーにはエルマン・コレクションを解説してもらい、ふたりの助けなしにはそれを使いこなせなかっただろう。バッファロー大学のジェイムズ・メイナードには数日かけて質問に答えてもらい、後から生まれたリクエストや疑問にも付き合ってもらった。シモーネ・マンソンはマディソンのウィスコンシン・ヒストリカル・ソサエティのジョン・サクストン・サムナーの記録を参照する上で手を貸してもらい、また筆者のために何百ページも複写するという労を負ってもらった。アイルランドの国立交通博物館のライアム・ケリーには一九〇四年のダブリンの路面電車に関する写真と情報を提供してもらい、リチャード・タスクは旧ニューヨーク市法曹協会のバーン・ルームについて詳しく教えてもらった。プリンストン大学のガブリエル・スウィフト、ロンドン大学のマンディ・ワイズ、大英図書館のゾーイ・スタンセル、ワシントンDCの米国国立公文書館のウィリアム・クリーチ、デラウェア大学のアレックス・ジョンストンには大変世話になった。ハーバード・メディカル・スクールのカウントウェイ医学図書館のジュリア・ウェラン、薬学史センターのジャック・エッカートにも深遠な薬局方の世界について、また二十世紀初頭の薬の種類について答えてもらった。アシム・アーメッドには疫学と感染症について解説してもらい、アラン・ブラントとアリエル・オテロにはジョイスの病歴に対する筆者の評価について草稿時に医学面からコメントをもらった。

　フールブリンガー・サマー・ファカルティ・グラントには三年間、夏を通してさまざまな資料に当たる際に支援してもらった。秋から春にかけてはハーバード大の歴史と文学専攻の面々にリサーチのアイデアをもらい、会話に付き合ってもらい、なくてはならない仕事後の一杯も共にした。本書の一部は歴史と文学専攻のシンポジウムで発表し、皆さんの意見と助言には感謝している。ロバート・スプーにはジョイスとサミュエル・ロス、複雑な著作権法に関する専門知識を分けてもらった。アンナ・ヘンチマンとスティーヴン・ビールの助力がなければジョン・ウルジー判事が本書で生き生きと描かれることはなかっただろう。ふたりは筆者を、メアリー・ウルジーを含む一家に紹介してくれた。ペギー・ブルックスは親切にもある日の午後を費やして判事の思い出を語り、他では手に入らない資料や情報を提供してくれた。ウルジーの人生に関して最も気前よく助けてくれたのは彼の孫だった。ジョン・ウルジー三世は長年、数え切れないほどの内輪の資料を見せてくれ、(それだけでは充分でないというように)わざわざピーターースハムに招いて判事の書斎で一日過ごせるようにしてくれたのだ。我々は二〇一〇年のブルームズデイの前夜を、『ユリシーズ』の合法化への道が始まった丘の斜面でサンドウィッチを食べながら過ごした。

　ここまでの年月には三人の優秀で熱心なリサーチ・アシスタントと仕事をする幸運に恵まれた。エマ・ウッド、レイチェル・ウォン、キャロライン・トラスティ。三人は本書のさまざまな面で手を貸し、延々と長くなっていく筆者の質問リストへの答えを探し、人口調査から通貨のレート、一世紀近く前のある日の天気まで調べてくれた。以下の方々には特に感謝したい。マチルダ・ヒルズとジャクソン・R・ブライアーにはマーガレット・アンダーソンについての助言に。ジュリー・アーレンスとスタンフォード・フェア・ユース・プロジェクトには著作権についてのアドバイスに。エリック・シュナイダーにはトリエステについてのペーパーバック版への詳細な提案に。ミリアム・オテロには判読困難な筆跡に満ちた古い手紙の書き直しに。リサ・E・スミスには未刊行の資料を熱心に探してくれたことに。ルイス・ハイマンとキャサリン・ハウにはその友情とニューヨークで温かく迎えてくれたことに。エイミー・マグワイアにはそのサポートと、最も忙しかった数カ月の寛大な対応に。ケンブリッジの素晴らしいバリスタたちには、筆者がカフェインを切らさないようにしてくれたことに。恐れを知らない『ユリシーズ』ブッククラブのメンバー（カトリン・ホルツハウス、エリック・イドゥスヴーグ、アナ・イヴコヴィッチ、ショーン・スミス）には一九〇四年六月十六日のいくつかの謎を解いてくれたことに。そして多くの友人たちへ――多すぎて名前を挙げられないが、正気を保つ手助けをしてくれてありがとう。学生たちからは常に刺激をもらい、歴史と文学にはすべてを賭ける価値があると繰り返し気づかせてもらった。そして母さん。私の母親であってくれたことに感謝したい。そして父さん。父さんの『ダブリン市民』は今でも持っているよ。

本文について

本書の出典の多くは個人的な手紙に依っている。必要に応じて多少の変化を加えさせていただいた。いくつかの資料の誤植は訂正し、略語は元の形に戻した。たとえばエズラ・パウンドは多くの手紙で「L・R」または「M・C・A」と記しているが、それは『リトル・レビュー』および「マーガレット・アンダーソン」に直してある。より広範な注釈および完全な巻末資料については私のウェブサイト（http://ww.kevinbirmingham.net）をご覧頂きたい。

訳者あとがき

一九二〇年代に米国の読者が『ユリシーズ』を入手できたのは、ふたりの男がサイズの合わないズボンを穿いていることをデトロイトの税関が疑問に思わなかったせいだ——こんな言い方をしたら、ジョイス作品の愛読者もキツネにつままれたような気分になるのではないか。本書は米国の雑誌『リトル・レビュー』連載中から「猥褻」の激しい非難を浴びたジェイムズ・ジョイスの代表作がいかにして出版まで漕ぎつけたか、その過程を驚くほど詳細に再現した「『ユリシーズ』の伝記」である。著者も述べているように『ユリシーズ』の作品論は数多く世に出ているが、その受難の歴史をこれほどまで鮮明に描き出したのは本書が初といえるだろう。

本書の大きな魅力は『ユリシーズ』が断罪されるに至った社会背景が詳細に分析されているのはもちろん、その出版騒動に巻き込まれて七転八倒する人々の姿が生き生きと描かれている点にある。ヴァージニア・ウルフでさえ疑問符をつけた危険きわまりない書物の価値を見抜く一方、ビジネスの手腕はいささか怪しく、頑固なロンドンの印刷業者と消耗戦を余儀なくされる『エゴイスト』編集者ハリエット・ウィーヴァー。天性のお節介気質を発揮してジョイスを支えるものの、遠慮会釈なく登場する卑猥な単語に辟易《へきえき》し、『ユリシーズ』の最初の検閲者となるエズラ・パウンド。そして誰よりも、恐るべき文学的観察眼を備えていながら目前の問題はまるで見えておらず、発禁との闘いに疲弊したニューヨークの『ユリシーズ』関係者に金の無心の電報を打ち続けるジェイムズ・

ジョイス。あまりに不完全で、それゆえあまりに人間的だった彼ら彼女らの姿が、のちに「二十世紀の最高傑作」と呼ばれる小説の陰から浮かび上がってくる。本書は『ユリシーズ』出版に人生の最良の日々を賭けた人々の群像劇でもあるのだ。

ここで本書の核である猥褻裁判の経緯をごく簡単にまとめておくと、一九一八年から『リトル・レビュー』で連載が始まった『ユリシーズ』は「善良な読者の精神を汚染する」と糾弾され、とうとう女性編集者ふたりが猥褻な文書を流布したかどで起訴される。弁護士ジョン・クインの反論は『『ユリシーズ』は難解で大半の読者には理解が難しく、ゆえに作品に含まれる猥褻な描写が読者に悪影響を及ぼすことはない」という詭弁《きべん》に近いもので、『リトル・レビュー』での連載は一九二一年に禁止、米国での『ユリシーズ』出版は事実上不可能になった。一九三〇年代になり、旗揚げしたばかりのランダムハウス社の代表ベネット・サーフらはフランスから『ユリシーズ』を米国に密輸入し、わざと政府に没収させて裁判所で出版の可否を争うという奇策に打って出る。ジョン・M・ウルジーという教養ある判事に恵まれたことで『ユリシーズ』は晴れて米国で出版の運びとなるが、「猥褻か、否か」の裁判は他の出版物をめぐって以降も繰り返されるのだった。なおジョイス自身は『ユリシーズ』の出版ののち、その魑魅魍魎《ちみもうりょう》ぶりでは前作を上回る『フィネガンズ・ウェイク』を完成させ、一九四一年にチューリヒで五十八年の生涯を閉じている。

日本においても『ユリシーズ』の翻訳出版は困難を極めた。詳しくはブックガイドで紹介されている『昭和初年の「ユリシーズ」』を御参照いただきたいが、昭和九年五月に第一書房より出版された『ユリシイズ』後編は「ペネロペイア」挿話に含まれるモリーの独白が当局に問題視され、出版直後に「中年女淫欲想像描写」の罪に問われている（何とも奇妙で味わいのある罪名だ）。後に続く各社の版も大量の伏せ字を含み、中には公開不能と判断された箇所が英文のまま印刷されていたものまであったという。

『リトル・レビュー』での連載開始から約一世紀が経ち、さすがに世界は変わった。「畜生《ブラディ》」という単語ひとつを理由に印刷業者や編集者が投獄される事態など、現代の読者にはなかなか想像できないだろう。だが、「表現の自由」は本当に揺るぎなく、脅《おびや》かされないものになったのか。猥褻表現が観衆を驚かせ、内面化されたタブーを壊すことを目的に行われる以上、そこにはほぼ間違いなく「不快」の感情が伴う。その際「私は不快だ」と拒絶するのは一向にかまわない——人間には見たくないものを見ない自由があるのだから。小説にしても絵画にしても、そこに何らかの芸術的な意図があるのか、ただ露骨で汚らしいものなのか、その場で判断がつかなければ無理に答えを出す必要もないだろう。しかしみずからの価値観を問われて動揺した私たちは、しばしば「私を傷つけたものは、世の中も傷つけるはずだ」という理屈で作品の排除に当たろうとする。現代美術の「過激な」展示会に非難の声が寄せられ、作品を布で覆ったり撤去したりという措置が取られる事態はメディアで報じられるとおりだ。検閲とは時の権力の意向だけで実現するものではない。善意のもと「『ユリシーズ』を燃やせ」と叫ぶ私たちこそが、芸術家と社会を縛る見えない鎖の担い手で、その声はますます大きくなっているのかもしれないのだ。「最も恐るべきフィクションとは我々の『無垢』だ」という本書の著者の言葉を忘れてはならないだろう。

最後になりましたが、本書の翻訳に当たっては加藤恭子さんと小林広直さんの多大なご協力を得ました。学生時代、栩木伸明先生の大学院ゼミで共に学んだ仲間とこのような形で仕事をすることができ、とても嬉しく思っています。編集の八木志朗さんの細やかなアドバイスにも心より御礼申し上げます。なお本文中の『ユリシーズ』引用箇所につきましては、既訳を参考にオリジナルの訳を作成させていただきました。

二〇一六年六月十六日、百十二回目のブルームズデイに。

小林玲子

『ユリシーズを燃やせ』のためのブックガイド

小林広直

本ブックガイドは『ユリシーズ』をより一層面白く読むための著作を十冊挙げるが、その選考方針は以下の通り。①②③はより深く『ユリシーズ』を理解するために、④⑤は本国と『ユリシーズ』の関係を辿るために、⑥⑦は『ユリシーズ』が書かれたときの作家と共に生きるために、⑧⑨は『ユリシーズ』を分析・研究するために、そして⑩は『ユリシーズ』を翻訳することの喜びと困難を知るために、である。

①ジェイムズ・ジョイス『ユリシーズ』Ⅰ・Ⅱ・Ⅲ・Ⅳ　丸谷才一・永川玲二・高松雄一訳、集英社文庫、二〇〇三年

外国文学の研究者は、往々にして原文で読まないとわからないと言ってしまいがちだ（だって苦労しているから）。しかし、翻訳とは解釈であり、解釈とは翻訳であることを思い出すとき、『ユリシーズ』のブックガイドとして最初にあげるべき本は、やはり『ユリシーズ』それ自体であろう。全四巻二千六百九十五ページ（そのうち註釈と解説はなんと八百七十五ページを占める）が描くのが、一九〇四年六月十六日のただ一日であるという事実に私たちは何度でも驚くべきである。「『ユリシーズ』を読むことはできない、できるのは再読することだけだ」というJ・フランクの有名な言葉は、ブックガイドなど無視して、まず一度『ユリシーズ』を読んでみよ、という跳躍への誘《いざな》いとしても解釈できる。わたしたちはあと数百年は「忙しく議論」され続ける作品に出会ったわけで

ある。溺れることを恐れず、まずはテクストの海に飛び込んでみるしかない。

②結城英雄『「ユリシーズ」の謎を歩く』集英社、一九九九年

とはいえ、一度翻訳で通読してみても『ユリシーズ』は「謎」だらけであり、藁をも掴みたい心持ちになる。何らかの地図が必要だ。ジョイスは大胆不敵にも次のように述べたという――「非常に多くの謎や仕掛け《パズル》をわたしは埋め込みましたので、大学の先生方は何世紀もの間わたしが何を意図したのかを巡って忙しく議論を続けることでしょう」。『オデュッセイア』との対応関係が記された「計画表」を中心に解説をしてくれる本書は、無数の謎が埋め込まれた『ユリシーズ』のダブリンを歩くための最良のツアーガイドである。ジョイスその人への興味が湧いたら、同著者による『ジョイスを読む――二十世紀最大の言葉の魔術師』(集英社新書、二〇〇四年)に手を伸ばせばよい。

③川口喬一『「ユリシーズ」演義』研究社出版、一九九四年

結城氏の著作と双璧を成す名著が本書である。前者が作品の構成や社会背景を鳥瞰的に解説するのに対し、本書は各挿話のあらすじを丹念に追いながら、時に英語の原文を引用し、とことんテクストに寄り添ってゆくスタイルだ。川口氏は言う。「わたしはこれまで多くの書物を通じて『ユリシーズ』の読み方を教わってきた。本書を執筆するにあたっては、もちろんこれらの書物を参考にしている」。この「もちろん」が何とも言えずいい。書物を通してであれ、人を通してであれ、ジョイスを読むことは常に共同作業であることを、一流の英文学者である川口氏が「いささかの感傷をこめて」語っていることに、大いに心を打たれるし励まされる。

④和田桂子『二〇世紀のイリュージョン――「ユリシーズ」を求めて』白地社、一九九二年

まず美しい装丁が目を引く。中村宏氏の装画に、透明なプラスチックの帯。表紙をめくると、ジョイス唯一の絵本である『猫と悪魔』の挿絵が現れる。ジョイス（一家）のポートレイトのみならず、びっしり校正が入った『ユリシーズ』の初校、マン・レイによるキキのヌード写真、フィッツジェラルドのコミカルなデッサン、大槻憲二へのフロイトの手紙、『ユリシーズ』各翻訳の広告など、さまざまな写真の間に、著者の軽妙洒脱な文章が踊る――「『ユリシーズ』は、小説というものが、そもそも何なのか、という疑問に体当たりでつきつける小説だ。……この作品は、これまで小説と呼ばれていたもののすべてに、大きな、消しようのない疑問符を打ったのである」。比較文学が専門である著者は、後半部で日本の文壇が『ユリシーズ』をどのように受容したかに迫っている。一度読み始めた者を掴んで離さない確かな魅力が本書にはある。

⑤川口喬一『昭和初年の「ユリシーズ」』みすず書房、二〇〇五年

右の名著を受けて、日本におけるジョイス及び『ユリシーズ』の受容史をさらに細かく詳述しているのが本書である。『ユリシーズを燃やせ』が、ヨーロッパならびにアメリカ合衆国における『ユリシーズ』を巡る群像劇であるとすれば、本書はそれに負けず劣らず痛快な日本版の群像劇である。『ユリシーズ』の最初の「全訳」に取り組んだ第一書房版（伊藤整、永松定、辻野久憲）と岩波文庫版（森田草平、名原広三郎、龍口直太郎、小野健人、安藤一郎、村山英太郎）の間で繰り広げられた翻訳合戦、「心理主義」を巡る伊藤整と小林秀雄の論争、『ユリシーズ』と『チャタレイ夫人の恋人』の猥雑裁判（言うまでもなくどちらも伊藤整が訳業に関わった）など、本書は「『我々』は

ジョイスとどのようにつきあってきたのか」という問題意識に貫かれており、日本人としてジョイスを研究することの意義を再考させられる。

⑥リチャード・エルマン『ジェイムズ・ジョイス伝』1・2 宮田恭子訳、みすず書房、一九九六年

『ジェイムズ・ジョイス全評論』(筑摩書房、二〇一二年)の訳者あとがきで、吉川信氏は大学院入学当初に指導教授から聞いた言葉を回想する。「まずはエルマンの伝記を読んでみなさい。作家の人生を、一度生きて御覧なさい」――日本ジェイムズ・ジョイス協会初代会長であり、岩波文庫『若い芸術家の肖像』の訳者であり、名著『ジョイスのための長い通夜』(青土社、一九八八年)の著者でもある、大澤正佳氏の言葉である。ジョイス研究の大家エルマンによる本書は伝記文学の白眉とも称されているが、まさにわたしたちは本書によってジョイスとともに生きる。訳者の宮田恭子氏はジョイスの弟スタニスロースの翻訳(『兄の番人』、みすず書房、一九九三年)、『フィネガンズ・ウェイク』の抄訳(集英社、二〇〇四年)のみならず、ジョイスに関する多くの本を書かれている。千ページに及ぶ本書は、読み通すだけでも大変な代物であるが、出版社の五十周年記念に併せて、宮田氏はたった一年で訳されたというから、全く以て脱帽するしかない。

⑦フランク・バッジェン『「ユリシーズ」を書くジョイス』岡野浩史訳、近代文芸社、一九九八年

作品については、常に「謎」を埋め込むことで読者をはぐらかすジョイスではあるが、一方で彼はセルフ・プロデュース、あるいは自己神話化に余念のない作家であった。一九二六年に出版されたハーバート・ゴーマンによる最初の伝記(『ジョイスの文学』の邦題で永松定による翻訳がある)

は、ジョイス自身の「校閲」が入っており、彼にとって都合の悪い事柄は削除されていた（例えば、娘ルチアの統合失調症についての記述）。ジョイスの友人である英国人画家バッジェンによる本書もまた、ジョイスの「熱烈な支持」と「修正」のもとに書かれた。作者がいかなる自己イメージを読者に提示しようとしていたのか、また、本書の情報がエルマンの伝記でも再三参照されることによって、いかに〈ジョイス神話〉が作られてきたか、という点からも再読することができよう。

⑧道木一弘『物・語りの「ユリシーズ」――ナラトロジカル・アプローチ』南雲堂、二〇〇九年

「日々の生活に疲れた時、『ユリシーズ』を開くと癒やされると言ったら信じてもらえるだろうか。ただの中毒と笑われるかもしれない」――幾分自嘲気味に語る道木氏であるが、その論理構成と筆致は簡潔にして正確、まさに質実剛健という言葉がぴったりだ。本書はあくまでも研究書であるが故に、『ユリシーズ』紹介という側面の強い結城氏や川口氏の著作と比べて、確かに難易度は高い。しかし、「物」を語られる存在であるところの他者として捉え直し、声を奪われてきた社会的弱者たちへ耳を傾けることが『ユリシーズ』の読者には要請されるとする本書の主張は、海外の研究書と比較しても絶大なるオリジナリティを有している。

⑨金井嘉彦『「ユリシーズ」の詩学』東信堂、二〇一一年

「『ユリシーズ』は、内容の小説というよりは、文体と形式の小説」である――本書は、小説にさまざまな意味づけを与えるもの＝詩学という観点から、『ユリシーズ』はいかなる点において特異であるのかという巨大な問いに真正面から解答を試みている、まさに力作だ。『ユリシーズ』につ

いての研究書でありながら、M・バフチンのポリフォニー論を援用しつつ、小説とは何かという根源的問題にまで深く切り込んでゆく。「どの作家の場合にもいえることであろうが、突き詰めれば突き詰めるほどわからなくなる。……わかることが多くなれば、逆にわからないことが見えてくる」――理解することの本質を鋭く指摘したこの一文に、金井氏の〈学者としての良心〉とでも言うべきものが凝縮されている。

⑩柳瀬尚紀『ジェイムズ・ジョイスの謎を解く』岩波新書、一九九六年

エズラ・パウンドにすら理解不能と言わしめた世紀の奇書『フィネガンズ・ウェイク』の全訳（一九九一－九三年）を行った柳瀬氏の、いわゆる「発犬伝」である。本書の主張に対してはさまざまな意見があろうが、それでもなお稀代のジョイス読みである柳瀬氏のテクストへのアプローチの仕方、その言葉遣いには大いに刺激を受けるし、何より読み物として抜群に面白い。また、各挿話の名場面の翻訳と写真から成る『ユリシーズのダブリン』（河出書房新社、一九九六年）は常に本棚に置いておきたい名著である。既に部分的には河出書房新社より出版されている柳瀬氏の『ユリシーズ』完訳を心から待ちわびるひとりとして、ブックガイドの締めくくりに本書を挙げておきたい。

紙幅の都合上紹介できなかったが、『ユリシーズ』を何倍も面白くしてくれる本はまだまだある。

小田基『二〇年代・パリ――あの作家たちの青春』研究社出版、一九七八年
小野恭子『ジョイスを読む』研究社出版、一九九二年

浅井学『ジョイスのからくり細工「ユリシーズ」と「フィネガンズ・ウェイク」の研究』、あぽろん社、二〇〇四年
小島基洋『ジョイス探検』ミネルヴァ書房、二〇一四年
中山徹『ジョイスの反美学——モダニズム批判としての「ユリシーズ」』彩流社、二〇一〇年
シルヴィア・ビーチ『シェイクスピア・アンド・カンパニイ書店』中山末喜訳、河出書房新社、一九七四年
リチャード・エルマン『リフィー河畔のユリシーズ』和田旦・加藤弘和訳、国文社、一九八五年
デクラン・カイバード『「ユリシーズ」と我ら——日常生活の芸術』坂内太訳、水声社、二〇一一年

今あなたがひとりで本棚の前にいるとしても、外部の別のテクストを常に誘導するジョイス作品にあって、そこにはささやかな〈読者共同体〉が誕生している。あなただけの『ユリシーズ』専用本棚を充実させるために、本ガイドが少しでもお役に立てば幸いである。

日本で発表されたジョイスに関するその他の著作については、本稿執筆者がふたりの若手ジョイス研究者（南谷奉良、平繁佳織）と共に運営しているウェブサイト、STEPHENS WORKSHOP（http://www.stephens-workshop.com）で網羅的に紹介しておりますので、興味をお持ちになった方は一度ご覧頂けますと幸いです。

（早稲田大学文学研究科英文学コース助手・ジョイス研究）

———. Pound/*The Little Review: The Letters of Ezra Pound to Margaret Anderson: The Little Review Correspondence*. Edited by Thomas L. Scott, Melvin J. Friedman, and Jackson R. Bryer. New York: New Directions, 1988.

———. *Pound/Joyce: The Letters of Ezra Pound to James Joyce, with Pound's Essays on Joyce.* Edited by Forrest Read. New York: New Directions, 1967.

———. *The Selected Letters of Ezra Pound to John Quinn, 1915–1924*. Edited by Timothy Materer. Durham: Duke University Press, 1991.

Reid, B. L. *The Man from New York: John Quinn and His Friends*. New York: Oxford University Press, 1968.

Reynolds, Michael S. *Hemingway, The Paris Years*. Oxford: Blackwell, 1989.

Roberts, M.J.D. "Morals, Art, and the Law: The Passing of the Obscene Publicans Act, 1857." *Victorian Studies* 28, no. 4 (Summer 1985), pp. 609–629.

Satterfield, Jay. *The World's Best Books: Taste, Culture, and the Modern Library*. Amherst: University of Massachusetts Press, 2002.

Spoo, Robert. *Without Copyrights: Piracy, Publishing and the Public Domain*. New York: Oxford University Press, 2013.

Sumner, John. "The Truth about 'Literary Lynching.' " *The Dial* 71 (July 1921), pp. 63–68.

Thacker, Andrew. "Dora Marsden and *The Egoist*: 'Our War Is with Words'." *Twentieth Century Literature* 36, no. 2 (1993), pp. 179–196.

Tully, Nola. *Yes I Said Yes I Will Yes: A Celebration of James Joyce, Ulysses, and 100 Years of Bloomsday.* New York: Vintage Books, 2004.

Vanderham, Paul. *James Joyce and Censorship: The Trials of Ulysses*. New York: New York University Press, 1998.

Wees, William C. *Vorticism and the English Avant-Garde*. Toronto: University of Toronto Press, 1972.

Wood, Casey A. *A System of Ophthalmic Therapeutics; Being a Complete Work on the Non-Operative Treatment, Including the Prophylaxis, of Diseases of the Eye*. Chicago: Cleveland Press, 1909.

Woolf, Virginia, *The Diary of Virginia Woolf*, Vols. 1–5. Edited by Anne Olivier Bell, and Andrew McNeillie. London: Hogarth Press, 1977–84.

———. *The Essays of Virginia Woolf*. Edited by Andrew McNeillie. London: Hogarth Press, 1988.

———. *The Letters of Virginia Woolf*, Vol. 2: 1912–1922. Edited by Nigel Nicolson and Joanne Trautmann. London: Hogarth Press, 1976.

Holly A. Baggett (ed.). New York: New York University Press, 2000.

Hemingway, Ernest. *A Moveable Feast.* New York: Scribner, 1992.

Jackson, Robert, and Sir Archibald Bodkin. *Case for the Prosecution: A Biography of Sir Archibald Bodkin, Director of Public Prosecutions, 1920–1930.* London: A. Barker, 1962.

Joyce, James. *Critical Writings.* Edited by Ellsworth Mason and Richard Ellmann. London: Faber and Faber, 1959.

———. *Dubliners.* New York: Viking Press, 1962.

———. *James Joyce's Letters to Sylvia Beach, 1921–1940.* Edited by Melissa Banta, and Oscar A. Silverman. Bloomington: Indiana University Press, 1987.

———. *Letters of James Joyce*, 3 vols. London: Faber and Faber, 1957–1966.

———. *Poems and Shorter Writings: Including Epiphanies, Giacomo Joyce, and 'A Portrait of the Artist'.* Edited by Richard Ellmann, A. Walton Litz, and John Whittier-Ferguson. New York: Faber and Faber, 1991.

———. *A Portrait of the Artist as a Young Man: Text, Criticism, and Notes.* Edited by Chester G. Anderson. New York: Viking, 1968.

———. *Selected Letters of James Joyce.* Edited by Richard Ellmann. New York: Viking Press, 1975.

———. *Stephen Hero.* New York: New Directions, 1963.

———. *Ulysses.* Edited by Hans Walter Gabler, with Wolfhard Steppe, Claus Melchior, and Michael Groden. New York: Vintage Books, 1993.

Joyce, Stanislaus. *My Brother's Keeper.* Cambridge: Da Capo Press, 2003.

——— and George Harris Healey. *The Complete Dublin Diary of Stanislaus Joyce.* Dublin: Anna Livia Press, 1994.

Leavis, F. R. "Freedom to Read." *Times Literary Supplement,* May 3, 1963, p. 325.

Lidderdale, Jane, and Mary Nicholson. *Dear Miss Weaver: Harriet Shaw Weaver, 1876–1961.* London: Faber and Faber, 1970.

Maddox, Brenda. *Nora: A Biography of Nora Joyce.* Boston: Houghton Mifflin, 1988.

McAlmon, Robert. *Being Geniuses Together 1920–1930.* Baltimore: Johns Hopkins University Press, 1997.

McCourt, John. *The Years of Bloom: James Joyce in Trieste, 1904–1920.* Madison: University of Wisconsin Press, 2000.

Morrison, Mark. "Marketing British Modernism: *The Egoist* and Counter-Public Spheres." *Twentieth Century Literature* 43, no. 4 (Winter 1997), pp. 439–469.

Moscato, Michael, and Leslie LeBlanc. *The United States of America v. One Book Entitled "Ulysses" by James Joyce: Documents and Commentary: A 50-Year Retrospective.* Frederick, Md.: University Publications of America, 1984.

O'Connor, Ulick ed. *The Joyce We Knew.* Cork: Mercier Press, 1967.

Potts, Willard, ed. *Portraits of the Artist in Exile: Recollections of James Joyce by Europeans.* Seattle: University of Washington Press, 1979.

Pound, Ezra. *Early Writings: Poems and Prose.* Edited by Ira Bruce Nadel. New York: Penguin Books, 2005.

参考文献

Anderson, Margaret C. *My Thirty Years' War: An Autobiography*. New York: Covici, Friede, 1930.

Arstein, W. L. "The Murphy Riots: A Victorian Dilemma." *Victorian Studies* 19 (1975), pp. 51–71.

Bates, Anna Louise. *Weeder in the Garden of the Lord: Anthony Comstock's Life and Career*. Lanham, Md.: University Press of America, 1995.

Beach, Sylvia. *Shakespeare and Company*. Lincoln: University of Nebraska Press, 1991.

——— and Keri Walsh. *The Letters of Sylvia Beach*. New York: Columbia University Press, 2010.

Beard, Charles Heady. *Ophthalmic Surgery: A Treatise on Surgical Operations Pertaining to the Eye and Its Appendages, with Chapters on Para-Operative Technic and Management of Instruments*. Philadelphia: P. Blakiston's Son & Co., 1914.

Broun, Heywood, and Margaret Leech. *Anthony Comstock, Roundsman of the Lord*. New York: A. & C. Boni, 1927.

Budgen, Frank. *James Joyce and the Making of Ulysses*. Bloomington: Indiana University Press, 1960.

C.B. *The Confessional Unmasked: Showing the Depravity of the Roman Priesthood, the Iniquity of the Confessional and the Questions Put to Females in Confession*. Microfilm. The Protestant Electoral Union, 1867.

Cerf, Bennett. *At Random: The Reminiscences of Bennett Cerf*. New York: Random House, 1977.

Clarke, Bruce. "Dora Marsden and Ezra Pound '*The New Freewoman*' and 'the Serious Artist'." *Contemporary Literature* 33, no. 1 (Spring 1992), pp. 91–112.

Colum, Mary Maguire, and Padraic Colum. *Our Friend James Joyce*. Garden City, N. Y.: Doubleday, 1958.

Cullinan, Gerald. *The Post Office Department*. New York: F. A. Praeger, 1968.

Dardis, Tom. *Firebrand: The Life of Horace Liveright*. New York: Random House, 1995.

Deming, Robert H. *James Joyce: The Critical Heritage*. 2 vols. I. London: Routledge & K. Paul, 1970.

Eliot, T. S. *Selected Prose of T. S. Eliot*. New York: Harcourt Brace Jovanovich, 1975.

Ellmann, Richard. *James Joyce*. Rev. ed. New York: Oxford University Press, 1982.

Fitch, Noël Riley. *Sylvia Beach and the Lost Generation: A History of Literary Paris in the Twenties and Thirties*. New York: Norton, 1983.

Fuchs, Ernst. *Text-Book of Ophthalmology*. Philadelphia: Lippincott, 1917.

Garner, Les. *A Brave and Beautiful Spirit: Dora Marsden, 1882–1960*. Aldershot: Avebury, 1990.

Gertzman, Jay. "Not Quite Honest: Samuel Roth 'Unauthorized' Ulysses and the 1927 International Protest." *Joyce Studies Annual* 2009 (2009), pp. 34–66.

Groden, Michael. *Ulysses in Progress*. Princeton: Princeton University Press, 1977.

Hamalian, Leo. "Nobody Knows My Names: Samuel Roth and the Underside of American Letters." *Journal of Modern Literature* 3, (1974), pp. 889–921.

Heap, Jane, and Florence Reynolds, *Dear Tiny Heart: The Letters of Jane Heap and Florence Reynolds*.

【著者紹介】

ケヴィン・バーミンガム　Kevin Birmingham

ハーバード大学大学院修了。現在ハーバード大学の文芸プログラム講師。専攻は、19・20世紀の文学と文化、検閲の歴史と文学の猥褻性など。本書で、PENニューイングランド・ノンフィクション賞（2015年）、トルーマン・カポーティ・文芸評論賞（2016年）を受賞。

【訳者紹介】

小林玲子（こばやし・れいこ）

1984年生まれ。国際基督教大学教養学部卒業。早稲田大学院英文学修士。主な訳書に『波乗り介助犬リコシェ 100万人の希望の波に乗って』（辰巳出版）『グッド・ガール』（小学館）『君はひとりじゃない スティーヴン・ジェラード自伝』（東邦出版）などがある。

ユリシーズを燃《も》やせ

二〇一六年八月十日　第一刷発行

著　者　ケヴィン・バーミンガム
訳　者　小林玲子
発行者　富澤凡子
発行所　柏書房株式会社
東京都文京区本郷二－一五－一三（〒一一三－〇〇三三）
電話（〇三）三八三〇－一八九一（営業）
（〇三）三八三〇－一八九四（編集）
組　版　高橋克行　金井紅美
印刷・製本　中央精版印刷株式会社

©Reiko Kobayashi 2016, Printed in Japan
ISBN978-4-7601-4731-1